典藏版

下册

长江出版社
CHANGJIANG PRESS

第十一章
真正的新生活

"石哥早。"边南这阵子跟石江混得还挺熟,石江这人不熟的时候脸挺冷,熟了之后……脸还是冷,不过说话能随便不少,"去吃早点?"

"吃过了。"石江往边南脸上、脖子上扫了一眼,皱起了眉头,"打架了?"

"没。"边南摸了摸自己的脸,一会儿真得找个镜子瞅一瞅,怎么大家都能一眼看出来?

"边南,"石江还是皱着眉道,"展飞的员工一旦被发现有打架斗殴的情况是一律开除的,下不为例的机会都不会给。"

"哎,真不是。"边南吓了一跳,赶紧凑到石江面前道,"这是……我爸打的。"

"你爸?打你?"石江有些吃惊,"都这么大的儿子了还动手?"

"这不是被惹急了吗?"边南扯了扯嘴角,"真不是打架。"

"你爸还挠你啊?"石江指了指他的脖子,"什么招式……"

"指甲刮的，石哥你别问了。"边南低下头闷着声音道，"挺郁闷的。"

"行吧，不问了，没打架就行，赶紧进去吧，今儿你们那班有人来得早，已经练上了。"石江说。

边南跑进去，进了更衣室，换衣服的时候往镜子里瞄了一眼，捂着脸就愣了。

他小声骂了一句，早知道就不该来上班，这么招摇！

被老爸扇了一巴掌的地方面积不大，没到半张脸的程度，但红肿得挺明显，再加上脖子上那道红艳艳的血痕……难怪杂货铺老板见了他跟见到逃犯似的，对方没报警他都得谢谢人家了。

"你打架了？"顾玮走进更衣室，一看到他就喊了一声。

"哎，没，没，刚才石教练还问我呢，被我爸揍的……"边南一看到顾玮的表情立马又补了一句，"别问！"

"不问。"顾玮笑了起来，"教练休息室里有冰块，你敷一下吧，要不行就去医务室看看。"

边南没去医务室，去休息室的冰箱里找了点儿冰块拿毛巾包了在脸上滚了滚，最后又从自己包里翻了个口罩出来戴上。

顾玮还挺照顾他，今天没安排他摘了口罩去陪练，只让喂球，顺带帮着跑了跑腿儿。边南很感激，借了顾玮的手机给邱奕打电话的时候，琢磨过几天悄悄替顾玮充点儿话费。

想到这儿，边南想起来还没顾得上给苗源打电话转达顾玮的倾慕之情。

充话费要能送个女朋友什么的就好了。

下午是苗源那两个朋友在的班训练，顾玮教得很认真，边南没什么事儿，坐在一边听着，平时他听顾玮给人讲解不会这么仔细，但今天不一样，他只要脑子一放空就会立马乱成一团，没着没落地难受。

今天简直就是他来展飞实习之后最投入的一天。

快到下午下班的时候，边南都不太敢去看时间，顾玮的手机就放在椅子上，他却不敢拿起来看看几点了。

"走吧！没事儿了。"顾玮把明天的训练安排跟学生交代完之后过来拍了拍边南，"下班了，对了，明天安排了晚上训练，你要来不了……"

"来得了。"边南一听立马说，"我能来。"

"好吧。"顾玮穿上外套，"我去洗个澡，你回家吧。"

"哦。"边南有些不情不愿，慢吞吞地走出了球场。

从球场到展飞的大门外这几分钟时间里，他在脑子里把回家有可能会碰到的各种场景过了一遍，想得汗都下来了，有点儿想回头跟着顾玮去洗个澡。

垂头丧气地往公交车站走的时候，他扫到路边的花坛边坐着个人，看清之后他愣住了。

吃惊过后就是瞬间从心里蹿遍全身的喜悦，他感觉自己笑得口罩都要皱了："你神经病啊，怎么跑来了？"

"不放心呗。"邱奕站了起来，"边馨语今天没来上班，我就想要不还是过来陪你回家吧。我在外面待着，没事儿了我就回去，有事儿我可以……"

"你大爷。"边南冲过去说，"你就这么觉得我处理不了吗？"

"这是两回事儿啊。"邱奕笑了笑，"再说，这事儿是我引起的。"

"不，"边南摇了摇头，"这事儿是边馨语没地儿撒气引起的。"

邱奕陪着他一块儿上了公交车，又一块儿挤上了地铁。

一路上他俩挨着站着，没有说话，邱奕没问他回家以后打算怎么说、怎么做，也没问他的伤，更没问感冒没。

边南觉得挺好，邱奕如果说了什么，哪怕是跟这件事儿完全没关系的话，都会让他觉得紧张，对方就这么沉默着站在他身边就可以了。

走进小区的时候，边南吸了口气，心跳得有些厉害。

他指了指他家那条路拐角的小咖啡店："你在那儿待会儿吧，暖和。"

"嗯，你别管我了。"邱奕安慰他，"有话好好说，别急，越急越表达不清，能解释的……你还是解释一下。"

边南点了点头，转身顺着路往自己家走去。

家里亮着灯，他在门外听不到什么动静，不过老爸和边皓的车都停在车库里，看来全家人都在。

边南掏出钥匙，刚插到锁里，门就被人打开了，阿姨站在门里。

"阿姨。"边南低头叫了她一声。

"嗯。"阿姨点了点头，脸上有疲惫之色，看样子是没睡好，"马上吃饭了，上楼收拾一下吧。"

"我爸在书房吗？"边南换了鞋，看到客厅里没有人，回头问了一句。

"在呢。"阿姨看着他，脸上表情有些说不上来，"你……去吧。"

边南一步一步地上楼梯，一、二、三、四……他在这房子里住了十几年，还没数过楼梯一共有多少级呢。

不过最后站到书房门外时，他已经忘了自己数了多少，可能本来就没数明白。

他敲了敲门，轻轻叫了一声："爸。"

里面传来脚步声，门被打开了。

边皓和老爸都在书房里，天都黑了也没开灯，整个书房都被烟雾笼罩着，边南没来得及说话，先被呛得一通咳。

"以为你不打算回家了呢。"老爸在一片烟雾中坐在沙发上说了一句。

"没。"边南走进书房，"我上班去了。"

这话估计挺让人吃惊，一向懒散不上进的边南居然会在这样的情况下去上班，边皓忍不住看了他一眼。

"你找我什么事？"老爸问。

"谈谈……昨天的事儿。"边南犹豫着要不要坐下，怕老爸这会儿还有些上火，自己坐下去再被一脚踹地上去。

"谈你交了个什么样的朋友？"老爸冷笑了一声，"你还有脸跟我谈这个？"

边南没说话，老爸的怒火如果发在边馨语迁怒他的事儿上可能还好办些，现在老爸已经把注意力放在了邱奕身上，还是这样的语气，边南顿时不知道该怎么说下去了。

"我去洗个澡。"边皓往书房外面走去。

"你别走。"老爸叫住了他,"家里就这三个男人,要说什么就一块儿说吧,你不是还帮他说话了吗?"

"我什么时候帮他说话了?"边皓皱着眉,"我就说这事儿我管不着,我又不是他爸。"

"我是不是你爸?"老爸看着边皓。

"你是我爸跟我不想听你俩说这事儿有关系吗?"边皓一脸的莫名其妙。

"都坐着吧。"老爸叹了口气,"你是年轻人,我就想让你也听听。"

边皓没再说话,有些不耐烦地坐下了,边南也拉过张椅子坐在了老爸对面。

"你跟邱奕到底怎么回事儿?什么时候关系好成这样了?"老爸拿过茶壶倒了杯茶喝着。

"大概就……上回拘留那事儿之前吧。"边南回答得有些困难,不想在老爸面前老提到邱奕被拘的事儿,"差不多那时就挺好的了。"

"你是不是脑子有病?这样就一起看自己妹妹的笑话了?"老爸皱着眉打断了他的话,语气有些烦躁,"你怎么就交了这么一个朋友?"

"我朋友怎么了?"边南将眉毛拧成了一团,"我朋友怎么了?你都没听我……"

他的话被老爸摔碎的杯子打断了。

"你是怎么好意思说出这种话的?"老爸看着他。

"我为什么不好意思?"边南被老爸这么一问,顿时想起了昨天老妈的那句话,"我又没干什么伤天害理的事儿,我朋友也没干什么啊!"

老爸被他这句话顶得瞪着他半天没说出话来。

"爸……"边南试着再次开口。

"你就说,你今天是不是要跟我顶到底?"老爸盯着他,脸色很难看。

"你这样我还怎么说?"边南顿时觉得身上跟着火了似的,老爸这状态根本没法沟通。是的,就是这样,十几年了,他一次次败在了老爸这样的态度之下。

老爸吼了一声:"荒唐!你要这么说,就没什么好谈的了!"

边南没说话。

"行了,你们都出去吧。"老爸沉着脸挥了挥手。

"爸,你能听我说吗?"边南不愿意说这么几句话就出去。

"你想说什么?"老爸皱着眉看着他,"你想说什么?边南,从小到大,你一直拧着劲儿,跟我、跟这个家里每一个人都拧着,我知道这不全怪你,但你最后给我来这么个事儿,交这么个朋友,你让我怎么想?让我怎么做?你到底是哪儿不对劲儿了?"

"我没有哪儿不对劲儿,我也不是要恶心谁给谁不痛快。"边南咬牙说,"邱奕是我朋友这事儿怎么就不行了呢?他拒绝了跟边馨语一起吃饭怎么就不行了呢?"

"你怎么就这么不让我舒坦呢?"老爸站了起来,指着他的手抖着,"你非得交个这样的朋友?怎么就行了呢?"

边南很少跟人讲道理,觉得自己没事儿跟人瞎逗的时候嘴还算利索,但一说正事儿就没词了,特别是面对老爸,本来就说不出,现在更是没法说了。

换个人,他被逼急了还能抡胳膊上去干一架,可这是他爸,看上去也是一夜没睡,眼袋都挂出双层了的老爸。

边南突然觉得自己很无力,甚至不知道自己到底在想什么,又是想跟老爸说什么,或者只是想在跟老爸意见不统一时拧着劲儿犟一次。

但看来并不成功,无论这件事情是怎么回事,他跟老爸都无法沟通。

"爸,"边南低下头,闷着声音道,"你要不⋯⋯别管我了。"

"瞎扯!"老爸怒吼了一声,嗓子都有些破了,把旁边一直偏着头往窗外看的边皓吓得一下跳了起来。

"瞎扯!"老爸又吼了一声,声音带上了颤抖,"你说这样的话,你是什么意思？我要真不管你，当年就不会把你接回来！不会这么十几年拼命想要弥补你！我是个粗人，不知道到底该怎么做才能让你把我当个爸爸！我只能让你吃好穿好，钱管够！不管你？你现在让我不管你了？你还有没有良心！"

"爸，"边皓走到他身边，拍了拍他的背，"你先坐下，消消气！"

"我怎么消气？"老爸转过脸冲边皓吼着，"你说我怎么消气？他从小到大有没有让我顺气过？他不好好上学、打架、每天混日子，最后交了这么个朋友！他还让我别管他了！我怎么消气？你说！"

没等边皓再开口，老爸又转回头来冲边南吼了一句："你为什么就这么不让我安心呢！"

"爸……"边南看着老爸，有些吃惊地发现老爸眼里有泪光。

但"这么个朋友"放在邱奕身上让他很不是滋味儿，邱奕不是"这么个朋友"，他身上的稳重、担当、坚强，这些都是边南欣赏的特质。

老爸挥了挥手："你也不用再跟我谈了，你要再这么跟我犟，就别怪我们都不让你出了！"

边南心里猛地一沉，呼吸都紧了紧。

"行了，别说了，先不说了。"边皓把老爸推回沙发上坐下，"这么发着火还怎么说？边南你先回屋吧，一会儿先吃饭。"

"吃什么吃？还吃什么饭？"老爸甩开边皓的手。

"那你说还能怎么着？"边皓皱着眉道，"不吃饭，不睡觉，就这么骂下去？他现在这个样子你是想打死他还是怎么着啊？"

"你不用帮着他！"老爸推了边皓一把。

本来说话还算平静的边皓被老爸这一把推得差点儿一屁股坐到地上，他站起来往茶几上拍了一巴掌："我没帮着他！这事儿是帮着谁就能解决的吗？"

老爸没有说话，还是阴沉着脸。

"我谁也不想帮，就想家里能平平静静的！"边皓拧着眉，指了指边南，"我从小看到他就烦！为接他回来的事儿当年还没吵够吗？我想起来就哆嗦！我就是不愿意家里再有这样的争吵了！够了！"

老爸继续沉默着。

"他已经成年了！他要干什么、要交什么朋友、是男是女是猫是狗，都是他自己的事儿。"边皓说，"他无论做什么，都是他自己承担后果！能不能不要再为了他让这个家乱七八糟的？"

边皓说完这些，往椅子上踢了一脚，转身走出了书房。

书房里陷入了一片沉寂。

边皓的话，边南每个字都听清了，这话说得并不客气，也的确没在帮他，但这些话说出来之后，他突然松了口气。

老爸点了根烟，抽了几口之后走到他面前："我再问你一遍，如果你真想明白自己是怎么回事儿了，你能不能改？"

"是错我才会改。"边南说。

"好。"老爸脸上闪过一丝无奈的笑容，他举起手冲边南竖了竖拇指，"滚。"

老爸最后这个字说出来的时候带着无奈和愤怒，边南看着他，想说点儿什么，却什么也没说出来。

事情怎么就会不受控制地发展成这样？他半天都回不过神来。

邱奕还说让他别掺和进来，他甚至都没明白是怎么了，就已经掺和进来了，还掺和得乱七八糟一塌糊涂。

他现在都不知道自己为什么非得这样跟老爸犟着，就像之前十几年缩着、团着的那些东西全都撑开了爆发了一样。

两人面对面僵持了几秒，老爸重重地叹了口气，擦着他身边走出了书房，往楼上露台去了。

边南在原地站了很长时间，老爸的感觉他无法体会，估计自己的感觉老爸也永远体会不了吧。

他缓缓转过身，走出了书房。

边皓背对着书房门坐在楼梯上，边南从他旁边往楼下走去。

气氛很僵、很沉，整个家里的气压都低得让人觉得无法呼吸。

边南在二楼的走廊上停了停,回到了自己屋里,拉开了衣柜的门。

老爸让他滚。

让边南迷茫的是他却不知道自己是就这么滚了,还是先不要动。

但最后他还是从柜子里拿出自己的背包,把几套衣服塞了进去,又把邱奕送他的小泥人儿和小猪用袋子装好也放了进去。

他常穿的衣服没几套,来来回回就那几套运动服,团好了正好把包塞满。

关上衣柜门,他又站在床边想了很久。

还有什么是他应该拿上的?

好像没有了。

他摸了摸兜里的钱包和手机,背起包转身走出房间,关好门下了楼。

客厅里没有人,电视也关着,显得很冷清。

边南往饭厅里看了一眼,阿姨正坐在桌子边对着一桌子还冒着热气的菜发呆,听到他的脚步声也没有动。

边南咬了咬嘴唇,换了鞋,拉开客厅走廊的侧门,进了车库。

在车库里他站了好几分钟。他有些很重要的事儿需要先理清。

邱奕还在咖啡厅里等他,他只要现在背着包过去告诉邱奕他被赶出家门了,就可以跟邱奕一起回去。

他不知道邱奕会是什么样的心情,也不知道邱奕看到自己因为这件事儿离家出走了会怎么想……这个情况应该是邱奕没有预料到的。

邱奕又该觉得自己不懂事把事情闹成这样了。

边南走出车库,把背包放在院子门边,把身上的外套脱了扔到背包旁边,然后深吸了一口气,又原地蹦了蹦,这才跑出院门,顺着路往咖啡厅跑去。

邱奕没在咖啡厅里,而是叼着烟站在路边,正往这边看,远远看到边南就掐了烟,迎了过来。

"怎么样,没事儿吧?"邱奕抓住边南的胳膊,借着路灯往他脸上看着。

"没事儿。"边南摸了摸脸,嘿嘿笑了两声,"还能总打啊?"

"怎么说的?比我估计的时间要短啊。"邱奕捏了捏他的肩,"有没有吵架?好好解释了吗?"

"没吵架,放心吧。"边南笑着挥了挥手,"我爸……就是脾气大,也还在生气,但也没太为难我,这事儿暂时也就只能这么着了。"

"真的?"邱奕还是看着他,伸手搂了搂他的肩,"你就稳着点儿,别再跟你爸争什么了,快过年了,别再惹他了,也别再瞎说那些惹他不高兴的话。"

"嗯,我知道。"边南搓了搓手,"你放心吧,可以安心回去了。"

邱奕笑了笑:"你冷了吧?也不穿件外套出来。"

"没顾得上,就赶着出来跟你说一声,我说我上咖啡厅买杯热可可就跑出来了。"边南龇牙笑了笑,"也不冷,比昨儿晚上舒服多了。"

"那你去买热可可?"邱奕在他背上用力搓了几下,"其实你打个电话告诉我不就行了吗?跟家里还没聊顺呢又往外跑。"

"这不是怕你等在这儿担心嘛,"边南笑着说,"先出来面对面汇报一下好让你放心呗。"

"傻了吧你。"邱奕乐了。

边南进咖啡厅里买了杯热可可,又看了看单子,没有米浆,啧了一声:"哎,你什么时候给我做米浆?"

"周末吧,这周六下午没安排补课,可以试一下。"邱奕说。

"这家长也够可以的,周日就三十了吧,能把补课安排到二十九……"边南又啧了一声,把杯子递到邱奕面前,"是不是过了初一又要开始补了?"

"暂时没安排了,没几天就得实习,饭店那边也是忙完过年这几天我就辞了。"邱奕喝了一口热可可,"行了,你快回去吧,要吃饭了吧?"

"嗯,菜都已经摆上了。"边南点了点头,想起了阿姨一个人坐在一桌菜旁发呆的样子。

"那行,我也饿了……"邱奕笑着摸了摸肚子。

"赶紧回去，晚了二宝又该急了。"边南推了推他。

"嗯。"邱奕笑了笑。

两人在咖啡厅里待了几分钟才走出去，邱奕又挺不放心地交代了边南几句，这才拉了拉外套，转身往小区门口走去。

边南拿着热可可往回跑，站在家里院子门外看不到邱奕了，这才进院子把外套穿上，又背上包，重新关好院子门，往小区后门那边走了过去，边走边拿出手机，给万飞打了个电话。

"哎哟南哥，你可算给我打电话了。"那边万飞很快接了电话，"一放假就没消息了，真是伤感情！"

"在哪儿呢你？"边南笑着问。

"姥姥家呗，陪老太太过年呢。"万飞大概是在吃饭，塞了一嘴东西，说话含混不清的，"你这阵子怎么样啊？上班顺利吗？"

"嗯，挺顺利的。"边南说，万飞这家伙居然回姥姥家了，他顿时有点儿郁闷，"你什么时候回？"

"得过了十五，怎么了？"万飞马上反应过来了，"你没在家吗？"

"没怎么，你回来了给我打电话吧。"边南说。

"你是不是没地儿去啊？邱奕家也不行？"万飞有点儿着急，"要不你去我家，我家对门那个阿姨你知道吧？她家有我家的备用钥匙，我给她打个电……"

"哎，我说没地儿去了吗？"边南打断了他的话，"哪儿来那么丰富的想象力，我就是这两天休息了想找你玩。"

"真的假的啊？"万飞乐了，"那你等我，我回去了跟你说，到处玩……"

"行了，你吃饭吧。"边南说，"到时候许蕊一叫你，你就没空跟我玩了……"

"你有没有良心？"万飞喊，又压低声音道，"我是一个重情重义的正经人。"

边南忍不住乐了，跟万飞又扯了几句才挂断电话。

站在小区后门的岗亭边儿上，边南琢磨了半天，拉开了旁边一辆出租车的车门。

"这么冷的天还出门啊。"司机被开门灌进来的北风吹得哆嗦了一下,"上哪儿?"

边南报了"好无聊"的地址。

按目前这情况,除了宾馆,他能去的地方只有"好无聊"了。

他不愿意去宾馆,因为陌生和孤单。

他想找个有熟人的地儿先待着。

"好无聊"的这条街,晚上格外冷清,连大中午的都看不到几个人,这会儿更是一个人影都没有。

边南往楼上看了看,隐约有点儿灯光,于是跑上了楼梯。

店门关着,他借着昏暗的路灯光能看到门上挂了个"太无聊关门了"的牌子。

"叔!"边南拍了拍门,喊了一声,"杨哥!"

里面没动静。

他摸出手机按开手电往门边照了照,没看到门铃,只得继续拍门:"杨哥,杨旭!开门!不开门我踹了啊!"

又拍又喊地折腾了能有两分钟,边南总算听到里面传来了脚步声,松了口气。

门缝里能看到灯亮了,接着门被打开了,杨旭一脸不耐烦地站在里面,一看到边南就把门上的牌子摘下来举到了他眼前:"不认识字啊?"

"不认识。"边南从门边挤了进去,"这才几点,我家楼下的咖啡厅正上客呢,你这儿居然就关门了……"

"那你上你家那儿的咖啡厅待着去,"杨旭关上了门,看着他道,"跑我这儿来干吗?"

"你这儿能睡觉。"边南进了里屋,走到他和邱奕每次来都喜欢坐的窗边,把背包一扔,靠到了垫子上。

杨旭把里屋的灯打开,盯着他看了半天,最后笑了笑:"你俩打架了?"

"谁俩?"边南问,"还有饼吗?我没吃饭呢。"

"没饼了。"杨旭想了想道,"吃饺子吗?"

"哎哟,还有饺子?您这儿不是专卖咖啡与饼吗?"边南有点儿吃惊,不过想不到饺子,肚子里一阵呼喊。

"我自己吃的,还剩点儿,你煮了吃吧。"杨旭指了指外面的冰箱,"你打不过他?"

"谁啊?"边南站起来,跑去拉开了冰箱门,看到一袋速冻饺子。

"邱奕呗。"杨旭靠在里屋的门边笑着说。

边南愣了愣,转过头看着他:"什么?"

"是叫邱奕吗?"杨旭说。

边南笑了起来:"你……怎么能想到我俩打架的?"

"还能怎么想?两人见天儿地待一块儿。"杨旭伸了个懒腰,走到沙发边儿躺了上去,"现在你都惨成这样也没跟他一块儿。"

边南张了张嘴不知道该说什么好,低头把饺子拿出来之后才又看了杨旭一眼:"我……是跟家里闹了,这事儿告诉邱奕又解决不了问题,还让他心烦。"

"所以你就来烦我呗。"杨旭懒洋洋地枕着胳膊,沉默了一会儿又笑了,"揍得挺惨啊是不是?要我送你去医院吗?"

"我先煮饺子吧。"边南拎着饺子在屋里转了一圈儿又停下了,"在哪儿煮啊?"

"哎,烦死了。"杨旭指了指他平时睡觉的小屋,"进去,里边儿有个小厨房。"

边南进了小屋才发现小屋还挺大的,别有洞天的感觉。

书柜、电脑、床很齐全,尽头除了厨房还有个装修得很漂亮的卫生间,他忍不住喊了一句:"你是不是就住这儿呢?"

"嗯。"杨旭走进来,拿了个锅烧上水,"要不还得来回跑,多麻烦。"

边南靠着墙,进屋这么半天,才总算暖和过来了,看着眼前的灶火,心里也踏实了一些:"谢谢杨哥。"

"你是被赶出家门了吗?"杨旭好像一秒钟都不愿意站着,就这么两句话工夫，已经拉过一张椅子坐下了。

"算是吧。"边南低声说。

"你怎么不去找邱奕？"杨旭靠着椅子把腿搭到案台上。

"我没跟他说我从家里出来了。"边南看着锅里的水。

"干吗不说？"杨旭看了他一眼。

"怕他为难，马上要过年了，这事儿……跟他有一点儿关系，我怕他有想法。"边南皱了皱眉，"他心里想什么也不爱说，脸上也看不出来。"

"唉！"杨旭叹了口气，"你不会是打算一直赖我这儿吧？"

"行吗？"边南乐了。

"不行。"杨旭说。

水开了，边南把一袋饺子都倒进了锅里，拿勺子搅了搅："杨哥。"

"别求我，求我也没用。"杨旭说得很快。

"你知道哪儿能租房吗？"边南问他，"一两个月的，现在放假我没法回学校宿舍，展飞那儿要实习期过了才有可能安排住宿，还不一定能安排上……"

"有，我家。"杨旭说。

"给我个便宜价。"边南马上停了手，举着勺子盯着他。

"给你免费。"杨旭站起来慢吞吞地走到小屋里的床边，拉开抽屉拿了串钥匙出来扔给边南，"你帮我把房间收拾干净就算房租了。"

边南看了看钥匙，又看了看杨旭："你那儿多久没收拾了？你就告诉我收拾俩月能收拾完吗？"

杨旭笑了起来："差不多吧，边住边收拾，谢谢了。"

边南收好了钥匙。他还没收拾过屋子，自己的屋子一直是保姆和阿姨给收拾的，他很少回家住，屋里也没什么可收拾的。

不知道杨旭家能乱成什么样……实在不行自己就请家政收拾，比房租便宜多了。

"别想着请家政。"杨旭往锅里加了点儿凉水，"家政看了都不接活儿。"

"你牛。"边南忍不住感叹了一句。

饺子煮好以后,边南找了个盘子装了,坐到平时跟邱奕待的老位子上,没滋没味儿地吃着。

还没吃完,邱奕的电话打了过来,边南拿起手机,冲外面喊了一声:"杨哥,你别说话,我接个电话。"

"谁有病了喊着跟你说话!"杨旭也喊了一句。

"喂?"边南接了电话,"到家了?"

"嗯,你吃完饭了吗?"邱奕笑着问。

"吃着呢。"边南看了看眼前的饺子,倒是热气腾腾的,再听到邱奕的声音,感觉很暖和,"你吃没啊?"

"一会儿吃,邻居奶奶今天蒸包子,拿了一堆过来,正热着……"邱奕说到一半停顿了一下,有些无奈地说,"哎,二宝要跟你说话。"

话音还没落下,那边就传来了邱彦脆脆的声音:"大虎子!"

"哎,二宝,想我了没?"边南莫名其妙地有点儿鼻子发酸。

"想啊。"邱彦估计是跑过来的,声音里还带着喘,"你不是说过年来我家吗?马上过年了,你什么时候来啊?"

"这周末就过去,你哥说做米浆呢,咱一块儿去买年货。"边南说。

"酸奶算年货吗?"邱彦问。

"算,你就记着酸奶了。"边南乐了,"到时给你买一箱,你慢慢喝,也不用老用积分换了。"

"积分也换啊,要换的。"邱彦很严肃地道,"积分换的不要钱。"

"哎,积分怎么来的啊?你这账算的,跟你哥都不像亲兄弟……"边南很无奈,往嘴里塞了个饺子。

"我哥说我跟你才是亲兄弟。"邱彦说。

边南乐了半天:"你哥真损。"

邱彦话很多,跟边南从学校说到家里再说到学校,那边包子蒸好了他都还没说完,邱奕抢了电话:"行了,我们先吃了,明天给你打电话。"

"嗯。"边南应了一声,"我也接着吃了。"

挂了电话之后，边南躺到垫子上，感觉心里舒服了不少。

这一晚上他的心情很难形容，难受、憋闷、轻松、迷茫、不安、忐忑……还有隐隐的兴奋，不知道是因为某种意义上的"解放"，还是因为他对未来有着莫名其妙的期待。

他躺了一会儿，又坐起来把剩下的饺子都吃光了，然后跑到小屋里："杨哥，我用一用你的电脑。"

"先洗盘子。"杨旭看了他一眼。

边南叮叮当当地把厨房给收拾了，杨旭听着他这动静，忍不住回头问了一句："你在家从来不干活吧？"

边南嘿嘿笑了两声，跑到他身边，杨旭正在看网球赛，边南抓住了桌上的鼠标："我用一用电脑。"

杨旭懒洋洋地伸腿往桌子下边儿蹬了一脚，椅子往后滑开了："你干吗啊？"

"我查查钱。"边南冲他龇牙笑了笑。

卡里的钱边南不是太有数，每次老爸说给他打钱他都不会查。

以前他并不在意这些，但现在必须得先对自己的经济状况有个大致的了解，要不光凭自己那不到两千块钱的实习工资，年没过完就已经饿死了。

看到卡上的余额时，他愣了愣，虽然没有具体数，但记得算上还没给邱奕拿过去的"辞典"，应该是十来万，但现在余额显示有二十来万。

他点了点鼠标，查了明细，发现半小时之前有八万的转账交易。

再看到转账信息时，他愣了。

是边皓转的。

"查完没？"杨旭在后面用脚点了点他的屁股。

"嗯，查完了。"边南退出页面，让到了一边，还有点儿没反应过来。边皓给他转钱干吗？是边皓自己转的，还是……老爸让边皓转的？

边南顿时有种说不上来的感觉，无论钱是边皓还是老爸给的，都让他有些无法形容自己的心情。

"听石江说你打球打得挺好的。"杨旭回到电脑前继续看比赛,"怎么没打了,跑去做什么助理?"

"哎,怎么你也问这个?"边南叹了口气。

"很多人问吗?"杨旭笑了,"石江也打得挺好的,后来也没继续打了。"

"我们教练说他受伤了不能打了?"边南顺口问了一句。

"嗯。"杨旭的笑容突然消失了,"是受了伤。"

边南本来还想多问两句,一看杨旭这表情就闭了嘴,转身走出了小屋。

"隔壁屋壁橱里有被子,你拿了随便找地儿睡吧。"杨旭说完,关上了小屋的门。

边南找了被子出来,扔到里屋,在吧台后面的小水池里胡乱洗了下脸。

没有放音乐的"好无聊"很安静,边南裹了被子躺到窗边,枕着垫子,看着窗外的月亮。

不知道家里现在是什么情况了,他叹了口气。

老爸那句滚无论是真心还是气话,自己这一走,都会让老爸更不痛快了吧。

但要不走,他也不知道该怎么继续在家里待下去了。

边南翻了个身,不想了。

虽然从这个并不能算是依靠的家里离开不是件多么愉快的事儿,但他也不想多想了。

明天开始就是不一样的生活了。

边南觉得自己的心真的挺大的,明明这几天心里一直不踏实,昨天、今天又出了这么大的事儿,他居然对着窗户发了一会儿愣之后就裹着被子睡着了。睡着前他看了一眼手机,都还没到十一点。

而且这一睡着就跟吃了安眠药似的,他睡得醒都醒不过来,估计是因为之前一夜没睡。

早上杨旭掀了他的被子踢了他好几脚,他才迷迷糊糊地睁开眼睛:"干吗呢?"

"你今儿上班的吧?"杨旭抱着胳膊,"赶紧起来,我要营业了。"

"你营什么业。"边南很不情愿地坐了起来,"我就没见过你这儿有别人。"

"谁说的?"杨旭往墙边一靠,手往他旁边指了几下,"这么多人你看不到啊?"

"哎?"边南愣了愣,接着就觉得后脊梁发冷,汗毛都竖起来了。

他蹦了起来,一边回手在自己背上拼命搓着,一边骂了一句:"你有病!"

"这是地址。"杨旭把一张便笺纸递给他,"下午下了班你直接过去吧,暖气、天然气都有,记得收拾,不收拾的话一月房租六千。"

"哎,知道了。"边南拿过纸看了看,写得挺详细,这地址看着跟展飞离得倒是不太远,如果骑自行车估计半小时能到,"杨哥,你的字写得真难看,说狗爬出来的都算表扬了……"

"赶紧收拾了走人。"杨旭转身走了出去,"吧台上那套一次性牙刷什么的你用吧。"

"哦。"边南穿上衣服,"你这儿还有这东西啊?"

"以前住店的时候顺的。"杨旭进了小屋。

昨天夜里估计下了不小的雪,走出"好无聊"的时候,边南发现人行道上全是雪,踩上去咯吱咯吱响。

从"好无聊"去展飞不知道该怎么坐车,边南找了个站牌看了看,居然只有一趟车,而且方向完全不对。

他犹豫了半天,是走出去到大街上再找车站,还是……

走了几步之后对面开来一辆出租车,边南蹦着挥手把车给拦下了。今天实在太冷,他还忘了拿围巾,脖子里风灌得畅通无阻,他有点儿扛不住。

边南刚上车，邱奕的电话就打了过来："昨天睡得怎么样？"

"特别好。"边南笑了笑，"一觉到天亮，跟嗑了药似的。"

"还怕你一堆事儿要失眠呢……"邱奕说到一半停了停，"你今儿打车了？"

"嗯。"边南估计邱奕是听到车上打车软件的信息播报了，"我睡过头起晚了，怕来不及。"

"那你先去吧。"邱奕笑了笑，"我们这儿今天要打扫卫生，早上挺忙的，我中午有空给你打电话。"

"好。"边南应了一声挂了电话。

"小邱，"领班在身后叫了邱奕一声，"你带几个男的去把外面的花圃弄一弄吧，太冷了，别让女生去了。"

"行。"邱奕点了点头。

邱奕拿上大垃圾袋，带了几个服务员去了门口的花坛。这花坛是饭店自己弄的，环卫的不负责清洁，一般是他们自己弄。

打扫完了他回到饭店里，感觉手都冻麻了。

一会儿还要擦擦洗洗，他准备去休息室找副手套，刚要进去，就碰上了正从里面走出来的边馨语。

看到边馨语他有些意外，没想到边馨语还会继续来上班。

"早。"边馨语精神不太好，见了他声音不高地打了个招呼。

"早。"邱奕应了一声，犹豫着要不要再说两句，但最后还是没开口。

他想问问边馨语边南是不是不在家里住了。

早上那个电话里，他听到了出租车上的打车信息，虽然很不清楚，只隐约听清一个地址，但那地址并不在边南家去展飞的路上，就算是怕堵车绕路也绕不到那里。

那是从体校打车才会经过的地方。

边南昨天晚上没在家里，但某些原因下，边南没有告诉他这事儿。

邱奕不知道边南是就这一晚上跑出来了，还是离家出走了，还是……被赶出来了。

虽然很担心，但邱奕还是没直接问边南。

边南不是小孩儿了，在这个问题上应该不会太冲动，而且相对于边南的冲动，邱奕更在意的是他的敏感，不想因为自己的追问让边南不舒服。

忙完中午的事儿之后，领班把人一个个叫进了肖曼的办公室。

还有两天就过年了，肖曼这是要发红包。除了工资和加班费，年前她会亲自给每个员工发一个红包。

邱奕走进办公室的时候，她笑着招了招手："坐。"

邱奕在她对面坐下，她从抽屉里拿出个红包递了过来："辛苦了。"

"谢谢曼姐。"邱奕接过红包。他不知道别人的红包有多少，但他这个还挺厚的。

"我听领班说了，年后你还是打算不做了是吗？"肖曼看着他问。

"嗯，先去实习。"邱奕点了点头。

"那行吧，挽留的话我不多说了，你也不是几句话就能改主意的人。"肖曼笑了笑，"不过如果以后你想去新店，或者有什么需要帮忙的，可以跟我联系，别一走了就跟不认识了似的就行。"

"不会。"邱奕把红包收好，站了起来，"其实我才应该谢谢你一直这么帮着我。"

"哎，别说这些，都习惯你平时不说话了。"肖曼笑着挥了挥手，"行了，去忙吧，过年这几天还得你们这些老员工多帮着，事儿多。"

邱奕从办公室出来，直接去了厕所，本来想多憋会儿再看红包里有多少钱，不过没忍住。

边南这两天挺清闲，马上过年了，现在只有一个班打球，工作量减少了很多。

他今天总算记着给苗源打了个电话，说了顾玮的事儿。苗源倒是记得顾玮这人，也愿意认识一下。

"是那个圆脸的教练吧，交个朋友行啊，你把我的电话给他吧。"苗源挺干脆的，"男神都开口了，这面子怎么都得给。"

"这话说的。"边南笑了笑。

"过年有时间出来玩呗，叫上'圆脸儿'，我放假以后一直在家里闲着呢。"苗源说。

"行，约了时间叫你。"边南挂掉电话，冲正在一边紧张地看着他打电话的顾玮比了个"V"。

"同意了？"顾玮问。

"同意交个朋友，不是同意了谈朋友。"边南强调了一下，把苗源的电话号码点出来给他看了。

"这个我知道。"顾玮拍了拍边南的肩，记下了苗源的电话，"谢了。"

早饭边南没吃，午饭顾玮请客，他俩去吃小火锅。边南埋头一通吃，吃完了出来之后感觉自己腰都有点儿直不起来了。

邱奕的电话打过来的时候，边南正一手撑着球场边的铁网，一手揉肚子。

"哎，我吃多了。"边南接起电话就说，"我现在都不敢张嘴。"

"那我过会儿再打，你消消食儿。"邱奕乐了。

"别，别，你的电话我挺得住。"边南靠着网子，"你忙完了啊？"

"嗯，现在能休息一会儿。"邱奕说，"明天你休息了吧？过来陪我去买年货，我单子都列好了。"

"行。"边南立马答应了，"你们发工资了啊？"

"工资昨天就发了，今儿发了红包。"邱奕笑着说，"猜猜有多少？"

"一千？"边南想了想道。

"一千我能乐成这样吗？"邱奕喷了一声，"再猜。"

"你个钱串子，我觉得有五百你都能乐了。"边南嘿嘿笑了两声，"三千？"

"六千六百六十六。"邱奕说，"这个算意外之财，我原来想着能给个一两千，六千是真没想到。"

"你们老板是不是有什么企图啊？"边南皱了皱眉，"展飞这边实习生就没有这样的福利！"

"我又不是实习生，我算老员工了。"邱奕笑了半天，"过年我给你和二宝包红包。"

"我记着了啊。"边南笑着说，笑完了又有点儿惆怅。以往过年他能收到老爸的超大红包，今年是不用想了。

以前的零花钱、红包什么的他都用得大手大脚，早知道省着点儿了。

那八万是不是老爸的红包？

"边南，"邱奕低声说，"跟你商量个事儿。"

"说，咱俩还有什么事儿用商量啊？"边南一边揉肚子一边说。

"我三十那天下午上班，晚上不用上，但回家会晚，所以年夜饭也吃得晚，得九点多了。"邱奕说，"我是想，你要能出来的话，要不你过来吃饭？"

边南愣了愣，中午吃火锅的时候他还在发愁，三十回家应该是没可能了，去邱奕家吃，又怕邱奕会怀疑，也怕邱爸爸有想法，之前又说好了初一才过去玩……

现在邱奕这么一说，他顿时感觉一阵轻松，差点儿要笑出来了。

"行啊！"他立马说，说完觉得太露骨，又装模作样地想了想道，"我家年夜饭八点之前就吃完了，一般我都会出去玩……行，我九点多过去？"

"嗯，你要愿意，过来接我一块儿回去也行。"邱奕说。

"我去接你。"边南嘿嘿笑了两声。

挂了电话之后，邱奕轻轻叹了口气。边南这小子还真是一点儿都不会撒谎，一撒谎跟平时说话风格都不一样了，一本正经，跟傻子似的。

看来他真不是只跑出来一夜啊，邱奕抛了抛手机，这会儿学校宿舍是住不了了，不知道他是租了房还是大手笔地住酒店去了，不知道边南打算憋多久才把这事儿告诉自己。

边南心情不错，三十那天有地儿待了让人心情愉快，下班的时候他背着大包愉快地打车直奔杨旭家查看情况。

他到了小区看着环境还不错，杨旭家的那栋楼在小区靠里边儿，不挨着街，估计挺安静。

从电梯里一出来他就看到了门牌号，就是这儿了。

边南左右看了看，四户，别人家都已经贴好了春联福字，看上去很热闹。

杨旭家光看门的档次就知道装修得应该不错，边南拿出钥匙打开了门。

门里扑面而来的灰尘味儿让他忍不住喷了一声，在墙上摸了半天才把灯给打开。

灯一亮他就愣在了门口。

杨旭这套房子很不错，居然是套复式。

但是……边南知道为什么杨旭会说家政的人不接收拾屋子的活了。

这根本就是从来没住过人的样子，差不多是做完最基本的装修之后就扔着了！

屋子里堆的全是各种箱子和没有找到地方安放的桌椅！还有扔了一地的食品包装袋和莫名其妙的纸……

边南愣了半天之后发出一声感叹，拿出手机翻出了早上出门时记下的杨旭的电话，那边的人一接电话，边南就吼道："叔！你这儿不是要找家政，你这儿得找搬家公司吧！"

"二楼卧室不用收拾，你先住那屋吧。"杨旭懒洋洋地说，"不收拾屋子也行，一月房租八千。"

"之前不是说六千吗？"边南愣了愣，把房门关上，站在客厅的一堆纸箱中间。

"你听错了，八千，这么大一套房，还是新装修的，暖气、水电还都不用你管……"杨旭慢条斯理地说着，"你要觉得贵了就收拾屋子。"

"我要明天再问你一次是不是房租得改一万啊？"边南很无语。

"聪明，好好思考吧流浪汉。"说完没等边南开口，杨旭就挂掉了电话。

"我……哎！"边南无奈地把背包扔到了地上，立马腾起一股白色的灰。

作为一个流浪汉，作为一个合格的自强自立的流浪汉……边南楼上楼下地转了两圈儿之后做了一个工作量评估，决定收拾屋子。

二楼主卧装修得不错，除了需要擦擦灰，没有什么需要弄的，别的屋子他也都看了一下，没什么家具。

自己的主要工作就是把那些没拆开的箱子都搬进一个屋里码好，再把客厅里的家具找地儿摆上，然后就是擦擦洗洗扫地拖地了。

这也没多难嘛！

虽然从小到大只在学校大扫除的时候擦过桌子，但边南还是对自己充满了信心。

他去厨房翻了翻，找到几块新的抹布，把卧室擦了几遍。

桌上有盏挺后现代的台灯，边南把灯往边儿上移了点儿，把小泥人儿和小猪拿出来放在了桌子中间。

放好之后他打开卧室的柜子看了看，让他开心的是被子什么的都用真空袋装着，没有落灰。

里面还挂着几套运动服，看样子应该是杨旭的，不过边南还真没见过杨旭穿运动服……

他把自己的衣服挂在旁边的柜子里，再把床给铺好了，往上一躺，感觉还挺舒服的。

如果不打开卧室门的话。

收拾好卧室用了一个多小时，边南洗了个澡，在一楼的卫生间里找到了洗衣机，试了试居然能用。

"真神奇。"他本来想先冲冲洗衣机里的灰，但想想反正也是脏衣服……于是也没冲，直接把换下来的衣服扔进去洗了。

没有洗衣粉，边南四下找了找，在厨房里找到了替代品。

不过他没想到自己第一次洗衣服用的会是洗洁精。

今天就这样吧，起码是可以睡觉了，边南翻出钱包，准备去小区里的面馆吃点儿东西。

　　他正要出门,邱奕的电话打了过来。

　　"你现在休息啊?"边南知道邱奕今天晚上要上班,看了看时间,应该是服务员轮流吃晚饭的时间。

　　"嗯,刚吃完饭,休息一会儿。"邱奕说,"你干吗呢?"

　　"刚收拾完屋子。"边南顺嘴说了一句,说完立马掐了自己的大腿一下。

　　"收拾?"邱奕问。

　　"是……收拾收拾。"边南只得顺着往下说,"不是要过年了嘛,就收拾一下自己的屋子。"

　　"你家不是有保姆收拾吗?"邱奕又问。

　　"我的屋不想让保姆弄。"边南很小心地说,一扭头看到了桌上的泥人儿和猪,于是顿时找到了理由,"你送我的礼物都在屋里,不想让人碰。"

　　邱奕笑了笑:"不说礼物我还忘了,给我写的信呢?"

　　"哎!"边南乐了,"这两天就给你写,有你这样的吗?追着人要……"

　　"我要拿个镜框放起来。"邱奕笑着说,"字数给我写够了,少一罚百。"

　　"够,够,够,肯定够!"边南说。

　　"那你歇着吧,明天别睡太晚,我抽根烟得去忙了。"邱奕那边传来打火机的声音。

　　"抽你。"边南对着电话啧了一声。

　　邱奕笑了起来,又咳了几声:"晚安。"

　　"晚安。"边南挂了电话吹了声口哨,拿着钱包和钥匙出了门,邱奕应该是没怀疑了。

　　面馆的牛肉面味道还不错,因为要关门了,老板就把剩下的肉都放了,边南吃得很爽。

　　不过看到面馆老板和老婆孩子一块儿坐在旁边看电视的情形,他又有点儿郁闷。虽然对他来说，家并没有什么让人特别留恋的地方，但他这么跑了出来，心里还是有些不是滋味儿。

毕竟现在他身后是真的空了，连老爸都没在他身后了。

不过这也没什么，三十那天他还能跟邱奕一块儿过呢，挺好的。

睡觉前边南把手机调了闹钟，怕自己又睡过头了。邱奕要来一句"上你家门口接你去吧"，他就得露馅儿。

不知道是不是因为安顿下来了，心里的事儿慢慢开始冒头，他这一夜睡得不太踏实，闹钟还没响他就醒了。

边南给邱奕打了个电话告诉他自己一会儿过去，然后飞快地洗漱完，穿过客厅里的八卦箱子阵出了门。

按老习惯在邱奕家胡同口买了一堆早点，边南拎着几个袋子刚进胡同，就听到了邱彦的喊声："大虎子——"

小家伙估计已经在院门口等一会儿了，一看到边南就飞快地跑了过来。

"哎！二宝！宝贝儿！小可爱！"边南一连串地喊着，把手里的袋子抓牢了，伸胳膊接住了跟要练铁头功似的一脑袋扎进他怀里的邱彦，"还好我没吃早点，要不得被你顶出来。"

"我也一块儿去买年货！"邱彦搂着他的脖子，声音里透着兴奋，"哥哥说让我自己挑想吃的东西！"

"那你想吃什么？"边南抱着他往院子里走去，"你还吃啊，我怎么感觉几天没见，你重了这么多啊？"

"我胖了，还长个儿了。"邱彦有点儿得意，"我现在是班上第二高的了。"

"胖了你还美成这样呢……再胖点儿没人喜欢了。"边南喷了两声。

"不怕。"邱彦把下巴搁在他的肩上，晃着腿，"我觉得我胖了也挺好看的。"

边南笑了好半天，差点儿抱不住他："你这自信随谁啊？"

邱奕已经起床了，边南推门进屋的时候，他正跟邱爸爸坐在客厅里说话。

　　一看到边南进来，邱爸爸就笑了："我就说不用去买早点了。"

　　"叔。"边南放下邱彦，把手里的袋子放到桌上，"您是不是爱吃胡同口那家的虾饺？刚才我一看还有最后两屉，立马抢了，我后边儿的大姐瞪了我好几眼，我都没敢回头看她。"

　　"哎，挺好，这星期想吃都没抢着，昨天明明还有一屉，邱奕硬是让给别人了。"邱爸爸马上伸手捏了一个吃了，"你俩一会儿是去哪儿买东西啊？"

　　"就广场那边儿的年货集市，今天最后一天，到中午就收了。"邱奕说，"吃完了过去正好，这会儿东西还便宜。"

　　"你列的那个单子里有没有送邻居的东西？"邱爸爸边吃边问。

　　"有，我都想着呢，不是说我们饭店之前做的那种盒装的点心好吃嘛，这两天又做了，我要了一堆，到时一块儿分给他们。"邱奕放了一杯豆浆到边南面前。

　　"你叔那边儿你什么时候去？要不要拿点儿……"邱爸爸想了想又问。

　　"我看时间吧，你别操心了，我有数。"邱奕说，看了看在一边儿拿了包子因为兴奋边吃边满屋转悠的邱彦，"你是吃还是转？选一样。"

　　"吃。"邱彦马上坐到了桌边。

　　"对了，一会儿你们去的时候，衣服就别瞎买了，去年二宝给我挑了件大红棉袄，我穿着连院子里都不好意思去了。"邱爸爸又说了一句。

　　边南一听就乐了，笑了半天。

　　他一直没说话，就这么听着邱爸爸和邱奕有一句没一句地对话。

　　这些对话的内容并没有什么特别的，但就这么边吃边听着让他感觉很舒坦，有一种听一天也不会烦的感觉。

　　今天天气还不错，气温虽然还是很低，不过阳光很明媚，风也不大。

　　出门前邱彦因为兴奋过度在屋里跑圈儿跑出了一身汗，被邱奕罚站了二十分钟，等到身上的汗都退了，才裹了厚厚的羽绒服出门。

"别再给我买大红棉衣！"邱爸爸在屋里追了一句。

"好的！"邱彦很响亮地回答，跑出院子了又补充了一句，"那买大花棉衣！"

"这是什么品位啊……"边南叹了口气，看到邱彦已经冲出院子，他赶紧追出去喊了一嗓子，"你自己去吧。"

邱彦头也没回，一路撒着欢儿地往胡同口跑过去了。

"你管不管啊？一会儿让人拐走了。"边南回过头看了一眼慢吞吞地走过来的邱奕。

"就在胡同口待着呢，那些摆摊的人都认识他，谁拐？"邱奕笑了笑。

两人走到胡同口的时候，邱彦正蹲在路边跟一个小男孩儿一块儿盯着地面。

"干吗呢？"边南凑过去也蹲了下来。

"看！"邱彦指了指地上的一摊水，"大虎子，你说这水什么时候能变成冰？"

"怎么也得半小……"边南说到一半突然顿了顿，声音一下提高了，"这是什么？"

"狗尿。"那个小男孩儿说。

边南一阵恶心，伸手往邱彦的肚子上一兜，直接把他拎了起来："你俩有病啊？蹲在这儿盯着一泡狗尿！"

"半小时吗？"邱彦挂在边南的胳膊上还没忘了跟那小孩儿说，"半小时，你看着点儿啊，我回来的时候告诉我。"

"好！"小孩儿点了点头。

边南走出老远了才把邱彦放到地上，拉过他的手，捏着他的手套问："你真是不讲究，有没有弄脏手？"

"你缺心眼儿吧，知道是狗尿谁还去碰啊？"邱彦抽回手，"那是狗尿啊！"

"知道是狗尿你还蹲跟前儿研究呢？还说我缺心眼儿？"边南震惊了。

"我有数。"邱彦拍了拍手。

"别学你哥说话！"边南喷了一声，拉着他的手往车站走去。

邱奕根本没管他俩，只是边走边看着手里的单子。

"你弟玩狗尿呢，你看见没？"边南用胳膊撞了他一下。

"弄脏了没？"邱奕把单子放回兜里。

"没。"边南又捏了捏邱彦的手，手套挺厚的，邱彦的手在手套里一点儿也不老实地一会儿伸直一会儿屈起来。

"那你管他呢。"邱奕很无所谓地说。

"当我没说。"边南叹了口气。

广场离得不算远，坐公交车就五站。

边南跟在邱奕身后把邱彦拎上了公交车，已经腊月二十九了，不少上班族这两天才放假，都出门买东西了，车上人挺多。

邱彦上了车站定之后就扯着边南的裤腰，挺开心地东张西望。

边南站了一会儿觉得不行，低头小声地跟邱彦说："哎，二宝，你拽你哥的裤子成吗？他的裤子有皮带，我这运动裤你再拽两下就给我脱了。"

"哦。"邱彦点了点头，裹着一身球似的衣服转个身，拽住了邱奕的裤腰。

"拽掉了？"邱奕笑着小声问。

"再拽估计就快……"边南也小声说。

"小偷！"邱彦突然喊了一声，"你偷东西！"

这一嗓子把周围挤成一团的人都惊着了，所有人都捂着包和口袋扭着身体看了过来。

"怎么了？"邱奕第一时间把邱彦从身侧拉到了自己和边南中间。

"他偷东西！"邱彦指着邱奕身后的一个男人，"他拿了那个姐姐的手机！"

"啊！"旁边一个姑娘突然也喊了起来，"我的手机！"

"小孩儿别瞎说啊！"那个男人一脸愤怒地指了指邱彦，"这么小就会说瞎话了！家长怎么教育的？"

"我没瞎说！"邱彦有些着急，"我看见了，就在你的兜里呢！"

"我兜里？"那男人马上喊了起来，一边喊一边把自己的衣服和裤子上的兜都翻了出来，"在哪里？哪儿有？"

邱奕皱了皱眉，还没开口，男人身后一个戴着雷锋帽的人突然指了指地上："哎，这是谁的手机掉了啊？"

"哎，我的手机，是我的。"那姑娘赶紧很费力地弯腰把手机捡了起来。

"小孩儿真厉害，这么小就会害人了，大人可得好好教教！"戴雷锋帽的男人说了一句。

"我没有……"邱彦顿时带着哭腔喊了起来，"我没有！"

边南一听就急了，扒开人群就往那人面前挤了过去。

"我知道。"邱奕拍了拍他的脸，跟着边南一块儿转身一边一个地站在了那两人身边，"一伙儿的吧？"

"神经病！就是有你这样的家长才会有这样的孩子！"那人一脸不满。

正说着话，车到站了，车门打开，这两人立马转身往车门处挤了过去。

"都别走！"边南一把抓住了其中一个人的胳膊。

"干什么？想打人啊！"两个人都喊了起来。

"下车。"邱奕跟边南说，拿出了手机，"我报警，这两人肯定是老手。"

两人已经挤到车门边，边南直接一脚踹在了那个男人的背上，那人扑着摔到了车下，边南拽着戴雷锋帽那人的胳膊把他也拽下了车。

邱奕跟着跳下车，拧住了地上爬起来想跑的那人。

"干什么？打人啊！打人了！"那人顿时喊了起来，回手就想往邱奕脸上打过去。

"打你怎么了？"邱奕架住他的胳膊往地上狠狠一推，那人又扑到了地上。

邱彦也挤着跳了下来，一下车就跑到旁边一堆等车的人旁边喊道："哥哥、叔叔！快帮忙抓小偷！"

要说打架，就这两人还真不是边南和邱奕的对手，再来几个他跟邱奕也能放倒。

这人被边南把胳膊往背后一拧就号了起来，边南把这人的胳膊往下一拉，这人就跟地上那位跪在了一块儿。

紧接着排队等车的队伍里有俩大学生模样的男生也跑了过来，几个人把俩小偷按在了地上。

有人往其中一个人的衣服里摸了一把，两个女式钱包掉了出来。

"钱包挺多啊，你妈还是你媳妇儿的？赶着买年货呢吧？"边南说。

邱奕打了110，警察两分钟之后就到了现场。

边南和邱奕带着邱彦跟警察叔叔一块儿回派出所做了笔录，这两人还真是惯犯，警察看到他俩都忍不住说了一句："又是你们。"

做笔录的时间不太长，邱彦从派出所出来的时候有些手舞足蹈，一看就是连惊带兴奋得有点儿收不住了。

"警察叔叔表扬我了！"邱彦拉着边南的手一直晃。

"嗯，真能干。"边南蹲下摸了摸邱彦的脑袋，但今天这事儿他不敢轻易多说，他拿不准主意是该鼓励还是该教育邱彦少管闲事儿，抬头瞅了邱奕一眼。

"今天很勇敢啊。"邱奕也蹲了下来，"这么牛就喊了？"

"你和大虎子都在啊。"邱彦有些得意地搂住他的脖子，偏过脑袋枕在他的肩上，"我就喊啦！"

"我们要是没在呢？"邱奕拍了拍他的背。

"悄悄告诉司机，悄悄报警，悄悄提醒那个姐姐。"邱彦回答得很溜，"对不对？"

"没错。"邱奕抓了抓他的头发，"走，我们现在得打车去广场了。"

"之前教育过？"边南小声问邱奕。

"嗯，小屁孩儿特有正义感，不提前教着不行。"邱奕点了点头，"我挺怕他哪天就自己冲上去了。"

"告诉他别管闲事儿不就……也不行。"边南想了想道，"一个男人不能这么窝囊。"

"带小孩儿可烦了。"邱奕笑着说，"特别是一带带俩。"

"滚。"边南乐了，"今儿我要是没在你打算怎么办啊？"

"这两人也没什么战斗力，再说了，能拽一个是一个呗，拽住了就喊，坐地上一边蹬腿一边号，说自己的钱包丢了，不让开门，警察来了再说。"邱奕笑着说。

边南笑了好半天："想象不出来，堂堂一个大老爷们儿拽着人家胳膊坐地上不起来。"

"又没人认识我。"邱奕啧了一声。

三个人到广场的时间还算合适，集市还有不少摊位摆着，逛的人也很多。

邱彦很兴奋地每一个摊位都扒着看半天，没跑几分钟又看中了一件红色的大团花棉衣："这个爸爸穿好看！"

"哎，可别折腾爸爸了。"邱奕笑了起来，"今天你给自己挑东西就行。"

"婶儿，"邱彦指着衣服问老板，"这个有我能穿的吗？"

"我求求你了。"边南一把抓着邱彦的衣领把他拎开了，"你能不这样吗？一会儿我给你买衣服，纠正一下你的审美！"

"你自己的衣服都是运动服。"邱彦有些不满，"我不要运动服。"

"不给你买运动服！"边南很无奈，"我给你买别的，你不要运动服也别盯着大团花盘扣儿的棉衣啊……"

边南不知道以前邱奕带着邱彦出来是怎么带的，反正今天他感觉自己根本没法逛，就被邱彦拽着在各种摊子前转，看着邱彦把每个摊位上最奇葩的东西挑出来……

邱奕倒是挺气定神闲的，按部就班地照着单子上的东西一样样买着：

春联、小吃、各种食品。

"我不行了。"边南拎着邱彦走到邱奕身边,"我跟你换换吧,我买东西,你带着你家二宝,他跟头猪一样到处乱拱,我受不了了。"

"你不用管他。"邱奕看了边南一眼,伸手往他的鼻尖上碰了碰,"哎,汗都出来了啊?我以为你想跟着他到处转呢……"

"废话,他这么跑我能不跟着吗?丢了怎么办?"边南皱着眉道。

"你别管他,他就不乱跑了。"邱奕把手上的几个袋子递给他,"上那边儿看看,还要买点儿糕点……"

边南犹豫了一下,拎着袋子跟在邱奕身后,走了一段之后发现邱彦还真不乱跑了,老实地跟在他和邱奕身边儿。

"这怎么做到的?"边南觉得挺神奇。

"没人跟着他,他怕自己走丢了,就老实了。"邱奕说。

"哦。"边南看了看邱彦,这都什么神奇的毛病。

年货基本买齐之后,邱奕和边南带着邱彦进了商场,把东西都存了。

"现在买衣服。"边南拉着邱彦,"我给你挑,你闭嘴跟着,知道吗?"

"嗯。"邱彦拿着一块巧克力啃着。

边南转了两圈儿,给邱彦买了件橙色的小羽绒服,再配了条牛仔裤,还想再挑的时候邱奕拦住了他:"差不多了。"

"没事儿,反正……"边南想说反正本来想给老爸和家里人买东西的钱也用不出去了。

"嗯?"邱奕看着他。

"反正我钱多。"边南闷着声音说。

"哟,一月挣不到两千块钱就敢说自己是有钱人了?"邱奕笑着说。

"行,行,行,不给二宝买了,也不给你买,我给叔叔买点儿东西总行吧?"边南之前就想好了,给邱爸爸买个那种能放在身后按摩脖子和背的按摩器,躺下了还能放在腿下边儿按腿。

"行。"邱奕说。

邱奕给邱爸爸买了个剃须刀，据说邱爸爸虽然身体不好，但胡子是"剃须刀杀手"，一年要换好几个。

在一楼看到有针织品打折，邱奕想了想，拉着边南过去了。

"干吗？"边南跟着他挤进了人堆里。

"围巾，一人来一条吧？"邱奕说。

"咱俩？"边南在他耳边问道。

"嗯。"邱奕笑了笑。

边南本来逛得有点儿累了，一听这话立马来了精神，扑到围巾架子前就开始挑。

"带花纹的还是纯色的？"边南回过头问邱奕。

"都行。"邱奕说。

边南挑了条灰色带暗蓝色条纹的围巾，又挑了条白色带同样蓝色条纹的："行吗？"

"嗯。"邱奕拿过两条围巾比了比，把白色那条递给边南，"你用这条。"

"为什么？我要灰的。"边南抓过灰色那条围巾。

"这跟你的脸都一个色儿了。"邱奕把灰色那条又拿了过去。

边南有点儿无奈："我这是健康的小麦色，跟灰色不挨着好吗？"

"不好。"邱奕说。

"哎，行，行，行，我要白的。"边南拿过白色那条围巾围到自己的脖子上试了试，冲镜子里的自己龇了龇牙，还挺好看的。

"我要这个。"邱彦突然伸手拉住了架子上一条红色的围巾。

"没你的。"邱奕说。

"我要红色的这个。"邱彦就跟没听到邱奕的话似的又说了一遍。

"你不是有吗？"邱奕扯了扯邱彦脖子上的蓝色小围巾。

"过年我要红色的。"邱彦仰着头说，"我和爸爸都要红色的。"

边南忍着笑看着邱奕，邱奕无奈地叹了口气，把红色的那条围巾拿了下来，又给邱彦找了条小的。

邱彦很满足地拿着两条红围巾转身去收银台了。

"哎！"边南乐得停不下来，"快成家庭装了。"

"要不咱俩也换红的？"邱奕斜眼儿瞅着他。

"别，别，别，别啊。"边南赶紧拉着他，"我这脸色配红的不能看，影响我英俊的形象。"

他们买完全部东西，已经到午饭时间了，邱爸爸打了个电话过来，说已经在隔壁院刘叔家蹭火锅吃了，让他们带邱彦在外面吃点儿东西。

"想吃什么？"邱奕弯腰看着邱彦。

"酸奶、巧克力、牛肉干……"邱彦张嘴就报了一串零食。

"重新说一遍。"邱奕看着他道。

"黄焖鸡米饭。"邱彦马上换了答案。

"多难吃啊……"边南在一边喷了一声，正想说要不去吃大筒骨，手机响了。

他把手上的袋子放到脚边儿，掏出手机，看了一眼就愣了。

边皓打来的电话。

边皓十年也不会给他打一个电话，现在接到边皓的电话让边南相当意外。

"我接个……电话。"边南看了看邱奕，拿着手机装作若无其事的样子慢慢走到了一边儿，然后才按了接听键，"喂？"

"边南？"边皓确定似的问了一句，估计这号码打得太少。

"嗯。"边南小声说，"有事儿？"

"你……明天回家吗？"边皓问。

"明天？"边南愣了愣，沉默了一会儿才说，"我回去……会给老爸添堵吧。"

"不知道。"边皓说。

"他还在生气吗？"边南想到老爸的眼神，还不错的心情顿时落到了脚面上。

"大概吧，这两天他都在书房没怎么出来。"边皓的声音里听不出情绪。

"那我……"边南一想到回家要面对的场面,立马觉得一阵混乱,犹豫了半天咬了咬嘴唇,"先不回去了。"

边皓没说话,过了一会儿才开口:"你住哪儿?"

"朋友租了房子给我。"边南往邱奕那边看了一眼,邱奕正蹲着把那条小红围巾给邱彦围上。

"那随便你吧。"边皓说。

"对了,"边南想了想道,"我卡上多了八万……是爸……"

"我给你转的。"边皓清了清嗓子,听着似乎有些尴尬,"爸没真想让你滚,你要真有什么事儿,谁的日子都不好过。"

"我能有什么事儿?"边南没想到钱真是边皓自己的,有些不知道该说什么了,"我卡上还有钱。"

"我不知道你有多少钱。"边皓说,"行了,就这么着吧,挂了。"

边南挂了电话,背对着邱奕那边先龇牙咧嘴地活动了一下自己的脸,整理出一个合适的轻松表情之后才转过身小跑着过去。

"谁的电话啊?"邱奕站起身来。

"好看吗?"邱彦扯了扯自己的围巾看着边南。

"好看,小帅哥。"边南在邱彦的脸上弹了弹,又看着邱奕,"我……爸的电话。"

"没事儿吧?"邱奕问。

"没事儿,就挺尴尬的,不想当着你的面儿说。"边南嘿嘿笑了两声,在心里给自己瞬间编瞎话的技能竖了竖拇指。

"吃黄焖鸡米饭?"邱奕拎起地上的袋子。

"哎,二宝,"边南实在对黄焖鸡米饭没兴趣,"咱去吃大筒骨火锅怎么样?或者涮羊肉?"

"涮羊肉!"邱彦眼睛一亮,"涮羊肉!"

市中心这块儿这个时间想找个涮羊肉还有空桌的店不容易,他俩直接打了车往边儿上去了。

"过年了嘛,"边南小声说,"又买了这么多东西,还带了个小朋友,打车舒服点儿吧。"

邱奕听了就乐了,凑到他耳边道:"我说不让打车了吗?"

"我说给自己听呢。"边南喷了一声,"现在不是学着过日子吗?算着点儿。"

"一会儿我请你吃涮羊肉,你别算了。"邱奕笑着说,"我这儿有意外之财。"

他们找到的这家涮羊肉馆子位置偏,加上时间稍晚了一些,所以人不多,进去还能找着靠窗的桌,虽然窗外就是大街,也没什么可看的。

边南脱掉外套,再帮着穿得跟粽子一样动起来都不灵活的邱彦把身上的外套扒了:"二宝爱吃涮羊肉啊?"

"爱吃,我爸爸也爱吃。"邱彦趴到桌上,"我已经闻到香味儿了。"

"哎,那咱自己吃了,你爸没东西吃多不好啊。"边南想了想,拍了拍邱奕的手,"要不下午买点儿羊肉回去涮?"

"你晚上在我家吃?不回去?"邱奕看了他一眼。

"不回啊,我那儿乱七八糟的也没收拾,都是灰,我回去一个人多没意……"边南没说完,停下了。

他都说什么了?

一顺嘴他怎么说出这么一句?

"我是说……我家……他们都出……出去吃了。"边南艰难地垂死挣扎着,"我……"

邱奕没出声,一手拿着菜单慢慢看着,一手拿起杯子喝了口茶,嘴角带着一抹没忍住的笑容。

"我这意思是……唉!"边南往椅子上一靠,"不说了!"

"百密一疏啊。"邱奕嘴角的笑容慢慢漾开了,"边南,你撒谎的水平还不如二宝。"

边南看着邱奕脸上的笑容,好半天都没回过神来。

这家伙是不是早就发现了?

可他是怎么发现的？这事儿怎么可能被发现？

自己明明装得挺像那么回事儿的……

边南有点儿尴尬，有点儿不服气，还有点儿猛地弹出来的轻松感。

"百密一疏呀！"邱彦在旁边一边喝茶一边学了一句。

"闭嘴！大人说话小孩儿别插嘴！"边南瞪了他一眼，又转过头看着邱奕，"你是不是早知道了？"

"也不算太早。"邱奕还是笑，慢慢地拿了笔在菜单上打着钩，"see you tomorrow（明天见）要来一份吗？"

"什么？"边南愣了愣。

"金针菇，吃吗？"邱奕看了看他。

"……"边南这才反应过来，"不吃！这么说完了谁还吃得下去啊？"

"那来点儿……"邱奕继续看菜单。

"你点你要吃的就行，肉、粉丝、蒿子秆儿，我吃涮羊肉就这三样。"边南说，想了想又问了一句，"你怎么知道的？"

"你打车那天，我听见司机那个打车软件的信息了。"邱奕又点了几个菜，把菜单递给了服务员，"什么朵朵幼儿园的，不就在小吃街东口吗？'好无聊'那条街。"

"我……"边南瞪着他，"你的耳朵也太好了吧？"

"你不会是住'好无聊'去了吧？"邱奕喝了口茶，托着下巴看着他。

"没。"边南叹了口气，"我就那天晚上出来没地儿去，在'好无聊'待了一宿，然后……杨旭把他的房子租给我了，说起他那房子，我真……"

"先不说房子，"邱奕打断他的话，问道，"怎么跑出来了？"

"我爸让我滚来着。"边南闷着声音道，一想起那天晚上混乱的情景就堵心，"你别细问了，我话都没说上两句。"边南趴到桌上。

"那你说什么了？"邱奕在他的脑袋上抓了抓。

"不记得了，其实都没整句子，爸……我之类的。"边南皱了皱眉，"大概他就是气我突然这么跟他拧着来吧，从小他骂我我都不出声的，这回抽了风似的把他气着了，他还问我能不能改……"

"知错就改才是好孩子。"邱彦在一边儿又说了一句。

"我没错啊。"边南乐了,手指在他的脸上弹了弹,"二宝真乖。"

邱奕笑了笑没再说什么。

边南跟邱彦逗了一会儿,服务员把涮锅端了上来,是个鸳鸯锅,邱彦挺着急地拿筷子往辣锅里蘸了蘸,放到嘴里:"啊!辣!好!"

"我是不是……太不懂事儿了?"边南没忍住又问了邱奕一句。

"也不算。"邱奕笑了笑,"偶尔爆发一次吧,你不是连叛逆期都没有吗?只是时机不太对,不过人在气头上,说什么时机都不对。"

"唉。"边南靠到椅背上叹了口气。

"以后有事儿你还是跟我说吧,我会有感觉,你不说我会担心。"邱奕说。

"我主要是不想让你有压力,你说,本来能混过去的事儿,我这么一闹……"边南看了一眼旁边正埋头搅着蘸酱的邱彦,"总之就不想给你找事儿。"

"没事儿。"邱奕夹了片羊肉放到锅里涮了放到邱彦的碗里,"我的事儿一直挺多的,习惯了,多一件少一件的没感觉。"

边南喷了一声:"知道了。"

邱奕又涮了几片肉放到他的碗里,轻声说了一句:"谢谢。"

"你……"边南知道邱奕在谢什么,这声谢谢让他心里挺暖的,但不知道说什么才好,吃了片肉之后才说了句,"客气了。"

"你还能不能行了?"邱奕乐了,"对了,那房子很乱吗?"

"唉!别提了!"边南一听这话,立马放下了筷子,"他说要是我给他收拾屋子,就不收房租,让我白住俩月,我一听挺合适啊,结果一看,他根本没收拾过,感觉搬家搬一半就停了,东西都没整理呢!不过暖气和天然气都通着,你说这人是不是有病……"

"要不明天我过去帮你收拾一下吧。"邱奕笑着说,"我看看是什么样的房子。"

"明天太赶了,过几天再说吧。"边南顿时觉得心情好得不行,"房子复式的呢，我就说杨旭肯定不缺钱，买个房子不住，开个店不做生意，强买强卖爱来不来……"

边南心情好了在食量上就会有体现，埋头一通吃。

他们吃完的时候一数，小肥牛盘子六个，羊肉盘子八个。边南摸了摸肚子："这里得有一半是我吃的。"

"还有一半是我吃的！"邱彦也摸了摸肚子，打了个嗝。

"嗯，我就是来看你俩吃的。"邱奕叫了服务员来结账，"看着你俩吃完了还要管给钱。"

"好惨。"边南嘿嘿嘿地乐了半天。

"晚上还吃吗？"邱彦很关心这个事儿。

"吃！"边南打了个响指。

"明天呢？"邱彦很开心地又问。

"明天三十，吃饺子啊。"边南搂过他，搓着他的脑袋上的卷毛。

"嗯。"邱彦靠在他身上，看着邱奕，"那明天拿饺子给妈妈吗？"

边南愣了愣，手上动作停了。

邱奕点了点头，看了看边南："明天是我妈的忌日。"

"哦。"边南有些吃惊，"你妈是年三十……"

"是今年正好年三十这天。"邱奕扫了他一眼，"你不会分不清阴历和阳历吧？"

"你才分不清呢！"边南说。

从饭店出来，他们又去了趟超市，把晚上涮羊肉的材料买齐了，一堆东西差点儿拿不了，连邱彦小朋友手里都提了三个袋子，只好又站路边打车。这会儿风大，他们站在靠里的广告牌旁避风，连着三辆车都因为拎的东西太多行动不便而被人抢占了。

"嘿！"边南怒了，"这都什么素质啊！"

"没事儿，这条路车挺多的，再拦呗。"邱奕无所谓，"反正吃多了，站会儿消消食儿，要不滴滴叫一辆过来……"

"不，我要发大招。"边南磨了磨牙。

又站了几分钟，来了第四辆车，边南赶紧甩着手里的袋子蹦了蹦。

车在他们前两米处靠边儿停下了，边南正要冲过去的时候，一个男人跑了过来，直接拉开了车门。

"你找事啊！"边南吼了一声。

那人吓了一跳，转过头看着他。

"我叫的车，你上一个看看！信不信我抽你！"边南恶狠狠地拎着几个袋子稀里哗啦地走了过去。

那人脸上闪过一片惊恐之色，边南一看就舒坦了，吓死你！

他正美呢，那人突然跳上了车，直接把车门一摔，边南得意的笑容还没有在脸上顺利绽开，车嗖地就开走了。

"你！"边南冲着车屁股吼了一句，实在不能接受这样的现实。

"这就是你的大招？"邱奕笑得停不下来，拿了手机，用打车软件叫了辆车，"妈呀，吓死我了。"

"吓死我了！"邱彦跟着很响亮地喊道。

第五辆车是邱奕叫来的，他们终于成功上了车。

边南揪着邱彦上了后座，车门一关就抓着邱彦一通揉："小东西，今天一天都跟着挤对我！"

邱彦闭着眼在他身上边笑边扭，笑得特别响亮。

"嗓子真好。"边南揉了一会儿松了手，捏了捏他的脸，"可惜一唱歌就开飞船，跑得嗖嗖的。"

"我要吐了。"邱彦笑着喘了好半天，突然皱了皱眉。

"哎！小朋友别吐车上啊！"司机一听就喊了起来，"后座背兜里有塑料袋，给他拿一个接着。"

边南赶紧手忙脚乱地翻出袋子接在了邱彦的脸跟前儿。

邱彦对着袋子沉思了半天，最后抬起头道："没了。"

几经折腾，回到邱奕家的时候，边南觉得自己往沙发上一躺就能睡死过去。

"回来了啊?"邱爸爸正守着电暖器看电视。

"爸爸!大虎子给你买了围巾!"邱彦从一堆袋子里翻出了那条红围巾扑到了邱爸爸身上,"你看!"

"哎,怎么让大虎子买东西啊?"邱爸爸笑着低下头,让邱彦把围巾胡乱地绕到了他的脖子上。

"过年嘛。"边南坐到邱爸爸身边,帮着把围巾整了整,"也不知道买点儿什么好,就一人来了一条。"

"挺好,挺好,比棉衣强。"邱爸爸挺高兴,笑了一会儿就咳上了。

边南在他的背上拍了拍,但邱爸爸咳得挺厉害,半天都没缓过劲儿来,脸都涨红了。

"哥哥!"邱彦冲着门外喊了一声。

正拿了东西去厨房放着的邱奕跑了进来,在邱爸爸的背上又捶又揉的,问了一句:"堵痰了没?"

邱爸爸边咳边摇了摇头,邱奕拍了边南的肩膀一下:"倒杯水。"

"哦。"边南跑去拿了杯子倒了杯热水。

邱爸爸又咳了一阵,总算是停下了,靠在轮椅上闭着眼睛捯着气儿,过了一会儿才长叹口气,拿过杯子抿了一小口热水:"唉,还以为要咳死了呢。"

"今天是不是没吃药?"邱奕弯下腰看着他。

"吃了。"邱爸爸说,"比吃饭还积极呢。"

"天天吃着药怎么还咳成这样?你这次咳的时间也太长了。"邱奕皱着眉,"一会儿去医院看看吧。"

"不去!"邱爸爸马上推开了他,看到邱奕脸上没有笑容,又换了个语气,"大过年的……要去也再等两天吧,这两天医生休息呢。"

"你这阵子是不是都不舒服?是不是没跟我说?"邱奕还是盯着他,"别撒谎,撒谎我看得出来。"

"哎,当着大虎子的面儿这么训你爸,面子都不留。"邱爸爸啧了一声,"是有点儿不舒服,反正天气一冷了不就这样吗?具体也说不上来哪儿不舒服,就没跟你说,其实我看着你这凶巴巴的样子就挺不舒服的。"

"边南,帮我把这些东西拿去厨房放好。二宝,去告诉大虎子放哪儿。"邱奕指了指桌上的年货,"我打个电话。"

"嗯。"边南把桌上的袋子都拿上了。

"好的!"邱彦应了一声,跟在边南身后。

边南感觉之前邱爸爸也总咳嗽,但今天咳得特别厉害。他按邱彦的指点把东西放好之后蹲下了:"二宝。"

"嗯?"邱彦靠到他身上。

"你爸爸以前这么咳过吗?"他小声问。

"没有……有,有过。"邱彦想了想道,"前年秋天咳得可厉害了,住院了呢,后来就没有这样咳了。"

"你爸爸是哪里生病啊?"边南一直没有问过邱奕这事儿,怕邱奕说起来不开心。

"哪里都不好。"邱彦拧着眉头,"哥哥说,医生说爸爸因为腰往下都动不了,所以内脏有很多毛病,要一直吃药。"

"哦。"边南没再问别的,搂了搂邱彦。

邱爸爸咳完了又看了会儿电视,就被邱奕赶回屋睡觉去了。

邱彦趴在沙发上看漫画书,边看嘴里还边念念叨叨地说着台词。

边南瞪着眼看了一会儿电视,站起来把邱奕拉进了里屋:"哎,你刚才打什么电话了?是给医院打的吗?"

"嗯,跟医生约了初三上午过去看看。"邱奕笑了笑,"拉我进来就问这个啊?"

"是啊,刚才咳成那样了,能不问问吗?"边南说。

"你还挺能操心。"邱奕坐到椅子上,"应该不会太严重的,以前有时候他也会这么咳。"

"我挺担心的。"边南皱着眉道,"邱奕,我要说你爸跟我亲爹似的,你信吗?"

"信。"邱奕笑了笑。

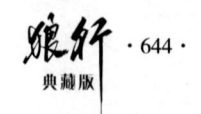

"其实这样该做康复吧,以前没做?"边南问他。

"没条件,钱都还不上,我赚的钱就够维持生活和平时简单的医疗费。"邱奕叹了口气,"就算让他去,他也不肯。"

说起邱爸爸,边南聊了没几句就想到老爸身上去了,于是沉默了一会儿重重叹了口气,躺倒在了床上。

邱奕大概看出他在想什么,拍了拍他没说话。

两个人都不再说话,待了一会儿边南吸了吸鼻子:"有纸吗?"

"干吗啊?"邱奕问。

"邱大宝,你这问题问得真无聊。"边南笑了几声,带着鼻音道,"我要擤鼻涕。"

"床头。"邱奕闭着眼仰脸靠在椅背上。

边南伸着胳膊往床头摸了摸,只摸到了邱奕的眼镜:"哪儿呢?没有啊。"

"嗯?"邱奕睁开眼睛往那边儿看了一眼,"那大概是用完了。"

"用完了?"边南转过头看着他,"你是不是晚上偷摸着自己擦眼泪了?"

"没有,二宝躺边儿上呢,我要哭得去厕所,怪冷的,冻坏了怎么办?"邱奕说。

"啧啧!"边南啧了一声,又推了他一把,"还有纸吗?"

"在外屋呢,你去拿吧。"邱奕笑着说。

边南愣了愣,躺回床上不动了:"我不想动。"

"我也不想动。"邱奕抬起手挥了挥,"要不等鼻涕风干吧。"

"滚!"边南跳下了床,"算了,我去拿吧……"

"哎!"邱奕看着他的动作,应了一声。

边南冲他龇牙一乐:"你要不服气自己去拿呗。"

邱奕无奈地挥了挥手:"去拿纸。"

边南拿了纸擦了擦眼睛,又扔了一包到屋里,关好门去院子里洗了脸,回屋坐到邱彦身边:"看什么呢,念这么起劲儿?"

"听了这么久都没听懂,"邱彦抬头看了看他,"你是不是耳背啊?"

"嘿！"边南乐了，"小东西，我发现你现在很嚣张啊！"

邱彦往他身上挤了挤，笑着说："其实我不念就看不明白啊。"

"别看字呗，我以前看漫画就不看字，看着画猜个意思就得了。"边南给他提供了个方法。

"难怪你学习不好呢。"邱彦叹了口气。

"信不信我揍你啊？"边南压低声音道。

"不信。"邱彦抱着他的胳膊笑了，"你舍不得。"

"还真是舍不得。"边南被他说得笑了半天，搂过他亲了一口，"你哥揍过你吗？"

"揍过。"邱彦点了点头，往里屋看了一眼，小声说，"我不想洗碗，发脾气摔了一个碗，他就揍我了，可疼了。"

"我以为你哥也舍不得打你呢。"边南搓了搓他的脸，"这么懂事儿，虽然有点儿精力过盛。"

邱彦撇了撇嘴，一脸委屈："他可舍得了……"

"别在背后说我坏话。"邱奕从里屋走了出来，手里还抓着纸，"统共就打过你那一回。"

"还骂我了呢。"邱彦把脸埋到边南怀里闷着声音说。

"你欠骂呗。"邱奕打开门准备去院里扔纸，一抬眼看到院门被推开了，申涛拎着几个袋子跳了进来，邱奕笑了笑，"你怎么来了？"

"我婶儿从乡下拿来的年货，太多了吃不完，我拿点儿过来，"申涛走了过来，看到他手上的纸愣了愣，"你这干吗呢？"

"小涛哥哥！"邱彦跳下沙发喊了一声。

"哎，乖。"申涛把东西放到桌上，跟边南打了个招呼，"你放假了？"

"嗯。"边南站起来走到桌边，"哎，好漂亮的腊肉。"

"自己家做的，我还挺爱吃的，没那么咸。"申涛从袋子里拿了盒巧克力递给邱彦。

"小涛哥哥，晚上在我家吃饭吧，涮腊肉。"邱彦拆开盒子拿了块儿巧克力塞到嘴里，"大虎子晚上也在我家吃呢！"

"你怎么不涮香肠啊？"申涛笑了，看了边南一眼，"你晚上不回家吃啊？"

"嗯。"边南应了一声。

"大虎子明天也在我家吃呢！"邱彦很开心地说。

"明天？明天是三十，我没记错吧？"申涛很吃惊地看着边南。

"啊，是……"边南有些不知道该怎么说，申涛的眼神有些复杂。

申涛没说话，回头看了看邱奕。

"他自己住了。"邱奕声音很低地说了一句。

申涛应了声没再多问。

边南突然有些不踏实，申涛并没有说什么，但边南还是能感觉到……自己这么一冲动跑出来，在别人眼里，果然还是给邱奕找了麻烦。

申涛拿来的东西不少，加上今天买回来的，感觉出了正月他们也吃不完。

"我回去了。"申涛帮着把东西都收拾好，又跟邱爸爸聊了一会儿之后站了起来，"我家还一堆事儿得弄。"

"我送你吧。"邱奕也站了起来。

"小涛，替我谢谢你家里啊。"邱爸爸说，"这一堆吃的要美死二宝了。"

"美死二宝没事儿，"申涛往外走，又回过头，"您别美就行，少吃油腻的东西，对身体不好。"

"你快走吧。"邱爸爸马上挥了挥手，申涛和邱奕出去之后，邱爸爸转过头小声对边南嘟囔了一句，"这申涛跟邱奕一样，就爱教训人，吃点儿油腻东西有什么，又不是天天吃，你说是不是？"

"叔，"边南不知道该说什么好了，"我也就是教训人这事儿干不利索，要不我也教训了，您这身体是得注意。"

"没劲儿，怎么你也这样？"邱爸爸很不满地看着边南。

"这次吃点儿没什么，下次再吃点儿没什么，下下次再吃点儿没什么，攒一块儿就多了呗。"边南叹了口气，"您别总跟二宝待一块儿就学得跟小学生似的。"

"哎！"邱爸爸愣了愣，接着就乐了，"你这还教训不利索啊？连说带损的，比他俩都狠呢。"

"我随便说说。"边南嘿嘿笑了两声，"您就随便听听。"

出了院门，邱奕抬头看了看天："没到四点就黑成这样了。"

"估计晚上要下雪。"申涛拉了拉衣领，"我跟你说，那个熏鱼有点儿咸，做的时候别搁盐了。"

"嗯。"邱奕点了点头。

申涛走了两步，停下了："边南是不是跟家里闹翻了？"

"差不多吧，他没跟我细说。"邱奕也停下了，靠着墙根儿掏出烟，递了一根给申涛，自己点了根叼着。

"大过年的这么冲动？"申涛拿着烟没点。

"嗯，有点儿意外，他那性格，没控制好。"邱奕抽了口烟。

"那他住哪儿？"申涛又问。

"租了房子。"邱奕看了他一眼，"审问呢？"

"审就审，这事儿你怎么想的啊？"申涛点了烟，皱着眉也看着他。

"我能怎么想？你想说什么就说吧。"邱奕笑了笑。

"我也没什么要说的，就是有点儿担心。"申涛拧着眉道，"闹这么大动静，以后怎么办？"

"到时候再说吧。"邱奕笑了笑，"先过好年。"

"你都学会边南那套了啊。"申涛笑着说，"事儿没到跟前儿就先不想。"

"有时候这样也挺好的啊。"邱奕冲申涛喷了口烟，"分什么事儿吧，反正现在也解决不了，得花时间慢慢来。"

"我是你的朋友，跟边南就是认识，有什么事儿我肯定会站在你这边儿想，可能有点儿自私，或者……或者……就直说吧，我怕你有麻烦。"申涛说得有些艰难，"有些事儿吧，就是相互的关系，没有谁欠谁什么的，你懂我的意思吧？"

"懂。"邱奕点了点头，又拍了拍申涛的肩。

"你俩都是容易有这种想法的人。"申涛喷了一声，"朋友也好，哥们儿也好……反正都是好好付出了就行。"

"哎！"邱奕笑着打断了他的话，"行了，我知道你的意思。"

"行了，我不说了。"申涛掐了烟，"这阵子放假待家里没怎么说话，说这么多都口渴了。"

"回屋喝口茶吗？"邱奕乐了。

"回家喝。"申涛把外套帽子往脑袋上一扣，往胡同口走去，"走了，你回吧。"

邱奕在原地又站了一会儿，把烟抽完了才转身慢慢往回走。

自己能跟申涛做这么多年朋友，大概就因为他俩都是想得多的人吧。申涛的父母离婚复婚闹过两回，他有时候感触很多。

申涛说的这些邱奕其实也想过，但并不是太担心，比起边南，还不如担心自己，因为忌日临近而每天都会出现在梦里的妈妈、身体情况变得越来越不稳定的老爸……

大概也就边南这种心大得能放水缸的人才不会觉得跟他待一块儿很累吧。

邱奕走进院子的时候，边南正好关了房门出来，一看到他立马蹦了过来，把他推出院子："快说，申涛那厮说我什么坏话了？"

"你就确定他要说你的坏话吗？"邱奕笑着说，"你怎么跑出来了？"

"你爸要上厕所，我帮他把轮椅推出来了。"边南小声说，"别转移话题！"

"夸你呢，申涛多正经的一个人。"邱奕笑着往他的肋骨上戳了一下。

边南蹦了一下："他还能夸我？"

"为什么不能？"邱奕问。

"申涛一个小老男人，"边南喷了两声，"肯定觉得我这人特不靠谱，办什么事儿都一团糟……"

"还行吧。"邱奕凑到他眼前，"毕竟年纪还小呢。"

"也是。"边南乐了,点了点头,"我这么青春年少,不冲动一把都对不起自己,不过我还真的得好好想想了……"

"慢慢想吧。"邱奕在他的背上拍了一下,走进院子里,小跑了两步推开房门进去喊了一声,"爸?还要帮忙吗?"

"哎,你喊什么?"邱爸爸说,"不用了,完事儿了!"

边南还没回过神来,跟着进了屋。

"你跟二宝玩会儿吧。"邱奕说。

边南看了一眼正趴在沙发上看漫画的邱彦,过去把他拎起来搂住:"凭什么?"

邱彦抓着书举到他眼前,指着一张穿着裙装的女生图片道:"看,多妩媚!"

"我……"边南瞪着邱彦,"你说什么?"

"妩媚。"邱彦说。

"邱奕,你听见了没?"边南喊了一声,一把抢过书,"你看的这是什么玩意儿啊?"

书看着很正常,就是普通漫画书,校园的,边南拿过来翻了几页,也没看到什么出格的内容。

"你还知道什么叫妩媚啊?"邱奕走出来说了一句,又开门出去了。

"知道啊。"邱彦有些得意,"大虎子不知道。"

"哎!"边南无奈地窝进沙发里,"二宝,你长大了怎么得了?"

下午没什么事儿,晚饭涮羊肉也没什么要准备的,邱奕在屋里拿着手机边看电视边琢磨着怎么做米浆,打算夜宵或者明天早饭弄米浆吃。

邱爸爸还有点儿咳,但不太严重了,边南陪着坐了一会儿,想带邱彦出去转转,结果邱彦不肯,说天黑了害怕。

"怕什么啊?"边南问他。

"狼外婆。"邱彦缩在沙发里抱着大黄蜂想也没想地说。

边南张了张嘴没说出话来,一个知道什么是妩媚的小孩儿,却怕狼外婆……

他只得坐着继续看电视。

其实周末如果他回家,这种一家人坐在一块儿看电视的时候也很多,但这种情况出现时,边南一般待在自己屋里玩电脑。

他不想不自在,也不想别人不自在。

不过他在邱奕家就没这种别扭了,几个人看着无聊的电视,都没有人说话,却很舒坦,边南看了没一会儿就已经半躺在沙发上了,把邱奕挤得坐到了旁边的椅子上。

舒坦。

但不知道为什么,边南盯着电视突然有些想老爸。

这个跟他永远无法正常沟通交流、自顾自地用自己的方式对待所有人的老男人。

老爸现在还在生气吗?他还把自己关在书房里吗?

"会拌酱吗?"邱奕回过头问他。

"什么酱?"边南坐了起来。

"芝麻酱,一会儿涮锅吃的。"邱奕说。

"会,我去弄。"边南站起来去了厨房。

邱彦也抱着大黄蜂跟了过来:"要吃饭了吗?"

"酱弄好,烧了水就可以吃了。"边南斜眼儿瞅了瞅他,"有吃的就不怕狼外婆了啊?"

"嗯!"邱彦用力地点头。

"我中午吃的那顿还顶在嗓子眼儿里呢……"边南一边说一边把芝麻酱舀到碗里。

"要吐吗?"邱彦问。

"别恶心我!"边南啐了一声。

涮羊肉很简单,电磁炉一开,水一烧,放点儿作料算是汤底,然后就可以稀里哗啦地开吃了。

边南调的酱还不错,邱奕用筷子蘸了蘸,有些意外:"还不错啊,我以为会咸呢。"

"小看我。"边南挺得意地把桌上的菜都放好,拿起心爱的蒿子秆儿之后,他看到了压在下面的金针菇,愣了愣,"这……"

"这是 see you tomorrow!"邱彦马上喊了一声,喊得脆响。

"发音标准。"邱奕冲他竖了竖拇指。

"什么?"邱爸爸问。

"叔!"边南抓住邱爸爸的胳膊,"吃完了再问行吗?"

邱爸爸顿了顿,接着就笑了:"行,吃完了再问,估计不是什么好话。"

边南有点儿佩服邱彦的食量,中午跟他一块儿吃了不少,回来一路都在揉肚子,现在他还顶着呢,邱彦居然又可以埋头吃了。

邱奕中午没吃多少,邱爸爸中午上别人家蹭的饭,估计也吃得少,一桌四个人除了边南,都吃得挺欢的。

"哎!"边南夹了两根蒿子秆儿在锅里来回荡着,"我中午真是吃太多了,要不怎么不得吃个几斤肉啊。"

"see you tomorrow!"邱彦又喊了一声。

"邱二宝,早晚我得把你扔掉。"边南把蒿子秆儿又放到碗里裹着酱来回转,"我已经深深体会到为什么你哥不要你了。"

邱爸爸在一边突然笑了起来:"我好像知道 see you tomorrow 怎么回事儿了,是说今儿吃了……"

"邱叔叔!"边南打断了他的话,"您一个长辈,还是有光辉形象的,您还能不能行了啊?"

"快吃,快吃。"邱爸爸笑着吃了片儿肉。

"哎,叔,"边南想了想道,"您还知道 see you tomorrow 是什么意思啊?"

"这能不知道吗?"邱爸爸说。

"我爸就不知道,我爸爸就知道哈喽、拜拜。"边南嘿嘿笑着。

"我知道得也不多,英语不是强项啊。"邱爸爸喝了口热水,"想当年……"

边南一听这"想当年"就反应过来了:"您的强项得是俄语吧?"

"也就是当年的强项。"邱爸爸脸上的表情很怀念,"邱奕他妈妈中文说顺了以后我就不怎么说了,现在也忘得差不多了,估计还没邱奕会得多了。"

"你会?"边南猛地转过头看着邱奕,"哎,你肯定得会!哎,我怎么从来没想过你应该会呢?邱大宝,你很牛啊!学霸中的战斗猪啊……"

"你夸我呢还是骂我呢?"邱奕笑了。

"夸呢,咱俩不都属猪吗?猪用俄语怎么说?"边南对这个意外发现有些兴奋,嚅儿嚅儿地弹了几下舌头,"要弹舌头吗?"

"你是网球王子猪。"邱彦边吃边说。

"二宝。"边南很无奈地看了他一眼,"算了,至少还有个王子。"

"网球猪。"邱彦立马改口了。

几个人全乐了,边南冲他瞪眼睛:"大黄蜂还我!"

"王子!"邱彦赶紧大声地喊。

"你这什么立场啊,这么不坚定……"边南乐了半天。

提到俄语,邱爸爸又被勾起了谈兴,一顿饭乐呵呵地忆了半顿往昔。吃完饭收拾的时候,边南看了一眼钟,已经八点多了。

"一会儿我得回去了。"边南虽然不想走,但考虑到正常人腊月二十九基本都会在家吃饭,他再不想走也得装装样子,要不邱爸爸该奇怪了,"明天晚上我过来玩。"

"啊,都八点多了,赶紧回吧,别收拾了。"邱爸爸拍了拍他,"明天过来家里人知道吗?"

"都知道,我家年三十吃完饭就都自由活动了。"边南笑了笑。

这倒不全是瞎话,往年三十晚上吃了饭他和边皓都是往外跑的,跟同学、朋友什么的出去玩,就老爸、阿姨和边馨语会待在家里看春晚。

邱彦接了热水去厨房洗碗。边南本来想帮忙,被邱爸爸催着回家,只好穿上外套拿了东西往外走。

"我送你。"邱奕也穿上外套跟了出来。

"明天你的上班时间是怎么安排的?"边南出了院子小声说,"要不我去你们饭店门口找个地儿待着等你吧。"

"别啊,那得等多久?"邱奕想了想,"你明天好好睡一觉吧,这阵子是不是都没好好睡过?都能看见黑眼圈儿了。"

"黑眼圈儿看不见还叫黑眼圈儿吗?"边南喷了一声。

"关键是你……"邱奕笑了。

"行了!"边南打断他的话,"我知道你要说什么,就你白,你家有你跟二宝俩大白灯泡,电费都能省不少了……哎,还真是,要不你怎么拿那么点儿钱还能把日子给过下来呢……"

"你明天睡一觉,"邱奕笑着说,"睡到下午,起来了自己吃点儿东西先垫一垫,晚上我差不多下班了给你打电话你再过来。"

"那上午你上班吗?"边南问,按邱奕上班的安排,晚上要晚的话,上午一般会闲着。

"上午……我有点儿事儿得出一趟门。"邱奕说。

"我跟你一块儿去。"边南马上说,"什么事儿?"

邱奕看了他一眼,犹豫了一下道:"我明天想去看看我妈。"

"我也去。"边南说完看了看邱奕,又抓了抓头,"我没别的意思,就是……想跟你待着。算了,有点儿不合适。"

邱奕沉默了一会儿:"我明天八点就得出门,你起得来吗?"

"起得来。"边南笑了笑,"我训练的时候五点就起了。"

"那完事儿了你回去睡觉,我快下班了你再去等我。"邱奕说。

"行。"边南打了个响指。

在邱奕的指点下,边南顺利地坐公交车和地铁回了杨旭家。

今天心情还挺好的,看到一屋子的灰尘和乱七八糟的东西边南也没觉得太难受,洗澡之前还把最碍事儿的几个箱子都搬到了楼梯旁边的空屋里,码成了一摞。

他出来的时候,衣服被夹在俩箱子中间,一转身,最上面的俩箱子就潇洒地翻到了地上,里面的东西撒了一地。

边南吓了一跳,回头就被腾起来的灰尘呛得咳了两声。

他很不情愿地开了灯，蹲到地上把东西往箱子里扔。

这些东西在箱子里的时候也是乱七八糟地扔着的，都是些莫名其妙的东西，边南边捡边看，没用过的本子、看不明白的英文原版书、捆在一块儿的一大把笔、不知道还能不能亮的小台灯、旧的护膝护腕，居然还有负重沙袋……

边南一样样地往箱子里扔着东西，玻璃裂了的相框、一盒用过的卡通蜡烛、旧相册……他嘈了一声，杨旭还挺怀旧，这留的都是什么……

相册？

边南把已经扔进箱子里的相册拿出来，犹豫了一下翻开了。其实他对杨旭还真有点儿好奇。

不过相册里没有照片，边南翻了翻，都是空的。

他有些失望地把相册扔回箱子，相册翻滚了一下，他看到最后一页似乎有照片。

拿出来一看，边南愣了愣。

那是杨旭和石江的合影，让边南吃惊的是，照片上两人都拿着球拍，都笑着用相同的动作举着球拍挡住了自己的半张脸。

边南吃惊的是石江能笑得这么欢，还有就是石江拿球拍没什么，杨旭也穿着一身运动服，拿着球拍，让边南很意外。护膝、护腕、很专业的球拍……杨旭也打过球？

"太神奇了。"边南盯着照片看了一会儿，把相册放回了箱子里。懒得跟条蛇一样每天不是坐着就是靠着的杨旭居然打过球？

脑子里转着"太神奇了"这句话，边南洗了个澡，把之前洗的衣服晾了，又用洗洁精把换下来的衣服洗上，回房间躺到了床上。

估计真是累了，现在一切暂时都不再有什么变化的感觉让他一下感觉到了疲惫，定好手机闹钟之后，他还没来得及再玩会儿手机就睡着了。

第二天闹钟响的时候他还在梦里，听到闹钟的第一反应是，要跑步了！

于是他一骨碌从床上跳了起来，习惯性地就往宿舍门方向蹦，直接撞在了旁边的衣柜上。

"哎！"他喊了一声，撞得还挺疼，到邱奕家胡同口时，脑门儿上居然起了个包。

"怎么了这是？"邱奕出来，一眼就盯住了他的脑门儿。

"早上起太急，撞柜子上了。"边南龇着牙搓了搓那个包。

邱奕抓了抓他的头发："要我给吹吹吗？二宝小时候撞到脑袋就让我给吹。"

"滚！"边南瞪着他，想了想又看了看四周，小声说，"要不就给……吹吹呗？"

邱奕笑了老半天，对着他的脑门儿吹了几口气："还疼吗？"

"不疼了！"边南喊了一声，原地蹦了蹦，"怎么过去？"

"打车，地铁不到，这么早也没有过去的公交车。"邱奕说。

边南家里没有人过世，老人也都还在，这还是他第一次来市郊的墓园。

因为没有什么建筑，这片儿的风刮得很急，加上有些阴沉的天空，墓园里显得很落寞。

邱奕妈妈的墓在挺靠里的位置，走过长长的一段台阶之后，他在一排墓碑旁边停下了。

"我在这儿等你吧。"边南说。

"嗯。"邱奕点了点头，往中间走了过去，没走多远就在一座墓碑前蹲下了。

边南站在风里，看着沉默着蹲在碑前的邱奕，心里突然有些翻腾。

许多年前，邱奕还是个小朋友的时候，是不是也这样，默默地蹲在自己妈妈的墓碑前，会不会哭？

如果邱奕的妈妈还活着，现在会是什么样？

边南蹲在台阶上，看到邱奕抬手往墓碑上轻轻摸了摸，那个位置应该有邱奕妈妈的照片，边南有点儿想过去看看的冲动。

他想看看能有两个这么漂亮懂事的儿子的妈妈长什么样……

当然，他也只是想想，觉得邱奕能让他跟着到这儿来，已经是很不容

易的事儿了。

"妈，"邱奕看着照片，"过年了。"

邱奕的声音很低，不过因为边南在下风，还是能隐约听到说话声。

他下意识地竖了竖耳朵，想听听邱奕会跟妈妈说什么。

邱奕停了停，再次开了口，依然是轻缓低沉地说着，这次边南却一个字也没听明白。

愣了半天他才反应过来邱奕说的不是普通话，是俄语。

嘿！他还真的会！

边南的注意力瞬间跑偏了。

他坐在台阶上，看着眼前斜坡上的一排排墓碑。

这会儿风缓一些了，也没那么冷了，他偏着头看着邱奕。

邱奕语速挺慢的，边南虽然听不懂，却还是觉得挺好听。他听过邱奕给人补英语，那会儿就觉得邱奕说英语很好听，现在又觉得邱奕说俄语才是真的好听，跟低声唱歌似的。

他闭上眼睛，听得有些入神。

"哎！"邱奕在他的屁股上踢了一脚，"这都能睡着？"

"嗯？没。"边南蹦了起来，不知道自己闭着眼听了多长时间，不过应该没睡着，感觉自己一直能听到邱奕的声音。

"走吧。"邱奕拍了拍他的后背，"回去接着睡。"

"不知道能不能睡着。"边南跟在他身后，又回头看了看邱奕妈妈的那个碑，"你跟你妈说什么了？"

"你不是在听吗？"邱奕笑着说。

"我又听不懂。"边南喷了一声，跳了两步搂住邱奕的肩，"你故意的吧，就是不想让我听懂。"

"不是。"邱奕捏了捏他的手指，"我跟我妈一直这么说，她跟我爸说话是混着说，汉语说熟以后就说汉语了，不过跟我说俄语习惯了，那会儿还说过我长大了学俄语专业呢……"

邱奕说到这儿就没再往下说，边南也没再问下去，再说就该是邱奕妈妈出车祸的事儿了。

"边南，我跟你说个事儿。"邱奕侧过脸看着他。

"嗯？"边南也看着他。

"今天找时间给你爸打个电话。"邱奕说，"毕竟是三十，不管他生不生气，你回不回家，都应该联系一下。"

"哦。"边南低下头，"知道了。"

邱奕笑了笑："本来他就挺生气的了，儿子跑了更生气，跑了就没消息了更、更生气，大年三十都没个消息就……"

"就更生气了。"边南接了一句。

"嗯，这事儿说不上谁对谁错，那是你爸，怎么也不能等着他先低头吧。"邱奕拍了拍他的后脑勺。

"哎！"边南低头打了个喷嚏。

邱奕从墓园出来在公交车站给边南说了回杨旭家的路线，然后直接去了饭店。

这条线的公交车上基本没人，边南上车挑了个靠窗的位置坐下，车里暖和，他坐下没几分钟就觉得困了，脑袋在玻璃上一路磕着居然也睡得迷迷糊糊的。

醒过来的时候已经坐过一站，他不敢随便更改路线，怕迷路，只能下车往回走了一段再按邱奕说的倒了车。

回到杨旭家，他给邱奕发了条短信说到了，然后拿着手机开始发呆。

他要给老爸打个电话，可打这个电话需要的勇气还真得攒一攒。

他坐在床边盯着电话一直盯到眼睛都发酸了，这才点开电话本，一咬牙点了老爸的名字。

这个时间老爸已经起床了，休息的日子里他一般会在书房里喝喝茶……

电话里响着单调的拨号音，一声一声，边南觉得手心有些冒汗。

但一直到电话自动挂掉，老爸也没有接电话。

边南犹豫了一下，重拨了一次。

这次电话只响了两声就被挂断了。

边南把手机拿到眼前瞪了很长时间才往后一倒，躺在了床上。

老爸不接他的电话，还在生气吧？

他其实一直没弄清老爸究竟是为什么生气。

边南轻轻叹了口气，就这么躺在床上闭着眼胡思乱想，最后居然睡着了。

一觉直接睡到了下午，边南被电话吵醒的时候，看了一眼时间，已经下午四点多了。

边南挑了挑眉，竟然睡了这么长时间。

电话是邱奕打来的，听到他迷迷糊糊的声音问了一句："打电话了没？"

"打了。"边南揉了揉眼睛坐起来，"打了两个，我爸都没接，第二个直接挂断了。"

"没事儿，接不接都没关系，只要他知道你打电话了就行。"邱奕那边有风声，"我现在休息，一会儿得接着忙，桌全都订满了，我大概九点可以下班。"

"嗯，我过去等你。"边南站了起来。

"太早了，我就是问问你打电话了没，你一会儿先吃点儿东西垫一垫，等我的电话。"邱奕说。

"嗯，你去忙吧。"边南说。

挂了电话之后，边南换了衣服，把之前买的一袋红包抽了三个出来，想想又放回去一个。

两个红包他每个放了两百块钱，一个是给邱爸爸的，一个是给邱彦的。

这是按自己现在的收入放的钱，要搁以前，红包里没放一千块钱以上，他会觉得拿不出手。

把红包封好之后他拿了包出了门，这个点儿没有吃东西的地儿了，都关门了，要吃只能买了回去做，太费事儿。

边南找了个还在营业的小超市，进去买了一份关东煮凑合着吃了，然后坐车去了邱奕他们饭店。

杨旭那儿没电视、没电脑,让边南发几小时呆他可扛不住,还不如去等邱奕呢。

街上看上去很冷清,几乎看不见行人,偶尔开过的车看着估计都超速了,全在往家赶呢。

边南缩缩脖子,今天要不是能去邱奕家,他还真不知道自己该怎么度过这个有生以来最孤单的年三十。

邱奕他们饭店这条街相对要热闹很多,都是饭店,订了年夜饭的馆子这会儿都已经开始上客,路边的停车位都是满的。

边南转了半天,有点儿傻眼。

这条街除了饭店之外的所有地方都关门了,也没有全年不休的超市,他在这条街上走了三个来回,一个能待着等人的地方都没找着。

"傻了吧。"边南嘟囔了一句。

在街边站了一会儿,他决定随便找个饭店进去,大不了点几个菜吃着呗!

结果他进了三家店,全都没空桌了,都订满了,而且都还在大厅加了桌。看边南一个人跑来要吃饭,服务员都用奇怪的眼神看着他。

边南只得继续在街边流浪,浪了半条街扛不住了,太阳一落山,北风就特别敬业,感觉太阳都是被北风吹下去的。

他正想着要不再坐车回杨旭家待着的时候,邱奕的电话又打了过来。

边南接了电话,没等开口,邱奕有些吃惊地问了一句:"你在哪儿呢?"

"我……"边南犹豫着,北风吹得他只能退着走。

"你出来了?"邱奕听到了风声,"不是跟你说我得九点吗?"

"哎!我失误了,我在家里待着无聊,想着先过来找个地儿待着等你,结果全满了,我现在正站在街上吹风呢。"边南很郁闷地说,"风真大,我觉得我蹦几下就能把我吹回去了。"

邱奕沉默了一小会儿笑了起来,笑了好半天才说:"傻眼了吧,算了,你过来吧。"

"啊?"边南愣了。

"你到我们饭店来,在这儿遛了一晚上,应该知道是哪家吧?"邱奕笑着说。

"那必须知道,我第一次看清你长什么样子就是在这儿呢。"边南顿时心情大好,转身顶着北风蹦了好几下,"我过去方便吗?"

"没事儿,边馨语没上班,你到休息室等我吧。"邱奕说。

边南跑到饭店门口的时候,邱奕站在门口等他。

"哎,这身衣服太记忆深刻了。"边南乐了。

"我跟领班说了,你在员工休息室待着吧,有电视能看。"邱奕带着他往里走,"我要是没打电话,你打算怎么办啊?"

"回去呗。"边南看了看四周,一楼大厅已经坐满了人,服务员都忙忙碌碌地小跑着。

邱奕把他带到了休息室:"就在这儿待着吧,我得去帮忙了,这会儿刚开始上客,事儿多。"

"赶紧去。"边南赶紧说。

休息室跟后厨的上菜口斜对着,坐在休息室门边能看到来回跑着上菜的服务员,边南坐到椅子上,有一眼没一眼地看着电视,时不时有人从门口经过。

他觉得挺神奇,只要是邱奕经过,他都感觉得到,每次看过去的时候,都能看到邱奕嘴角带着笑地也在看他。

这会儿很忙,邱奕每次经过都没时间停下,但就这样经过,看一眼,经过,看一眼,重复着没什么新意的场景,却让边南觉得享受。

边南就这么看一会儿电视,瞅一瞅从门外走过的邱奕,时间没什么存在感地就滑过去了。

邱奕进了休息室冲他一打响指说可以走了的时候,边南才注意到自己已经在这儿坐了两个多小时。

"你们今天忙得跟打仗一样啊。"边南站了起来。

"等我换衣服。"邱奕进了里面的更衣室,没两分钟就换好衣服出来了,"走吧,打车回去,二宝估计都等急了。"

"累吗?"边南跟在邱奕身后从后门出了饭店。他第一次这么直观地看到邱奕在饭店里来回穿梭,感觉自己腿都酸了。

"还成,习惯了。"邱奕笑了笑,"小姑娘都扛得住,我能累到哪儿去?"

边南猛地想起边馨语,虽说平时应该没这么忙,可边馨语一个娇生惯养的大小姐居然能坚持住,真是让人意外。

路上打车也是件困难的事儿,邱奕提前叫了车,还在路边等了十来分钟车子才过来。

外面已经没人了,这会儿大家都窝在家里或者饭店里吃年夜饭呢,吃完了饭出来玩的人也还没到时间,边南坐在车里,觉得暖烘烘的,挺踏实。

接近胡同那片儿之后,四周才变得热闹起来,两个人都能听到远远近近的鞭炮声,还能看到天空中蹿起的烟花。

"咱那天买的烟花够二宝玩吗?要不明天再买点儿去?"边南说。

"够,跟你说,二宝胆儿小,不敢点,就愿意在边儿上看人玩。"邱奕笑了,"胡同里谁家要放烟花了他就跟着去看,够他看呢。"

"邱二宝真是……"边南喷了两声,"难以归纳的性格啊。"

两个人回到邱奕家的时候,邱爸爸已经和邱彦把邱奕昨天晚上准备好的菜都热好了,一开门,扑面而来的香味儿和暖烘烘的空气让边南整个人顿时放松了下来。

"回来啦!"邱彦很兴奋地喊着,围着桌子跑着圈儿,"菜都是我热的,爸爸指挥,我热的!"

"厉害,这么一大桌呢!"边南脱了外套,跟着他也围着桌子转了一圈儿,"今儿又得吃撑了……"

"还有饺子呢!"邱彦喊。

"吵死了。"邱爸爸把轮椅推到了一边儿,"转得我眼晕。"

"快,洗手开饭。"邱奕弯腰在邱彦的屁股上拍了一巴掌。

"哎，等会儿，来，"邱爸爸伸手在衣服里摸索着，掏出了几个红包，"来给我拜年，要不一会儿吃完了我被赶去睡觉该忘了。"

"爸爸过年好！大吉大利，身体健康！"邱彦立马喊了一句，扑到了他的腿上。

"好！"邱爸爸给了他一个红包，"小财迷。"

"爸过年好。"邱奕笑着说。

"好！"邱爸爸把红包递了一个给他，"大财迷。"

"叔过年好！"边南蹲到邱爸爸身边儿，"新年顺顺利利的。"

"好！"邱爸爸在他的脑袋上拍了拍，把红包放到他的手上，"大虎子乖。"

"叔。"边南从兜里也摸出个红包，嘿嘿乐着递给了他。

"哎，这……"邱爸爸愣了愣。

"我这不是压岁钱，是小辈儿的心意。"边南说，"您不要，我就躺地上打滚儿。"

邱爸爸笑着接过红包："谢谢啊，其实真不想要，挺想看你打滚儿的。"

"我的呢？"邱奕在一边问。

"没你什么事儿。"边南冲他摆了摆手，又转头冲邱彦龇了龇牙，"二宝过来给我拜年！"

"王子过年好！"邱彦立马扑了过来，"越来越帅，越来越白！"

"我该乐吗？"边南捏了捏他的脸，"再来一句。"

"工作顺利！"邱彦马上又喊开了，"找个漂亮的女朋友！"

"二宝乖！"边南定了定神，把红包放到了邱彦的手里，搂着他亲了一口，"学习更上一层楼。"

"已经到楼顶啦！"邱彦接过红包有些得意地说。

"你还真一点儿不谦虚啊……"边南喷了一声。

过年的时候就必须待在有人的地方，听着人声，看着人影，心里才会踏实。

比起自己家来，邱奕家的年夜饭算不上多丰盛，常规的老百姓家过年的几个大菜,鸡鸭鱼肉之类的,不过边南吃得很香,除去邱奕的手艺实在是好,菜的味道让人欲罢不能,就是气氛,让人吃着吃着就想躺沙发上打个滚儿的那种舒坦和自在气氛。

邱爸爸今天精神状态不错,吃得比平时多一些,但想喝酒的时候被邱奕拦住了,只能跟邱彦一块儿喝饮料,这让他有些不满意。

"过年都不让喝酒……"他叹了口气,喝了一口饮料,"老子被儿子从头管到脚,唉!"

"为你好。"邱奕笑着说,"我们都陪着你喝饮料呢。"

"就是。"边南往邱爸爸身边靠了靠,拿着自己的杯子跟他碰了碰,"我觉得喝饮料挺好的。"

"你这两杯下去就昏迷不醒的,当然说饮料好。"邱爸爸笑了起来。

"哎,我要咬咬牙挺个几瓶啤酒才倒也不是做不到的!"边南乐了。

这顿饭吃得很慢,几个人边看电视边聊着,吃得差不多的时候,邱奕跑去厨房忙了一会儿,居然拿个大玻璃壶弄了一壶热乎乎的米浆进屋。

"哎,米浆?"边南一看就站了起来,"还真做出来了啊?"

"我尝了一下,味道好像差不多,"邱奕笑了笑,"尝尝?一人一杯,留点儿肚子,一会儿还有饺子。"

邱奕做的米浆跟在店里喝的味道并不完全一样,但很浓郁的米香和奶香混在一起很美味,边南喝了一口就竖了竖拇指:"大宝,你真有厨子天分。"

喝完热米浆,邱彦脸都红了,白里透红的,看起来气色很好,跟个苹果似的。

邱奕靠着椅子休息了一会儿站了起来:"我去下饺子吧。"

"你是想抽烟了吧?"邱爸爸笑着说。

"那你去下。"邱奕笑着坐下了。

"我不去。"邱爸爸摸了摸肚子,"别下多了,我这儿大概还有五个饺子的地儿。"

"我能吃二十个!"邱彦在一边抱着米浆杯子喊。

"给你二十个，什么时候吃完了什么时候玩。"邱奕又站起来，打开了门。

"我能吃十个。"邱彦改了口。

"我去帮忙。"边南起身跟着邱奕走了出去。

还没走到厨房，边南就蹦着贴到了邱奕身后，拍了拍他，小声说："哎，真有意思。"

"以前在家不这样吧？"邱奕回过头看着他笑了笑。

"嗯，其实我觉得……大概是因为我在家里吧，大家都不自在。"边南揉了揉鼻子。

"又来了。"邱奕叹了口气，进了厨房，"你这毛病真得改一改，不要再纠结那个原罪不原罪的，原罪不是罪，不是你自我否定的理由，自己要有个姿态，别人才会有姿态。"

"是……吗？"边南低下头想了半天，"你说话时不时就高深一回，说什么都不考虑我的……智商。"

邱奕笑了起来："那把这话先留着吧，吃点儿饺子补补智商再想。"

"这话我就能听懂了，赶紧的。"边南搓了搓手，第一次对过年吃饺子这么兴奋。

"你去接点儿水烧着，麻利点儿弄上，一会儿二宝肯定要来看。"邱奕指了指锅。

"小跟屁虫！"边南过去数了数饺子，"挺多的啊，都是昨儿晚上包的？"

"嗯。"邱奕点了点头，"全都是昨天准备的，要不今天哪有的吃。"

"你太能干了。"边南感叹着。

"是你太废物了。"邱奕说。

"哎！"边南举起胳膊活动了一下，往墙上一靠，看着邱奕，"大宝。"

"嗯？"邱奕回头看了他一眼。

"在你家过年真踏实。"边南笑了笑。

这是边南长这么大，过得最有意思的一个年。

虽然也就是普通程序,吃饭,下饺子,再带着邱彦小朋友去火柴厂的空地上放鞭炮烟花……就这么常规的过程,却是他以前从来没体会过的。

以前一块儿吃年夜饭的时候他都希望快些结束,特别是有时候家里的老人会被接过来过年,爷爷奶奶、阿姨的父母,他该怎么称呼都不知道,这种时候感觉就更难熬了。

吃完饭……有时候连饭都只吃几口他就回屋了,尽量不让自己引起大家的注意,省得大家别扭。

年纪小的时候他就躲回屋里,年纪大一些之后就往外跑,叫上同学、朋友什么的去外边儿玩。万飞没回老家过年的话他就去万飞家待着,至于跟家里人放烟花之类的事儿,那更是没有过。

这一晚上邱彦很兴奋,一直边蹦边喊的,缠着边南放烟花给他看。边南感觉自己比他更兴奋,放完烟花又跑去跟邻居要了俩从郊区买来的二踢脚。

拿回来了他又不知道怎么放,看着邱奕问道:"这玩意儿怎么放,会炸吗?"

"没玩过?"邱奕有些意外地看着他。

"没,我就看别人是拿手抓着……会炸手吗?"边南看着手里的二踢脚。

"啊?"邱彦一听就吓了一跳,"不放啦,不放啦!"

"我没用手抓着放过。"邱奕笑着拍了拍邱彦,"去跟王叔叔要个炮架来。"

"哦!"邱彦马上往胡同跑去,找到邻居王叔叔借了个二踢脚的炮架。

"真先进!"边南研究了一下炮架,"这东西都有……"

把二踢脚戳到炮架上之后,邱彦一边兴奋地喊着一边退到了邱奕身后,抓着他的衣服露出半张脸。

其实边南心里也挺怵的,把邱奕叼着的烟拿到手上,正紧张地弯了腰要点的时候,邱彦喊了一嗓子:"要炸了吗?"

"别喊!"边南哆嗦了一下,回过头道,"还没点呢往哪儿炸啊?"

"哦。"邱彦点了点头,边南正要伸手去点的时候,他又补了一句,"大虎子小心啊!"

"哎!"边南又哆嗦了一下,"知道了。"

这二踢脚看着跟雷管似的,边南老有一种自己该点着了二踢脚就抓起来扑向敌军阵地的错觉。

烟头已经靠近引信,边南正琢磨着一会儿点着了应该以怎样潇洒的姿态转身跑开的时候,不知道谁家放了个大炮,发出轰的一声巨响。

边南又惊又吓地把烟往前一戳,引信着了,嗞嗞嗞的,都能听见响声。

边南吼了一声,莫名其妙地就觉得挺吓人,转身跑的时候腿都不利索了。

二踢脚在他身后炸响了第一声。

"啊!"边南又吼了一声,直接往邱奕身上扑去。

"哎!"邱奕的手还放在外套兜里来不及抽出来,被他扑得只能往后退,身后还有邱彦,三个人跌跌撞撞地乱成一团,一块儿撞到了墙上。

第二声响从上空传来之后,边南才一把从邱奕身后把垫在墙边的邱彦揪了出来:"宝贝儿,没磕着吧?"

"没有!我穿得厚!"邱彦兴奋得眼睛发亮,笑声脆响,"好响啊!"

"你怎么……"邱奕觉得有点儿好笑,"一个二踢脚就能把你吓成这样?就这样还能是传说中体校单挑最怕碰上的对手?"

"这能一样吗?"边南对此时此刻自己跟小鸡似的胆子无法解释。

第二个二踢脚就好多了,边南点着了之后没有转身跑开,只是退了一步,观赏了从第一响到蹿上天发出第二响的全过程。

"这玩意儿太危险,不能让二宝玩。"边南搓着手,感觉还挺过瘾的。

"本来也没让他玩。"邱奕笑着说,"是你要玩啊。"

"我错了。"边南又搓了搓邱彦的脸,"我就是没玩过,突然就想玩了。"

"以前是怎么玩的?你家过年……"邱奕没再说下去,拿出手机看了看时间,抓住了还想往旁边跑的邱彦的衣领,"快十二点了,回去睡觉了。"

"爸爸已经睡啦！"邱彦挣扎着道。

"爸爸睡了你就可以不睡了？"邱奕说，"那明天爸爸不睡，他那份儿你帮他睡了吧。"

"那明天还放烟花吗？"邱彦回过头问。

"你是要放还是看啊？"边南笑着问。

"看！"邱彦想了想道。

"明天晚上再带你出来看，我放给你看。"边南说。

"家里买的都放完了。"邱彦笑着说，"我们去看别人放。"

边南猛地明白了邱彦的想法，烟花挺贵的，邱彦反正只爱看不敢放，看别人家的更合算。

想明白这点，他顿时有点儿心疼，跟邱奕一块儿带着邱彦往回走的时候，小声说："明天我多买点儿烟花回来。"

"挺有钱啊？"邱奕笑着看他。

"二宝看烟花还要去看别人家的……"边南叹了口气。

"就是因为他只看不放，看别人家的才划算啊。"邱奕说。

"小孩儿能不爱玩这个吗？他肯定是觉得买烟花贵才喜欢去看的。"边南啧了一声，压着声音道，"多可怜啊。"

"可怜吗？有什么样的条件就过什么样的日子。"邱奕在他背上轻轻拍了拍，"你要不说他可怜，他也许也不会有什么感觉，反而觉得挺自然的，这就是他的生活；你要说了，好可怜啊好可怜，他就会发现，啊，我好可怜……"

"什么歪理！"边南愣了愣。

"我的总结。以前我没觉得我多辛苦，顶多累点儿，也没什么，邻居一说邱奕太辛苦了，这么小就这么辛苦什么的，"邱奕笑了笑，"有一阵子我就觉得我活得太累了，为什么我要这么累？人就是这样的，关键是你说了让他知道了，对他也没什么正面影响。"

边南张了张嘴没说出话来，邱奕说什么听着都挺有道理，他一般反驳不了。

三个人回到家时，邱爸爸已经上床睡觉了，屋里桌上的碗筷什么的还没收拾，带着些许杂乱的场景和关上门之后隐隐传来的鞭炮声，有种过年时疲惫而兴奋的温暖感觉。

邱彦折腾了一晚上也困了，洗漱完就自觉地进屋睡觉去了。

"我回去了。"边南打了个哈欠，"也有点儿困了，你明天休息吗？"

"不休息，三倍工资呢，又没什么事儿，不拿这钱我心不安。"邱奕笑着说。

"说你钱串子真没错。"边南啧了一声，"我初四才上班，有空我过来跟二宝玩吧。"

"嗯。"邱奕把他的外套扔给他，"打车回吧，没公交车了。"

"我觉得我应该去弄辆电瓶车，或者……要不你把自行车给我，反正现在你也不骑。"边南想了想道。

"我不骑是因为天冷，顶着北风骑自行车上下班，你想什么呢？"邱奕说。

"不管，我要。"边南说，"我是顶着北风跑了六年步的运动员，没你那么娇气。"

"你就是图新鲜。"邱奕没再阻止他，从抽屉里拿出了钥匙和车锁，"拿去玩吧，我看你能骑几天。"

三十晚上打车比较困难，邱奕半天才联系到一辆，还二十分钟后到，边南准备出门去等的时候，邱奕把炸好了没吃的春卷装了两袋给他。

"放一袋不就行了吗？"边南接过袋子。

"一袋你吃，那一袋一会儿给出租车司机。"邱奕说，"大过年的多辛苦。"

边南没想过这个，点点头看了邱奕一眼，这种生活不易的感觉大概邱奕很有体会吧。

两人在胡同口等了一会儿，出租车来了，司机是个大叔。

把自行车放到后备厢之后边南上了车，冲邱奕挥了挥手，邱奕笑了笑，转身回去了。边南关好车门，冲大叔笑了笑："叔，过年好。"

大叔乐呵呵地道："过年好、过年好，出去玩啊？"

"玩够了回家呢。"边南笑了笑道。

大叔心情不错，一路跟边南聊着国家大事，说得挺深奥，边南听得老想瞌睡。

到地方了他才想起来手里的那袋春卷，赶紧递过去："叔，这是我朋友做的，特别好吃，您尝尝吧。"

大叔有些意外，接着就很开心地笑了起来："这怎么好意思？"

两人推来推去推了一会儿，大叔一拍腿道："行，我收下了，谢谢你小兄弟！车费我给你打个对折！"

边南下车的时候心情相当愉快。

不知道为什么，也许是因为大叔的笑脸，也许是因为省了一半的车钱。

反正他就是愉快，推着车进电梯的时候步子都迈得跟踩了弹簧似的。

一直到进了屋，看到乱七八糟的房间，他才回过神来，把没整理的桌椅什么的都推到了墙边，先这么堆着吧，等邱奕……来收拾。

虽然有点儿困，边南躺到床上的时候却睡不着了。

在床上来回滚了一会儿，他起来跑到楼下，从箱子里翻出那捆笔，抽了一支出来，又拿了个没用过的笔记本，开始写信！

这是个重要的事儿，反正他今天心情好得睡不着，看看能不能写点儿感悟出来。

邱奕。

不对，你好邱奕。

不对，这有点儿别扭，也不够亲切。

邱大宝。

就大宝吧。

"大宝，我现在趴在床上给你写信呢。"

边南边乐边琢磨，这个开头太不美好了，于是又画掉了，重新写了一行。

"大宝，刚离开你家，现在不过一个小时，我就又开始想着明天去你家玩了。"

边南看着自己写下的这行字，扔下笔，在胳膊上狠狠地搓了几下。

"大宝，不知道你睡了没有，估计以你的速度，桌子已经收拾好了吧，你应该已经躺下了，二宝有没有打呼噜？"

边南搓着胳膊看了看，嗯，这个开头好点儿了……

"今天我很开心，我过了十几个年，就今天最开心，就这个年过得最像一个年。"

"唉。"边南皱着眉，感觉越写越像小学生作文了，没准儿邱彦都比自己写得好。

后边儿他该怎么写呢？

边南扔下笔，把下巴搁在床上趴平了，以他十几年就没好好上过课的功力，要写个一千字的东西，真是难度太大了。

太大了……

大了……

了……

早上被电话铃吵醒的时候，边南想伸手拿电话，发现动不了，脖子酸，背和腰也酸得厉害，关节跟被人用胶水粘上了似的打不了弯，挣扎了半天才翻个身，接起电话。

"新年快乐。"邱奕的声音传了过来。

"新年……快乐，唉……"边南龇牙咧嘴地一边揉着脖子一边说，"你上班了？"

"嗯，早到了，这都快十一点了。"邱奕说，"怎么了？"

"睡觉姿势错误，我现在痛不欲生，全身骨头都卡死了。"边南很费劲儿地坐了起来，跟老头儿似的缓慢地转过身，看到了枕边被自己下巴压皱的本子，还有本子上那几行字，"哎，大宝，咱打个商量。"

"什么？"邱奕笑了笑。

"你那信，五百字行吗？"边南捶着后腰。

"不行。"邱奕马上回答，"一个字也不能少，不算标点，手写，字迹要工整，不能有涂改。"

"你……过分！"边南倒回床上。

"又没给你限定时间，什么时候写好都行，我不着急。一想到你每天都在琢磨着给我写信的事儿，我就浑身舒畅。"邱奕说。

"你真变态。"边南很无奈。

"我现在要去忙了，你再睡会儿吧。"邱奕放低声音道，"你今天再给你爸打个电话，他不接电话你就给边皓打，边皓会让你爸知道，再发条短信给你爸拜个年。"

"哦。"边南应了一声，想到老爸就有点儿紧张。

"这事儿慢慢磨吧，你千万别躲就行。"邱奕交代他。

"嗯，不躲，我后边儿有你呢。"边南嘿嘿笑了两声。

"那你先睡吧，我去忙了。"邱奕捂着电话小声说，"今天加班费很可观，我得卖力点儿，没准儿曼姐一感动再发一轮红包……"

"你哪天要发财了肯定要用钱来当床垫，财迷！"边南躺在床上乐了好半天。

过年对边南来说，就三十那天最有意义，反正之后就是吃吃喝喝走亲戚了。

家里的亲戚他不可能去走，邱奕家的亲戚……他也不可能去走。

邱奕倒是带着些年货和钱，自己去走了一趟。

这次还完钱，邱奕欠亲戚的钱就还得差不多了，不过在赚钱这件事儿上他依旧挺拼的，边南知道除去欠债，他要负担的日常开销也不低——生活费还有邱爸爸的医药费。

初三他陪着邱奕把邱爸爸送去了医院，医生建议住院观察一段时间，邱爸爸不愿意，说是躺在医院太无聊，还要被医生护士管着。

邱奕被他磨得没办法，只能先带他回了家，但还是想让他去住院。

"他就是怕花钱。"邱奕说，"每次住院都跟要绑架他似的。"

"每次？"边南愣了愣，"住院很多次了吗？"

"差不多一两年就要住一次。"邱奕叹了口气,"按说他这个情况有点儿不对就应该去医院的,弄不好就要出问题……他一直还挺能撑的。"

"我这儿……有钱。"边南犹豫着小声说,"你……"

"住院用不了多少钱。"邱奕拍了拍他的肩膀,"再说他知道我手头上大概有多少钱,一下多出来了他肯定知道是你的,就更不愿意去了。"

"那怎么办?"边南皱着眉问。

"我弄他去就行。"邱奕说,又看了他很长时间,"边南。"

"嗯?"边南被他看得莫名其妙。

"如果我真要用钱的时候,一定会跟你开口的。"邱奕想了想,轻声说,"我不是那种撑不下去还硬撑着的人,有什么办法我都会想到,比如跟你借钱。"

边南嘿嘿笑了两声:"那就行。"

"所以你省着点儿花吧,哪天我要用钱了你拿不出来就没面子了。"邱奕笑了笑。

"放心!"边南拍了拍胸口,"我现在都骑车上下班了,环保节能省钱。"

邱爸爸的反抗在过完元宵节之后失败了,他被邱奕和边南两人强行弄去了医院,这次住院主要是得做个全面检查,再针对性地进行治疗。

邱奕已经辞掉饭店的工作,再过两天就该去航运公司报到了。

这是边南印象里邱奕最清闲的几天,每天他都能去医院看看邱爸爸,能送邱彦去上学,边南居然还能在下班的时候,一走出展飞大门就看到邱奕蹲在花坛边儿上等他,这感觉简直美妙。

"今儿晚上过去帮你收拾一下屋子吧。"邱奕说,"后天我去报到了,还不知道工作会怎么安排。"

"上车。"边南指了指自行车后座,"我带你。"

"要不坐公交车吧,自行车先扔车棚里。"邱奕笑了笑,"这北风呼呼的。"

"上来。"边南拍了拍车把,"赶紧的,我过过瘾。"

"过什么瘾啊?"邱奕有点儿无奈。

"看你坐在自行车上笑。"边南龇了龇牙。

"有病。"邱奕叹了口气。

边南没理他,直接蹬了一脚,自行车蹿了出去,邱奕只得追了两步跨上车。

边南骑得很快,邱奕把围巾裹在了脸上,又把帽子也扣上了,还是被吹得脸上发疼。

还好杨旭这套房子离展飞不远,在邱奕准备弃车步行的时候,边南捏了车闸。

"到了。"边南跳下车,指了指前面的楼,"咱是先吃点儿东西再上去收拾还是收拾完了再吃啊?"

"收拾完了再吃吧。"邱奕想了想道。

进了屋边南把灯打开之后,邱奕被眼前乱七八糟的景象震惊到了,好一会儿才说了一句:"应该吃完了再上来收拾的。"

"那下去吃?"边南问。

"算了,别折腾了。"邱奕在楼下几间屋子里转了一圈儿,"还成,就是客厅这儿东西堆得多,把这些一整基本就好办了,来吧,争取一个小时收拾完。"

边南一听到要忙活一个小时,立马就不想动了。

邱奕也没理他,直接开始搬箱子、挪椅子。

"你是不是还干过家政啊……"边南跟过去帮忙,"我看你业务很熟啊。"

"没,家政可打不了黑工,要求挺严的。"邱奕指挥着他,"椅子就留两张在客厅里,别的都搬到那屋去吧,摞起来。"

"怎么……摞?"边南拿了两张椅子,有些迷茫。

"一张倒过来扣另一张上边儿。"邱奕看着他道,"你什么智商?"

"我什么智商?"边南喷了一声,"总挤对我也不能对提高我的智商有什么帮助！"

收拾房间这种事儿，一个人做很没劲儿，而且容易没头绪，有时候就光琢磨该从哪儿下手都得琢磨半天，两人一块儿干的话就会顺利多了，特别是当其中一个是熟练工的时候，你只管跟着他就行。

边南就跟在邱奕身后，埋头吸着灰尘，进进出出地跑了一通，发现乱糟糟的客厅居然在不知不觉中空了。

"唉！"他站在客厅里伸了个懒腰，"收拾完了才发现杨旭这屋子的客厅还挺大的啊。"

"他这房子一直没人住？"邱奕身上有点儿出汗，他脱掉了上衣，在屋里又转了转，"就这么租给……不，白借给你住了？"

"嗯，他说住这儿去店里还得来回跑。"边南跟在邱奕身后，摸了摸他的背，居然都有点儿汗湿了。

"都是汗，别瞎摸。"邱奕回手拍了他一巴掌，"找套你的衣服给我，我洗个澡，一身灰。"

边南从衣柜里找了套自己的运动服给邱奕。

看着邱奕进了浴室之后，他站在门口没走。

过了一会儿，听到里面响起水声，他笑着过去敲了敲门："哎，大宝。"

"怎么？"邱奕的声音传了出来，"要跟我抢浴室啊？"

"我神经啊，"边南敲了敲门，"一个人待着没劲儿，聊会儿呗……"

"把门关紧了，风嗖嗖地吹。"邱奕把浴帘拉开，又打开热水开关，带着热气的水从喷头里洒了出来。

"你这人这么不抗冻啊。"边南啧了一声，"水热吗？"

"嗯。"邱奕回头看了他一眼，"你搬进来没洗过澡吗？水热不热你不知道啊？"

边南有点儿尴尬："我不是怕咱俩对水温要求不一样吗？我跟万飞一块儿去澡堂洗的时候，他调的水我洗着跟杀猪刮毛似的。"

"还行，不冷不热的。"邱奕笑了笑，站在喷头下兜头冲着水。

边南嘿嘿乐了两声关上了门。

边南觉得自己心情一好就容易幼稚，拿凉水偷偷往洗澡的人身上浇过去是他跟万飞初中的时候最爱干的事儿。

他把收拾屋子的时候在厨房找到的一圈儿橡胶管子接在了外面水池的水龙头上，偷偷摸摸地扯着管子回到浴室门口的时候，邱奕在里边儿洗得正开心。

"洗发水呢？"邱奕喊着问了一句。

"架子上。"边南在门外回答。

"哦。"邱奕应了一声，过了几秒又问了一句，"没沐浴液？"

"用香皂吧。"边南跑过去把水龙头打开了，"我忘了买，我洗衣服用的都是洗洁精呢……"

"难怪，我这两天总在你身上闻到熟悉的气息。"邱奕笑了起来。

"能闻到？"边南皱了皱眉，扯着衣服闻了闻。

邱奕没说话，边南能看到管子里的水正慢慢过来，小心地把浴室门推开一条缝。

"你……"浴帘后面的邱奕话没来得及说完，一道水柱就对着他冲了过去。

边南没想到他会在这时转过来，水已经准确地冲在了邱奕身上。

"哎！"邱奕吓了一跳，猛地往后退了一步撞在墙上，接着脚下一滑，摔倒在了地上。

"……"边南没想到会有这样的连锁反应，以前他跟万飞这么玩的时候都是水泥地，也没谁滑倒过。

"你是找架打呢吧？"邱奕半躺着靠着墙，手撑着地没动。

"以前也没谁摔成这样……"边南有些内疚，没想到会让邱奕摔这么一下，"我就是想，虽然你挺那什么……成熟稳重的，但毕竟也就大我一个月不是吗？"

"嗯？"邱奕看了他一眼，关掉了喷头，拿过旁边的毛巾擦了擦，龇牙咧嘴地把衣服给穿上了，"是想帮我恢复童心吗？"

"不好意思啊。"边南小声说。

边南本来只是想跟邱奕乐一下，结果除了让邱奕觉得他更二了，没什么别的效果。

脑子里都不知道在想什么，听到客厅里传来一声门响的时候，边南才猛地回过神来，喊了一声："邱奕？"

邱奕没有回应，边南愣了愣，跑进了客厅。

客厅里没人，他又冲楼上喊了一声："邱大宝？"

还是没有人回答他，他一眼看到邱奕放在客厅椅子上的外套没了，愣了愣。

邱奕生气走了？这样就生气了？

他跑了？

边南跑过去打开房门，走廊里也没人。他看到电梯上的数字正往下慢慢跳着。

边南顿时有些着急，扑过去按了一下电梯按钮，又冲回屋里想拿钥匙和外套。

他记得进门以后他就将钥匙扔桌上了，看了一圈儿却没找着。

门外传来了电梯叮的一声响。

"哎！"边南喊了一声，抓了手机转身又跑了出去，门就开着吧，反正屋里什么都没有。

进了电梯他一手抓着外套一手拿着手机拨了邱奕的电话。

电梯到了一楼，邱奕也没接电话。

屋外很冷，边南觉得身上一点点地冷了下去。这家伙也太容易生气了吧！

就算他摔了一跤，也不用这么甩手就走吧！

他也可以拿水冲回来嘛，还可以让自己摔一跤找回来嘛！

一向能体谅人的邱奕居然就这么跑了，让边南有一种说不上来的郁闷感觉。

电梯门一开，边南立马被涌进来的寒意冻得哆嗦了一下。

蹦着跳出电梯之后，他一眼就看到一个人影刚走出楼下大厅。

邱奕的外套是黑色的，边南看不清，但一眼就认出了腿上蓝底带白杠的运动裤。

"邱奕！"边南提着外套吼了一声，"你要去哪儿？"

已经走出去的邱奕顿了顿，回过头，看到边南的时候，立马转身跑了回来，带着风没几步就跑到边南跟前儿。

"你干吗呢？"邱奕瞪圆了眼睛，脱了外套往边南身上一裹，跑过去按了电梯按钮，"你有病啊！"

"你有病吧？"边南披好外套，"你跑什么啊？"

"我跑什么了？"邱奕把他推进电梯，按下了楼层，"我不是说了我出去买洗衣粉吗？"

边南猛地转过头看着他："买洗衣粉？"

"你一身洗洁精味儿很舒服？"邱奕啧了一声，"不伤手无残留……"

"你什么时候说要去买洗衣粉了啊？"边南顿时觉得自己像个神经病，病得还挺重的。

"我在客厅里说的，还是喊着说的……"邱奕皱着眉盯着他，"你没听见？想什么呢？刚才摔的是我的屁股，不是你的脑袋啊。"

"开着水呢……我能听见吗？"边南闷着声音道，这事儿太绝了！

哆哆嗦嗦地从电梯里走出来，边南正想说别回屋了，趁电梯还在去买洗衣粉吧，一抬眼看到房门不知道什么时候已经关上了。

"完了！"他冲过去撞了撞门，"锁了！"

邱奕叹了口气，掏出钥匙过去打开了门。

"你……还真是去买洗衣粉啊？"边南进了屋，对自己的行为简直难以接受，"那你怎么不接电话？"

"我就去一趟外面的小超市，还拿手机干吗？"邱奕拉长声音又叹了口气，"你怎么回事儿？"

"我以为你生气跑了。"边南也跟着叹了口气。

邱奕沉默了一会儿笑出声来，好半天才停下，看着他道："我至于吗？"

"谁知道呢。"边南想想也乐了，"你被冲了一身凉水，还摔了一跤。"

"你这不是好心想逗我吗？"邱奕笑了笑，把外套拿过来穿上，"我怎么可能生气？屁股也不疼了，再说，我对你一直没什么脾气。"

"是吗？"边南嘿嘿乐了两声，把外套往旁边椅背上一扔，转身往浴室跑去，"我得去用热水冲一冲，冻死我了。"

"边南！"邱奕突然在身后吼了一嗓子。

"哎！"边南吓得差点儿摔进浴室里，回过头看着他，"干吗？"

"我去楼下买洗衣粉！"邱奕继续吼，"听得见吗？"

"听见了……你有病！"边南进了浴室。

边南洗完澡出来，邱奕从超市买了洗衣粉回来了，一块儿买回来的还有一袋面条，外加鸡蛋和几个西红柿。

"煮面吃？"边南凑过去看了看，"出去吃两口不就得了吗？"

"怪冷的，等吃饱了走回来又要被冻透了。我看了一下厨房，东西都能用，可以自己做。"邱奕把洗衣粉放到他手上，"去把衣服洗了吧，我煮面。"

"嗯。"边南把两人换下来的衣服拿过去扔进洗衣机里，倒洗衣粉的时候有点儿犹豫，用洗洁精的时候那瓶子里没剩多少了，他就随便倒了，现在这一袋洗衣粉不知道用多少合适，手一抖，洗衣粉欢快地扑了能有一饭碗。

肯定多了，边南嘖了一声，伸手抓了一把想放回袋子里，结果弄了半天也没弄回去多少。他有点儿不耐烦，把袋子往旁边一扔："就这么着吧。"

洗了两分钟他过去看了一眼，一掀盖子就乐了："噢哟……"

"怎么了？"邱奕正在切西红柿，放下刀过去瞅了一眼，"你放了多少洗衣粉？"

"一碗。"边南嘿嘿乐着，这要是没盖盖子，估计泡沫能溢出来，衣服已经难寻踪迹了，"这个比洗洁精起泡啊，洗洁精的泡泡也没这么多。"

邱奕看了他一眼，回厨房继续切西红柿："我突然感觉你一个人住是件很危险的事儿。"

"没那么夸张,我就是没自己洗过衣服而已,住校的时候不也自己住吗?又没个老妈子跟着我。"边南跟着进了厨房,"我自己煮个面也没问题的。"

"打算吃几个月的面啊?"邱奕打开锅盖把面条放了进去。

"也不知道展飞那儿多久能给安排宿舍。"边南靠在灶台边,"我跟杨旭说的是住俩月,到时再说吧。"

"要是展飞不给安排怎么办?"邱奕问。

"哎,谁知道呢,我没想呢。"边南懒得去想这些事儿,"不行就让杨旭跟石江说说,看能不能……哎,对了,还没跟你说呢,我之前收拾箱子的时候看到杨旭的照片了!"

"帅照吗?"邱奕瞅了他一眼,"这么兴奋。"

"想什么呢你?"边南喷了一声,凑到他身边,"跟石江一块儿照的,两人还摆个对称的姿势,知道吗?杨旭以前好像也打网球。"

"跟石江一块儿?"邱奕愣了愣。

"嗯,看吗?"边南问。

邱奕被勾起了兴趣,把火关小了,两人跑到房间里,翻出了箱子里的相册。

边南指了指照片上的两个人:"他俩关系肯定挺好的,到时我问问,看能不能让杨旭帮我跟石江……"

"你还是别问吧。"邱奕说。

"嗯,"边南愣了愣,"怎么?"

"他俩……"邱奕看着照片,"平时他俩有来往吗?"

"好像……不太有吧,不过石江上回吃的早点是'好无聊'的老婆饼。"边南想了想,"怎么了,有什么不对吗?"

"说不好。"邱奕在照片上轻轻弹了弹,把相册放回箱子里,走出了房间,"万一真有什么矛盾呢?"

"我又想得不够周全了?"边南有些茫然地跟着他回了厨房,过了半天才往旁边的冰箱上敲了敲,"越这样我越好奇……"

"按说关系挺好的，但平时又不怎么来往……"

"不来往吧还吃他家的饼……"

邱奕看着他没说话。

边南也没出声。

两人对视了一会儿之后，邱奕开了口："咱俩好八卦啊。"

边南乐了："怎么办，我们怎么这么烦人啊？"

"总之别问就行，也别让杨旭找石江帮什么忙。"邱奕把配料放进锅里，用筷子慢慢挑着，"谁知道他俩怎么回事儿，万一有什么杨旭和石江不可说的秘密，你这么让人帮忙就不太好了。"

"我觉得吧，他俩没准儿以前是关系特好的队友，打双打什么的，后来……有矛盾了，然后两人都不打了……然后……"边南说了一半编不下去了，啧了两声，"真是挺八卦的。"

邱奕笑了半天，把面条盛了出来："吃面吧。"

"哎呀！"边南捧过碗，美滋滋地往客厅走，"洗个热乎澡，吃碗热乎面，美好人生也就这样了吧……"

邱奕把椅子放到他身边，挨着他坐下了："咱俩来个合照吧，还没一块儿的照片呢。"

"行。"边南顿时来了兴致，摸过手机，"怎么拍？"

"不知道，端着面？"邱奕举了举手里的碗。

"好，够傻。"边南举起了手机，两人并排举着碗，"真傻。"

"笑一个。"邱奕笑着说。

边南冲镜头龇了龇牙，按下了快门。

"这张没拍到热气，再来。"边南看了看手机，再次举起手机，"脑袋往中间靠……对，笑，为什么咱俩笑得跟刚打完架似的……哎，就这么笑，邱奕，我特别喜欢看你这么笑……"

"你拍不拍？"邱奕看着屏幕上跟幼儿园小朋友摆拍集体照一样的姿势和笑容有点儿扛不住，"面都坨了。"

"笑！"边南喊了一声。

两个人折腾了好几张，看着都挺傻的，不过边南还挺满意，反正就自己看，欣赏了半天，又把照片传给邱奕之后，才放下手机开始吃面。

"我跟你说，你下班回来的时候买点儿面包，再买点儿红肠什么的，早上切了一夹就能当早点了，"邱奕边吃边说，"晚上自己煮个面吃就行。"

"嗯。"边南点了点头，"你不过来给我做饭啊？"

"我有时间才能来啊。"邱奕拿出手机看了看日历，"这阵子忙，我爸住院我还得送饭。"

"应该没什么问题吧？"边南有点儿担心。

"反正一直这样，肺一直不好，现在就怕别的地方也有问题，全面检查完了才能知道。"邱奕皱了皱眉，"我过两天要上船了，你……"

"什么？"边南一听就放下了筷子，"上船？这么快，要多久？"

"不会太久的，两三天就回了。"邱奕笑了笑，"就是想让你有空的时候……"

"嗯，我去给你爸送饭，我有空。"边南马上说，"一走两三天啊？"

"两三天也没什么吧，咱俩不经常好几天才见一次面吗？"邱奕低头吃着面。

"那能一样吗？"边南狠狠地把面条咬断，"感觉上不同啊，平时你就在家里，不在家就在饭店里，想见个面也就两小时的事儿，上船了就不一样了。"

邱奕笑了笑没说话。

"别笑得这么镇定。"边南看着他，"船上多寂寞啊，你同事可没我这样，这么全心全意地逗你开心。"

"是。"邱奕笑了起来，"逗得我腰都差点儿摔断了。"

边南埋头把面条吃完了，本来就只有他和邱奕的话他肯定懒得洗碗，但就冲邱奕这句话，他进厨房把碗筷和煮面的锅都放到了洗碗池里准备大干一场。

之前的洗洁精洗衣服用完了，现在又不能拿洗衣粉来洗碗，于是他把厨房的几个柜子都打开翻了一遍，发现在最下面的柜门里居然放着四瓶洗洁精。

"这是要正经过日子的架势啊。"边南拿了一瓶洗洁精出来，"居然又这么扔着不住了？"

"所以说这里头肯定有事儿，你别多嘴问就行。"邱奕站在一边看着，"也没熟到那份儿上。"

"挺熟的了。"边南啧了一声。

"你这也算是优点了。"邱奕说，"自来熟，脸皮厚，跟谁都能聊。"

"我脸皮薄着呢。"边南瞅了他一眼，"我其实做很多事儿都没自信，总觉得做不好，不行，就没兴趣了。"

"是吗？"邱奕想了想道，"都这程度了还能有这么开朗的性格也算牛了。"

"哎，我也觉得。"边南转过头边洗碗边说，"你要不是这样，我这性格得发展到什么地步？得亏老天爷帮我收着点儿了。"

邱奕没说话，靠着冰箱笑了半天。

"怎么了？"边南洗完碗看了他一眼。

"没，挺好的。"邱奕说，"其实我跟你待一会儿还真是挺受影响的，你不用专门把我往你那边拉，我自己就靠过去了，我以前没这么……二。"

"真的啊？哎，我这么大的感染力呢？你看万飞也……"边南说到一半猛地反应过来了，手指着邱奕，"又骂我，谁二啊？"

"一听你说万飞，我突然有点儿担心我自己了。"邱奕笑了笑，边乐边说，"他跟你待一块儿好多年了吧，最后变成那样了……我是不是早晚有一天得……"

"滚！"边南喊了一嗓子。

邱奕笑着走出了厨房。

边南慢吞吞地把碗筷收拾好，又转圈儿看了看，把东西都整理好了，才走出厨房。

客厅里没有人，他顿时又有点儿心慌，喊了一声："邱奕！"

"楼上呢！"邱奕的声音从楼上传来。

"你跑楼上干吗呢？"边南听到他的声音立马觉得踏实下来，几步跑上了楼梯。

"看看几个屋里还有什么能用的东西。"邱奕从一个屋子里拎出了个盒子，"这有个加湿器，应该可以用。"

"邱奕，"边南看着加湿器，感叹了一句，"你还真是会过日子啊。"

"学着点儿。"邱奕拍了拍他的背，"你暂时要独立生活了。"

"我在学校的时候也独立着呢。"边南皱着眉道，"其实你要说我影响你，这都是小影响，你没发现我正努力向你学习吗，成熟稳重什么的？"

"没看出来。"邱奕停了一下乐了，"你别瞎琢磨就不错了。"

"你不说我不爱想事儿吗？现在又让我别想……"边南拿过加湿器打开看了看，"还是新的呢。"

邱奕拿出手机看了看时间："我得回去了，今天二宝给我爸送的饭。"

边南愣了愣道："我以为你今天在医院帮你爸订饭了呢！"

邱奕笑了笑："让他送吧，也不是小孩儿了，送个饭也不难，我不在家的时候他也得……"

"你不在家的时候有我啊，干吗让一个小孩儿这么辛苦啊？"边南喷了一声，"行了，你赶紧回去吧，不，你先给二宝打个电话问问。"

"到家再问。"邱奕往楼下走去。

"那我打。"边南拿出手机拨了小卷毛的电话号码。

电话只响了一声就被接了起来，邱彦欢快的声音响起："大虎子！"

"二宝乖。"边南说，"你在家了吗？"

"嗯。"邱彦很响亮地回答，"我给爸爸送饭啦！在医院待了一会儿就回来了，坐公交车回来的，这趟车八点半就停了，所以我就回来了。"

"真能干，饭是做的还是买的啊？"边南问。

"哥哥早上做好的，我热了拿去就行。"邱彦说。

"你哥过两天要上船回不了家，你等我过去一块儿送饭。"边南交代他，"知道吗？"

"我自己也能送啊。"邱彦对自己独立完成这样的事儿兴致很高。

"我不放心。"边南笑了笑。

"那你有时间就来吧。"邱彦叹了口气,"你这样怎么教育得好小孩子啊?"

"哎,这话说的。"边南乐了,"你这小老头儿的语气是跟你哥学的吗?"

"我现在长大很多了。"邱彦有些不服气。

"是,是,是,再过两年我得叫你哥了。"边南笑着说道。

跟邱彦聊了几句挂掉电话后,边南看到邱奕已经穿好外套,正站在客厅里。

他本来想说声拜拜,想到邱奕这就要上船了,又感觉似乎应该再说点儿别的,但该说什么又半天憋不出来。

最后他过去拍了拍邱奕的肩:"好好的。"

邱奕愣了愣,往桌子边一靠就笑得不行:"你干吗啊?我又不是去打架,什么好好的?"

"算了,我果然还是不适合这样。"边南龇了龇牙,"明天等你召唤吧。"

邱奕喷了一声,拎起自己的包甩到背后:"我走了,明天给你打电话。"

"是到家给我来个电话。"边南纠正他道。

"到家给你打电话。"邱奕笑着说。

把邱奕送进电梯,看着数字蹦到一楼,边南才转身回了屋里。

时间对他来说还有些早,不过他还是洗漱完回到卧室躺下了。

边南心里不太容易被什么事儿堵着,反正从小的经历已经让他习惯于碰上事儿就扔一边儿不管了。

但在邱爸爸住院这当口邱奕要上船了,总让他不踏实。

就算邱奕一直说让他别瞎操心,他还是忍不住琢磨了半天,越想越烦躁。

边南在床上拱了两下,烦躁!

邱奕这厮居然要去实习了,就要上船了,怎么这么快?

邱奕说过他实习的是什么内贸船,边南也听不明白,不过还好时间不算长，两三天、三四天、五天、一个星期的还算快，要真来个十天半个月有点儿什么事儿可怎么办？

不行，什么叫有点儿什么事儿？

不可能有事儿！

"唉！"边南捂在枕头里叹了口气，不想了，睡觉。

还没等他把不知道在哪儿快活的睡意找出来呢，邱奕的电话打了过来。

"到家了啊？"边南接起电话。

"嗯。"邱奕应了一声，"你睡了？"

"不睡还能干吗啊？这儿什么都没有。"边南很郁闷，"你说我要不要去买台笔记本电脑，杨旭这儿应该拉了网线的。"

"我这儿有一台，我现在也不用了，明天你拿过去吧。"邱奕说。

"你还有笔记本电脑呢？"边南喷了好几声，"你个钱串子还舍得花钱买笔记本电脑啊？"

"以前给人补课的时候装样子用的，弄个PPT什么的给人照着讲，后来觉得没什么必要就没弄了。"邱奕笑了笑。

"那我明天过去拿，有什么私密的东西先删了啊。"边南说。

"我什么也不删，明天你拿去了慢慢看吧。"邱奕说。

第二天晚上七点多有晚班的学员打球，边南得替顾玮盯着，就这点儿时间得去邱奕家还要吃饭，边南下了班就骑着车往邱奕家猛蹬。

就为了骑这车，边南买了一套厚围巾、手套还加帽子，再捂个大口罩，每次顶着风飞驰在慢车道里的时候都有种生活真艰辛的感受。

不过这车还挺好骑，被他掰断了车撑子以后邱奕修过车，顺便把链条、脚蹬什么的都弄了，现在骑着嗖嗖地跑。

在被冻透之前，边南到了邱奕家。

邱彦已经裹成了个球在院子里站着，大概是准备去医院给邱爸爸送饭。

盯着蒙头蒙脸的边南看了半天，邱彦才喊了一声："大虎子！"

"你平时是靠什么认我的啊？"边南扯下口罩，"这都要研究了才能确定吗？"

"脸啊。"邱彦看着他。

"没别的了？"边南把车靠到院墙边，摆了个姿势，"比如我的身材、我的身姿……"

"脸啊！"邱彦又响亮地说了一遍。

"好吧。"边南在他的脸上捏了捏进了厨房。

"笔记本电脑在我屋里的桌上放着，你拿上吧。"邱奕正把饭菜往保温盒里放，"你晚上要去展飞是吗？"

"嗯，有学员过来。"边南回头看了一眼，邱彦正专心地往自行车上爬，"我一会儿跟你去送饭。"

"时间不够。"邱奕看了看时间，"光过去就得四十分钟了，这会儿还堵车，你还没吃饭。"

"那我拿了笔记本电脑就回去？"边南也看了看时间，的确是不够跑一趟的，"这通折腾就聊一分钟啊？"

"那聊个五分钟吧。"邱奕笑了笑，"锅里有炒饭，要不你吃了再过去吧，省得再找地儿吃饭了。"

"好！"边南立马点了点头。

边南盛了炒饭，本来想慢慢吃，多磨蹭点儿时间，但一想邱奕这么陪着他，那边邱爸爸还在医院里饿着，只能埋头飞快地把一盘炒饭给扒拉着塞完了。

"行了，你去医院吧，你爸估计得一个小时以后才有饭吃了。"边南抹了抹嘴。

"他这两天老说吃不下东西，说不吃也行呢。"邱奕笑了笑，把盘子拿去洗了。

"检查结果什么时候出来？"边南皱了皱眉。

"明天。"邱奕说，"我上午去拿。"

"拿了给我打个电话吧。"边南小声说，"我想知道。"

邱奕看了他一眼："好的。"

边南骑着车回到展飞的时候，离晚上训练时间还有半个小时，他把笔记本电脑放到自己的柜子里，换了衣服转身出门准备去球场的时候，看到了站在走廊上的罗轶洋。

　　"你怎么又来了？今儿这个班就我一个人，顾玮休息，我没时间陪你打球。"边南一看到罗轶洋就头大，"你们还没开学吗？"

　　"下周就走了，这周得抓紧时间玩啊。"罗轶洋说，"我刚才看到你骑车来的，不冷吗？"

　　"你当都是你啊，天天开着车撒欢儿。"边南喷了一声，拿着球拍往球场那边走过去。

　　"你原来不是坐公交车过来吗，省路费啊？"罗轶洋跟他并排着往球场走，"实习有工资吧？"

　　"嗯，主要是为了节能环保。"边南看了他一眼，"我真没时间陪你打球。"

　　"我玩发球机。"罗轶洋说，走了两步又说了一句，"要不晚上我送你回去吧？怪冷的。"

　　"别这么有爱心，你送我回去了明儿我怎么来啊？"边南说。

　　"我……接你？"罗轶洋犹豫着道。

　　"你天天接送我我也没空陪你打球，这阵子人多忙着呢。"边南叹了口气，"你下周就回学校了，这周行行好别折腾我了行吗？"

　　"说了我玩发球机！"罗轶洋提高声音强调了一句。

　　边南没理他，远远地看到球场上已经有几个人在了，跑了过去。

　　也不知道罗轶洋是赌气还是怎么着，一晚上还真就在跟发球机较劲儿。

　　一直到边南这边儿的人都走了，边南也准备下班回去了，罗轶洋才扛着拍子过来了："哎，边助，我送你回去吧。"

　　"你是不是失恋了？"边南忍不住问了一句，"怎么这么无聊啊，你要实在无聊我给你介绍个地儿，专供无聊的人待着的……"

　　"'好无聊'吗？"罗轶洋问。

　　边南愣了愣道："你知道啊？"

"知道啊，石江的朋友开的。"罗轶洋转了转拍子，"我去过一次……哎，你怎么知道我失恋了？"

"啊？"边南还没回过神来。

"我失恋了啊！"罗轶洋对着他的耳朵吼了一声，"失恋了！"

"你有病！"边南吓了一跳，耳朵都嗡嗡作响了，"活该！"

"心疼着呢。"罗轶洋拍了拍胸口，"你小孩儿不懂。"

罗轶洋估计是真失恋了，一提失恋这事儿立马就情绪低落了，然后就跟抽风似的非要送边南回家。

边南被他闹得烦躁得不行，要不是因为这人是罗总家的二公子，他真有冲过去抽对方几个回合的冲动。

最后坐到罗轶洋的车上时边南连话都懒得说了。

"住哪儿？"罗轶洋跟战斗胜利似的有点儿得意扬扬地问了一句。

边南闷着声音报了杨旭家的地址。

罗轶洋愣了愣道："这不是杨旭的房子那儿吗？"

"你又知道？"边南很震惊。

"知道啊，他买房的时候石江还帮着跑了俩月呢。"罗轶洋发动了车子。

这回边南实在是忍不住了："他俩关系挺好啊？"

"以前挺好的，不，不是挺好，是超级好。"罗轶洋有点儿感慨，"后来就闹崩了，不，也没崩透……说不上来。"

"哦。"边南本来还想问两句，但考虑到邱奕说过的话，这种事儿还是少打听，罗二少爷八卦几句没什么，他一个小实习生就不一样了。

"这事儿啊……真是。"罗轶洋感叹了一句。

边南没说话，罗轶洋这话也不知道是在感叹自己还是在感叹杨旭和石江。

人生真是无常啊。

曾经关系那么好的两个人，有一天居然会变成这么诡异的状态。

回到家已经快十一点了，边南给邱奕打了个电话，两人胡乱扯了几句傻乐了几声就挂了。

本来开了笔记本电脑看看,但洗漱完了边南就觉得困得不行,抱着笔记本电脑躺到床上没滚两圈儿就睡着了。

半夜被笔记本电脑硌醒了好几回,他都有点儿无奈了,明明每次都把笔记本电脑放到枕头边儿了,但过不了多久就会在背后、屁股下边儿,甚至腿边儿摸到。

他总算确定了自己睡觉的时候的确爱瞎抱东西……

早上他出门比平时早,骑自行车不怕堵车,但是今天得坐车,就得早点儿。

在厨房里抓了几片面包塞进嘴里他就出了门。

刚到小区门口,一辆车就蹿过来停在了他身边,还按了好几声喇叭,边南皱着眉一扭头就看到了罗轶洋的脸。

"哎!"边南喊了一声,都不知道该往自己脸上搁个什么表情合适了,"你真闲得够可以的,要不今儿你帮我去上班得了。"

"昨天不是说了接你吗?说了就得做到嘛。"罗轶洋拍了拍车门,"上车!"

"我跟你说,你真不用这么守信。"边南上了车,"我压根儿就没记着这事儿。"

"你这人真没劲儿,当你是朋友才这样呢,我这人也不是随便就跟人交朋友的。"罗轶洋有些不满,"你也太不把我当朋友了。"

"谢谢。"边南赶紧拍了拍他的肩,"哥们儿,谢了。"

"也就接送你这一次,我这个点儿起床简直是折寿……"罗轶洋打了个哈欠,"简直影响我的胡子的生长发育。"

到了展飞,罗轶洋没往球场上去,跑教练休息室补觉去了,快到中午的时候边南才看到他在球场上晃悠的身影。

边南赶紧拿了东西准备溜,被这小子逮着又得磨半天。

今天只用上半天班,之前他给顾玮替过半天班,顾玮让他今天下午休息。

他刚换了衣服想给邱奕打个电话的时候,邱奕的电话打了过来。

"巧啊,我正要给你打电话呢。"边南笑着说,"我下午休息,过去找你吧。"

"下午休息?太好了,快过来吧。"邱奕马上说。

"哟!"边南乐了,乐完了又一阵紧张,"你爸的报告拿了吗?"

"拿了……"邱奕说,"今天公司通知了,让明天下午上船,过来吧,咱俩抓紧时间瞎聊会儿。"

这也太快了!

边南拎着自己的包顺着走廊一路飞奔。

邱奕明天下午居然就要上船了。

明天全天都要上班,边南也没时间帮着邱奕收拾收拾,更没时间送他……

大概是身边第一次有朋友要出远门,他感觉自己有些瞎操心。

"边南!"罗轶洋从走廊旁边的花坛后蹦起来喊了他一声。

边南没理他,装没听见继续往前跑。

"边助!"罗轶洋提高声音又喊了一声。

"你认错人了!"边南也喊了一声,顺着走廊拐个弯穿过大厅跑出了大门。

中午也有个下班小高峰,这种时候骑自行车的优势就体现出来了,不会堵车。

除了冷……还有腿酸。边南觉得这阵子骑车上班大幅提高了他的抗寒能力以及腿部力量。

从展飞骑到邱奕家,他只用了半小时,不过下了车进院子的时候腿都有点儿哆嗦了。

"记住啦!"屋里传来邱彦响亮的声音。

"二宝!"边南在院子里喊了一声。

"大虎子来了!"邱彦开了门,从屋里跑出来,只穿着一件小薄毛衣。

"进去进去。"边南赶紧把车往墙边一靠跑了过去,"别感冒了。"

邱彦飞快地跑过来抱了他一下，又转身飞快地跑回了屋里。

边南跟着进了屋，邱奕正坐在桌子前，面前放着一张纸，上面有挺大的字，差不多给写满了。

"挺快啊。"邱奕笑着看了他一眼，又用笔在纸上写了几个字，"打车过来的？"

"骑车过来的，快吧？"边南拉过椅子往他旁边一坐，"写什么呢？"

"注意事项！"邱彦扒着桌沿，"是我每天要做的事。"

"这么多？"边南愣了愣。

"不多。"邱彦拍了拍纸，"字写得大才显得多。"

"我看看……"边南拿过纸。

早上起床以后把粥焖上。

"这来不及吧？"边南看了一行就提出了质疑。

"买了个焖烧锅让他炖排骨粥，排骨我都弄好了。"邱奕托着下巴看着边南，"一块儿扔进去烧开了放进锅里就可以了，一个多小时就能焖好。"

"多危险啊……烧开了往锅里放，烫着了怎么办？"边南皱着眉，下一行是"中午回来把包子蒸好喝粥"，边南更吃惊，"还要自己蒸包子？"

"唉——"邱彦在一边拉长声音叹了口气，"是早上买好的包子，蒸一下热一热就可以啦，然后去给爸爸送粥，再去学校，下午回来把中午剩下的粥热好送过去，晚上回来写作业，就行啦！还有平时不在家里要断火断电锁好门，出门要告诉邻居叔叔阿姨。"

"我不是说我去送吗？"边南瞪了邱奕一眼。

"我算了一下，时间来不及，你下午不上班的话去送，平时等你下了班再过来，时间来不及。"邱奕笑了笑，"你真不用这么紧张，二宝比你想象的靠谱得多。"

"嗯。"邱彦点了点头，拿着纸进屋去了，"我贴到墙上。"

边南想想邱奕一直以来对邱彦的教育，虽然还是有点儿不放心，也只能暂时接受了这样的安排。

"你爸……"他低压声音问，"什么情况？"

"就那样吧，瘫痪这么多年的人都会有的那些毛病，我爸又一直没条件系统地做康复。"邱奕说，"泌尿系统有点儿问题，要治疗，现在比较麻烦的是肺部有点儿感染，先做抗感染治疗。"

"怎么会感染呢，这个严重吗？"边南一听就急了，"医生怎么说的？"

"医生也没说什么。"邱奕笑了笑，"以前也有过，应该没什么大问题。"

边南没说话，过了一会儿才小声说："你是在安慰我吗？"

"安慰你干吗？就是这样的情况。"邱奕笑着站了起来，"你还没吃吧，一块儿带二宝出去吃点儿？"

"嗯。"边南没再多问，或者说，不敢多问。

邱奕进了里屋换衣服，邱彦已经把那纸贴到了墙上。

"这两天你得辛苦点儿了。"邱奕拍了拍他的脑袋。

"没事儿。"邱彦仰起头，"一会儿能喝酸奶吗？"

"现在去喝吧，一会儿带你出去吃饭。"邱奕说。

"酸奶——"邱彦蹦着边喊边跑出了房间。

邱奕笑了笑，拉开衣柜门，把半个身子都探进了衣柜里，脑门儿顶在一摞衣服上，深深吸了口气。

他没在安慰边南，是在安慰自己。

老爸这次的情况不是太乐观，除了肺，胆管也有问题，医生说有可能是胆管炎，但还需要进一步检查。

老爸一直说他有什么事儿都压在心里，从来不跟人说，邱奕觉得这大概算遗传，而且他遗传得比老爸差远了。

胆管炎发作时的疼痛，他不知道老爸是怎么忍的，他一点儿都没有看出来，就为这个还被医生骂了一顿。

老狐狸，太能骗人了，邱奕皱了皱眉。

"你上船要带行李吗？"边南走进屋里，坐到床上问了一句。

"带点儿换洗衣服。"邱奕从柜子里拽了件毛衣出来套上，"也没几天。"

"我的衣服洗好了？"边南看到床上放着叠好的运动服。

"嗯。"邱奕拿过外套穿上,"这是你平时总穿的那套吧?"

边南往床上一躺:"是啊,就这套穿着特别舒服,而且特能显示我完美的身材……"

"给我吧。"邱奕打断了他的话。

"啊,"边南愣了愣道,"你不是不穿运动服的吗?你想穿我买一套新的给你呗,展飞那儿有不错的,我买可以打折。"

"就这套,给我吧。"邱奕说。

"行,给你就给你。"边南看着他,"为什么啊?这套我穿两年了,都旧了。"

"我就带着。"邱奕笑了笑,"踏实,当护身符吧。"

"哎哟,我的衣服还有这功能呢,挺好,"边南乐了,一挥手道,"赏你了。"

邱彦下午还要上学,所以他们没去太远的地方吃东西,就近找了个小火锅店。

边南点好菜以后看着邱彦:"二宝,你哥不在家的时候有什么事儿就给我打电话,什么时间都可以打。"

"嗯。"邱彦很严肃地点了点头,"应该没什么事儿。"

"没什么事儿也可以打。"边南喷了一声。

"那你说想你了给你打电话就行了呗。"邱彦眼睛都笑眯了,"咱俩可以去逛超市。"

"你这是什么爱好?"边南叹了口气,"然后拿积分换酸奶吗?"

"现在没有酸奶换了。"邱彦有些郁闷,"现在只能换一次性纸杯和香皂了。"

"我给你买。"边南说。

"别趁我不在的时候瞎惯着他。"邱奕指了指邱彦。

"知道。"边南嘿嘿乐了两声。

吃完热气腾腾的小火锅,邱彦坐在桌子边儿上就喊困了。

邱奕抱着他走出店门口的这段距离他就趴在邱奕的肩上睡着了。

"真神奇。"边南看了看邱彦的脸,"我还头一回见着他困成这样。"

"他昨天失眠了。"邱奕小声说,"估计担心我爸。"

边南顿时有点儿心疼,轻轻摸了摸邱彦的脸。

回到家邱彦在里屋睡觉,他俩在客厅里看电视,有一搭没一搭地聊着天儿,聊了没一会儿,边南发现邱奕没了声音,扭头看过去,发现邱奕窝在沙发那头睡着了。

边南把电视声音调小,进屋拿了小毛毯盖在邱奕身上。

邱奕虽然把邱爸爸的病说得还算轻松,但这段时间肯定累了,再加上这人本来就爱琢磨事儿……

边南坐回沙发上,挨着邱奕,瞪着电视发愣,突然有点儿担心,如果邱爸爸的病有什么变化,邱奕的工作估计就得泡汤了。

然后邱奕怎么办呢?回饭店去打工?开个小馆?

钱呢……自己这儿倒是有,也不知道够不够……

边南笑了笑,觉得自己想得似乎有点儿远了。

迷迷糊糊中边南也不知道是什么时候睡着的,邱彦在他的脸上轻轻拍了两下把他弄醒的时候,边南发现他跟邱奕在沙发上一边一个歪着,都睡得挺投入的。

"上学了?"边南坐了起来。

"嘘……"邱彦把手指竖到嘴边,用极低的声音说,"别吵醒我哥。"

"果然还是你哥那头儿的。"边南笑着抱着他,在他耳边小声说,"就舍得吵醒我。"

"我哥明天要上船嘛,我怕他睡不好呀。"邱彦搂着边南的脖子,"下午你去接我放学好吗?"

"好。"边南捏了捏他的脸,"我现在陪你去学校吧,反正你哥睡觉也没人跟我说话。"

"走。"邱彦眼睛一亮。

边南起来穿上了外套,邱彦拉着他,两人跟做贼似的踮着脚出了门。

把邱彦送到学校之后,边南逛了趟超市,买了点儿菜,想让邱奕下午做了一块儿去医院看看邱爸爸。

他本来想再买点儿营养品,但又不知道这种情况下该买什么,也觉得太客套,还不如买点儿好菜实在。

边南回到邱奕家的时候邱奕还在睡,连姿势都没变过。

边南很小心地凑过去蹲在沙发边盯着他看了十来分钟,站起来的时候腿一阵酸麻,差点儿直接扑到沙发上,龇牙咧嘴地在沙发上坐下又在腿上搓了好一会儿才缓过来。

拿着遥控器对着电视按了一圈儿,没找到什么可看的内容,他随便挑了个体育节目,把遥控器扔到一边儿,往沙发里一窝,不想动了。

虽然邱奕在睡觉,不能跟他笑,也不能跟他聊天儿,但他心里挺踏实。

哪怕就这么愣一天也行,只要邱奕在,就跟吃了颗定心丸似的,边南就不会没着没落的了。

屋里很暖和,中午的阳光从窗口沿着墙边洒了一条进来,看一眼就觉得整个人都松软了。

边南打了个哈欠,把邱奕身上的小毛毯扯了点儿过来盖在自己的腿上,靠着沙发扶手闭上了眼睛。

边南觉得自己这一觉睡得挺沉的,不过邱奕的手指在他的眉心轻轻戳了两下,他还是感觉到了,睁开了眼睛。

"醒了啊?这眉毛拧得苦大仇深的。"邱奕蹲在他身边笑了笑,"刚才出去买菜了?"

"嗯,送二宝去学校回来的时候顺便买了……"边南说到一半猛地坐了起来,"哎,几点了?我答应二宝去接他放学呢!"

"差十五分钟四点。"邱奕看了看手机。

"能赶上。"边南跳起来,活动了一下被压麻了的胳膊腿儿,一边穿衣服一边说,"我去接二宝,你看看菜怎么弄吧,弄好了我跟你们一块儿去送饭,我想看看你爸。"

"好。"邱奕笑着点了点头。

到了邱彦的学校的时候,正好赶上放学,边南跟一群家长挤一块儿,盯着从校门里走出来的小朋友们。

邱彦是跑出来的,有些急切地东张西望着。

"二宝!"边南喊了一声。

邱彦看到他,立马笑着跑了过来:"大虎子,我还以为你没来呢!"

"哪能不来啊?"边南拎过他的书包,"你跑得挺快嘛。"

"我平时都不跑的,你在外面等我,我才跑的。"邱彦走路一直是蹦着的,估计平时放学总是一个人,今天有人来接让他挺开心的。

邱奕做饭挺快的,边南带着邱彦回到家的时候他已经把粥和骨头汤煮上了,正在厨房里忙着,打算再弄个清淡点儿的素菜。

"怎么不弄得丰盛点儿啊?"边南进厨房看了看,"弄个红烧肉什么的,你爸不是爱吃肉吗?"

"带红烧肉过去估计得让护士赶出病房。"邱奕看了他一眼,"这时候不能吃得太油腻。"

尤其是胆有问题的时候。

"哦。"边南揉了揉鼻子,"我不知道,那剩下的菜你能弄的晚上都弄了,让二宝热一热就能吃。"

"知道了。"邱奕笑了,"你怎么这么能操心啊。"

"跟你学的呗。"边南喷了一声,转身去院子里陪邱彦玩了。

饭菜都弄好之后,邱奕拿保温盒装好,时间刚好。

"走吧,现在过去正好差不多。"他踢了踢正蹲在院子里跟邱彦拿石头在地上画画的边南。

"我来拿!"邱彦抢着拎了保温盒。

"这么多,吃得完吗?"边南看了看。

"一块儿吃。"邱奕笑了笑,"多几个人陪着我爸一块儿吃他能多吃点儿。"

"好。"边南乐了,"怎么有种要去野餐的感觉?"

邱爸爸住院的医院环境不错,病房里没住满,三张床的病房就住了两个人。

边南他们进去的时候，邱爸爸正跟同屋的大叔聊天儿，脸色有些发暗，手上还扎着针，不过情绪还挺好，估计是说得正高兴。

"叔！"边南喊了一声。

"哎哟，"邱爸爸愣了愣，"你怎么来了，没上班？"

"今儿下午我休息。"边南跑到病床边，"早两天就该来看看您，邱奕非说我时间赶不上不带我过来。"

"本来就是，申涛也是大老远地跑了一趟。"邱爸爸笑了，"你们想看我等我过几天出院了上家去多好。"

"那哪儿能行啊。"边南嘿嘿笑了几声，感觉也没多久没见，邱爸爸就消瘦了不少，他心里有些不好受，但脸上还得笑着，"居然让申涛抢先了，我太不服气了。"

"申涛今天上船，昨天自己跑过来的。"邱奕笑了笑。

"叔，我没给您买什么高端营养品，就买了点儿好菜想让邱奕给您做了带过来，结果他说您现在得吃清淡的东西。"边南看邱爸爸想坐起来，过去把床摇起来，又往他身后垫了个枕头。

"是得清淡。"邱爸爸皱了皱眉，"淡得我都没胃口了，喝水都比那些清淡的菜有味儿。"

这是边南头一回在医院吃饭，看着邱彦很熟练地把床头的桌板架到邱爸爸面前，再把饭盒里的菜拿出来摆好，边南还觉得挺新鲜的。

邱奕去护士站借了两张凳子过来，几个人坐在床边一边聊一边吃。

邱爸爸的饭量一直不大，今天边南留意了一下，似乎比之前吃得更少了，他喝了半碗粥，夹了几筷子菜就放下碗说饱了。

边南本来想劝邱爸爸多吃几口，但看邱奕没说什么，于是也没多说话，估计是胃口不好，硬多吃几口还难受。

剩下的菜都被他们几个吃光了，邱彦吃完以后靠在邱爸爸身上打了个饱嗝："爸爸，明天我就自己来给你送饭啦。"

"嗯，你管做吗？"邱爸爸笑着问。

"管啊，哥哥教我了，我做好拿过来。"邱彦有些得意，"我给你做

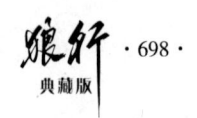

排骨粥。"

"真厉害，估计比你哥做的粥好吃。"

"那肯定！"

医院探视时间到九点，不过邱彦还要写作业，所以吃完饭邱奕帮着邱爸爸上了个厕所，又聊了一会儿就站起来准备走了。

"叔，我有空过来看您，邱奕没在的时候您有事儿就打我的电话。"边南穿上外套以后又回到床边交代邱爸爸。

"没事儿，人都在医院待着呢，我一按铃，医生护士跑着就过来了。"邱爸爸笑着拍了拍他的肩，"你别担心，快回去吧。"

从医院出来后，边南一路都没怎么说话。

邱爸爸对他来说，是个很亲近的长辈，这辈子除了万飞他妈妈，没有哪个长辈再给过他这种感觉，连老爸都没有，他对老爸的感觉暂时还找不到合适的词来形容。

总之邱爸爸这一住院，边南心情挺不好的，特别是看到他明显消瘦了的脸和有些勉强的笑容，边南一晚上都有些郁闷。

回到家邱彦进屋去写作业，边南跟邱奕两人又并排着坐在沙发上看电视。

按说邱奕明天要上船，边南有很多话想说的，但这会儿神奇地没什么兴致。

"怎么了？"邱奕把胳膊搭到他的肩上。

"心情欠佳。"边南闷着声音说，"差得估计看喜剧片儿都能看成黑白默片儿了。"

邱奕愣了愣，顿时笑得都坐不住了，倒在沙发上笑了半天："你这形容还挺独特。"

边南斜眼瞅了瞅他："笑什么啊，一上船你就要变成黑皮了，还美呢。"

"有你一衬，我黑不到哪儿去。"邱奕笑着按了按肚子，踢了他一脚，"哎，你还真是跟二宝一样，二宝昨儿还眼泪汪汪了一会儿呢，你要不要试试，我给你拿纸巾？"

"你有病！"边南喊了一声，一巴掌拍在他的腿上。

"不许说粗话——"邱彦在里屋也喊了一声。

虽说心情不好，不过边南和邱奕还是一块儿窝在沙发里聊了一晚上，一直到邱彦上床睡觉了，边南才打了个哈欠站起来。

"我回吧。"边南看了看时间，已经不早了，邱奕明天要先去公司报到，然后下午就上船了，晚上得早点儿睡，"明天……唉，不提这事儿，烦。"

"我送你吧。"邱奕也站了起来，"明天我会给你汇报的，什么时候起的床，什么时候吃早点，什么时候出门，什么时候上车，什么时候到公司，什么时候上船……"

"不至于，"边南笑了起来，"说得好像我是跟踪狂似的。"

"你都黑白默片儿了……"邱奕一说这个又乐了。

"差不多得了啊！是不是现在不跟你打架你皮痒啊？"边南站起来，原地蹦了蹦，"行了，我走了，你送我去打车。"

回到杨旭家，边南进门先给邱奕打了个电话，然后才去洗漱。

大概是因为睡了一下午，他躺到床上的时候没什么睡意。

在床上翻来滚去地折腾了十来分钟，他拿过枕边的那个本子，突然想到一个能顺利凑出一千字的好办法。

"现在是你上船的前一天，我又趴在床上给你写信了。今天天气很好，不过在沙发上睡了一下午实在有点儿浪费时间，起码应该多聊会儿天儿。"

边南对着这几行字嘿嘿乐了半天，接下来就是你上船的第一天，你上船的第二天、第三天，下船第一天……

把信写成日记真是个不错的办法，再加上日期、星期几、天气怎么样，简直完美。

边南把笔一扔，翻身摆了个大字躺着，闭上眼睛笑了好一会儿。

边南觉得自己一整夜都在做梦，但具体梦见什么了，却记不太清楚了，反正有邱奕。

邱奕跟主演似的贯穿了他一夜乱七八糟的梦。

边南洗漱完了咬着几片面包出门的时候，邱奕发了短信过来："我出门了，今天好冷，多穿点儿。"

边南笑了笑，给他回了一条："我也正好出门。"

虽然昨天一直觉得邱奕上船对自己来说是件挺难以忍受的事儿，从小到大他都没有什么关系好的朋友要这么分开的，顶多是万飞过年回姥姥家待几天的时候见不着面……那也挺舍不得的了。

不过真到上船这天他发现这也没什么。

果然是不爱想事儿的人—琢磨事儿就容易走火入魔。

今天他挺忙的，实习也有一阵子了，对平时的工作内容基本都了解了，顾玮开始慢慢把不少事儿扔给他一个人去做。

比如写下一阶段的计划。

"这也归我写？"边南愣了愣，别说写计划，就写个留言条他都费劲儿，再说他的任务重着呢，给邱奕的日记……不，是信，那信还只写了半页纸都不到。

"你写，我修改一下就行。"顾玮一挥手道，"我那儿有以前写的计划，你可以参考一下。"

"哥，"边南凑到顾玮身边，"玮哥，你肯定不太了解体校生。"

"废话，我就是体校生！"顾玮睨了他一眼。

"你是体院的！跟我们体校不一样。"边南简直觉得有种马上要死了的感觉，"我考试的时候卷子上只写自己的名字和ABCD……"

在一边拿着拍子找不着人对打百无聊赖地转了半天的罗轶洋一屁股坐到了边南身边："我帮你写。"

边南转头盯着他能有两分钟，咬牙问了一句："说吧，要我陪你打几场球？"

"我下周四回学校。"罗轶洋说，"从今天开始，每天一小时就行。"

边南磨了磨牙："行。"

"哎，哎，哎，这还当着我的面儿呢。"顾玮啧了一声，"公然就商量工作偷懒的事儿了？"

"偷懒的是你。"罗轶洋拿了个球往地上砸了一下又接住,"这个本来该你写的吧?"

顾玮又啧了一声,站了起来,往边南的肩膀上拍了一巴掌:"什么时候给我啊?"

"什么时候啊?"边南扭脸问罗轶洋。

"下周一。"罗轶洋说。

学员要开始上课了,罗轶洋扛着拍子去找空场了,边南有些不放心地看着顾玮:"他能写出来吗?"

"能,你小子还挺能搞关系的,能让二公子帮你写计划。"顾玮笑了起来,"他高考的时候是咱们市的文科状元呢。"

"状元?"边南的确相当吃惊,更吃惊的是,"还是文科?"

"嗯。"顾玮道,"开始吧。我一会儿安排一下今天的事儿,你看着点儿就行,今天还有几个新来的学员没到,暂时凑不出一个班,来了以后你先带着。"

"好的。"边南脱了外套,站起来活动着。

罗轶洋居然是文科状元,虽然是市里的,也够让边南吃惊的了。

还文科,边南顿时觉得罗轶洋被刮掉的小胡子可惜了……

他靠在球场围网边听着顾玮给学员讲今天的安排,脑子里胡乱转着。

文科状元也没什么了不起的,邱奕也是学霸呢,要不是家里条件不允许,他要能上高中,弄个状元肯定也没问题。

边南正想着呢,邱奕的短信又发过来一条:"一共三个实习的,一会儿开个小会,熟悉一下章程条例就差不多上船了。"

"那不能玩手机了吧?"边南回了过去。

"嗯,有空再给你发短信。"

这条短信一直到下午边南下班也没发过来,边南算着时间应该是邱奕已经上船了,估计是新人不能随便玩手机。

他刚来展飞实习的时候,不到吃饭时间都不敢拿出手机来。

"一小时!"罗轶洋不知道从哪儿蹿了出来,往边南肩上拍了一巴掌,

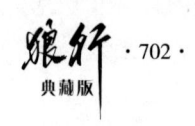

"走!"

"唉……"边南无奈地跟着他,两人找了个没人的场子进去了。

要把罗轶洋这半吊子水平的人打服,对边南来说简直太容易。

平时他跟罗轶洋打球都没用全力,凑合着算是陪练,多数时间跟着罗轶洋的水平走,今天他没手软。

大概是这阵子心烦的事儿不少,他一直压着也没个地儿能发泄出来,在学校的时候还能借着训练爆发一下,现在就只能对罗轶洋下杀手了,每一拍都跟他打比赛的时候一样认真。

别说给罗轶洋喂几个球了,能让罗轶洋接住的球边南都没回过几个,抽得罗轶洋满场跑。

一个小时结束后,罗轶洋把拍子往地上一扔。

"记得写计划。"边南说,擦了擦脑门儿上的汗,抓过外套穿上了,这一个小时打得挺过瘾,感觉拍子都该重新绷线了。

"我跟你什么仇什么怨啊?"罗轶洋踢了一脚拍子,"打个球都不让人打痛快了!"

"你痛快了我就不痛快,我都不痛快那么长时间了,还不能让我痛快一回啊。"边南乐了,转身往球场外走,"走了。"

"之前就觉得你打得挺好的,"罗轶洋捡了拍子追上来,"没想到能到这个层次,感觉跟杨旭来一场能打个平手。"

"嗯,"边南看了他一眼,"你还跟杨旭打过呢?"

"是我还上高中时的事儿了,他现在不打球了。"罗轶洋活动着膀子,"感觉他现在就会煮个咖啡烤个饼……"

边南想象了一下杨旭拿着网球拍在球场上的样子,有点儿困难。

今天罗轶洋没说送他,他也没车可骑,车还在邱奕家的院子里扔着呢。

边南看了看时间,这会儿邱彦小朋友应该在医院,现在坐公交车过去,到的时候邱彦差不多该回家写作业了。

这会儿已经过了高峰期,路上车速慢,但也没堵死,一路还算顺利。

邱奕家关着灯,边南凑到窗边看了看,确定邱彦还没回来,不过应该差不多了。他又转身出了院子，慢慢溜达到了小街的公交车站上蹲着。

今天的确冷，特别是现在天已经黑透了，风刮得很急。

边南在车站蹲了十来分钟，感觉自己都快变成冰雕的时候，邱彦才跟个球似的拎着个饭盒从公交车上跳下来，他扑过去一把将人搂住了。

一半是因为他想抱抱邱彦，另一半是因为……取暖。

邱彦被他吓了一跳，手里的饭盒都扬起来准备冲他的脸砸过来的时候才看清楚人，又惊又喜地喊了一声："大虎子！你吓死我啦——"

"等你半天了。"边南笑着把他抱起来往回走，"你爸爸今天情况怎么样？"

"还是吃不下东西。"邱彦搂着他的脖子，"就喝了几口白粥。"

"没事儿，别担心，病了就是不爱吃东西的，好了就吃得下了。"边南拍拍他。

"你怎么跑来了？"邱彦问。

"我一个人待着没劲儿，过来找你玩。"边南隔着帽子抓了抓他的脑袋，"我晚上不回去了，怎么样？"

"好啊！"邱彦立马兴奋了，"好啊！"

其实在邱奕家待着也没什么事儿做，邱彦在屋里写作业，边南去厨房把邱彦明天的早点吃了当晚餐，然后就窝在沙发里看电视了。

看一会儿电视，他就悄悄地去看一眼邱彦，小家伙低着脑袋写得很认真，边南看着有点儿感慨，这要是就邱彦一个人在家，得多寂寞啊。

虽说平时邱爸爸吃完饭在客厅待不了多久就得回屋休息了，可现在家里没有邱爸爸，感觉一下空了不少。

邱彦大概感觉比他更明显，写完作业以后也没闹着要玩，只是团在边南身边很老实地看着电视。

快十点的时候，邱彦用着的那部手机在桌上响了一声。

"哥哥的！"邱彦猛地跳下沙发，扑过去拿起手机，按了两下就很大声地念了出来，"今天乖吗？该睡觉了！"

"快给你哥回一条。"边南笑了笑，这短信虽然不是发给他的，但跟邱奕有关他就忍不住心情上扬，"你今天可乖了。"

邱彦低头回短信的时候，边南的手机响了一声："今天一切顺利，我们几个人一个房间，就不给你打电话了，信号也不是太好。"

边南勾着嘴角点了回复，手指在输入框上挥舞了半天却不知道该怎么回。

邱奕的第二条短信很快又过来了："你在我家？"

"嗯，我一个人无聊，觉得二宝应该跟我一样寂寞，就过来了。"

"神经了你。"

"怎么着吧？"

邱奕没有回复，那边邱彦的手机响了一声。

"哥哥跟我说晚安啦！"邱彦很开心地喊了一声。

"那你一会儿就乖乖睡觉了。"边南笑着说，"明天我带你去吃早点。"

"嗯。"邱彦放好手机，跑去洗漱了。

边南的手机响了一声，邱奕发了张照片过来。

边南一看就乐了，邱奕一脸严肃地握着拳头，估计是旁边有人脸上不方便有什么表情。

不过无论邱奕是什么样的表情，脸还是那么……帅气。

边南想起自己当初看到邱奕这张脸就气不打一处来，又笑了半天，现在居然会变成这样，真是没想到啊。

边南发现邱彦虽然挺怕邱奕的，但邱奕不在家的时候，小不点儿明显比平时老实，洗漱完就老实地上床睡觉去了。

边南跟邱奕又瞎聊了几句，说了晚安才伸了个懒腰站起来进屋。

邱彦已经裹着被子躺好，正瞪着眼睛发愣。边南往床边一坐，他立马扭着凑了过来挨着边南。

边南摸了摸他的脸，感觉他就跟个刚离了娘的小动物似的不安。

"睡吧。"边南搂了搂他，"我陪着你呢。"

"嗯。"邱彦闭上了眼睛。

从邱奕家去展飞比从杨旭家过去要远不少,不过边南这几天还是住在了邱奕家。

邱彦虽然看着没心没肺的,大多数时间里乐呵呵的,精力旺盛,但边南还是能感觉到他的不踏实。爸爸住院,哥哥不在家,这事儿搁哪个小孩儿身上估计都扛不住。

只是这小家伙跟他哥在这点上特别像,哪怕是撒娇的时候边南也没听他说过一句代表不安的话。

边南每天带着邱彦去吃早点,帮他弄好要给邱爸爸送的饭,陪他去上学,下了班再买点儿好吃的。

邱奕每天都会发短信过来,偶尔会打个电话问问情况,这情况跟以前他们见不了面的时候差不多,倒是没有了之前那种没着没落的感觉。

不过邱奕这回上船的时间比边南预想的要长得多,快一个星期了才打了个电话说明天可以下船了。

"我以为你们要开出国去了呢。"边南心里一阵轻松,"感觉怎么样啊?"

"累死了。"邱奕的声音有些疲惫,"旧船事儿多,我们昨天洗船洗了大半天,那俩实习的还晕船晕得厉害,我不晕船真是亏死了……"

能让"打工王子"邱奕说出累字,说明这还真是挺累的,边南喷了一声:"回来能待多久啊?"

"还不知道,让下船回家就不错了。"邱奕笑了笑。

"回来我给你按摩按摩。"边南说。

"行。"邱奕说,"行了,先不说了,信号不好了,晚点儿给你发短信。"

接完这个电话,边南一上午上班都觉得心情愉快,中午被罗轶洋拉着说要打返校前的最后一场球时都没觉得烦。

"晚上请你吃饭吧。"罗轶洋站在对面活动着胳膊,"得谢谢你。"

"不用了,不是说是朋友吗?这么客气不习惯。"边南笑了笑。

"别啊,认识这么久不就请了这一顿吗?"罗轶洋说。

"明天就走了,今儿晚上不在家吃?"边南问他。

"明天晚上才走,明天一天我就待在家里出不来了,上个厕所估计我妈都要在外面守着。"罗轶洋皱了皱眉,"不够烦的。"

"那……"边南刚想说只要不吃太晚就行,扔在旁边椅子上的手机响了,"我接个电话。"

是小卷毛的号码,边南顿时一阵紧张,这时间是邱彦下午第一节课,怎么会打电话过来?

"二宝?"边南赶紧接了电话。

"大虎子!医院说……医院说,要找哥哥。"邱彦的声音带着颤意,他着急得话都说不明白了,"我找不着,我……你带我去医院好不好?"

"什么?"边南顿时觉得腿都软了,"你爸爸怎么了?"

"你好,我是邱彦的班主任。"那边响起了一个女声,"你是他哥哥的朋友吧?"

"是,是,是。"边南一连串地说,"老师,出什么事儿了?"

"是这样,邱彦的爸爸现在没什么事儿,医院说要见家属,但给邱彦的哥哥打电话打不通,所以打了这个电话。"那边的班主任说。

"他哥哥在船上有时候手机没信号,谢谢您。"边南听到邱爸爸没事儿,稍微松了口气,但医院为什么会突然叫家属过去依然让他不安,"我现在就去医院看看,麻烦您照顾一下邱彦,让他别着急,我会跟他哥哥联系。"

挂了电话他抓起外套冲罗轶洋喊了一句:"你开车来的吗?"

"嗯。"罗轶洋点了点头,拿过衣服准备掏钥匙,"你要用车?"

"你开,送我去一趟医院!"边南转身就往外跑,碰到顾玮的时候只来得及喊了一句,"玮哥,我下午请个假,有急事儿!"

"哦。"顾玮愣了愣,"去吧。"

边南边跑边给邱奕拨了个电话,听筒里是长时间的安静,接着就是忙音,看来的确是没信号。

罗轶洋也没问边南是怎么回事儿,开车带着他就往医院冲。

"哎。"边南坐了一会儿之后慢慢缓过神,"慢点儿,你当这是高速呢?"

"我不是看你急吗?"罗轶洋松了松油门。

边南没说话，脑子里还是有点儿乱糟糟的。邱爸爸没事儿，但医院要见家属，那肯定还是有问题。

怎么会这样？不是说肺部感染吗？不是已经在治疗了吗……

"他儿子呢？"医生见了边南有些意外，"这个情况得跟他儿子商量。"

"他在船上呢。"边南皱了皱眉，"您先跟我说，我一联系上他马上叫他过来。他爸爸没事儿吧？"

"现在是没事儿，你别急。"医生看了他一眼，"你抓紧联系一下，邱大叔胆管的这个情况估计是胆管癌。"

"什么？"边南一下瞪圆了眼睛。

胆管癌？邱奕没有说过邱爸爸的胆管有问题啊，怎么突然就冒出来个胆管癌？癌？

"你再联系一下，让他儿子尽快过来，好确定后续的治疗方案。"医生没有跟边南多说。

"医生，不要跟邱叔说。"边南感觉自己的手都有点儿发抖，"他现在还不知道吧？"

"嗯，他还不知道。"医生点了点头。

医生走开之后，边南靠在走廊窗户边愣了很长时间。

"你朋友的爸爸吗？"罗轶洋一直在旁边站着，这会儿才试着问了一句。

"啊？"边南看了他一眼，"嗯。"

"有什么要帮忙的吗？"罗轶洋问。

"谢了。"边南拿出手机，"我再给他打电话……他也没跟我说他爸胆管有问题啊，怎么就这样了？"

罗轶洋没说话，在一边的长椅上坐了下来。

联系不上邱奕，边南连病房也不敢进，在走廊上待着都怕邱爸爸万一出来透透气会看到他，只能跟罗轶洋跑到住院部一楼坐着。

邱彦在课间的时候打了个电话给边南："大虎子，你在医院了吗？"

听着邱彦有些怯怯的声音,边南一阵心疼,咬了咬嘴唇,努力让自己放松:"在医院了,没事儿,是医生要找你哥商量一下后面治疗的事儿。你爸爸不是一直在治病吗?后面要怎么治,医院得让你哥哥知道。"

"哦,这样啊。"邱彦似乎松了一口气,"那我哥哥要明天才回来呢。"

"嗯,不着急,我联系他呢,你先上课,放了学直接过来吧,我们去饭店买点儿粥什么的就行。"边南说。

"好的。"邱彦说,"我想吃鸡翅。"

"一会儿带你去吃。"边南笑了笑。

"那什么,也不知道我爸跟医院熟不熟,要不我帮你问问,看能不能找个好点儿的医生?"罗轶洋在一边说。

"先看看是什么情况吧,医生跟我一个外人也不会详细说。"边南叹了口气,继续给邱奕打电话,"谢谢啊。"

其实他并不想这么着急地告诉邱奕,明天邱奕才下船,现在让他知道了,这一天该怎么过?

但要不说,邱奕的手机有信号了立马就能看到一堆未接来电,里面好几个是医院的……

一个小时之后,邱奕的电话打通了。

"出什么事儿了?"邱奕第一句话就直接问。

"邱奕啊,"边南一听就知道他已经看到了那一堆未接来电,"是这样……"

"我爸是什么情况?"邱奕打断了他的话。

"别急,别急,你爸现在没事儿。"边南赶紧说,"医生找你来着,我现在已经在医院了,是……"

"胆管?"邱奕马上问。

"嗯。"边南停了一会儿才轻声说,"医生说可能是胆管癌。"

邱奕那边沉默了。

边南等了半天没听到他的声音:"喂,邱奕?"

"在呢。"邱奕的声音出奇平静,"我知道了,我明天中午下船,直接去医院。"

"嗯。"边南应了一声,"你……没事儿吧?"

"没事儿。"邱奕还是很平静,"先别让我爸和二宝知道。"

"你爸不知道,我跟二宝说就是找你谈后面治疗的事儿。"边南说。

"那我先挂了,我……想想。"邱奕的声音终于有了一点儿变化,低了下去。

边南挂了电话之后对着地板发了很长时间的呆,有人从旁边走过碰到了他,他才回过神来,想起罗轶洋还一直在边儿上坐着。

"要不你先回去吧,今儿估计是吃不了饭了。"边南说。

"好吧,你没事儿吧?"罗轶洋盯着他看了一会儿。

"没事儿。"边南笑了笑,罗轶洋也许会觉得他的反应太大了吧,但邱爸爸对他来说真的有着不一样的意义。

"那……有什么要帮忙的你给我打电话,我不在这边儿也可以让我爸帮忙联系的。"罗轶洋站了起来。

"嗯。"边南点了点头。

罗轶洋走了之后,边南继续对着地板发愣。

不知道过了多长时间,一双穿着小棉靴的脚停在了他面前。

他抬起头,看到邱彦正拧着眉盯着他。

"来了啊?"边南赶紧调整了一下表情,龇牙笑了笑,"是先上去看爸爸还是先去买吃的?"

"你骗我。"邱彦说。

"什么?"边南愣了愣,"我怎么骗你了?"

"我爸爸是不是有什么事儿了?"邱彦皱紧了眉。

"哎?"边南没想到邱彦会这么敏感,顿了顿才笑着捏了捏他的脸,"说了没事儿啊,我给你哥都打了电话了,他明天中午就能过来了。"

"那你为什么在这里发呆,不上去?"邱彦偏了偏头还是一脸担心和不相信的表情。

"我……心情不太好。"边南搓了搓自己的脸,"我今天被骂了,怕上去影响你爸爸的情绪。"

"啊,"邱彦有些吃惊地看着他,"被谁骂啊,为什么?"

边南搂过他,以防邱彦看到自己脸上不太自然的样子:"被带我的教练骂呗,出了点儿错,被他训了一个多小时,郁闷死了。"

"唉!"邱彦靠在他身上,脸往他的肩上蹭了蹭,"你太笨啦。"

边南笑了:"是啊。"

第十二章
成长

边南带着邱彦先去吃了饭，又给他买了一对鸡翅，打算一会儿找个小店买一份粥。

邱奕之前说过邱爸爸不能吃油腻的东西，边南还没想明白，现在才算知道了，那时邱奕就已经知道邱爸爸的胆有问题了。

按邱奕的性格，这几天他可能已经反复思考过，没准儿对最坏的情况也已经有了心理准备，所以才能那么平静。

但是……就算这样，邱奕的平静还是让人担心。

现在他又不敢再给邱奕打电话，感觉真熬人。

邱彦一路倒是挺开心的，边南很仔细地观察了他半天，他应该不是装出来的，就算他有着吓了边南一跳的敏感和聪明劲儿，毕竟还是个小孩儿。

边南担心的是一会儿到了病房别让邱爸爸看出来。

"鸡翅要在外面吃完了才能进病房。"邱彦说，低头啃着鸡翅，"爸爸爱吃肉，病了以后都不让他吃肉了，看到别人吃肉他会生气的，还不给

酒喝。"

"别顶着风吃。"边南拉着他进了旁边一个商场,在休息区找了张椅子让他坐下,"慢慢吃吧。"

"你要吗?"邱彦啃完一个拿起剩下的那个,一边问一边咬了一口。

"不要。"边南喷了一声,"有你这样的吗?我还没回答呢,就上嘴咬了。"

"你要的话可以啃那一半啊。"邱彦有些不好意思地笑了笑。

"我不吃,买了就是给你吃的。"边南摸了摸他的脑袋。

邱彦吃得很快,吃完擦了擦手就着急要走,担心爸爸饿了。

边南找了个店买了粥,怕粥凉了,两人一路小跑着回了医院。

进了电梯边南就开始紧张。他从小到大虽然惹了不少麻烦,但撒谎骗人的事儿干得不多,经验不足。

一路他都在调整自己的情绪,推开病房门看到正躺在床上对着电视发呆的邱爸爸时,还是鼻子一酸。

"哟!"邱爸爸转头看到他俩进来,笑着说,"今天比平时早啊。"

"今天我有事儿,没来得及陪二宝在家弄,就直接过来了。"边南赶紧甩开郁闷,把笑容堆到了脸上,"粥在饭店买的,叔您尝尝,比用焖烧锅煮的怎么样?"

"哎,没买多吧,我没什么胃口。"邱爸爸撑着胳膊坐了起来。

"快有胃口吧。"边南过去把床摇起来,嘿嘿笑了两声,"邱奕说明天中午回来,我怕他说我饿着您呢。"

"他估计跟我吃的差不多,发俩短信跟我说船上厨师手艺不行。"邱爸爸笑了。

粥还是热的,邱爸爸拿勺子吃了几口就停下了,边南看得出就这几口他都吃得很勉强。

"味道怎么样?"他在床边坐下。

"哪儿能有味道,"邱爸爸喷了一声,"比白开水还没意思。"

边南把饭盒收了放到一边儿,靠着桌板:"要不这两天让邱奕弄点儿上回那个米浆？清淡，还有味儿。"

"对。"邱爸爸冲他竖了竖大拇指，"好主意。"

"等病好点儿了回家咱包饺子吃。"边南说。

"哎，回家啊，"邱爸爸笑了笑，靠着床，过了一会儿才轻声说，"不一定回得去喽。"

边南心里猛地一惊，张了张嘴，半天才憋出一句："叔您瞎说什么啊？"他又赶紧扭头看了看邱彦，小家伙正往病房外探着脑袋，看着一个举着吊针瓶子在走廊里散步的老头儿。边南转回头瞪了邱爸爸一眼："让二宝听到该伤心了！"

"没那么严重。"邱爸爸笑了笑，"我出事儿到现在都多少年了，身体一直没好利索过，年年都得折腾几回，他们早就已经有准备了。"

"准备什么？"边南皱着眉，"准备什么？您再这么说我生气了啊叔。"

"听我说，"邱爸爸笑着拍了拍他的肩，"这个生老病死啊，在我们家，早就不是什么大不了的事儿了，越是这样的身体，才越是要让他们能够面对，习惯去面对。你说我这身体不一定哪天就……他们要是一点儿准备都没有，还不得崩溃啊。"

边南没有说话，就跟邱奕有时跟他讲道理一样，觉得似乎没什么理由反驳。

"我自己的情况自己知道，病了这么多年，我自己没事儿也查查资料，身体哪儿有不对的，我差不多都能估计出来。"邱爸爸说，"我就是不太愿意来医院住着，花钱、受罪、不自在，有什么不舒服的扛一扛能过去我就不说了，就怕一说了，邱奕又要抓我到医院来。"

"有病就得上医院来，总扛着行吗？"边南皱着眉，"这事儿我支持邱奕，不站您这边儿。"

"爸爸，"邱彦在门口回过头，"我出去玩一会儿行吗？"

"护士站啊？"邱爸爸笑了。

"小芸姐姐今天值班吗？"边南也乐了，护士站有个挺漂亮的小护士，邱彦每次来见了她都要跟着看半天。

"我看到她啦。"邱彦说。

"去吧，就站一边儿，别影响人家工作。"邱爸爸挥了挥手。

"知道啦。"邱彦跑了出去。

"他这几天乖吗？"邱爸爸问边南。

"乖。"边南点了点头，"二宝平时看着傻呵呵的，有些方面比别的小孩儿成熟。"

"我吧，有时希望他能像邱奕那样，扛得住事儿。"邱爸爸叹了口气，"有时又怕他跟邱奕一样。"

"邱奕太辛苦了。"边南轻声说。

"是啊，太辛苦了。"邱爸爸在桌板上轻轻敲了两下，"这小子好像没有小时候似的，没多大点儿就已经是大人了，没有熊孩子期，也没有叛逆期。"

边南没出声，邱奕的确成熟，偶尔幼稚一回就会让人觉得惊讶，想想挺心疼的。

"我都没想到他会有你这样的朋友。"邱爸爸看着边南，"他的朋友少，也没时间交朋友，就一个申涛，也是小老头儿型的。"

边南乐了："给我封口费，要不我告诉申涛您说他是小老头儿。"

邱爸爸也乐了，伸手从旁边的小柜子上摸了个一块钱的钢镚儿放到边南的手上："保密啊，申涛一严肃起来跟邱奕一样讨厌。"

"再加一块，又说了一句。"边南说。

"你也挺讨厌的。"邱爸爸又拿了个钢镚儿扔给他。

边南把两块钱放到自己兜里，满意地拍了拍。

"你跟邱奕能玩到一块儿吗？"邱爸爸看着边南，笑着问。

"能啊。"边南抓了抓头，"一开始挺讨厌他的，也讨厌申涛……"

"我看现在他跟你比跟申涛要好呢。"邱爸爸又说。

"啊？"边南愣了愣，挤了个傻笑出来嘿嘿了两声，"也没有，他俩都多少年的朋友了，跟我哪儿能一样啊。"

邱爸爸过了一会儿才低声说："是啊，是不一样。"

"不是，叔，您……"边南抓了抓脑袋，"什么意思啊？"

邱爸爸没说话，突然偏开头开始咳嗽，咳得很厉害。

边南赶紧站起来扶着他，在他背上拍着，又用力地捋了几下："我给您倒点儿水。"

邱爸爸咳了半天才慢慢停下了，靠在枕头上慢慢喘了半天才缓过来，喝了口热水，长长地舒出一口气："唉，肠子都咳出蝴蝶结了。"

"别说话了，好好躺会儿。"边南想把床摇下去。

邱爸爸按住了他的手："我想靠着，靠着舒服。"

"嗯。"边南拖过旁边的凳子坐下了。

邱爸爸闭着眼睛歇了一会儿，轻轻拍了拍他的手："没事儿，你别这么紧张，弄得我都紧张了。"

边南没有说话，看了看吊瓶里的药水，还有三分之一。

"边南……"邱爸爸叫了他一声。

"嗯？"边南很想说"叔您别说话了"。

"你是不是没在家住了啊？"邱爸爸问。

"我……"边南愣了愣道，"住宿舍呢。"

"没在家住了，是不是……"邱爸爸笑了笑，"以为你跟邱奕一样呢，这小子从来没交过女朋友。"

边南张了张嘴没说出话来。

"他什么事儿也不跟我说，什么想法也不让我知道。"邱爸爸叹了口气，"我要没这样，他的性格应该会开朗些吧。"

"他现在也挺开朗的。"边南说得小心翼翼，"损我的时候可开朗了。"

邱爸爸笑了起来，又咳了两声："你损人也不差的，扛损能力也强啊。"

没等边南说话，邱爸爸又笑了笑，补了一句："所以你俩才能这么好吧，性格互补。"

"叔，我……"

"我跟邱奕啊，一直是这样，他什么也不说，以为我什么都不知道，其实我什么都知道，毕竟他是我儿子嘛。"邱爸爸闭上眼睛，声音很低，跟要睡着了似的，"我有时候也会郁闷，儿子是个好儿子，可又不像个儿子……大概从小压力太大了，什么事儿都得优先考虑别人，考虑爸爸，考虑弟弟。"

边南沉默着，鼻子酸得脑门儿有些发疼。

"有时候觉得真对不住他，拖了他这么多年。"邱爸爸闭着眼，眼角有些湿润，"他是个很稳的孩子，所以他说什么、做什么、想着什么、选择了什么，我什么意见都不会有，要不是因为我，他哪儿会这么辛苦。"

"叔，"边南抓了抓邱爸爸的胳膊，开口时才发现自己的声音有些颤，"别说了，好好歇会儿。"

邱爸爸很轻地叹了口气，没再说话。

床边的药水快打完的时候，邱爸爸一直没动，大概是睡着了，边南没有按铃，怕吵醒他，起身去护士站叫护士过来拔针。

邱彦坐在护士站对面的椅子上正跟小芸姐姐聊得热闹。

听到边南说拔针，他站了起来："爸爸打完针了？"

"嗯，现在睡着了。"边南笑了笑，"要到小芸姐姐的电话了没？"

"要到了。"邱彦晃了晃拿在手里的手机，有些得意。

"真了不得了你。"边南嗔了一声。

小芸姐姐给邱爸爸拔了针，说是今天的药都打完了，可以让邱爸爸好好休息了："这几天晚上都睡得晚，叫他睡觉也不听，今天难得这会儿就睡着了，你们别叫醒他了。"

"好的。"边南点了点头。

邱爸爸一直失眠吗……是为什么？

因为病，还是因为他觉得自己的病拖累了邱奕？

边南心里一阵抽疼。

无论是邱奕还是邱爸爸，他俩的确是父子，做事风格都一样。

这一晚上边南是真真正正失眠了，没有迷迷糊糊，没有一夜醒好几次。

他从躺下到天亮，一秒钟也没有睡着，脑子里反反复复回放着跟邱爸爸的那些对话。天亮的时候，他给顾玮打了个电话，请了一天的假。

起了床后倒是没觉得困，就是有点儿闷，用冷水洗了脸之后，边南觉得清醒了不少，脸疼。

"中午哥哥回家吗？"邱彦已经穿好衣服背上了书包。

"不一定。"边南带着他出了门，"你哥不知道中午什么时候下船，而且去医院要跟医生商量，可能时间比较长。"

"哦，那我下午放学回家的时候哥哥应该在家了吧？"邱彦又问。

"应该在家了。"边南摸了摸他的头，"如果回来得早我们就去接你，要是没赶上你就先回家，打个电话给我们。"

"好。"邱彦蹦了蹦。

看着邱彦进了学校之后，边南在路边站了一会儿，不知道自己现在是该去医院还是回去等邱奕。

最后他给邱奕发了条短信："我在哪儿等你？"

过了一会儿邱奕打了个电话过来："你没上班？"

"我没心情。"边南闷着声音道，"等你跟医生谈完了知道结果再说吧。"

邱奕沉默了几秒钟，说道："你先在家待着吧，我下船的时候告诉你，你直接去医院。"

"好。邱奕，"边南皱了皱眉，邱奕的声音还是很平静，但听得出有些发哑，"你没事儿吧？"

"没事儿，我不是那么容易就有事儿的人。"邱奕说。

等邱奕下船的几个小时很难熬，边南坐在沙发上对着电视愣神。

手机就放在面前的桌上，每隔几分钟他就要拿起来看看时间，不知道看了多少回，最后手机终于响了。

他跳起来一把抓过手机，看都没看就接了起来："喂？"

"南哥，明天晚上有时间没？"那边传来的居然是万飞的声音。

边南愣了半天才反应过来："怎么是你？"

"是我怎么了？我都不受待见到这地步了吗？"万飞很不爽地说，"打年前起咱俩就没碰过头了，你真是……"

"我晚点儿给你打电话，我这儿有事儿呢。"边南说，"在等电话。"

"行，行，行。"万飞无奈地说，"我等你的电话啊。"

边南挂电话的时候又补了一句："出去吃饭别带许蕊。"

"不带，就咱俩！"万飞说。

邱奕的电话是十一点的时候打过来的，边南坐在沙发上都快愣得元神出窍了，铃声响了好一会儿他才一把抓过手机。

"你现在去医院吧，我打车过去。"邱奕说。

"嗯。"边南穿上外套跑了出去。

打车到医院的时候邱奕还没到，边南站在医院门口的路边盯着开过来的每一辆出租车。

看到邱奕坐的车在他面前停下，邱奕拎着包从车上下来的那一瞬间，边南一直紧绷着的神经猛然一松，全身都跟着有些发软。

"你爸不会有事儿的。"边南有些担心邱奕的状态，"不会有事儿的。"

邱奕没说话，静静地看了他一会儿之后说："走吧，进去。"

邱爸爸正坐在床上发呆，看到邱奕的时候先是一愣，接着露出压不住的喜悦笑容："这是还没回家？"

"就一个包，先过来看看你。"邱奕走到床边，弯腰盯着他的脸看了一会儿，"脸色不行啊你。"

"你去照照镜子看看自己吧。"邱爸爸笑了笑，"船上累吧？"

"还成，没太大感觉，就是没睡好。"邱奕回头看了看边南，"我爸没好好吃饭吧？"

"每顿倒是都吃了。"边南说，经过了昨天那次聊天儿之后，边南再站在邱爸爸面前的时候有些说不上来的心疼和担心。

"我先去找医生聊聊。"邱奕给邱爸爸拉了拉被子，转身看了边南一眼，往病房门口走去。

"我去偷听。"边南冲邱爸爸嘿嘿笑了一声，跟着出去了。

邱奕站在走廊上，等边南跟出来之后拉着边南到了楼梯边儿上："昨天你是不是跟我爸说什么了？"

"没啊。"边南愣了愣，"你不是说别让他知道吗？我就没说。"

"不是说病的事儿，"邱奕看着他，"别的。"

"别的……"边南真不知道邱奕是怎么看出来的，靠着墙半天都不知道该怎么说，"就聊了聊。"

"聊什么了？"邱奕放轻了声音，"我怎么感觉我爸状态不对？"

"没聊什么啊，就……说了点儿你怎么辛苦之类的……"边南皱着眉回忆着。

"你没事儿跟他说这些干吗啊？"邱奕叹了口气，又拍了拍他的肩，转身准备去按电梯，"我去找医生，你去买点儿吃的回来吧，我昨天到现在都没吃东西，饿了。"

"邱奕，"边南拉住他，"我是不是说错什么了啊？"

邱奕拍了拍他的手："没事儿，去买吃的吧。"

"对不起，"边南拧着眉道，"对不起。"

"对不起什么？"邱奕拍了拍他，笑了笑，"我其实就是不太愿意他老跟人说这些，对情绪有负面影响。"

边南走出医院大门，站在街边。

今天天气还行，大太阳，没什么风。

但他一直觉得身上发冷，不踏实，心里总有些没着没落的。

而让他更不安的，是邱奕身上那种让人觉得不太正常的平静。

边南在街上转了两圈儿，没什么胃口，看什么都觉得不好吃，也不知道该买什么回去。

最后转了能有半小时他才进了一家看起来不错的小店，要了两份烧鹅饭和一份粥，打包回了医院。

在医院门口，他看了看时间，打了个电话给邱彦。

邱彦已经到家了，正准备自己热粥吃。

"你哥哥还在医生的办公室商量着呢。"边南说，"中午事儿多，你就在家自己吃饭，睡个觉，下午自己去学校。"

"嗯。"邱彦应了一声，"那下午哥哥能回吗？"

"能回。"边南听着邱彦的声音老忍不住鼻子发酸，"我下午去接你放学。"

"好的,能给我带瓶酸奶吗?还有牛肉干。"邱彦马上说。

"你哥都回来了你还敢这么瞎吃啊?"边南笑着说。

"他回来了我才赶紧再吃点儿啊,要不又不可以吃啦。"邱彦笑了起来。

"好,我给你带,但就今天啊,明天就不能胡乱吃了。"边南说。

"嗯!"邱彦应得很响亮。

回到病房门口时,边南在门外听了听,屋里没有邱奕的声音,邱爸爸正在跟邻床的大叔说话。

邱奕还没跟医生聊完,边南犹豫了一下,在走廊的椅子上坐下了。不知道为什么,他突然不敢单独跟邱爸爸面对面地待着。

他在椅子发了一会儿愣,电梯响了一声,邱奕走了出来。

"怎么样?"边南站了起来。

"买什么了?"邱奕走到他跟前儿,手指挑开塑料袋往里看了看。

"烧鹅饭,给你爸买了粥。"边南看着他,自从进了医院之后,邱奕脸上的表情就再没有过什么变化,他也感觉不到邱奕的任何情绪波动。

"怎么没进去?"邱奕看着他。

"我……"边南不知道该怎么说,也的确不知道为什么不敢进去。

"烧鹅饭啊,"邱奕在椅子上坐下了,"那咱俩吃完再进去吧,要不我爸喝粥,咱俩吃烧鹅,不得馋死他啊。"

"哦。"边南在邱奕旁边坐下,拿出一份饭递给邱奕,估计邱奕能猜到自己是不敢进去。

吃饭的时候,邱奕一句话也没说,边南也不好老追着问,看邱奕这样子,医生那里应该是没什么好话,要不邱奕早说了。

边南这份饭没吃完,他感觉太堵了,比在家里跟边馨语、边皓吵完架吃饭还要难受。

"一会儿我进去跟我爸聊聊。"邱奕看样子是饿了,吃完了自己那份,把边南手里的饭盒拿过去接着吃,"你要不……"

"我在外面等。"边南说。

邱奕看了他一眼,手在他的腿上轻轻拍了拍,埋头把他那盒饭吃完,起身去茶水间用微波炉把粥热了热,进了病房。

邱奕推开病房门的时候,觉得门很重,用肩顶了顶才进去。

"边南呢?"老爸往他身后看了看,"你俩吃了没?"

"吃了。"邱奕架好桌板,把粥放到了老爸面前,"我俩吃肉了,为了不刺激你,吃完了才进来的。"

"他走了啊?"老爸拿起勺子,在碗里搅了搅。

"没,在外边儿转呢。"邱奕在床边坐下,笑了笑,"怎么,你想再跟他聊聊吗?"

"不聊了,那孩子可能被我吓着了吧。"老爸叹了口气,勺子一直在粥里搅着,"没胃口,吃不下啊。"

"医生说下午要给你上营养针了,吃不下东西身体扛不住。"邱奕说。

老爸没说话,勺子依旧在粥里来回搅着,邱奕看着勺子,勺子搅得他心里有些乱。

应该说是心很乱。

"说说吧,跟医生聊了这么久。"老爸搅了半天,终于开了口。

邱奕没出声,只是伸手把勺子拿走了,又把饭盒盖上。

"胆管的问题不小,我估计啊,"老爸笑了笑,"是癌吧?"

邱奕反复按着饭盒盖子,按了好一会儿,起身把饭盒拿到了一边儿的桌上放着,背对着老爸站着,盯着饭盒没动。

"我这疼得一夜一夜睡不着,"老爸轻声说,"估计就是了,也没什么。"

邱奕闭了闭眼,吸了口气,手在兜里狠狠地捏了好几下,捏得指关节生疼才慢慢转过身,坐回了床边。

"你之前就疼了?"邱奕盯着老爸,"为什么一直不说?"

"要骂我啊?"老爸啧了一声,笑了笑,"我不在意了,你不是一直说我视死如归吗?"

"视死如归跟找死是两码事儿。"邱奕说。

"小奕啊，"老爸长长地叹了口气，"我俩有矛盾，不可调和的那种。"

邱奕没说话。

"你是个孝顺孩子，懂事儿，有担当。"老爸看着他道，"早先我真的骄傲，我老邱家虽然……但我有个谁也比不了的儿子，我一想起来就得意。"

老爸抓住了他的手，邱奕能感觉到老爸的手是冰凉的，老爸想要用力握住他，却没什么力量，只很轻地颤抖着。

"以前我只觉得你太辛苦，但越到后来我越觉得不对劲儿。"老爸停了停，看着他继续说，"所有的事儿，烦心事儿、郁闷事儿，到你这里就都消失了，没个正常人该有的反应，生气烦闷什么的都没有，这……不正常。"

"我在外面都反应完了。"邱奕皱了皱眉。

"打架吗？"老爸无奈地笑了笑，"这一样不正常，需要用打架来缓解情绪，这不正常。"

"所以呢？"邱奕差不多已经知道老爸想说什么了。

这些跟交代后事一样的话让他心里一阵疼，抽着搅着，疼得他喘不上气来。

"这就是咱俩的矛盾。"老爸说得很慢，似乎是在思考，"你希望照顾着我让我好好活下去，我希望你不要再这么活下去。"

邱奕反手一把抓紧了老爸的手："你就得好好活着，我怎么活是我的事儿。"

"没劲儿。"老爸啧了一声，"没劲儿，我这么活着没劲儿，也太难受……医生那里有什么方案？"

"手术或者保守治疗。"邱奕说的时候声音有些哑，"我觉得应该手术，你年纪不大……"

"保守治疗吧，太晚了，手术完了也没什么希望，医生肯定跟你说了，别骗我。"老爸打断了他的话，"我的身体吃不消了，你知道我的肺现在也不好，我这肚子里就没一样东西是好的，我不想再折腾自己、折腾你，不，主要是不想再折腾自己。"

邱奕没说话，手抖得厉害，从知道老爸的胆出了问题到昨天知道是癌，他给自己建立的所有心理防线都因为老爸的这些话而开始一点点地裂开。

"你看，"老爸看着他，"你照照镜子，正常这么大的孩子，知道这种事儿会不会是你这样的反应？我不想再这样了，烦了、累了，我也……想你妈了。"

邱奕猛地偏开了头，盯着墙上的电视机，把这一瞬间差点儿就要涌出来的眼泪狠狠地憋了回去。

我想你妈了。

这句话几乎让邱奕崩溃。

这么多年咬牙扛着所有的辛苦、所有的不公平、所有的冷漠，他只想让老爸平平安安、舒舒服服地过下去。

老爸这句话却几乎击碎了他所有的坚持。

"难受吧？我这些话说得有点儿重了。"老爸拍了拍他的手，"以前我也没这么仔细地想过这些，你、你弟弟，我都逃避着没有细想，就是没人的时候想想你妈，一直到边南总上家里来……"

邱奕瞪着眼睛，过了一会儿才转回头看着老爸。

"我发现边南这孩子挺神奇的。"老爸笑了笑，"你跟他待一块儿时间长了有变化，你自己有没有感觉？"

"什么变化？"邱奕开口，嗓子干涩得声音差点儿发不出来了。

"你变得开朗了，话也多了，偶尔还能犯傻了。"老爸说了一半偏头咳嗽了几声，又笑着说，"我才突然觉得，我儿子就应该是这样啊，这个年纪的孩子本来就应该是这样的，你原来也太……变态了。"

"你才变态。"邱奕皱了皱眉。

老爸笑了半天，沉默了一会儿才又收了笑容说："小奕，我跟你商量个正经事儿。"

"说吧。"邱奕看着他。

"如果……如果最后我……不行了，"老爸轻声说，"不要拖时间，什么插管、上呼吸机之类的，太受罪，我不要。"

邱奕没有说话。

"听见了没？"老爸看着他。

"没。"邱奕站了起来。他接受不了老爸现在跟他说这些，还是这样的内容。

"这事儿你可以用用你的理智。"老爸说。

"不，"邱奕看着他，"不。"

边南在长椅上坐不住，一是心里不踏实，二是走廊上暖气不足，坐的时间长了感觉冷。

邱奕进病房一个多小时了还没出来，边南在走廊上从这头走到那头，再从那头走到这头，来来回回走了多少趟他已经数不清了。

中间他还看到医生、护士推着仪器跑进一间病房里，心里一阵阵发慌。

边南好不容易又等了快半个小时，邱爸爸的病房的门开了，邱奕低着头边掏烟边走了出来。

"你爸还好吧？"边南冲到邱奕面前。

"嗯。"邱奕拿着烟往消防通道走过去，"陪我抽根烟吧。"

边南跟在他身后进了消防通道，又往下走了两层，站到了窗边。

邱奕点了烟叼着，眼睛看着窗外。

"聊得怎么样？"边南问，邱奕这样子让他又害怕又心疼。

"他不肯手术。"邱奕说，"要保守治疗，保守治疗基本就是等死。"

"你不是说不让他知道吗？"边南没控制住声音，喊了出来。

"他猜到了。"邱奕看了边南一眼，"再说如果要手术，他总会知道。"

"那手术啊，他为什么不手术？"边南的声音都抖了，邱爸爸这是怎么回事儿？

"拖得有点儿久了，医生说手术也……没有太大作用，而且他的身体会吃不消。"邱奕的声音听不出情绪，脸上也很平静，"他自己也不愿意，说是太难受。"

"那怎么办？就这么……待着？"边南不太能接受这样的答案。

邱奕没说话，目光还是落在窗外。

"你没再劝劝？"边南问。

"边南，"邱奕收回目光，抽了口烟看着他，"你觉得……我是个什么样的人？"

"啊？"边南愣了愣，"挺好的啊。"

"是吗？"邱奕掐了烟，继续看着他。

"是挺好的啊，人帅，还聪明，又懂事靠谱。"边南不知道邱奕怎么会突然问这么一句话。

邱奕笑了笑，把手揣到兜里，声音很低："我跟你交朋友之后变了，爱说话了，爱笑了，还会犯傻了……"

"是吗？"边南说，"这不是挺好的吗？你爸……说的吗？"

"嗯。"邱奕的声音有些闷，"因为这样，他觉得我因为他才会这么……不像个正常人，所以他不想再拖累我，不想再半死不活地躺在医院里吊着。"

边南正要往邱奕背上拍的手猛地停在了空中。

"因为你，他觉得我这样活着不对。"邱奕轻声说。

身边所有的声音都消失了，边南觉得自己耳边一片死寂，脑海里也全是空白，特别像他那件用洗洁精洗过的白T恤。

"几点了？"邱奕抬起头轻声问。

"我看看……"边南回过神，摸出手机瞅了一眼，"三点刚过。"

"帮我去接二宝放学吧，送他过来。"邱奕说，"我现在不想动。"

"好。"边南点了点头，"我也正好答应了二宝去接他的。"

"晚上你回去好好睡一觉。"邱奕看着他道，"感觉你的脸色不太好。"

"你看错了，我这是肤色这样。"边南龇牙笑了笑，又吸了口气，"那……我先去接二宝了，你再陪陪你爸。"

"嗯。"邱奕应了一声。

边南看了他一眼，张了张嘴想说什么，最后却还是沉默地转身顺着楼梯往楼下走去。

邱奕看着他的背影，又摸了根烟出来点上，靠着墙慢慢地蹲了下来。

对不起，边南，对不起。

邱奕说出那句话时边南的反应让他立马就后悔了。

他不该在这种时候对一直紧紧绷着的边南说出这样的话来。

边南不是他，边南没有错，边南不该为这件事受到伤害。

但他已经有些承受不住了，老爸的病、老爸那些从未跟他说过的话，都让他痛苦。

他无处可以宣泄痛苦，憋得想哭又哭不出来，也不敢哭出来的感觉让人受不了。

他最后选择了任性地把自己的压力不经思考地砸到了边南身上，不讲理地把本来跟边南没有关系的痛苦给了边南。

对不起。

邱奕狠狠地把烟头按灭在地上，闭上眼睛，眼泪在这一瞬间不受控制地涌了出来。

他咬着嘴唇，用手抱着头，努力想要控制自己，却怎么也收不住。他多久没这么哭过了？眼泪怎么也刹不住，开了个头就跟撒欢儿似的停不下来了。

他狠狠地抓着自己的头发，最后闷在胳膊里哭出了声音。

边南把因为要见到哥哥而开心得欢蹦乱跳的邱彦从学校里接了出来，打车直奔医院。

"晚上吃什么？"邱彦在后座上窝在他怀里一刻不停地扭来扭去。

"一会儿买点儿吃的，你给你哥带过去。"边南摸了摸他的头，把给他买的酸奶和牛肉干放到他手上，"我……晚上还有事儿，就不跟你们一块儿吃了。"

"啊，"邱彦有些失望，"那你明天能来吗？"

"明天……明天我上班呢。"边南笑了笑，"我今天请了一天假呢，明天得老实地上班……"

"那下班了呢？"邱彦追着问。

"看情况吧。"边南往后枕在靠背上,轻轻叹了口气。

边南买好了晚饭,看着邱彦拎着袋子进了住院部的电梯,愣了一会儿才转身走出医院。

打车回到杨旭家,洗了个澡换了身衣服,他看了看时间,拿出手机给万飞打了个电话:"出来吃饭。"

"好嘞!"万飞立马说,"哪儿碰头?"

"随便,你说地方我直接过去。"边南闷着声音说。

"南哥,你没事儿吧?"万飞犹豫了一下,"听着怎么情绪不佳啊?"

"佳不佳的不影响吃饭,甭废话了,说地方。"边南说。

万飞报了个饭店的名字:"知道在哪儿吧?你打车说二环上那家,司机都知道。"

"嗯。"边南挂了电话。

跟万飞有两三个月没见面了,边南打车到饭店门口下车的时候,看到万飞缩着脖子站在树底下蹦着,莫名其妙地就想过去抱着万飞大哭一场。

"南哥你这脸色……黑皮都遮不住你发黑的印堂啊……"万飞冲过来就喊了一句,"你这是怎么了?"

"废话真多。"边南看了他一眼,"饿了,吃饭。"

"行吧,我也饿了。"万飞揽着他的肩膀,往饭店里走去,"吃饱了慢慢给我说。"

饭店里人很多,挺热闹的,他俩在角落里找了张小桌坐下了。

万飞也没问他想吃什么,直接跟服务员点了菜,又要了瓶白酒:"喝点儿吧?"

"倒了你送我回去吗?"边南看着他。

"倒了上我家睡去呗。"万飞笑着说,"我背你。"

"行。"边南点了点头。

边南不太饿,或者说饿没饿他不知道,胃没给他信号。

万飞点了个清汤底的小火锅,边南一看上来的菜里那盘金针菇就乐了,冲着金针菇笑了老半天。

"还没喝呢就这样……"万飞拿了个小杯子给他倒了一杯酒,又拿了个玻璃杯给自己倒了一杯,"来,抿一口吧。"

边南拿起杯子跟他轻轻碰了一下,仰头把酒都倒进了嘴里。

"哎,"万飞愣了,"咱能吃完饭再醉倒在桌子下边儿吗?"

"这才多少?"边南感觉酒顺着嘴里一直烧到了胃里,说不上来的辛辣味道让人觉得还挺痛快。他看了看手里这个比拇指大不了多少的小杯子,跟万飞那个玻璃杯一比,简直小得一不留神就找不着了。

"也有半钱了呢。"万飞啧了一声,又给他倒了一小杯酒,"行了啊,这杯抿着喝。"

"嗯。"边南夹了一筷子金针菇放到锅里。

边南以前老听人说心情不好的人喝酒容易醉,觉得自己现在心情就挺不好的,但两杯酒喝下去凑一凑有一钱多了,按他的酒量,居然还没醉。

这有点儿神奇。

不过醉是没醉,他却觉得脑袋热烘烘的有些发晕,看东西会晃,只能一直瞪着万飞。

"说说呗,碰上什么事儿了啊?咱俩没什么不能说的。"万飞拍了拍自己的胸口,"哥们儿就是拿来说事儿的。"

边南盯着他看了一会儿,趴到桌上:"邱奕他爸住院了,胆管癌,可能晚期。"

"什么?"万飞愣了,夹着一块儿肉忘了吃。

边南这两天总算是体会到了邱奕有什么事儿都憋在心里是什么滋味儿了。

不能说,无处可说,还要咬牙扛着装作什么事儿都没有,难受,压抑得他想哆嗦。

现在万飞就坐在他对面,面对着最好的哥们儿,边南才突然觉得那些堵在胸口的东西找到了出口。

开始说了就再也停不下来,他没怎么吃菜,只是一小口一小口地抿着酒。

最后边南也记不清自己说了些什么，万飞拿着一张纸巾往他眼角按了按的时候边南才感觉自己的鼻子酸得厉害。

"他爸爸因为我才觉得邱奕一直这样扛着是不对劲儿的，是因为我，因为我他才不想再治疗了……"边南说得有些含混，大概是酒劲儿开始抢占地盘了。

"因为我。"

他反反复复地说着这句话，万飞最后不得不拍了拍他的脸："南哥，我说句话，可能不太好听，你就随便听听。"

"说。"边南拿着杯子往桌上磕了磕。

"我觉得没人怪你，邱奕他爸跟邱奕说这话也没别的意思，就是觉得邱奕辛苦，邱奕跟你说这话也不是怪你……"万飞站起来坐到了边南身边，也趴到桌上轻声说着。

"可这是因为我……"边南皱着眉道。

"我还没说完，我说句不好听的，"万飞拍了拍他，"他爸只是不想再受罪，不想手术了跟这个没关系。他就算手术了……也未必……能好。"

"你说什么？"边南猛地支起脑袋瞪着他。

"我都说了这话不太好听，但你现在跑题了你知道吗？"万飞也皱着眉，"他爸爸不愿意手术跟你没关系，你这跑题也跑得太离谱了。"

"那邱奕为什么跟我说这个？"边南盯着他，"他为什么跟我说？你说，我要……没出现该多好啊？他爸不会因为这些事儿伤神，说不定就不会病，也不会这种时候了还给邱奕添乱添堵……"

边南的声音低了下去："要是没我在该多好啊……"

他喝醉了，这在意料之中。

边南知道万飞结账，架着他走出饭店，拖到路边，拦了三辆车，才有一个司机在万飞保证如果边南要吐就把他扔下车之后让他们上了车。车开到了万飞家楼下，万飞背着他上楼，进屋，跟万飞妈妈说话，再把他弄到屋里扶到了床上……

这些边南都知道，清清楚楚，但就是说不利索话，也无论如何都站不

住，脚一沾地就打滑。

"南哥，"万飞拿了条热毛巾在他脸上擦着，"想吐吗？我给你拿个盆儿，你要吐我床上我就抽你。"

"长能……耐了你。"边南皱着眉吐字不清地嘟囔了一句。

"要打个电话给邱奕吗？"万飞又问，拉着他坐起来把他身上的衣服扯掉了。

"不要。"边南倒回枕头上，闭着眼觉得自己像是被捆在一个高速旋转的球上，"别烦我，我要睡觉。"

万飞后来又说了什么，边南记不清了，倒到枕头上没一会儿，就在天旋地转中睡着了。

一夜没有梦，边南只觉得自己一直在想事儿，想邱爸爸的那些话，想邱奕的那句话，甚至根本没觉得自己睡了一夜。

邱奕明显逻辑混乱的一句话居然能被自己准确地接收到，边南感觉两人的逻辑都已经失控了，跟云霄飞车似的……

早上万飞起床的时候床晃了晃，边南睁开了眼睛。

"几点了？"边南问。

"六点半。"万飞凑过来盯着他的脸，"你气色不怎么好，再睡会儿吧，我去上班了。我帮你请个假？"

万飞的妈妈希望万飞考体院，但万飞在家看了半个月书就崩溃了，去了前两年毕业的一个师兄的健身房当教练，每天干得还挺积极。

"不用。"边南揉了揉额角坐了起来，拿过扔在床头的衣服穿上，"我也上班。"

"开什么玩笑？"万飞皱了皱眉，"你知道你的脸是什么色儿吗？"

"黑的呗，反正我也没白过。"边南站了起来，穿上裤子，"给我找牙刷。"

万飞愣了愣，转身出去了："神经病。"

边南洗漱完，万飞的妈妈正好烙完饼，他抓了两个就往外走。

"边南，昨天喝成那样，今天多睡会儿休息一下吧？"万飞的妈妈担心地叫住他。

"大姨,我没事儿,我看着吓人,其实估计就喝了不到一两。"边南咬着饼穿上外套,含混不清地说,"我昨儿请了一天假,今天再请说不过去,马上就过实习期了。"

"那……再拿杯豆浆。"万飞的妈妈拿了杯热豆浆给他。

"谢谢大姨,过两天我再过来,给我烙饼。"边南嘿嘿笑了两声。

"行!"万飞的妈妈笑着拍了拍他的胳膊。

脚底下还有些发软,但精神状态意外地还不错,边南也不知道是酒精的副作用还是因为有些事儿猛地就不是事儿了。

他莫名其妙地就老觉得自己双目炯炯有神。

边南到了球场,顾玮盯着他看了半天:"你这是……"

"好着呢。"边南龇了龇牙,"我美吗?"

"真是好美啊。"顾玮叹了口气,"你是不是病了?再请一天假没事儿的,实习鉴定我肯定给你写好话。"

"谢了玮哥。"边南笑了,"就给我照实写,应该也都是好话。"

"挺自信啊。"顾玮瞅了他一眼,"今儿挺忙的,都排满了,还有几个新报名的学员上午过来,你去接待一下。"

"好。"边南点了点头。

今天这一天的确挺忙的,边南中午吃饭吃一半还跑出去接待了一个新来的学员。

下午顾玮把新学员都分给他了,让他先单独带着,几个女孩子一块儿来的,边练边嘻嘻哈哈没个安静的时候,进度相当慢。

对第一次来的学员,为了体现优质服务对时间不太控制,边南好不容易把她们的内容完成的时候,看看时间,比顾玮计划的时间多了近一个小时,都可以直接下班了。

"这几天你准备一下,实习结束以后下周有个入职考核。"顾玮边换衣服边交代他,"资料该看的多看看,对平时工作流程也再捋一捋,别出错。"

"明白。"边南说。

他感觉挺长时间下了班都没回杨旭家了，每天下了班就往邱奕家跑，不过今天边南下班还是没往杨旭家那条路走，而是骑着自行车直奔医院。

到医院的时候他看了看时间，这会儿邱奕和邱彦应该正在病房里陪邱爸爸吃饭。边南把自行车锁了，在路边站了一会儿，估计时间差不多了才走进医院。

边南走到住院部外面的时候，邱奕从一楼大厅里出来，低着头大步往前走着，没看到边南。

边南站到了路中间，邱奕一直低头走到他面前才猛一下停住了，抬起了头来。

"去哪儿？"边南问。

邱奕看到他显然有些意外，顿了顿才说了一句："去把几张卡的钱转到一块儿方便缴费。"

"够吗？"边南马上问，"你说过如果……"

"走吧，一块儿去。"邱奕说。

两人沉默着并排走出医院，邱奕跑了两个自助银行，把卡上的钱都转到了一块儿。边南站在一边儿看着，邱奕没避着他，卡上的余额他都看到了。

"不够吧？"边南说。

"嗯。"邱奕看了他一眼，"你那儿的钱先借我三万吧。"

"我转给你。"边南马上掏出钱包抽出自己的卡，"三万够吗？"

"先看看情况，不够再说。"邱奕的声音一直是哑的。

"那现在是保守治疗吗？"边南听着邱奕的声音心里很不是滋味儿。

"是。"邱奕看着他道，"我又跟医生聊过了，医生早上会诊过，不建议手术，身体情况不允许，我爸承受不了，手术效果也不会太明显，只能先进行治疗，胆管里放个支架……"

"知道了。"边南觉得有些无力，没再说别的，给邱奕的卡里转了三万块钱。

"你喝酒了吧？"往回走的时候邱奕突然问了一句。

边南下意识地捂了捂嘴："还能闻到，不至于吧？"

"你没换衣服，能闻到衣服上的酒味儿。"邱奕停了脚步，扭头看着他，"边南，昨天我说的那话……"

"我知道，我知道。"边南打断了他的话，"我知道你不是那个意思，是不是都不是，反正说什么我都这样。"

这话说得挺绕，边南不知道邱奕能不能听懂，说完了自己都没太听明白，于是又补了一句："你已经不讲理了，我总不能也不讲理吧？"

说出这样的话，对边南来说，不是件容易的事儿，说完之后他就盯着邱奕，怕看到邱奕脸上会有让他不安的表情。

但邱奕看了他一眼，只是笑了笑，就继续往前走了。

"你昨天没睡？"边南看着邱奕的侧脸，邱奕脸上满满都是疲惫。

"没睡好，陪床了，坐了一宿。"邱奕说，"我爸现在晚上基本睡不了了。"

"要不……今天我来陪吧。"边南想了想道，"你回去睡个觉，要不过几天让你上船……"

"不上了。"邱奕清了清嗓子，"我已经跟公司说我不去了。"

边南愣了愣，虽然知道邱爸爸这个情况，邱奕再上船会很麻烦，但猛地听到邱奕说出事实还是有些吃惊。毕竟邱奕学了三年，就指望工作了能有份稳定的收入。

"现在上船了照顾不过来。"邱奕低声说，"这阵子先这么着吧。"

"要不再拿点儿钱吧？"边南皱了皱眉，邱爸爸每天治疗的费用不低，他算不清，但邱奕的钱再加那三万，要没了别的收入还是会费劲儿。

"再说吧，先留着。"邱奕拉了拉围巾，"我有办法。"

"什么办法？"边南追了一句。

"我想好了再跟你说。"邱奕说。

边南没有再打听，邱奕一直是个很有主意也很有计划的人，哪怕是现在这种情况，他依然镇定，除了话变得有些少。

虽然因为邱爸爸的病，他俩的生活都完全被打乱了，不再像以前那样可以轻松地瞎聊，可以抽空到处转悠，两人的关系也变得有些微妙，某种程度上的疏离和某种程度上的亲密交错在一起，但边南现在没有心情去梳理这些，邱奕再能扛事儿，还是需要自己的支撑，哪怕只是帮着找医生打听情况或者送饭、替换着陪床。

边南觉得自己反倒没了之前的不踏实感，至少他还跟邱奕站在一起。

邱爸爸介入治疗之后的状态并不好，一天天都能看到变化，每天边南下了班赶到医院的时候都能感觉邱爸爸又消瘦了一些。

一开始邱爸爸只是胃口不好吃得很少，没一个月已经什么都吃不下了，只能每天吊营养针，说话也越来越费劲儿。

"叔，"边南坐在病床边，把袖子撸上去露出胳膊上的一块青紫，"看看，今儿教人打球，真猛，那人一拍子对着我的胳膊就抽过来了。"

邱爸爸看着他的胳膊，无声地笑了起来，轻轻地说了一句："跟朵花似的。"

"真没治，这回新来的几个人都这样，再来一个月估计我全身都得开满花了。对了，"边南凑到邱爸爸耳边，"叔，我跟您说，二宝今天收到一封信了，前桌的小姑娘给他的，写得可好了，特有文采，反正我是写不出来。"

边南想到了自己那有一天没一天、一天就一句的"日记"，简直高下立见。

"比他哥……强。"邱爸爸笑着说，声音很轻。

邱彦虽说不一定比他哥强，但也差不到哪儿去。

边南一直担心邱彦知道了邱爸爸的病情会受不了，虽然没人跟他直说，但邱彦是个聪明的小孩儿，应该已经看出来了。

不过让边南又安慰又心疼的是，邱彦没有哭也没有闹，只是跟老师请了假，每天提前一节课放学，到医院来陪着邱爸爸。

看着邱彦的样子，边南开始有点儿能体会邱爸爸那种欣慰又纠结的心情了。

跟邱奕不太一样，邱彦本来是个开朗的小孩儿，猛地就这么沉默而乖巧，边南总担心邱彦会突然绷断了弦。

邱奕想出的解决经济问题的办法一直没跟边南说，不过边南知道他又开始带学生了，每天上午、下午都安排了课，一下了课就直奔医院。

只有申涛下船的时间和周末万飞过来帮帮忙的时候，边南和邱奕能同时休息一会儿。

两人交流的机会变得很少，见面在医院，守在邱爸爸床边，回了家倒头就睡，第二天又要开始一天的忙碌生活。

边南顺利地通过了考核，正式入职之后工作变得比以前更繁杂。

每天从早忙到晚，早上起床的时候看到窗外晨曦中已经长满了绿芽的树枝时，他才猛地反应过来，春天已经来了一阵子了。

中午吃完饭，他特意拿手机在球场边拍了不少花坛里的小嫩芽，打算带去医院给邱爸爸看看。

手机响了，他看了看，是邱奕的电话，感觉有些意外。邱奕这阵太忙，很少会给他打电话。

"吃了没？"边南接起电话。

"吃了。"邱奕说，"跟你商量个事儿。"

"什么事儿？"边南在花坛边儿上坐了下来。

"借钱。"邱奕说。

"这用商量吗，多少啊？"边南笑了。

"除了医院要用的钱，再多借我点儿。"邱奕也笑了笑，"我要在医院旁边租套大点儿的房子。"

"嗯，"边南愣了愣，"干吗用？"

"你过来了我跟你细说。"

边南下班之后到医院的时候正碰上邱奕拿着烟盒从病房里出来，两人照例进了消防通道，在窗边站着。

"我想租套房把要补课的学生叫过来上课，开小班。"邱奕点了烟，"这样离医院近点儿，我方便过来，不用每天到处跑了。"

"开补习班儿？"边南挺吃惊的。

"也不算，可以一对一，也可以三四个一块儿上，上课时间错开就行。"邱奕的手指在窗户上轻轻敲着，"一直有挺多家长找我补课的，我想着，我自己带几个，再分点儿给别人……"

"上哪儿找人来上课？"边南问了一句。他知道邱奕很会给人讲课，也知道一直有很多家长找他补课的，邱奕补课的口碑挺好，只是没想到邱奕会琢磨着把这事儿做成这样。

"我以前的同学、同学的同学，之前就有找我想让我给介绍学生的，我了解了一下，有几个人还挺不错的。"邱奕笑了笑，"现在找两三个就可以，我从补课费里收点儿介绍费，目前这样就能比之前收入多得多了，以后再看怎么弄。"

"我……"边南想了半天没想好该说什么，最后说了一句，"我多出点儿能参股吗？"

邱奕笑了："小黑作坊参什么股啊？"

"总不会一直是小黑作坊吧，万一做大了呢，做成什么大品牌了呢？"边南喷了一声。

"真要做大太麻烦了，需要资质和各种手续，我现在想不了那么远。"邱奕抽了口烟，"我就想解决一下眼前的困难，补课的话，时间上也比较灵活。"

"那行。"边南点了点头，"我去给你转钱。"

邱奕看中的房子就在医院旁边的一个老小区，管理很松散，所以房租比较便宜，小区里不少房租出去做各种生意了，还有办私人幼儿园的。

这套房三室一厅，客厅用来给小班上课，房间里可以一对一地补课，屋里没有家具，两人抽空去买了点儿桌椅一摆，就算齐活了。

"怎么我有点儿小兴奋？"边南站在客厅里原地转了一圈儿。

"没入股呢，你兴奋什么。"邱奕说。

"不知道，就挺有希望的那种感觉。"边南笑了笑。

邱奕没说话，站在他面前看了他一会儿，靠过来捏住了他的肩膀，在他的肩上很用力地捏了几下,低声说:"谢谢。"

边南笑了笑,没有说话。

开始在医院旁边补课之后,邱奕每天的时间宽松了一些,补完课十分钟差不多就能走到医院。边南把杨旭家的电磁炉拿了过来,平时还可以做些简单的吃的。

邱爸爸的身体没有什么起色,尽管不太容易,这两三个月以来边南还是强迫自己慢慢接受了这个现实。

邱奕除了在病房里面对邱爸爸时会露出笑容,别的时间很少再笑,偶尔边南会看到他坐在走廊的椅子上发呆。

边南觉得大概只有自己能看出来,邱奕脸上的疲惫里隐藏着一丝悲伤。

今年的倒春寒时间有点儿长,边南早上去上班的时候觉得风比冬天的时候还锋利,感觉路程再长点儿自己的脸就要冻僵了……

今天是周末,来打球的学员很多,边南在场上站了快两个小时才有时间到旁边坐下。

"这位少年,跟你说个事儿。"顾玮过来坐在了他身边,"下月展飞有个活动,每年春天都会有的,就是组织学员来场比赛,自愿报名,奖品展飞负责,教练也会有表演赛。"

"嗯。"边南点了点头,"你是想让我去吗?"

"聪明。"顾玮乐了,拍了拍他的肩,"我去年、前年都被抓去参加了,被陈教练他们打了个半死,今年有你了,我就不用再去丢这个人了。"

"表演赛不就随便打打吗?你这都能让人收拾了?"边南忍不住看了他一眼。顾玮要不是教学水平高,就凭技术估计早被展飞淘汰出教练队伍了。

"说是表演,但就是说说,没谁表演!"顾玮一脸不爽,"大家都憋着劲儿要在学员面前'孔雀开屏'呢!"

"行,下月我参加,不一定能给你报仇,但应该不会给你丢人。"边南说,别的教练和助理什么的,他差不多见过他们打球,能估计出水平来。

"少年，看你的了！"顾玮很愉快地在他的肩上抓了一把。

边南站起来活动了一下，正准备过去纠正一下正在练球的学员的姿势，扔在凳子上的手机响了。

边南心里抽了抽，自从邱爸爸的状况越来越差之后，他开始害怕手机响起。

过去拿起手机看到是小卷毛的号码时他松了口气。邱彦今天不上学，在医院待着，估计是邱爸爸睡着了，邱彦打电话过来聊天。

"二宝啊，"边南接起电话，"差不多该吃饭了吧？"

"大虎子！"邱彦的声音很大，惊慌中带着哭腔，"我爸早上发高烧，刚才下病危通知了！"

"什么？"边南喊了一声，转头看着顾玮，半天没说出话来。顾玮反应很快，立马挥了挥手，边南抓起外套转身就往外跑，边跑边问："二宝你别着急，我马上过去！你哥呢？"

"哥哥在病房里。"邱彦的声音颤得很厉害。

"没事儿的，我马上到。"边南冲出展飞大门，直接抢了在路边已经被人拦下的一辆出租车。

邱爸爸昨天半夜突然开始发烧，一直退不下来，用了药体温也没有变化，边南赶到医院的时候，医院开始给他物理降温。

邱奕站在病床边，抬头看了他一眼，又低下头帮着护士不断地给邱爸爸擦身体，换下湿了的衣服。

边南在病房里站了一会儿，帮不上什么忙，护士进进出出的他还怕碍事儿，于是退出了病房。

邱彦坐在外面的椅子上，一下下地晃着腿。

边南过去蹲在他面前摸了摸他的脸："二宝。"

"你旷工啦？"邱彦看着他问了一句。

"没。"边南笑了笑，"我请了假来的。"

邱彦沉默了一会儿，突然看着他问："大虎子，我爸爸是不是快死了？"

"别……瞎说。"边南愣了愣，突然发现自己不知道该怎么回答邱彦的问题，无论是或者否，对邱彦来说，都痛苦。

"我没事儿。"邱彦低着头轻声说，"我不怕，我只是有点儿担心……担心以后我想爸爸了见不到他。"

边南帮不上什么忙，抱着邱彦坐在走廊的椅子上，竖着耳朵听着病房里的动静。

其实邱奕也帮不上什么忙，只能是搭把手。

折腾了快两个小时，邱爸爸的体温终于开始下降，看到护士走出来，边南抱着邱彦站了起来。

邱奕一脸疲惫地跟着走出病房，边南凑过去往里面看了看，邱爸爸闭着眼睛安静地躺在床上。

"怎么样？"边南小声问。

"暂时控制住了。"邱奕在椅子上坐下，"还要观察，有可能是肺部感染引起高烧。"

"哦。"边南站着没动。

"边南，"邱奕抬头看了看他，"你帮我把二宝先送回家吧，照顾不过来了。"

"行吧。"边南点了点头，邱彦趴在他肩上已经睡着了，眉头紧紧地皱着。

"跟隔壁奶奶说一声，让她帮忙照看着点儿，我这两天估计都回不了家。"邱奕轻声说。

边南打了车，把邱彦送回家里。

他们进院子的时候邱彦醒了，但没有说话，只是搂着他的脖子不撒手。

"二宝，"边南进了里屋在床边坐下，"困了就睡一会儿，你爸爸现在没事儿了，就是还要观察。"

邱彦沉默着还是没出声。

"我还得去医院，我怕有什么事儿你哥哥忙不过来。"边南抱着他轻轻拍着他的背，"你一个人在家能行吗？"

"嗯。"邱彦点了点头，松开他的脖子，坐到了床上。

边南把他身上的外套和裤子都脱掉了,从兜里掏出一块巧克力放到了邱彦手上。

边南一直在兜里备着几块巧克力,邱奕顾不上吃饭的时候可以补充能量。

"现在不想吃。"邱彦摸了摸巧克力。

"就放这儿,想吃的时候就吃。"边南又拿出钱包,抽了两张钱出来,"晚上要是不回来吃饭我就给你打电话,你自己买点儿东西吃,知道吗?"

"嗯。"邱彦点了点头,躺下拉过被子盖好,"我睡个觉,你去医院吧。"

边南把门关好,去了隔壁奶奶家,让她帮忙看着点儿邱彦,别让他一个人跑出去。

老太太一个劲儿地点头:"我就坐在窗边儿晒太阳呢,他要出去我能看见。下午我儿子过来,你们要忙,就让二宝上我家来吃饭。"

"谢谢奶奶。"边南道了谢,小跑着出了院子。

路过小超市的时候边南进去抓了几盒牛奶,又打车回了医院。

到医院门口他刚下车,手机响了,他腿一软差点儿站不住。掏出手机看到是罗轶洋的号码时,他长长地舒了一口气。

"最近怎么样啊?"听声音罗轶洋是在宿舍,背景音乱糟糟的,有人在聊天儿。

"不怎么样。"边南边说边往医院里走,"我在医院呢。"

"你朋友的爸爸的病怎么样了?"罗轶洋问,"还是你病了啊?"

边南简单地把邱爸爸的情况说了,说的时候自己心里的不安又一点点散了开来。

"这么快?那现在就是……"罗轶洋听了有些吃惊,停了一会儿才说,"住的是大病房吗,几个人的那种?"

"嗯。"边南应了一声。

"这样吧,这个情况还是弄个单人病房比较好,你等我的电话,我跟我爸联系一下,让他找朋友给调一下。"罗轶洋说,"顺便也找医生多照顾着点儿。"

"谢谢，麻烦你和你爸了。"边南本来不太愿意欠罗轶洋人情，都不知道怎么还，但现在他已经不知道还能做什么，只想着怎么能让邱爸爸舒服些就怎么弄。

边南走进病房的时候，邱爸爸还睡着，鼻子上插着氧气管子，手上还扎着针，身边都是嘀嘀响着的监视器。

邱奕坐着凳子趴在床沿上，看样子是在睡觉。

边南过去看了看吊瓶里的药，邱奕听到他的脚步声抬起了头，轻声问："二宝怎么样？"

"睡了，我看他上床睡了才出来的，隔壁奶奶说要是晚了让二宝上她家吃饭。"边南拿出牛奶和巧克力给邱奕，"你中午就没吃吧？"

"嗯，顾不上，就让二宝自己出去吃了。"邱奕两口就把巧克力给啃了，拿着牛奶大口喝着，"饿了。"

"还怕你没胃口吃东西呢。"边南靠着床脚。

"不会，我从小就知道要保持精力。"邱奕笑了笑。

邱爸爸一直在睡，偶尔会动一动，醒过来的时间很短，也说不出话，不过邱奕跟他说话的时候他还能听明白，会无声地笑笑，然后又闭上眼睛继续睡过去。

病房里的暖气给得很足，人走出病房的时候会觉得走廊上很冷。

边南一直觉得自己脸上都暖得有些烧得慌了，手却还是冰凉的。

邱爸爸睡着的时候，他跟邱奕也没什么话，偶尔小声说两句废话，两人都避开了邱爸爸现在的病情。

罗轶洋的动作挺快，估计他爸跟医院的关系不错，晚饭的时候他打了电话过来说已经商量好了换病房的事儿，也跟主治医师打了招呼。

过了一个多小时，邱爸爸就被推到了上面一层顶头的单人病房里，有配套的茶几和小沙发，陪床的人可以坐下靠着休息了。

"你找的谁？"护士都给安置好离开之后，邱奕问了一句。

"罗轶洋，就我跟你说过的那个，展飞的二公子。"边南坐到小沙发上，"他爸跟医院的人挺熟的，帮着说了一声，这病房刚空出来，要不找人也

住不进来。"

"哦,有空了请他吃饭,得谢谢他。"邱奕也坐到了沙发上靠着,"我的背都硬了。"

"再说吧,他上学呢,人不在这边儿。"边南笑了笑,伸手在他的腿上捶了捶,"我估计你的腿肿了吧?"

"还行,在饭店的时候也一站就是一天。"邱奕活动了一下自己的腿,"你出去吃点儿东西,给我带点儿回来,我给二宝打个电话,让他先上隔壁吃算了。"

"我想吃牛肉粉,给你带一份?"边南站了起来。

"我要吃饭,牛肉粉不顶饱。"邱奕笑着说。

边南跑出了医院。他没有邱奕那种功力,就是吃不下东西,为了保持精力,也只是把牛肉粉改成了牛肉面。

吃完了他本来想找个快餐店,但最后想了想,还是进了个饭店,点了个回锅肉,又打包了一大盒饭带回医院。

邱奕虽然吃得下饭,但大概也是强迫自己吃的,吃到嘴里都没感觉,快餐和炒菜这么大的区别他愣是没注意到,眼睛一直盯着监视器上跳动的数字,吃完了都没问一句。

邱爸爸的针到晚上九点多才全部打完,医院只让留一个人陪床,不过之前罗轶洋他爸应该是打过招呼了,所以护士进来拿走吊瓶的时候没说什么,只交代了几句就出去了。

边南在床边愣了挺长时间,正想让邱奕先靠在沙发上睡一会儿的时候,邱爸爸动了动,眼睛睁开了一条缝。

"叔?"边南赶紧叫了一声。

"爸。"邱奕在床边坐下握住了邱爸爸的手,"能说话吗,有没有哪儿不舒服?"

邱爸爸过了一会儿才笑了笑,轻声说:"哪儿都不舒服。"

邱奕咬了咬嘴唇:"疼吗?"

"不疼。"邱爸爸说,声音很轻,也很不清晰,"二宝呢?"

"送回去了,他没事儿。"邱奕摸了摸邱爸爸的脸,"他明天过来。"

"邱奕,"邱爸爸有些吃力地转过头看着他,"我……"

"什么?"邱奕凑过去。

"我不……抢救。"邱爸爸说,"太……遭罪,受不……了。"

边南转身走出了病房。邱爸爸的话他听清了,鼻子酸得不行,站在走廊上揉了好一会儿才缓过来。

过了十来分钟,邱奕也走出了病房,手里拿着烟盒。

"睡了?"边南问。

"嗯。"邱奕点了点头,往消防通道走去,"陪我抽根烟。"

"你这一天都抽一盒了吧。"边南跟在他身后进了消防通道,下了一层站在窗边。

"哪儿能啊,都没时间抽。"邱奕点了烟叼着,"估计再这么下去我可以被强制戒烟了。"

边南笑了笑,想到邱爸爸的话,笑容又消失了:"你爸为什么不让抢救,是不是担心花钱?"

"不是。"邱奕轻轻叹了口气,"他就是不想受罪。"

"那你打算听他的?"边南问。

邱奕看了他一眼,没有说话,偏过头盯着窗外一口一口狠狠地抽着烟。

边南快十二点的时候离开了医院,虽然不太情愿,但考虑到如果两人都这么熬着也不行,同意了回去休息一会儿,顺便陪陪邱彦。

邱彦在隔壁奶奶家吃的晚饭,边南进屋的时候他已经盖好被子躺在床上睡了。

"我爸爸……"听到边南进屋,他坐了起来。

"没事儿,晚上醒了,说了几句话又睡了。"边南在他的脑袋上抓了抓,"睡吧,明天早上咱俩去医院。"

"嗯。"邱彦又躺回了被子里。

边南胡乱洗了脸就回屋躺下了,身体上不算累,但心里很累,这段时间以来都是这样,累得很。

他都不敢想邱奕有多累，又是怎么熬下来的。

邱彦在他身边很快就睡着了，边南侧过身搂着他，也闭上了眼睛。

天快亮的时候，他被邱彦的一阵阵发抖弄醒了。

"二宝，"他摸了摸邱彦，小家伙身上滚烫，他吓了一跳，摇了摇邱彦，"二宝，你哪儿不舒服？"

"没有不舒服。"邱彦迷迷糊糊地说，"就是冷。"

"你发烧了！"边南跳下床，飞快地穿上衣服，冲到客厅，从放药的抽屉里翻出了体温计。

邱彦的脸很红，边南用被子把他裹了起来，他还是一直在抖。

39℃，边南看着体温计上的数字一阵紧张，抓过邱彦的衣服往他身上套："二宝，你发烧了，我们去医院。"

"我睡一下就好了。"邱彦有些挣扎。

"我们悄悄去看病。"边南知道他在想什么，抓着他的胳膊，"不告诉哥哥和爸爸。"

邱彦看了他一眼，点了点头。

抱着邱彦上出租车后，边南给万飞打了个电话："在家还是在健身房？"

"健身房……怎么了？"万飞问。

"过来帮帮忙。"边南看了看靠在他怀里满脸通红的邱彦，"二宝发烧了，我现在送他去……"

"我马上过去。"万飞打断了他的话，挂掉了电话。

医院的急诊跟住院部不在一块儿，隔着半条街，没有人帮忙边南两头跑不过来。

万飞打的车比边南晚到十来分钟，万飞跑进急诊的时候，护士刚给邱彦安排了一张床。

"什么情况啊？"万飞一看到邱彦的脸就喊了一声。

"不知道是着凉了还是怎么着。"边南皱着眉道，"医生没让打针，开了药先吃了再观察一下。"

"这是……"万飞在边南耳边小声说,"这是急的吧?"

"医生说问题不大,让不要担心,就先观察着。"边南掏出手机,"你帮我守着点儿,我跟邱奕联系一下。"

"行。"万飞凑到邱彦床边弯下腰:"二宝,记得我是谁吧?"

"万飞哥哥。"邱彦笑了笑。

"哎,真乖。"万飞在兜里掏了半天,掏出个记步器来,"知道这是什么吗?"

"不知道。"邱彦挺有兴趣地盯着记步器。

"记步器,这东西能记下你走了多少步。"万飞把记步器递到他眼前,"我告诉你怎么玩啊……"

边南打通了邱奕的电话,邱奕的声音听起来没什么精神:"给我带早点了没?突然饿得想咆哮。"

"我一会儿给你买了拿过去。"边南听着这话又想笑又心疼,"我跟你说,你别担心啊,已经没事儿了。"

"什么?"邱奕问。

"二宝早上发烧了,39℃,我刚把他送到急诊去了,吃了药医生让观察一下。"边南一口气没太停顿地把话说完了,就怕自己喘气时间长点儿会让邱奕着急。

"怎么会发烧?"邱奕还是有点儿着急。

"昨天盖的厚的那床被子,应该不会着凉,估计是因为担心着急吧。"边南小声说,"我跟他说了不告诉你,你就装不知道,我叫了万飞过来守着他……你爸那边怎么样?"

邱奕沉默了一会儿,才道:"不太好,昨天半夜说疼,折腾到早上,又有点儿发烧了。"

"你怎么半夜不跟我说呢?"边南急了,说完又有点儿后悔跟邱奕吼,那种情况下邱奕怎么可能还想得到给他打电话?

"现在暂时没事了,你过来待会儿吧。"邱奕说。

边南又回头跟万飞交代了几句,邱彦已经闭上眼睛睡着了。边南摸了摸邱彦的脸，转身往住院部那边跑过去，路上又在早点摊上买了几个饼。

跑进病房的时候，他愣了愣，病房里又多了台不知道干吗用的设备。

邱爸爸躺在床上，嘴里有一根管子。

边南顿时连步子都迈不动了，靠在门边儿半天没说话。

过了很长时间他才颤着声音轻声说："怎么……这样了？"

邱奕扯着嘴角笑了笑："还是这样了，我爸最讨厌的事儿，插管什么的……"

边南张了张嘴说不出话来，走过去了。

"半夜又下了……病危……"邱奕靠着他，声音颤得厉害，"说不了话了。"

边南不知道该怎么形容自己的心情，就像是所有的情绪都被关在了心里，哭不出来喊不出声。

在这一瞬间他突然体会到了邱奕这么长时间以来一直把所有事都强压在心底的那种痛苦感受。

邱爸爸不是边南的爸爸，但对边南来说，挺像想要的爸爸——开朗幽默、体谅、信任孩子。边南已经习惯了在邱奕家看到坐在轮椅上说着以前的事儿的邱爸爸，习惯了聊天儿斗嘴时看到带着笑认真听的邱爸爸，习惯了听到邱爸爸表达各种不让吃肉、不让喝酒的不满……

他已经难受得不知道该如何缓解，那邱奕呢？

二宝呢？

邱彦的烧到中午时退了，人还有些虚弱，但精神还可以。

边南本来想让万飞送邱彦回家，但邱彦不愿意，犟着非要守在病房里，整整两天他都跟邱奕、边南一块儿熬着，沉默地坐在病房的沙发上，只在晚上睡觉的时候才回家。

万飞的工作请假还算方便，他请了两天假也一块儿待在医院里，跟许蕊的约会也改成了许蕊帮忙给他们几个送饭的时候聊上几句。

申涛好不容易下了船直接跑到了医院，家都没回。

几个人往走廊上一戳，都没什么话可说，不过虽然大家都帮不上什么忙，还是能让人心定一些。

　　邱爸爸插上管子之后一直没有完全清醒过，只是偶尔会睁开眼睛，邱奕和边南跟他说话，他也会有反应，但已经无法表达自己的意思。

　　边南不敢待在病房里，怕自己的情绪会让邱爸爸不舒服。

　　短短两三天，邱爸爸被下了三次病危通知书。

　　邱奕一直没睡觉，像个真正的永动机似的，边南几次想让他休息，但想想又开不了口。邱奕这么多年就为了爸爸和弟弟每天拼着命，这种情况下，谁也没有资格开口让他休息。

　　邱爸爸在一堆仪器和管子中又熬了一天，病情一直不稳定，人已经完全陷入昏迷。

　　医生过来看了看，走出病房后把邱奕叫到了一边。

　　边南靠着墙盯着医生的背影，邱奕一直没有说话，医生的声音很低，边南支着耳朵连蒙带猜地听到了几句。

　　衰竭。

　　呼吸机。

　　他猛地挺直了背，看着面对着他们的邱奕。

　　邱爸爸说过的话边南还记得清清楚楚，他知道邱爸爸不愿意接受抢救，什么插管、呼吸机的，邱爸爸都不能接受。

　　但邱奕一直没有表态，是同意还是不同意邱爸爸的意思，邱奕始终没有说过。

　　现在尽管谁都不愿意，还是走到了最后这一步。

　　边南盯着邱奕，不知道自己希望邱奕给医生怎样的答案，心里乱成一团，已经快要没办法思考。

　　邱奕在医生说完话之后沉默了很长时间，最后轻声说了一句什么。

　　医生点了点头，转身从几个人面前穿过，走进了病房，给护士交代着后面要注意的事情。

　　边南在邱奕沉默的时候就已经猜到了他的答案，再听到医生在病房里并没有提到让病人准备进重症病房的话时，心一下沉到了谷底。

"邱奕，"他慢慢地走到邱奕面前，"你……是不是放弃了？"

邱奕抬起头看了他一眼，布满了红血丝的眼睛里全是痛苦之色。

"是。"邱奕说。

"为什么啊？"边南吼了一句，猛地往邱奕胸前推了一把，"人还活着，为什么放弃啊？"

邱奕被他推得往后踉跄了几步，撞到了消防通道的门上。

"你在想什么啊？"边南冲上去把他推进了消防通道里，揪着他的衣领，"怎么就放弃了？你疯了吗？"

万飞和申涛跟着跑了过来，一边一个想要把边南拉开。

"南哥、南哥，"万飞拽着边南的胳膊，"你别这样，邱奕也不好受……"

"不好受他还这样！"边南吼了一句，挣扎了一下把万飞和申涛都甩到了一边儿，瞪着邱奕，"他说不愿意抢救你就不抢救了吗？他是你爸啊！你要怎么跟二宝解释？"

邱奕靠着墙也瞪着边南，过了一会儿才说："抢救也就是在重症病房里多痛苦几天。"

边南说不出话了，最后看了邱奕一眼，转身冲下了楼梯。

一直到冲出医院，边南才在路边的花坛上抱着头一屁股坐下了。

他没法再在病房外面待着，眼睁睁地看着邱爸爸的生命就这么一点点地消逝。

他狠狠地咬着嘴唇。

就这样了？

就这么结束了吗？

邱爸爸就这样……马上就要走了吗？

边南只觉得全身发冷。他无权干涉邱奕的决定，有些事他也知道，的确，抢救与不抢救，最后结果都是一样的，这个病就是这样，谁也无力回天。

可哪怕理智上能明白，甚至也知道邱爸爸反复强调不愿意这样折腾，但情感上边南也难以接受。

邱奕就这么……放弃了。

边南不知道自己在路边坐了多长时间，路灯亮起的时候，有人走到他面前站住了。

边南抬起头，看到申涛脸上有些灰暗的表情时，知道躲不开的那一刻还是就这么来了，眼泪一下滑了出来。

"你都这么难受了，"申涛看着他道，"邱奕会有多难受？"

"我知道。"边南站了起来，"我知道。"

他转身往医院冲去，来不及等电梯，直接从楼梯跑了上去。

他推开病房门的时候两个护士正沉默地撤下各种仪器的管子和线。

邱奕静静地跪在病床前。

边南走得很慢，走到邱奕身后停下了，跪在了邱奕身后。

邱奕没有动，过了很长时间才低头抓住他的手腕，抓得很紧。

手上有温热的感觉，邱奕的眼泪一颗颗地砸在了边南的手上。

"邱奕，"边南道，"别难过……别难过……你没做错，你没有做错……"

邱奕用力抓着他的手腕，指尖几乎掐进了他的皮肤里，最后发出了一声压抑的嘶吼："爸——"

这是边南第一次看到邱奕哭泣，看到他从来没有外露过的痛苦和悲伤。

边南不知道应该说什么，也不知道说什么能让邱奕好受一些，自己同样难受。听到邱奕压抑着的哭声，边南也不知道还能做什么。

他没有经历过和至亲生死离别的场景，因为淡漠的家庭关系，甚至没像别人那样想象过如果有一天……这是他第一次直面死亡，第一次看到生命逝去而无能为力，第一次感受到失去亲人是多么痛苦。

万飞和申涛把他们从地上拉起来的时候，边南感觉自己整个人都像裹着厚重的棉被，连声音都听不太真切。

他唯一还能顾上的就是邱奕，紧紧抓着邱奕的胳膊没有松手。

在医院里坐了半个多小时，边南才慢慢缓过来，看着坐在他对面椅子上的邱奕。

他本来想象中的邱奕悲痛之后的爆发并没有出现，邱奕在发呆，表情和眼神都回到了平时的样子，看不出到底在想什么。

"还有些手续要办。"邱奕说，站了起来。

"我们去弄。"申涛拦了他一下，"你再……"

"没事儿。"邱奕拍了拍他的胳膊，"要家属签字的，你们办不了。"

边南脑子里一直一片空白，办手续的时候他紧紧跟着邱奕，手续都有什么内容、都是怎么回事儿，他全都没注意。

他只是担心邱奕，那种巨大的要爆发的状态居然被邱奕又狠狠地压了回去，这让他担心。

而他们还面临着另一个痛苦的现状，在家待着的邱彦还不知道爸爸已经不在了。

因为邱爸爸这两天情况恶化得快，加上邱彦周末已经在医院熬了两天，所以大家今天没让他放学了再跑来医院，他还在等哥哥们忙完了回去跟他说说爸爸的情况。

这该怎么说？

几个人走出医院的时候，天已经黑透了，虽然已经是春天，今天却冷得出奇。

"都回吧，谢谢了。"邱奕拉了拉衣领，"剩下的事儿我明天再过来处理。"

"没事儿，不差这一会儿。"万飞招手叫了辆出租车过来。

"先一块儿去你家吧。"申涛说，"二宝……"

"你下船就这两天时间，都没在家里待过吧？"邱奕看了他一眼。

"想在家待着还不容易吗？"申涛笑了笑，把他推到了出租车旁边，"跟我们还客套什么？"

最后几个人全都上了车，边南一直没说话，紧紧握着他的手。

几个人回到邱家的时候，邱彦还没睡觉，正坐在客厅的沙发上看电视。

看到几个人进屋，邱彦愣了愣，眼睛猛地瞪大了，从沙发上跳了下来，站在茶几旁边愣着。

"二宝……"邱奕看着他,似乎在想该怎么说。

邱彦没有说话,开始慢慢往后退,一直退到了里屋门口,最后又退了两步,进了屋里,没等邱奕再说话,他就用力地把门关上了,接着从里面上了锁。

"我跟他聊聊。"邱奕弯腰从电视柜下面的抽屉里拿出钥匙,又回过头看着边南,"好饿,煮几个饺子吃吧,冰箱里有。"

"行。"边南马上转身拉开冰箱找了两袋速冻饺子出来。

关上冰箱门的时候,他突然很想哭。

没有邱爸爸从屋里推着轮椅出来的场景让他很不习惯,如果是以前,这会儿邱爸爸肯定会笑呵呵地出来,说一句:"怎么都跑来了?"

家里所有的东西都还是原样,却再也不是从前的感觉了,甚至没有了邱爸爸那个烤着腿的电暖器,屋里的温度都低了好几摄氏度。

邱奕拿钥匙打开了里屋的门,邱彦死死地顶在门后一言不发。

邱奕把门推开一条缝,伸胳膊进去抓着邱彦的衣服把他拎开,推开门走了进去。

关上门之后,里屋就一片安静,几个人在客厅里没动,都在听着,但谁也听不到说话的声音。

"我去煮吧。"万飞拿过边南手里的饺子,"都煮了得了,大家都吃点儿。"

"嗯。"边南应了一声。

万飞拿着饺子去了厨房,边南还站在里屋门外。

申涛在沙发上坐下,把电视声音调小了,依然听不到里屋的动静,叹了口气:"边南。"

"嗯?"边南转过头。

"坐下歇会儿。"申涛指了指沙发,"他熬,你也跟着熬,准备要比赛谁先倒吗?"

边南定了几秒钟,坐到了沙发上。

他一坐下去,顿时有一阵疲惫感袭来,松弛下来的身体这时才感觉

到累。

"我后天要上船了。"申涛点了根烟叼着,"后面的事儿还挺多的,你盯着点儿他,我觉得他……事情完了肯定要病。"

"我也这么觉得。"边南闷着声音道,"快到极限了吧。"

"他爸这事儿他没通知任何人,但亲戚早晚得知道。"申涛皱了皱眉,"你知道他家这个房子,一直被他的几个叔盯着呢,知道他爸没了肯定会上门。"

边南咬着牙骂了一句。

"到时……"申涛看了他一眼,"冷静点儿处理,要不这事儿就难扯了。"

"你还真是。"边南笑了笑,摸了摸这些日子一直放在兜里的那两块钱钢镚儿,"邱叔说你……"

"说我什么?"申涛也笑了笑。

"他给了我封口费,不能说。"边南把钢镚儿拿出来在申涛眼前晃了晃。

"肯定说我小老头儿了。"申涛喷了一声,"以前他就说过,我说再这么说我就跟他急,他就没再说了,果然还是在背后说呢。"

两人都笑了起来,像是某种发泄。

申涛笑得烟灰都掉在了地上。

"哎!"申涛把烟灰捏了起来,"这让他看到了得用扫帚把我赶出去。"

边南没说话,鼻子发酸,酸得脑门儿都疼了。

里屋突然有了动静,有椅子倒地的声音。

两人同时从沙发上跳了起来,紧跟着就听到了邱彦扯着嗓子的一阵哭喊:"爸爸——我要爸爸——"

邱奕的声音很低,两人听不清在说什么,只能听见邱彦伤心的哭泣声,边哭边含混不清地嘶喊着,还有桌椅磕碰和东西掉在地上的声音。

"你为什么啊?"邱彦哭喊着,"我爸爸没有了——"

"邱奕!"边南急了,这动静一听就知道邱奕把事情都跟邱彦说了,他过去拧了拧门把手:"二宝?二宝!"

"别进来。"邱奕在里面说。

边南停了手,跟申涛对视了一眼,两人都站在门外没敢进去。

"怎么了这是?"万飞煮一半饺子,听到动静跑进了屋里,压低声音问。

"估计二宝打他哥呢。"申涛小声说。

"为……"万飞愣了愣,说道,"邱奕是不是把放弃的事儿也说了?这话不说不行吗?"

"他这人就这样。"申涛叹了口气,"煮饺子去吧。"

里屋又传来了碰撞的声音,邱彦哭喊得嗓子都哑了,万飞指了指门:"这……不管?"

"我饿了。"边南看着万飞。

"行,行,行。"万飞皱了皱眉,"我接着煮,水刚烧开。"

几分钟之后,邱彦的声音低了下去,里屋渐渐安静下来。

万飞那边把饺子煮好了端进屋的时候,里屋的门打开了,邱奕走了出来。

边南一看他就愣了,邱奕的嘴角破了,眼角还有一小片青紫痕迹。

"下手这么重?"申涛也愣了,往里屋看了看,"二宝呢?"

"睡着了。"邱奕拿起桌上的一面小镜子对着看了看,舔了舔嘴角,"拿椅子砸我呢,劲儿真大。"

"何必呢?你没必要跟他说那么细吧。"申涛说。

"那不是我一个人的爸爸。"邱奕按了按眼角,"那也是他爸,该知道的就该让他知道。"

"吃饺子吧。"边南把椅子放到桌边,邱奕的做法跟他不是一个风格,但在这样一个家庭里,谁也不知道真正合适的方式是怎样的,"要叫二宝也吃点儿吗?"

"不叫他了,他刚睡着,醒了万一又打我呢?"邱奕笑了笑坐下了。

吃完饺子,万飞和申涛又坐了一会儿才各自回家了。

边南和邱奕沉默地坐在客厅里看着电视。

边南想说点儿什么,希望邱奕能回应,但又不知道说什么合适。

他希望邱奕能痛快地哭一场,痛快地爆发一次,痛快地宣泄一下自己

的情绪，打人、骂人、哭，都行，就像邱彦那样，把自己的痛苦全都发泄出来。

但这样的状态在邱奕身上始终没有出现，跪在邱爸爸的床头的那几分钟似乎就是邱奕全部的情绪爆发了，显得沉重而压抑。

这一夜两人一句话也没有说，也没有上床睡觉，不知道什么时候就一块儿歪在沙发上睡着了。

天亮的时候，边南睁开眼睛，看到桌上已经摆了热腾腾的包子和豆腐脑，邱彦低着头正在整理自己的书包。

边南看了一眼邱奕，他还在睡，这段时间以来邱奕没有睡过一个完整的觉，这会儿睡得很沉。

"二宝。"边南坐起来，轻声叫着邱彦。

"大虎子。"邱彦也小声应了一声，跑过来靠在他身边，"我昨天……我昨天……"

"我知道、我知道。"边南搂紧他，在他的脑门儿上用力地亲了好几口，"没事儿的，你哥哥不会怪你的。"

"我不敢跟他说对不起。"邱彦低下头，长长的睫毛颤了几下，眼泪顺着脸滑了下来。

"不用说对不起，你没有错，他也没有错。"边南擦了擦他脸上的泪珠，"谁都没有错，你们都太爱爸爸了。"

"那他会不会打我？"邱彦抬起头，轻轻抽泣着道。

"怎么会？"边南笑了笑，捏了捏他的脸，"你哥那么疼你。"

邱彦靠在他怀里默默地哭了一会儿，然后抹了抹眼泪："我去学校了。"

"去学校？"边南摸了摸他的头，"这几天你不用去学校，我给你请假，爸爸的事处理完了你再去上学。"

"我去学校。"邱彦摇了摇头，眼泪又滑了下来，"我帮不上忙，在家待着我会想爸爸，我要去学校。"

边南沉默了很长时间，最后站了起来："我送你去学校吧。"

平时边南牵着邱彦的手时，邱彦的手总爱在手套里动来动去，没有停下的时候，今天却特别安静。

边南轻轻地一下下隔着手套捏着他的手指，挺心疼的，这是个跟他哥哥一样倔强坚强的小家伙。

今天邱彦的班主任值班，在学校门口站着，看到邱彦时有些吃惊。

边南简单地跟她说了一下情况，班主任蹲下看着邱彦笑了笑："邱彦真是个男子汉，进去上课吧，有事儿就跟老师说。"

邱彦点了点头，背着书包走进了校门里。

一直到看不见他的背影了，边南才转身往回走。

边南回到邱奕家时，邱奕已经醒了，正坐在桌边吃包子。

"我送二宝去学校了。"边南坐到他旁边拿起豆腐脑喝了一口，"他说一个人待在家里会……想爸爸。"

"嗯，让他去吧。"邱奕说，"下葬的时候再一块儿去就行。"

"下葬"两个字让边南心里猛地抽了抽，他没有说话。

"上午我去医院，还有点儿事儿要处理，昨天还约了殡葬公司的人，要谈一下具体的安排。"邱奕吃边说，"你……"

"我跟你一块儿去。"边南说。

"不，你上班，我叫了申涛，他今天没事儿。"邱奕看着边南，"你不是正式入职了吗？这才入职没多久，老请假不好。"

"可是……"边南皱了皱眉。

"补课那边现在我都让人顶着，还不知道以后怎么弄。"邱奕说得很慢，"你要也把工作弄得一团糟，以后我没收入了怎么过？你卡上也没多少钱了吧？"

边南没说话，钱是花了不少，后期邱爸爸用的好药都是从卡里划的钱，一天下来算上别的费用的确挺多，虽说他并不在乎这些钱，但的确要考虑以后的事儿。如果真像邱奕说的，自己总不能回过头再去问老爸要钱。

"行吧。"边南说。

边南回到展飞上班的时候，还挺困的，昨天拧着睡了一宿，现在腰也是别着的，他站在球场边扭了半天也没把筋给扭回来。

"玮哥，给我顺顺筋……"边南站到顾玮身边。

"后腰？"顾玮戳了戳。

"嗯。"边南叹了口气，"昨儿晚上坐沙发上睡的。"

"你朋友他爸爸怎么样了？"顾玮知道他这阵子动不动就请假的原因。

"没了……"边南的声音低了下去。

"唉，这个病是没办法。"顾玮在他的腰后用指关节顺着筋，"其实吧，走了也差不多算是解脱了，家里人难受，病人也太遭罪。"

是啊……

边南盯着地面，这几个月邱爸爸就那么躺在医院里，每天瞪着电视发呆，身上疼得整夜整夜睡不了，最后又被各种仪器包围着。

那种已经知道了最后结果却不得不在痛苦和亲人的爱里苦苦挣扎的感受……

边南抬起头看了看天，今天天气还不错，一早阳光已经洒了满地。

邱爸爸走了真的算是解脱了吧。

邱爸爸的后事按他以前……很多年前的要求，跟殡葬公司说了从简，流程很简单，只有一家人和几个朋友参加了小告别会，然后骨灰就送去墓园了。

日子也没有特别选。

边南一大早先去了邱奕家，万飞也请假过来了。

邱奕没有通知家里别的亲戚，申涛上船了没办法来，除了边南和万飞，还有两个在航运中专时跟邱奕关系不错的朋友。

几个人在院子里低声跟邱奕确定着一会儿的程序以及怎么过去。

邱彦穿着黑色的小外套，坐在屋里抱着邱爸爸的遗像。

边南拿了块儿巧克力剥了递到他嘴边："二宝吃一块巧克力。"

"嗯。"邱彦偏过头把巧克力咬到了嘴里。

"难受就哭。"边南在他面前蹲下，"咱不憋着，知道吗？"

邱彦点了点头："现在还不想哭，我老觉得爸爸还在。"

"他就是在呢。"边南捏了捏他的下巴，"你只要想他了，他就会在。"

邱彦抬眼看着边南，边南在邱彦的胸口轻轻戳了戳："在这里。"

"真不像你说的话啊。"邱彦说。

"小玩意儿你怎么这么烦人。"边南笑了起来。

邱彦也笑了笑："本来就是。"

边南正陪着邱彦在屋里说话，院子里传来了有些杂乱的声音，他站起来走出了屋子。

院子里多了几个人，男男女女有四五个，边南一眼就认出其中两个中年男人就是上回来邱奕家要债的亲戚，什么叔叔之类的。

边南顿时觉得心里一阵发堵，邱奕欠他们的钱已经还清了，今天也没有通知他们，他们这会儿跑来干什么？

"我这还是听老街坊说了才过来的。"一个男人看了看院子里的人，"怎么这事儿都没告诉我们一声？我们也好来帮帮忙啊。"

"谢谢二叔，不用。"邱奕说，"有事儿吗？"

"这话怎么说的，我大哥没了，我过来看看很正常。"这个二叔笑了笑，"你看，正赶上要出殡。"

"有事儿说事儿，"邱奕皱了皱眉，有些不耐烦地道，"没事儿先走吧。"

"哟，邱奕，你这是什么态度？"一个女人走到了他面前，"你二叔、老叔也不是来找不痛快，你要非让我们现在说，那就别怪我们给你添堵了啊。"

邱奕没出声。

"你一个劲儿地让我们走，是不是知道这片儿有规划了啊？"老叔冷笑了一声，"你别以为你爸死了……"

老叔的话没有说完，后面的内容被突然扑过去的邱奕一拳砸没了。

邱奕第二拳砸在老叔的鼻子上的时候，院子里的人才猛地反应过来，女人尖叫道："你干什么？你干什么？"

老叔被邱奕两拳砸在脸上，疼得出不了声，只是拼命往后退着想躲开。

邱奕冲上去抓住他的衣领狠狠一拽，把人往地上一按，老叔被他按倒在院子里，他沉默着砸出了第三拳。

老叔的鼻子里涌出了鲜血。

"邱奕！"边南冲上去拉住了邱奕的胳膊，想把他拉开，这三拳砸得结结实实，再打两下这人没准儿要进医院了。

邱奕甩开边南，狠狠地又往老叔脸上抡了一拳。

"杀人了！杀人了！"女人尖叫着。

二叔回过神来，冲上来在邱奕身后对着他的头抬起了脚。

边南吼了一声，站起来直接往二叔的身上撞了过去。

二叔被撞倒在地上，他们带来的两三个男人立马冲过来帮忙，场面顿时乱成一团。

对方四五个男人，跟边南他们的人数差不多，但没两分钟就落了下风。

航运中专的那两人是一直跟着邱奕混的，加上边南和万飞，没几下就把二叔和几个男人都按倒在了地上，只是碍着这几个人好歹是长辈，他们没下重手。

但被邱奕盯着打的老叔情况就有些糟糕了。

边南几个人过去把邱奕强行拖开的时候，老叔已经被揍得嗷嗷喊了，相当惨。

"我告诉你，"邱奕双眼通红，几个人都差点儿拉不住他，他指着刚从地上爬起来的人，声音都吼得有些发哑，"再敢来一次，我让你们谁都回不了家！"

"怎么回事儿啊？"隔壁院子的邻居都跑了过来。

第一个进来的人边南认识，开出租车的，邱彦去医院送饭有时赶上他出车都会把邱彦给捎过去。他进来愣了愣就喊上了："怎么搞的？是不是人啊？人家家里刚出了这么大的事儿，大清早就过来找麻烦，还是不是人啊？"

"他们先动手的！这是要杀人啊——"女人喊着，看着老叔那一脸血又哭了起来，"这是要往死里打啊！"

"我可认识你们几个。"司机大叔满脸不屑地道,"赶紧走吧,就没见过你们这样的人,心黑得都锃光瓦亮的了!"

"滚!"邱奕指着那个女人吼了一声,"滚!"

边南拉着邱奕往屋里拖,邱奕全身都在发抖,边南都能听到他痛苦而愤怒的喘息声。边南冲万飞使了个眼色,把邱奕拖进屋里,一脚踢上了门。

"走不走啊?"万飞在院子里喊,"不走就再来一回合?"

邱彦坐在沙发上,看到边南和邱奕的时候也没有动,只是眼睛一直瞪得很圆,眼神带着惊慌。

"二宝乖,没事儿了。"边南把邱奕推进了里屋,"你乖乖坐着。"

邱彦愣了一会儿才点了点头,坐回沙发上。

"邱奕,"边南把还在挣扎着想出去的邱奕按在了墙上,手抓着他的肩膀,"看着我!看着我!"

"你有什么好看的?黑皮!"邱奕瞪着边南,终于停止了挣扎。

"我什么都好看。"边南盯着他,压低声音道,"你吓着二宝了。"

邱奕没有说话,还是瞪着他,眼里是还没有熄灭的怒火。

"没事儿了,赶走了,他们被赶走了。"边南松开按在他肩上的手,抱住了他,在他背上不停地轻轻拍着,"没事儿了。"

邱奕的身体还是抖得厉害,边南用力地在他背上搓了几下:"邱……"

他正要说话,耳边传来了邱奕压抑的哭声。

边南愣住了。

邱奕哭了。

在短暂压抑之后,他哭出了声。

他哭得很放肆,几乎是带着嘶吼地狠狠放声哭着,用尽了全力地大哭着。

边南闭上了眼睛,觉得心里一下松快了。

邱奕终于扛不下去了,把脆弱的一面肆无忌惮地暴露在边南面前。

边南不是个压得住情绪的人,从小到大在家里虽然一直有些压抑,但不在家的时候基本能吼就吼,想哭就哭,骂人、打架各种发泄途径基本能用上。

邱奕几乎是颤抖着在嘶喊哭泣,边南是第一次感受到,这得是憋成什么样了才会这样爆发啊。

"我爸就这么没了……"邱奕哭得很伤心,偶尔的几句话边南听不清,只听到了这一句。

人就这么没了。

邱奕心里肯定有很多不甘心、不舍得,很多遗憾和愧疚。

"哭吧,哭吧。"边南站得很直,在邱奕的背上轻轻拍着。

过了有十来分钟,邱奕才慢慢松开他,往后靠在了墙上,眼睛红着,鼻尖也都是红的。

"现在知道皮肤白的缺点了。"边南看着他,摸了摸他的鼻尖,"你这红鼻子也忒明显了。"

"百年不遇。"邱奕笑了笑,声音里还带着很重的鼻音,"像你这种总哭的人才得弄一脸保护色。"

边南喷了一声。

"你先出去看看他们,再给殡葬公司的人打个电话说晚点儿到。"邱奕把自己的手机递给边南,"我缓缓。"

"好。"边南拿过手机,在邱奕的肩上抓了抓,转身出去了。

俩叔和婶子以及帮手都已经被赶走了,邱彦安静地坐在客厅里,看到边南出来,小声问了一句:"我哥呢?"

"在里面休息一会儿就出来了。"边南过去抱了抱他,"你在这里等他。"

"嗯。"邱彦点了点头。

"我打个电话,告诉人家我们要晚一些才能到了。"边南晃了晃手机。

"好的。"邱彦揉了揉眼睛。

边南拿着手机到了院子里,邻居也都散了,院里就万飞和俩航运中专的人,正有一搭没一搭地聊着。

"怎么样?"万飞问了一句。

"没事儿了,歇会儿就行。"边南找出号码,打了个电话给殡葬公司的人。

没一会儿，邱奕带着邱彦从屋里出来了，眼睛还有点儿肿，鼻尖倒是不怎么红了，看上去状态还成。

"你们几个看着跟黑社会似的。"邱奕扫了一眼院子里站着的人，一水儿的黑色外套，航运中专的那两人还叼着烟，经过刚才的事儿，几个人脸上都还有残留着的狠劲儿，"出发吧。"

告别会就在火葬场的小厅里举行，边南本来觉得自己的情绪挺稳定的了，进去转了一圈儿出来的时候鼻子又酸得不行，眼睛都有些睁不开了的感觉。

邱奕牵着邱彦的手，两个人还算平静，邱彦出来的时候哭了，但没有哭出声，只是低着头。

所有人都沉默着，边南不知道自己心里在想什么，只是在等骨灰的时候有那么几分钟想到了老爸，突然觉得很想他。

接下来的事很简单，众人把骨灰送到墓园下葬。

墓园有一套为亲属准备的仪式，但邱奕都拒绝了，邱爸爸似乎说过不想要这些，觉得是给活着的人徒增悲伤。

边南跟邱奕来过一次墓园，但那次他没有细看，这次来了才知道，邱奕的妈妈的那个墓，是个双人的葬墓，旁边给邱爸爸留了位置。

墓园的工人打开了旁边的石板，看了看捧着骨灰的邱彦，说道："来，小儿子来放进去吧。"

邱彦跪到地上，小心地把骨灰坛放了进去，又从衣服里摸出一张兄弟俩的合照放了进去，站起来的时候抹了抹眼睛。

"这片向阳。"工人很会说话，一边轻轻地把石板盖上一边笑着说，"住在这儿挺好的，能晒晒太阳看看湖水。"

"谢谢。"邱奕也笑了笑。

边南今天才有机会看到旁边邱奕妈妈的墓碑上的照片，金发碧眼的一个漂亮女人，邱奕笑起来跟她很像。

"这是我妈妈。"邱彦指着照片,仰着头跟边南说。

"嗯,好漂亮啊。"边南说。

"嗯!"邱彦点了点头,"比爸爸漂亮多啦。"

几个人都笑了。

工人动作很快地把石板封好了,邱奕摸了摸邱彦的脑袋:"给爸妈磕头。"

边南他们几个走到了一边儿,等到邱奕和邱彦磕完头跟父母说完话,他们过去一块儿给烧了点儿纸钱。

"叔,这回可以喝酒吃肉了,钱管够。"边南说。

"带酒了吧?"邱奕转头看了看航运中专的那两人。

"带了。"他俩从拎着的一个袋子里拿了两瓶酒出来,"涛哥说叔必须得老白干儿才行。"

"两瓶啊?"邱奕笑了笑。

"叔叔、阿姨一人一瓶呗,战斗民族必须能喝。"万飞说。

"那行。"邱奕打开了瓶盖,"其实我妈比我爸能喝多了。"

从墓园出来时已经是下午了,几个人一天都没吃什么东西,邱奕领着他们找了个火锅店涮羊肉。

虽然心情还有些低落,但邱奕脸上一直带着微笑,这让边南心里又放心又不放心的,老忍不住盯着邱奕看,怕他太难受了要崩溃,但按说早上在家里哭的那一通都发泄出来不少了……

"我爸每天早上起床都会说,"邱奕凑近他轻声说,"哎哟,今天又是新的。每天都会说,旁边有人没人都会说。"

边南愣了愣,邱奕笑了笑:"又是新的了。"

"为明天又是新的干一杯。"万飞耳朵挺尖,听了一句就举起了杯子。

"为新的。"邱奕笑着也举起了杯子。

"新的!"邱彦拿起自己的可乐。

几个人叮叮当当地碰了一圈。

边南知道邱奕心里还是难受,晚上本来想陪着,但邱奕拒绝了,说想一个人待着静一静。

"你确定你没事儿？"边南站在胡同口皱着眉问。

"嗯，真没事儿。"邱奕笑了笑，"但是后面的一大堆事儿得好好想想，补课那边儿估计要换地方，离医院是近，离我家太远了，还有……房子的事儿我要打听一下，想想该怎么弄。"

"行吧。"边南点了点头，"那我回去了，我得洗衣服了，这阵子就没洗过几回，都快没衣服换了。"

"边南，"邱奕看着他，"这阵子你都没跟你爸联系吧？"

"嗯。"边南摸了摸兜里的手机，"我回去给他打个电话。"

"你回去再查查钱，这段时间钱用得都没数了，我这儿也没记全。"邱奕又说。

"你用我的钱还记账呢？"边南很不爽。

"我是习惯了要记，用你的、用我自己的都会记，就你这糊里糊涂的性子还想靠工资过日子，肯定要饿死。"邱奕啧了一声。

"哎，别小看我，我这几个月可都是用工资过的日子。"边南说。

"那是你不用交房租。"邱奕想了想道，"杨旭不是说借你住俩月吗，还没来要？"

"你不说我都忘了。"边南顿时觉得要被杨旭赶出去了，手里的钱就该跳舞了，"我得赶紧打个电话问问。"

"我说事儿多吧。"邱奕笑了笑，"这几天把事儿都处理一下吧。"

边南回到杨旭家小区的时候快十一点了，楼下大厅的保安正抱着个猫打瞌睡。

"哎，哥，"他过去拍了拍保安，"要扣工资了。"

保安这才醒了，有些不好意思地道："是你啊，吓我一跳，这阵子都没怎么见着你啊。"

"太忙了。"边南笑了笑，进了电梯。

这阵子他的确是太忙了，心里还堵着事儿，每天出来进去地跑着，脑

子里都是空的。

直到今天走出墓园的时候他才突然有些感慨。

几个月就这么过去了，就这么结束了。

就这么……他再也见不到邱爸爸了。

邱爸爸算是解脱了，而他们现在该打起精神来了，一切又是新的呢。

楼道里很安静，声控灯好像坏了，边南边掏钥匙边跺脚咳嗽的都没能让灯亮起来。他感觉到脚底下有乱七八糟的杂物，不知道是不是隔壁新装修扔的。

他只得摸黑把东西随便用脚踢开，拿着钥匙往锁眼附近一通乱捅，正想拿手机出来照亮的时候，钥匙捅进去了。

开门的瞬间，门缝里溢出来的灯光让边南愣在了门外。

他没关灯？

客厅的灯他平时根本就不会开！

屋里进贼了？

他一把把门推开了，正想看看怎么回事儿的时候，看到客厅里站着个人，对方正看着他。

边南吓得连退了好几步，差点儿摔回过道里，等到看清屋里那人的脸时，他受到了更大的惊吓，声音都拐弯了："石……教，不，哥？石哥？"

石江居然站在客厅里！

"你……边南？"石江看到他明显也吃了一惊，愣了好一会儿才把手里拿着的一根水管放到桌上，"你怎么有这儿的钥匙？我以为进贼了呢。"

看到那根水管，边南汗都下来了，他要是冲进去的速度快点儿没准儿能被石江直接开瓢了。

"我……我住这儿。"边南缓了缓才进屋，把门关上了。

"住这儿？"石江皱了皱眉，"谁租给你的？"

"杨哥啊，杨旭。"边南开始有点儿没底了，"他不会……这房子是他的还是你的啊？不会是你的吧？他说是他的啊……"

"是他的。"石江看了看边南，"我是不知道他租给你了，他没跟我说。"

"吓死我了。"边南舒出一口气,"他没租给我,是借的,我给他收拾屋子,他让我住俩月……这都好几个月了我正想找他呢。"

"哦。"石江看了看四周,"你收拾了?"

"也没太仔细收拾,就把那些箱子都搬屋里去了,然后擦擦洗洗拖个地什么的。"边南抓了抓头发。石江居然有这套房子的钥匙,大晚上跑过来是要干吗?

"你这阵子是不是总请假?"石江突然问他。

"啊?"边南低下头,"是,请了不少假,我朋友家里出了事儿,我给人帮帮忙,已经处理完了。"

"没事儿,入职以后好好干吧。"石江拿过放在一边儿的外套穿上,"顾玮人不错,教学有一套,你跟着他能学不少东西。"

"哦。"边南对石江突然把话题转到工作上有点儿反应不过来,再看到石江穿好外套就直接往门口走了,忍不住问了一句,"石哥您过来是不是有事儿啊?"

"没有,就看看。"石江打开门走了出去,"你早点儿休息吧。"

门关上的同时,门外响起乱糟糟的声音,似乎还有撞到对面房门上的动静,边南赶紧跑过去把门拉开,看到石江被一堆杂物绊得跟跄着撞到了过道墙上。

"灯坏了。"边南忍着笑把门全打开,"给您照着点儿吧。"

石江有些狼狈地踢开脚下的东西,按下了电梯按钮:"行了,关门吧。"

听到电梯叮地响过之后,边南才拿着手机拨了杨旭的电话。

"同学,你是不是终于想起来还占着我的房子了啊?"杨旭懒洋洋的声音传了过来。

"你怎么没告诉我石江有这房子的钥匙啊?我一开门人家拎着水管站在客厅里!"边南压着嗓子喊道,"吓死我了!"

"哎,"杨旭愣了愣,"他过去了啊?"

"是啊,我一开门就看到他,你俩是怎么回事儿啊?"边南一想到刚才的场景就一阵尴尬。

"谁知道他会这时候过去啊。"杨旭喷了一声,"而且你说就住俩月,我以为碰不上呢。"

"我过几天就搬。"边南坐到床上,"他再过来一次我得吓死,不,起码得尴尬死……"

"你找到地儿住了?"杨旭笑了起来,"是回家还是去邱奕家啊?"

"跟展飞申请个宿舍呗。"边南说,心想如果住邱奕家,在邱爸爸刚过世的时候就这么凑到人家家里去不合适,"或者租套便宜的小房子。"

"就你那点儿工资还租房呢?"杨旭说。

"我正式入职了,算上提成也有好几千。"边南挺不服气的,"你那儿一个月流水有没有一千啊老板?"

杨旭笑了好半天才说了一句:"行吧,你找着地儿住了就把钥匙给我送过来。"

"行。"边南挂了电话。

坐在床边愣了一会儿得出了个结论,杨旭和石江的关系绝对不简单,只是看上去挺诡异的,也闹不清到底是怎么回事儿。

他本来想跟邱奕说说这事儿,但想想邱奕现在的心情说这些不太合适,于是只是给邱奕发了条短信,说已经到了家,准备睡觉。

"快睡吧,这阵子太辛苦了。"邱奕很快给他回了一条信息。

"一点儿不辛苦,应该的,请叫我红领巾。"

"红领巾,多亏有你。"

边南看着短信,坐在床边乐了好半天。

这会儿他给老爸打电话有点儿晚了,老爸为了养生,没有应酬的时候一般十一点前就睡觉了。

他想了一会儿,给边皓发了条短信:"爸这段时间还好吗?我想明天给他打个电话。"

边皓的短信回得也挺快,不过就俩字:"打吧。"

虽然回复很简单,不过边南算是松了口气,这至少说明老爸没事儿,对自己的怒气应该也消了一些。

边南把手机扔到一边，闭着眼躺到了床上，不想洗澡了，也不想洗漱了，就像是这段时间以来的疲惫全都醒过来了似的，累得他只想马上睡觉。

早上第一遍手机闹铃响的时候边南很不情愿地睁开眼睛，发现自己昨晚睡着之后姿势一直没变过。

时间还够，他起床去洗了个澡，拿出最后一套干净衣服换上，把这些天攒下来的衣服扔了几件到洗衣机里洗着，然后出了门。

邱奕起得也挺早的，边南吃早点的时候给他打了个电话，他已经准备出门去补课的那套房子了。

"去补课？"边南问。

"今天不补，跟房东说说下个月不租了，然后再跑跑看有没有合适的房子。"邱奕说，"你睡得怎么样？"

"挺好的，倒下去姿势都没变就到天亮了。"边南说，又有点儿担心地问了一句，"二宝还好吗？"

"嗯，还成，昨晚上又哭了一会儿，早上起来还好，去上学了。"邱奕笑了笑。

"我发现二宝还真是……坚强。"边南感叹道。

"我弟嘛。"邱奕说。

"得了吧，他要跟你似的不好。"边南皱了皱眉，"我前阵子一直担心你会突然一下就倒了。"

"不会。"邱奕笑着说，"我有数。"

"哎，就这话，可别再说了，你有数，你有数，你有什么数啊？"边南皱着眉小声喊了一句，又顿了顿道，"大宝啊。"

"嗯？"邱奕应了一声。

"以后别这样了，你看，这方面你学学我。"边南说，"有事儿别憋着，该哭就哭，该生气就生气。"

"知道了。"邱奕说，"跟你学。"

早上边南到展飞的时候，石江正挨个球场转着。

边南看到他，脑海里立马浮现昨晚他手提水管站在客厅里的样子，还有出门差点儿摔了的样子，尴尬和想笑的感觉交替翻腾。石江往这边看过来的时候，边南都不知道该把什么表情放到脸上了。

石江看到他没什么特别的反应，扫了他一眼就走开了，跟平时差不多。

边南负责的几个小姑娘进步还挺快的，虽然只是花架子，不过要只看姿势，都挺有正式球员的范儿，只是打过来的球还是软绵绵的。

"就你这球，"边南站在场地里叹了口气，看着对面叫李欢欢的姑娘，"我拿个羽毛球拍都能接住。"

"哈！"李欢欢喊了一声，双手狠狠挥了一下拍。

"哎，对了。"边南冲她竖了竖拇指，把她打过来的球回过去，"就这样。"

回球他没用力，角度也并不刁，但李欢欢还是没接住。

"边帅，"她叉着腰有些喘，"这球我已经用尽我毕生吃零食的力气了，我要休息。"

"那休息五分钟吧。"边南说，"另外，换个称呼行吗？"

"边小黑。"李欢欢说。

"李二欢。"边南说。

"再叫一次我去投诉了啊！"李欢欢瞪了他一眼。

"欺负我没地儿投诉吗？"边南乐了。

几个小姑娘上一边儿聊天儿休息去了，边南坐到椅子上拿出手机看了看时间，这会儿老爸应该没什么事儿。

他按下了老爸的号码。

手机里响着拨号音，他突然有些百感交集，有点儿紧张，有点儿害怕，但也有期待和内疚。

过了挺长时间，电话接通了，那边传来老爸熟悉的声音："喂。"

"爸。"边南叫了一声，接着就说不出话了，也不知道该说什么，有点儿后悔自己打电话之前没有先彩排一下想想台词。

老爸没说话，等了一会儿才开口："怎么不说话啊？"

"我……说什么啊？"边南半天才说了一句。

老爸哼了一声："是不是没钱用了就想起你爹来了？"

"不是。"边南咬了咬嘴唇，"爸，我想……我想……我想回去看看你。"

现在天气已经开始转暖，边南每天骑着自行车上下班感觉也不是太痛苦了，不过今天决定回家，他还是坐了公交车，怕边馨语看到他骑着邱奕的自行车会有想法。

到家门口的时候，他突然有些紧张，躲到小花园里给邱奕打了个电话。

"我觉得我太紧张了。"边南在花坛边儿上来回蹦着，"我怕门一开我直接跪地上了。"

"那是你爸，跪就跪了呗。"邱奕笑着说，"当初你跑出来的时候不是挺硬气的吗？"

"要里边儿站的是边皓呢？"边南喷了一声，"万一是边馨语呢？"

"那你开门之前先抱紧门框。"邱奕无奈地说。

"滚。"边南乐了，吸了口气，"行了，跟你说了几句不紧张了，我晚点儿再给你打电话。"

"别吵架啊，他要骂你你就听着。"邱奕又交代了一句。

"知道。"边南笑了笑，"我不会跟他吵的。"

他吵不起来了。

经历了失去邱爸爸的痛苦之后，边南觉得老爸对他再怎么生气，要骂要动手还是要怎么着，他都会忍着。

虽然跟老爸之间始终无法做到亲密无间，也始终没办法有那种对父亲的依赖，可这毕竟是他爸爸，一旦有一天失去了再想念也见不到了。

边南出门那天没带钥匙，在门口站了一会儿之后按下了门铃。

之前他已经跟老爸说了今天晚上回来，不知道开了门之后里面会是什么情形。

门很快被打开了，站在门后的是阿姨。

"小南回来了啊。"阿姨似乎也有些憔悴，见了他脸上带着笑地转头冲楼梯那边儿喊了一声，"老边，小南回来了！"

"知道了。"楼上传来老爸的声音。

老爸的声音里透着一丝不耐烦,但边南进了屋还没换好鞋,老爸已经从楼上下来了,最后几级楼梯才放慢了脚步。

"爸。"边南赶紧换了鞋,往老爸那边儿走了过去。

"要饭去了吧你这是?"老爸盯着他看了两眼,皱了皱眉,"脸色这么难看。"

"就是没睡好。"边南摸了摸脸。

"估计也没吃好吧?"阿姨往厨房里走去,"我看看菜去,今天都是小南爱吃的菜,你爸开的菜单呢。"

"我不知道他爱吃什么。"老爸说。

"有肉就行。"边南嘿嘿笑了两声,看着老爸又有些尴尬,不知道该说什么了,"爸,你……"

"挺好的。"老爸走到沙发边坐下了。

"哦。"边南犹豫了一下,脱了外套也坐到了沙发上。

阿姨跟保姆在厨房里忙着弄饭菜,不知道边馨语和边皓在不在家,客厅里只有边南和老爸两个人,对着电视沉默着,简直尴尬得有些撑不住。

老爸比他黑多了,边南在老爸脸上完全看不出脸色如何。

"这阵子住在哪里?"老爸泡了茶,倒了两杯。

"找朋友借了套房子住。"边南拿起茶杯喝了一口,"这两天刚递了申请,向展飞申请了宿舍,过半个月差不多能批了。"

"不打算回家住了?"老爸看了他一眼。

边南捏着杯子,半天才小声说:"申请的时候没想这么多……"

"住宿舍就住宿舍吧,当锻炼了。"老爸说得挺平静的,"反正以前也住校,周末回来看看吧。"

"嗯。"边南点了点头。

老爸问了问他最近的情况,再次对展飞的工作表示了一下不看好的意思,便没有再多说别的。

边南本来以为老爸会说到邱奕,都已经在脑子里准备好各种版本的草稿来解释了，结果老爸并没有提起。

厨房那边传来菜香时，边南听到有车开进院子里的声音，估计是边皓。

"小皓回来了。"老爸冲厨房那边喊了一声，"饭好了没？"

"马上，"阿姨在厨房里回答，"洗洗手准备吃饭吧。"

"吃饭。"老爸站了起来。

边南跟着站起来，往二楼看了看，犹豫了一会儿才问了一句："边馨语没在家？"

"她跟同学出去吃了。"老爸往厨房走，叹了口气，"不管她，我们吃吧。"

边南听出来了，这意思大概是边馨语知道他今天要回来，所以躲出去了。

边皓进屋之后看到了他，没有说话，边南有些艰难地冲他点了点头打了个招呼。

以前他跟边皓见了面不会有这个步骤，不吵架的话基本就当对方是空气。

但现在毕竟不同，边皓无论是出于什么原因给他转钱，这钱总归是帮了忙。

几个人坐到了桌边，今天的菜很丰盛，边南心里有些过意不去。他这一跑，家里似乎也没安生，连带阿姨看上去精神都不太好。

一顿饭大家都没太说话，基本是阿姨问问边南的情况，边南一一回答。

"以后别这么冲动了。"阿姨把红烧肉换到他面前，"你爸脾气急，你也急，急一块儿去了怎么行？"

"嗯，以后不会了。"边南低头吃着饭。

吃完饭边南回了屋，正想给邱奕打个电话汇报一下，门被敲了两下。

他过去开了门，老爸走进了他屋里。

"爸，要……上去陪你喝茶吗？"边南不知道老爸是不是要跟他谈邱奕的事儿，也不知道门是要关还是开着。

"没事儿，就说两句话，我晚上跟边皓还要出去谈事儿。"老爸看了看表,"你最近有没有联系过……你妈?"

"我妈?没有。"边南愣了愣,顿时有些紧张,"她怎么了?"

"不知道,给我打了个电话,劈头盖脸一通骂,骂得挺难听的,她那人……你知道的。"老爸皱了皱眉,"要不你有空去看看她,我知道你为难,但是她毕竟……"

"我知道。"边南不知道老妈为什么会突然打电话骂老爸,他是实在不愿意再见到老妈,但还是答应了老爸,"我过两天去看看。"

"那行吧,没什么别的事儿了,今儿你就在家里住吧,明天直接去上班。"

老爸说着往门口走去,准备出去的时候又停下了:"你的事儿,我想了想。"

"哦。"边南心里顿时一紧,看着老爸。

"我对待你的方式是有点儿简单粗暴了。"老爸说,"我没什么文化,也不懂你心里在想什么,就觉得小孩儿嘛,哪儿来那么多想法……你现在大了,成年了,有什么事儿咱们可以沟通,虽然不一定能沟通明白。"

没等边南回答,他走出去关上了门。

边南瞪着门站了好一会儿,才一屁股坐到床上,有种长长地舒出一口气的感觉。他觉得全身都轻松了,往后一躺倒在床上半天都不想动。

展飞那边的宿舍不到一星期就批了,边南心情不错地去办公室领钥匙,顾玮说这回批得比较快,往年新员工申请未必能通过,而且时间怎么也得半个多月,这回还有俩老员工都没申请上。

边南看着手里有石江签字的申请表格,觉得这是石江给他开后门了,没准儿是希望他快点儿把房子还给杨旭。

展飞的宿舍还不错,不是单人间,跟学校宿舍差不多,只不过不是架子床,两人间、三人间的都有,边南这间住三个人,另外两人是入职三四年的教练,听说有一个快结婚了,正准备把宿舍让出来。

其实边南在宿舍待着的时间不多,下了班他都先往邱奕家跑。邱奕准备这月到期就把医院旁边的房退了,这阵子正忙着找新的房子,每天白天补完课就到处看房子。

边南帮不上什么忙,只能每天赶过去陪着邱彦。

邱彦自从邱爸爸走了之后一直表现得很正常,但一到晚上天黑了就会很黏人,连写作业没人在他身边坐着他都会不踏实,晚上必须搂着邱奕的胳膊才能睡着,邱奕要是一动,他就会惊醒。

有时待太晚了边南想留下过夜都没办法,小家伙太让人心疼,边南只能每天在邱奕回家之前过来陪着邱彦,顺便照着懒人菜谱做几个菜。

不过他已经发现自己这辈子估计都不可能在厨艺上有什么进展了,做了这么些天,一点儿长进都没有,每次把菜盛到盘子里的时候都会为邱奕和邱彦悲痛一番。

"难为你和你哥了。"边南看着又一不小心煳锅了的菜,"每天都得吃这玩意儿。"

"炒完一个菜要洗洗锅再炒下一个,要不就会煳锅。"邱彦端起盘子往屋里走,"我都说过好多次啦。"

"别教育我。"边南喷了一声,"小玩意儿你哪天给我做一顿呗。"

"我说我来做呀,你又不让。"邱彦笑着跑进屋里。

"我这不是心疼你吗?"边南把另外两个菜端了跟着进了屋,"有没有良心啊?"

邱彦把盘子放到桌上,回身抱住了他:"有的,大虎子最好了。"

边南乐了,放下菜抱了抱他:"今天可以喝可乐了。"

邱奕坐在桌边正打电话,联系人问房子的事儿,今天好像找到个还不错的,离家近,房租也还能接受。

边南听了一会儿,房东似乎对租房用来补课还有些犹豫,最后要邱奕先去一家家问过邻居,都同意他才肯租,主要是怕扰民。

邱奕挂了电话之后边南才问了一句:"这么麻烦?"

"嗯,明天我去问问,这也挺好的,省得以后出问题。"邱奕给他俩盛好饭,"我这儿的学生不多,不会扰民的,就是电动车停楼下别挡着人家的车道就行。"

"真累。"边南低头吃了两口饭,"你真决定不上船了?"

"决定了。"邱奕说,"以前有我爸在家,还能照应着点儿,现在我一走就剩二宝一个人,不能总让你跑来跑去吧。"

"就弄这个补习班?"边南有些不放心。

"嗯,先弄着。"邱奕慢慢吃着菜,"就现在都挺多人找的,已经安排不下了,先看一段时间,如果能行,我就跑跑手续。"

"钱呢?"边南现在对钱已经有了概念,知道这手续和场地什么的跑下来得花不少钱。

"所以说要过段时间,现在只能先这么着。"邱奕笑了笑。

"我可以拉拉投资。"边南想了想道。

"说得跟要干几千万的活似的。"邱奕乐了,"找你爸要钱吗?"

"我一开始觉得可以找我爸,"边南喷了一声,"但是要真找他也挺麻烦的,他肯定没那么痛快,没准儿还得让我写个可行性报告什么的,我们可以找别人。"

"谁?"邱奕看着他道。

"杨旭杨大老板,每天赔着本儿做生意还那么孜孜不倦的,他肯定能拿出钱来。"边南笑着说,"还有一个,不过这人不确定,就……罗二公子。"

"哎,还说请他吃个饭感谢一下呢,是不是得等到暑假了?"邱奕说。

"估计放了假还得等等,他约了朋友去旅行。"边南说,"前两天刚跟我说的。"

"哦。"邱奕看了他一眼。

"不过他一回来肯定又要拉着我打球,不够烦的。"边南一想到每天要陪罗轶洋没滋没味儿地打球就头大。

"呵呵。"邱奕说。

"呵呵!"邱彦跟着喊了一声。

"呵你……有你什么事儿啊二宝?"边南往邱彦的脑门儿上弹了一下,又盯着邱奕看了一会儿,开始嘿嘿地乐,乐了好半天都停不下来,"邱大宝，你要不要这么明显啊，就这么不待见他？"

"是你先不待见的，我不是得挺你吗？暑假见见呗。"邱奕又很夸张地挑了挑眉，还把手指捏得咔咔响，"正好。"

"你挺久没打架了是吧？"边南笑着说。

"谁说的？前阵子刚揍过我老叔。"邱奕笑了笑。

"你老叔就该揍！"边南一提这事儿就来气，"我特别想倒回那天去再给那什么二叔、老叔的来几拳，说到这个，你家这房子……"

"说不清，到时再看情况吧。当初这房子爷爷过户给我爸的，说是卖，但只要了五万块钱，这事儿如果硬要说有问题也能扯一阵了。"

"那你打算怎么办？"边南皱着眉问。

"说是有规划了，我再打听打听吧，如果真是要拆，"邱奕叹了口气，"我打算分他们点儿钱，打官司什么的耗不起，我也没时间跟他们扯这些。"

"凭什么？"边南急了。

"我不想折腾了。"邱奕看着他道，"这么多年，就因为欠钱的事儿我跟他们一直这么折腾着，笑脸赔过，狠话说过，实在太累了，现在我爸不在了……我就想消停地过日子。"

"那行。"边南也没多说别的，邱奕那些亲戚虽然他统共就见过两回，但有多折腾他想象得出来，现在邱奕想要重新开始生活，想要没有压力不受干扰地生活也正常。

邱奕说会再找两个叔叔商量，不过怎么商量没跟边南说，边南也没打听，只知道那两人最近一直没再来闹过。

邱奕的小补习班已经正式开始上课了，一两个月下来还不错，学生和家长都挺满意。边南偶尔有空会跑过去参观一下，听听邱奕给人讲课。

现在坐在布置得挺像那么回事儿、挺有学习氛围的房间里听着邱奕讲课，跟以前在学生家里补课的感觉不太一样，这让边南对以后把这事儿继续做下去有了期待。

不过现在邱奕每月赚的钱都存不下来，除去各种开支，他每周都用一个信封装上这周的钱交给边南，还钱。

"收债的感觉怎么样？"邱奕问他。

"特别有成就感。"边南搓开信封把里面的钱拿出来，唰唰地数了几遍，又用手指在上面一下下弹着，"特别爽，你要不要再接几个学生都弄成三人小班？感觉这赚得挺多的啊。"

"先不了。"邱奕伸了个懒腰，"别还没怎么样就让人觉得质量降下去了，一对一现在还是要保留，慢慢稳定了再说吧。"

"听你的吧，反正我只管收债。"边南笑了笑，这钱邱奕还不还倒他无所谓，但邱奕要还，他就当存钱了。

"今年二宝的生日没过成。"邱奕说，"咱带他上儿童乐园补过一次生日吧，叫上他的同学一块儿去。"

"行，上回是不是方小军那个小家伙去儿童乐园一次，吹了好几天来着？"边南问，"咱这回就不请他，不，请他，超过他那次，气死他。"

"你怎么……还就跟方小军过不去了啊？"邱奕乐了，"都多大的人了，老跟一个小学生较劲儿。"

"小学生怎么了？小学生也分可爱的小学生和讨厌的小学生，就方小军，每回见了我都蹦脏字，我要不是看他是小学生早就抽他了。"边南换了个恶狠狠的表情，"早晚让二宝收拾他！"

"你觉得二宝能收拾他吗？"邱奕笑了半天。

"不能。"边南泄气了，"二宝跟个小面包似的，脾气太好了。"

邱奕没时间去儿童乐园订生日餐，只能是边南抽空跑一趟。

儿童乐园有两个很可爱的儿童餐厅，里面弄得跟童话城堡似的，还有专人负责陪伴，小孩儿都愿意上这儿来吃饭。就上回方小军生日来这儿吃饭之后，邱彦念叨了好些天。

边南一进餐厅就看到了个熟悉的身影，愣了愣道："许蕊？"

"哎，边南？"许蕊看到他也挺吃惊的，"你怎么上这儿来啦，带二宝来的吗？"

"你怎么在这儿啊？"边南看着许蕊身上色彩鲜艳的餐厅制服，"你没去医院啊?"

"没去。"许蕊笑了起来,"实习的时候觉得自己不适合做护士,就……我喜欢小孩儿,这儿还挺有意思的。"

"你跟万飞赶紧生一个自己玩自己的,不用上这儿玩别人的了。"边南笑着说,找了张椅子坐下,"正好,二宝马上要过生日了,我过来订餐,要弄得比较有特色的,你替我安排一下呗。"

"没问题啊。"许蕊马上拿了菜单和活动项目单过来,"你看看。"

边南想给邱彦补一个开心的生日,顺带幼稚地坚持要把方小军给比下去,所以跟许蕊商量了一个多小时才把全部内容安排好。

许蕊给弄了员工折扣,便宜了不少,全部谈妥交完订金离开餐厅之后,边南觉得心情很不错。

走出儿童乐园,边南没有打车回去,顺着路一直走到路口,停下了。

直走是地铁站,右转是……老妈家。

他犹豫了几分钟,往右转了。

老妈骂过他变态之后,他就没有再跟老妈联系过,现在也不太愿意去联系,但老爸开了口,他还是决定去看看,不想让老爸太为难。

老妈家还是老样子,那几盆枯死的花过了一个年也没收拾掉,现在都春暖花开了,老妈家门前还是一片枯败的景象。

他在门上轻轻地敲了两下。

"谁啊?"老妈在里面问了一句。

"我,"边南说,"边南。"

过了有两三分钟,他才听到老妈趿着鞋走过来的声音。

门打开了,老妈扶着门堵在门口:"你来干吗?"

"看看你。"边南说。老妈看上去还成,脸色不错,状态……也跟从前没什么变化,一脸不耐烦。

"不用,好着呢。"老妈冷笑了一声,"刚骂完你爸,你就上门了,怎么,你还真跟你爸一条心啊?"

边南沉默了一会儿,看着老妈道:"你没事儿又找他干吗?"

"闲的。"老妈撇了撇嘴,"我就看你有没有把他家弄得一团糟。"

"你别再这样了,这事儿谁对谁错都已经过去了,你就不能好好把自己的日子给过好吗?"边南皱眉道。

"哎哟,"老妈提高了声音,一脸不可思议地看着他,"哎哟!边南,你还能来劝我把日子过好啊?你自己的日子过得怎么样啊?"

"挺好的。"边南压着火,控制着自己的声音还算平静地回答。

老妈一挑眉毛笑了起来:"别逗了,边南,你好不了,知道什么叫基因吗?知道什么是遗传吗?"

"我跟你不一样。"边南打断了她的话,"我们对感情的态度不一样。"

"是吗?"老妈的声音突然就放低了,她看着他半天没有说话,似乎在研究他这句话真正的意思。

"是的。"边南点了点头,"你没什么事儿就行,我走了,不要……再给我爸打电话,别再折腾自己了。"

"我的事儿不用你管。"老妈又冷笑了一声,"你还教训上我了?"

边南没吭声,转身走了,身后传来老妈摔上门的声音。

他笑了笑,掏出手机给邱奕打了个电话:"今天我带个蛋糕过去吧?"

"干吗?"邱奕正在补课,边南能听到那边有小孩儿说话的声音,"二宝的生日不是下周吗?"

"不是生日蛋糕,我就想买个蛋糕庆祝一下。"边南说。

"庆祝什么?"邱奕被他说得有些茫然。

"就庆祝一下,我想吃蛋糕。"边南喷了一声。

"那你买吧,庆祝就庆祝吧。"邱奕没再多问,"你一会儿别做菜了,庆祝的话我做菜吧,你做的菜实在是……快把我的味蕾都杀光了。"

边南乐了:"行。"

边南在店里挑了半天,让人给现做了个小小的巧克力蛋糕,拎着去了邱奕家。

他也不知道自己为什么非得吃个蛋糕。他对甜食一向没什么兴趣,手里这个巧克力蛋糕他看着也没觉得有多好吃。

但他还是买了,反正有人喜欢吃。

边南拎着蛋糕走进院子的时候发现邱奕已经回来了,厨房外面的架子上还放着几袋刚买回来的菜。

"大虎子!"邱彦从厨房里跑出来,手里抓着一小块儿叉烧,边吃边冲他跑过来,"是不是有蛋糕?"

"是,有。"边南赶紧伸出一只手抓着他的肩膀把他给按停了,"手上都是油,别往我身上抹。"

"我洗手。"邱彦把叉烧都塞进嘴里,跑到水池前洗了洗手,又转过身来往边南身上蹭了蹭,"什么样的蛋糕啊?我看看。"

"巧克力的,过来看。"边南把蛋糕放到葡萄架下边儿的桌子上,冲厨房里喊了一声,"大宝,你今儿怎么这么早?"

"下午那个小孩儿我让吕然帮我上课了。"邱奕走出来,到桌子边儿上看了看蛋糕,"你还真买了啊?"

"嗯,说了买就肯定买啊,算给二宝预热一下生日吧。"边南笑了笑。

邱彦对巧克力蛋糕很有兴趣,趴在桌上盯着看个没完,还偷偷捏了一小块儿巧克力下来吃。

"不是生日蛋糕,不用等时间吃。"边南拿了刀洗了,把蛋糕给切了,拿了一块儿给邱彦,"现在吃。"

"哈!"邱彦很开心地啃了一口。

边南跟着邱奕进了厨房:"做什么好菜了?"

"红烧带鱼、叉烧、柠檬鸭。"邱奕忙着处理鸭子,"够吗?"

"炒个饭呗,大宝牌炒饭。"边南回头看了看,邱彦沉浸在巧克力蛋糕里,边南戳了戳邱奕的腰,"哎,大宝。"

"嗯?"邱奕应了一声,"炒不了,没冷饭。"

"你看二宝正跟蛋糕谈心呢。"边南凑过去小声说,"这阵子小家伙需要用力补补,感觉要蹿个儿了。"

"用力补有用炒饭补的吗?"邱奕继续忙着,"这又是鱼又是肉又是鸭子的，够他补出一米八六了。"

边南喷了一声："知道我这个儿是怎么来的吗？就是……"

"就是炒饭补出来的？"邱奕看了他一眼，"那你说我跟你差不多个儿，我怎么补出来的？"

"你就是小时候没补够。"边南用肩顶了他一下，"要不没准儿你能蹿到两米。"

邱奕没理他。

边南又顶了他一下："炒饭。"

邱奕叹了口气，低着头。

"哥哥，"边南继续用肩撞他，"要不现在煮一锅饭放凉了晚上炒饭吃夜宵。"

"哎！"邱奕皱着眉推了边南一把。

"干吗？"边南飞快地回头瞅了瞅，邱彦还在研究蛋糕，"你敬业点儿成吗？"

"你再挤两下我得坐油锅里了！"邱奕又用力推了边南一把。

"就为个炒饭你要打架啊？"边南被他推得直接撞到了身后的墙上。

"打呗，"邱奕笑了笑，"不打就控制一下你的食欲。"

"控什么控啊？"边南往自己的肚子上拍了几下，"你瞅瞅，腹肌都馋没了，你再听听……哎！"

"行，行，行，你把饭煮上吧。"邱奕笑了半天，转身拿起刀砍鸭子，"你该学学我，把一腔食欲都化为……刀工。"

"你玩吧。"边南看了看，也帮不上什么忙，转身出了厨房，"我玩二宝去。"

邱奕做饭依旧那么利索，边南在院子里跟邱彦玩了没一会儿，邱奕就把菜都弄好了，三菜一汤，色香味俱全。

邱彦已经吃了一块儿蛋糕，不过对吃饭的热情不减，跑着把碗筷都摆好了，坐到了桌边："今天能喝饮料吗？"

"喝瓶酸奶吧。"邱奕说。

"好!"邱彦马上又跑过去从冰箱里拿了瓶酸奶,"今天是谁过生日啊?为什么这么多菜还有蛋糕?"

"谁也没过生日。"边南摸了摸他的脑袋,"就想吃点儿好的。"

"哦。"邱彦点了点头,又低头按了按自己的肚子,"我要长胖了。"

"本来就不瘦,再胖点儿也看不出来。"边南笑着说,其实这几个月邱彦瘦了不少,原来是个小面包,现在是个小小面包了,也不知道多久能补回去。

吃了一会儿,邱奕看着边南问了一句:"今儿你去订完餐直接回来的吗?"

"啊,是啊。"边南犹豫了一下回答。

"儿童乐园离你妈家挺近的吧,"邱奕夹了一块儿鸭子放到邱彦碗里,"没过去看看?"

边南看着他没说话,过了一会儿才叹了口气,这小子肯定是猜到了。

"去了。"边南闷着声音说,"门都没进就回来了。"

"不愉快?"邱奕轻声问。

"不算愉快吧,反正我跟她在一块儿待着就没愉快的时候。"边南皱了皱眉,"习惯了,以后……我也不想管了。"

邱奕没再问下去,扭头跟邱彦聊上了。

邱彦的班主任为了分散他在爸爸这事儿上的注意力,给了他一个卫生委员当,每天要检查班上的卫生责任区的清洁工作。

小家伙对这事儿很上心,干劲儿十足,谁跟他一提卫生的事儿,他立马就能很得意地说上一堆。

边南在一边儿听着总想乐,想想自己从小到大,别说什么委员了,就四人小组的小组长都没混上过,上课能不被老师撵出去都算这天好好学习天天向上了。

"哎,大宝,"边南问邱奕,"你上学的时候当过官儿没?"

"班长、学习委员什么的都当过。"邱奕笑了笑,"怎么了?我在航运中专的时候也是班长啊。"

"就你这么个打架狂人还班长呢，真神奇，你们的班长是按打架成就排名来选的吧？"边南连喷了好几声，只听万飞说过邱奕学习很好，但还不知道邱奕这样的居然是班长。

"怎么了啊，突然打听这些？"邱奕给他盛了碗汤。

"我就问问，好奇。"边南想了想道，"你这种从小就是好学生的感觉我没体会过，三好学生你也总拿吧？"

"废话，那个不是我们这种好学生的标配吗？"邱奕看了他一眼，"初二的时候我连省三好学生都拿过了。"

"三好学生还有省级的啊？有部级的吗？"边南喷了一声。

"你烦不烦。"邱奕笑了起来，"是不是特受刺激啊？"

"就是有点儿感慨。"边南喝了口汤，"我初中就在体校混日子了，一混就这么多年，要是没碰上你，我估计现在也还在混。"

"你现在不就在展飞混着吗？"邱奕说。

"谁混了？"边南放下碗，"我可是有目标和计划的。"

"奔石江总教头那位置去的？"邱奕看着他问。

"暂时吧，反正我想过了，这工作还不错，我这人也没别的本事了，就会打球，要是就干这个，那就展飞最好了。"边南用手指在桌上轻轻地敲着，"甭管能不能混上总教头吧，好好干总没错。"

邱奕继续看着他，过了一会儿才笑着说："边南，你还能这么想事儿了啊？"

"谨遵您的教诲，我已经学着思考人生挺长时间了。"边南顿了顿又说，"说真的，虽然你挺烦人的，跟我也根本不是一类人，但是碰上你也算是我运气不错了，要没你，我现在不定怎么混着呢。"

"我呢？我呢？"邱彦一直在旁边认真吃饭，听了他这句话马上抬起头问。

"哎，碰上你简直是我这辈子了不起的好事儿。"边南弹了他的脑门儿一下，"小活宝。"

吃完饭收拾完桌子,邱彦想出去散步,他今天的作业已经写完了,这会儿不想待在家里看电视。

邱奕站了起来:"行,走走吧,转一圈儿正好能赶上火柴厂……"

"我先说啊,我不去火柴厂跳舞!"边南没等他说完就喊了起来。

"真不去?"邱奕看着他,一脸认真地道,"跳跳舞,出点儿汗,回来洗个澡一躺,多舒服。"

"不去!"边南很坚定地说,上回在一帮大妈大姐的环绕之中把广场舞跳成了猩猩舞的惨痛记忆已经刻在了他心里,成为一辈子挥之不去的记忆。

"那你看我跳吧。"邱奕抬起胳膊活动了一下,"我挺久没跟她们聊天儿了,还挺寂寞的呢。"

"你这是什么爱好?"边南很无奈。

邱奕家胡同这一片儿其实没什么可以散步的地方,挺热闹,两边都是商店,但街道都窄,冬天还挺清静,天热了以后就全都是人了。

也许规划改造之后能舒服些,边南想到这儿就又瞅了邱奕一眼,想想还是没问房子的事儿,毕竟这事儿邱奕已经琢磨很多年了。

"你今天是心情好还是心情不好啊?"邱奕慢慢走着,伸手在他的背上搓了搓。

"你不是一向明察秋毫嘛,猜呗。"边南抬起头看了看天空。

"猜不出来,要不也不问你了。"邱奕笑了笑,也抬起头,"一会儿觉得心情不太好,一会儿又觉得好像还不错。"

"就是的。"边南嘿嘿笑了两声,"我自己也说不上来,今儿去看我妈,其实也不是想去看她,就……她打电话把我爸骂了一顿,我爸就让我过去看看。"

"为什么骂?"邱奕愣了愣。

"刷刷存在感,让我爸别扭吧。"边南叹了口气,"我妈这人,我其实一点儿也不了解,我不知道她在想什么,也不知道她想表达什么。"

"她这么多年都放不下,多少有点儿心理扭曲了吧。"邱奕说,"我估计她自己都不知道自己要干吗。"

"嗯,她这人……特别负面。"边南揉了揉鼻子,"我从她那里感受到的从来都是郁闷和压抑,还有暴躁,还有……"

边南没再说下去。

"二宝走慢点儿!"邱奕把胳膊搭到边南的肩上,"还有什么?"

"就……"边南偏过头看着他,"我应该跟你说过,不过那会儿咱俩的关系还不是这样,你估计不记得了。"

"是吗?"邱奕想了想道,"说说看。"

"我就一直觉得说什么爱不爱啊挺可笑的。"边南低声说,"我妈老说他俩真的爱过,我就觉得挺没意义的,我也一直觉得这种爱不爱的不靠谱。你说我爸爱林阿姨吗?爱吧,但他又跟我妈在一块儿了;你说我爸跟我妈有爱吗?反正我妈说有,但最后呢?反正就他俩把一大帮人折腾得十来年都不踏实……"

"然后呢?"邱奕捏了捏他的肩膀。

"我妈……就像个诅咒,每次想到她,我都……昨天见了面她还说呢,结婚了离的人也一大把,何况我这样的。"边南叹了口气,"我突然就觉得她没劲儿透了。"

"你怎么想的?"邱奕问。

"没怎么想,我跟她不一样。"边南皱了皱眉,"不一样,我也不想跟她一样,至少……她身边没有一个靠谱的人。"

"嗯?"邱奕看着他。

边南突然就觉得心情飘起来了,打了个响指:"比如说,你、你爸爸、二宝,你们这个家,一切都让我觉得自己在往上走。人有时候就需要这么个氛围,身边的人,看到、听到、想到的事儿,都这么……幸福,人就会不一样了。"

"嗯,就是这样,就这么不一样,我也这么觉得。"邱奕也跟着打了个响指,"要不咱一会儿去火柴厂捋捋心……"

"邱大宝，你还能不能行了？"边南吼了一句，"你一会儿自己浪去，我肯定不参加！"

"要去跳舞了吗？"邱彦转身跑过来仰着脸问。

"跳鬼啊，散步刚散了一百步没到呢！"边南瞪了他一眼。

"那要散几百步？"邱彦又问。

"散一圈儿再说。"边南很无奈。

这一圈儿挺大的，基本上是沿着几条交错着的胡同外围的小街转了一圈儿，他们慢慢晃完这一圈儿一个多小时就过去了。

如果最后他是回家休息而不是被拖进火柴厂就更不错了。

"我不跳，我不跳，我不跳！"边南一进火柴厂的院子里就一连串地喊着。

大姐大妈们就见过他一次，过了这么久居然还能认出他来，拉着他就往队伍里拽："这就是上回那小伙儿！"

"哎，记得，记得，跳得……还挺逗的呢。"

边南一向对大妈大姐有些不知道该怎么对付，一旦被包围了，顿时就全身僵硬，举着胳膊几次想逃跑都没找到机会。

"二宝今儿也跳吗？"一个大妈抓着边南的胳膊，扭头冲邱彦笑着说，"今天我们跳'我从草原来'。"

"跳！我会跳！我还会唱！"邱彦很兴奋，一个劲儿地蹦来蹦去，"我从草原来！温暖你心怀……"

边南本来想着要是躲不开就一咬牙蹦几下得了，反正上回跳的动作他凑合着还记得几个，结果听邱彦这么一喊立马急了，一句脏话差点儿脱口而出："不是'小苹果'吗？"

"云白！白出了毡房华盖！"邱彦根本没理他，唱了两句还rap（说唱）上了，没开始跳呢就已经一鼻尖的汗了。

"今儿跟我们学学'我从草原来'吧，下月社区有比赛，我们正排练这首呢。"大妈很开心地说。

"比赛？"邱奕很有兴趣地走过来问了一句。

"是啊,哎,小邱,要不要一块儿?"一个大姐也过来了,拍了拍邱奕的肩膀,"是星期六上午,你不上班吧?"

"我还不确定时间。"邱奕拿出手机翻着记事本,"不过我可以跟你们一块儿练着……"

"邱奕!"边南眼珠子都快扑到邱奕的脸上去了,"你……"

"行啊。"大姐马上说,"陈大姐领舞,你跟她一块儿领舞呗,这样如果你有事儿来不了不影响队形。"

"领……"边南觉得自己要不按着点儿眼珠子都不行了。

"好。"邱奕笑着点了点头。

"邱……"边南已经说不出话来了,在他心里英俊帅气玉树临风的邱奕,居然要跟大妈大姐去参加广场舞比赛,还要领舞!

而且大家都很雀跃,认为加个年轻帅小伙儿进队伍能大大增加她们的队伍拿名次的可能性。

"你有时间参加吗?"邱奕问他。

"滚……"边南咬着牙,不过话没说完就被另一个大姐打断了。

"小边不行,动作不协调。"大姐说,一点儿面子都不留。

"开……"边南松了口气,把后一个字吐了出来,又小声说,"邱奕你真牛!"

"玩嘛。"邱奕活动了一下胳膊,"开始新生活。"

"你的新生活就是从广场舞领舞开始啊?"边南就差上去抓着他的肩膀晃几下了。

"反正也没别的乐子,咱俩平时就上班、下班、吃饭、看个电视。"邱奕笑得很愉快,"做饭、收拾屋子,精力都用不掉……"

"跳,跳,跳……"边南赶紧指着队伍,"跳去!"

广场舞跳了一个小时,邱奕把动作都学会了,边南在队伍里张牙舞爪地也学得差不多了,邱彦一个动作没学会,就跟着音乐边唱边蹦了一晚上。

回到家的时候,边南觉得自己明天上班挥拍都能按着节奏来了。

"二宝,你都臭了,洗澡去!"边南拎过邱彦闻了闻。

"你也臭了！跳得那么难看也臭了。"邱彦也闻了闻他，扭头拿了衣服去洗澡了。

"嘿！"边南乐了，"跳得难看就不让臭啊？就你哥跳得好看才让臭吗？"

"怎么样？"邱奕把身上的衣服脱了，往沙发上一扔，"活动得爽吗？"

"我后天就要参加展飞的网球比赛了，我现在严重担心我会扭着打……"边南看着邱奕的腹肌，"这腹肌也就那样嘛。"

"羡慕还是嫉妒啊？"邱奕笑了起来。

"燃起了嫉妒的熊熊大火。"边南叹了口气，坐到邱奕身边把电视打开了，把邱奕往一边扒拉开坐了下去。

邱奕立马用脚蹬了他两下："干吗？坐椅子去。"

"嘿，你一个人坐得完一张沙发吗？"边南啧了一声，"我坐个沙发还不行啊？"

"不行。"邱奕把他往一边儿推了推，"我现在要舒展枝叶。"

"哎哟，广场舞就像那春天的雨，"边南一脸鄙视地看着他，"浇开了你鲜嫩的小枝丫啊？"

"没错，还是荧光绿的。"邱奕看着电视一脸严肃地道。

两秒钟之后两人窝在沙发上笑成一团。

好像很长时间没这么笑了，边南笑得抹了抹眼泪，半天才停下来，听了听院子里的动静："好像早就没水声了，二宝洗睡着了？"

"我去看看。"邱奕搓了搓脸，站了起来。

"我去。"边南把他推回沙发上，"万一真睡着了你肯定又得说他。"

"怎么在你眼里我跟什么不讲理的家长一样啊？"邱奕有点儿无奈。

"你太威严了。"边南边往外走边说，"有时候我瞅着你都怕。"

邱彦已经洗完澡了，边南一出门就看到他正坐在院子里的小石礅儿上，仰着脸往上看着。

"赏月啊？"边南过去在他旁边蹲下，摸了摸邱彦湿漉漉的卷毛。

"大虎子，你今儿晚上在我家住吗？"邱彦转过脸看着他。

"我得回宿舍啊。"边南笑了笑,"我从你家去上班挺远的……"

"哦。"邱彦应了一声,"我就觉得……家里人少了,难受。"

边南又想笑又觉得心里有些发酸,邱彦这种感觉他能体会,他有很长时间都觉得这家里变空了。他摸了摸邱彦的鼻子:"不是有哥哥陪着你吗?"

"那还是少一个人啊,哥哥又还没结婚。"邱彦皱了皱眉,"要是有个嫂子,就多一个人啦。"

"这个啊……"边南有点儿卡壳,不知道该怎么说下去。

"大虎子,"邱彦托着腮道,"我同学说,我爸在星星上,是不是啊?"

"是,是!"边南赶紧用力地点了点头,"有时候也在月亮上。"

"月亮上啊?"邱彦想了想,又摇了摇头,"不会。"

"为……什么不会?"边南搂了搂他。

"我妈肯定吃醋,有嫦娥呢,我爸不敢。"邱彦靠着他笑了笑。

边南愣了,过了一会儿乐了:"你妈妈的醋劲儿这么大呢?"

"嗯!"邱彦笑着点头,过了一会儿又垂下眼皮,叹了口气,"唉,你们拿这些骗小孩儿的时候,知道小孩儿不会相信吗?"

边南正在他的脑袋上揉着的手停住了,半天边南才说了一句:"你不信啊?"

"想爸爸的时候就信。"邱彦又抬起头看着天,"不太想的时候就不信了,不过人死了总会去个什么地方吧,我觉得爸爸妈妈现在在一起。"

"嗯,那肯定的,去哪儿了咱也不知道。"边南有些感慨,邱彦年纪不大,懂的事儿还真是挺多的,还总琢磨事儿,真是经常让人措手不及,"他和妈妈现在肯定在一起,你和哥哥的事儿他们也会知道。"

"那他们是不是也知道我今天晾衣服的时候把湿衣服掉地上啦?"邱彦看了看院子里晾着的衣服,"我懒得再洗就捡起来直接晾啦。"

"是谁的?"边南忍着笑问。

"我哥哥的。"邱彦小声说。

"你哥的没事儿。"边南说,"干了以后拍拍土就能穿了。"

边南跟邱彦在院子里小声说了会儿话,邱彦的心情慢慢好了,推了他一下："你快去洗澡吧，把我抱脏啦。"

"哎！你现在都学会嫌我了？"边南哭笑不得地说。

邱彦笑着抱住他的脖子："一点儿也不嫌。"

"去睡觉吧，不早了。"邱奕看了看时间，"明天还上学呢。"

"知道啦！"邱彦响亮地回答，跑进了屋里。

边南跟进去，从柜子里翻了套邱奕的衣服出来去洗澡了。

院子里这个小澡房是以前加盖的，后来邱奕重新弄过，贴了砖换了喷头什么的，天热的时候邱彦差不多天天得在这里头玩一个多小时。

边南没进来过几次，不过感觉还成，宽敞，空着的地方都够再放个浴缸了。

要再弄个浴缸，那夏天邱彦估计就会住澡房里不出去了。

边南正冲着水胡思乱想的时候，澡房的门突然响了一声，一听门响，吓得赶紧捂着下边儿。

这要是那群不好惹的亲戚来了……

"干吗呢？"邱奕拍了拍门。

"你跑这儿来干吗？我没洗完呢！"边南瞪了他一眼，"你要着急在院子里冲一冲得了。"

"不着急。"邱奕把门又拍了拍，"我就问问你开始洗了没。"

"神经病。"边南啧了一声，拧开了喷头，晚上的水有点儿凉，他兑着点儿热水器里的热水一块儿冲着，"你要不要帮我搓搓背？"

"我怕给你搓白了你不习惯。"邱奕在外面笑着说，听声音是走开了。

边南今天活动得一身汗，站在喷头下用温水一冲，感觉很舒服，水流经过之处的毛孔都扭动着张开了。

邱奕站在水池前，手里拿着一卷管子，这是平时他在院子里洗车、洗地什么的时候用来接水的，挺长，能一直拉到澡房门口。

他把管子在水龙头上接好，轻手轻脚地把管子一直铺到了澡房外面。

澡房里水声响得挺欢，估计边南洗得挺投入的，邱奕勾起嘴角笑了笑。

这种幼稚得他都不好意思多想的事儿，今天他居然打算亲自干一回，都不知道自己这是怎么了，果然跟这家伙在一块儿待久了，就被同化了……

邱奕把水龙头拧开到最大，没几秒钟，水管那头就涌出了水柱。

他过去捏住管子口，贴着门轻声叫了一声："边南。"

"嗯？"边南在里面应着，"都说了等一会儿，你急什么啊？你要是急就……"

边南话说了一半，邱奕把澡房门扒开了一道缝，捏着水管冲着里面就一通冲。

这院子里的老式水龙头跟高级住宅里温柔的龙头不一样，水出来又大又猛，两条水柱对着边南就冲了过去。

"啊！啊！啊——"边南刚裹上浴巾，说话的时候转过了身，水柱在他脸上、身上一通乱打，还是凉水，激得他在原地蹦了半天都没想到往边儿上躲一躲。

最后他转过身趴在墙上喊："邱奕你有病吧，打击报复呢吧？"

"说错了。"邱奕笑得不行，水管对着他的后脑勺、后背来回冲着，"这怎么能是打击报复呢？这是按您的教诲恢复童心呢！"

"你有种……"边南刚要转身想冲过来，水柱已经对着他的脸冲了过来，冲得他眼睛都睁不开，还喝了好几口水，"跟我对着来，偷袭算……什么？"

"你都偷袭我多少回了？"邱奕拿着水管没给边南喘息的机会，"这账一块儿算了吧！"

"你……真行！来，来，来！怕你啊！"边南一把扯下墙上的喷头，几下把头给拧了下来，把水给开到最大，一转身对着邱奕这边儿也冲了过来。

邱奕身上的衣服瞬间就被浇透了，两人边乐边对着冲水。

"怎么了呀？"已经上床睡觉的邱彦大概是听到了动静，跑到澡房门外，还没看明白是怎么回事儿，已经被冲了一脸水，响亮地笑了起来，"哈哈哈！"

"哎，二宝你别……"边南听到邱彦的声音，赶紧把水管偏了偏，话没说完又被灌了一嘴的水。

邱彦爱玩水，一看这架势，顿时兴奋地冲进了澡房，站在两人中间，连蹦带跳，笑得脆响。

最后邱奕的水管突然放低，对着邱彦浇了一脑袋水。

"干吗你？"边南一看就急了，过去抱住邱彦，"这冲一身水一会儿感冒了！"

"哎，"邱奕靠着门框，把水管扔到了地上，"早湿了。"

"你哥疯了，你哥疯了。"边南拿过毛巾在邱彦的脑袋上擦着，"走，走，走，换衣服去。"

"你先穿衣服啊！"邱彦还在笑，边笑边往边南背上拍了一巴掌。

"我……"边南这才反应过来自己就裹着条浴巾，赶紧转身抓了衣服就套，水都没顾得上擦。

"自己去换衣服。"邱奕笑着对邱彦说，然后转身去水池那儿把水龙头给关掉了。

等边南把邱彦湿乎乎的头发都吹干让他睡下了，邱奕才洗完澡进屋，往沙发上一扑："哎，闹死我了。"

"你神经病！"边南过去一屁股坐在他旁边儿。

"我长这么大头一回跟人这么闹。"邱奕笑了笑，"简直不适应，累死了。"

"你困了吗，快去睡吧？"边南看了他一眼，一坐下来，他也觉得又困又累的。

"我就睡沙发了，不想动了。"邱奕打了个哈欠，"你进屋睡吧。"

"我不。"边南想了想道，"那我也睡沙发。"

邱奕家的沙发还算大，带个拐弯，邱奕趴在了这边儿，边南决定趴另半边儿。

"随便你。"邱奕笑了笑，"脚别踩着我就成。"

"肯定不会啊。"边南立马蹦上了沙发，"我这么有素质的人。"

"过阵子二宝踏实些了我想让他睡我爸的屋里去。"邱奕翻了个身侧躺着，"以前我爸还想给他买张小床，怕他总跟大人睡会太娇气。"

"二宝可不娇气。"边南笑了笑，"我觉得他长大了肯定特别能干，性格还好，不过……刚才我俩说话你听见了没？"

邱奕笑了笑："听见了，他这阵子一直都这样，只是不大跟我说。"

"他都想到你结婚的事儿了。"边南皱了皱眉，"比你琢磨得还远啊……"

"唉……"邱奕轻轻叹了口气，"看来过段时间我得找个合适的机会跟他聊聊未来规划什么的了。"

"能行吗？"边南坐了起来，有些不放心，"一个小学生，你跟他说这么沉重的话题干吗啊？"

"他都已经开始想了，就说明可以聊了啊，学着拿主意什么时候都不早，"邱奕笑了笑，"再说还有你，我要是把他说迷糊了，你可以再把他扳回来。"

"唉，"边南倒回沙发上，"我怕我要说得不合适，二宝不喜欢我了。"

邱奕笑了半天："你还担心这个呢？"

"当然担心，"边南喷了几声，"十个大宝也抵不上一个二宝呢。"

两人有一搭没一搭地聊着天儿，没一会儿边南就睡着了。

这一觉睡得很踏实，一觉睡到邱彦起床走来走去地洗漱、整理书包，他才睁开了眼睛。

邱奕已经醒了，靠在沙发扶手上闭着眼睛睡回笼觉。

"二宝，"边南坐了起来，"咱俩去买早点吧。"

"嗯。"邱彦跑过来靠到他身上，"你俩昨天怎么睡沙发啊？"

"我俩聊天儿聊睡着了。"边南抱抱他，伸了个懒腰站起来穿上了衣服。

"下次我也要聊。"邱彦对没能参加聊天儿有些郁闷，"我也要在沙发上睡觉，我还没在沙发上睡过觉呢。"

"又不是多高级的地儿，没睡过沙发有什么好遗憾的啊？"边南乐了。

"不过我在院子里的躺椅上睡过。"邱彦说，"可凉快了，就是醒了以后腰疼。"

"哎哟，你还腰疼呢？你有腰吗？"边南说。

"有啊。"邱彦往自己腰上指了指，"就这儿，后边一点儿。"

边南往他腰上捏了捏："这儿有腰吗，全是肉啊？"

"别把我当五岁小孩儿逗。"邱彦很不满地看着他。

"是，好。"边南笑着出了屋，到水池边儿洗漱，"九岁了呢，不是小孩儿了。"

邱彦九岁了，边南虽然一直觉得小家伙多数时间里迷迷糊糊的，也没什么心眼儿，碰上事儿了才觉得他跟邱奕很像。

迟到的生日小宴会让邱彦很开心，兴奋得不行，在儿童餐厅里跟同学又唱又跳的，折腾得都不知道累。

邱奕和边南坐在一边儿看着，一帮小孩儿都闹得满脑袋汗。

"我看都看累了。"边南叹了口气。

"挺好的。"邱奕笑了笑，"我好像都没这么玩过。"

"要不你过去一块儿呗。"边南笑着说，"正好我看许蕊她们就俩小姑娘，都忙不过来了。"

"其实我爸的话也没错，虽然我一直不肯承认。"邱奕靠在椅子上轻轻叹了口气。

"什么话？"边南看着他。

"小孩儿还是得像小孩儿才好。"邱奕仰了仰头，"我一直挺害怕二宝变得跟我一样。"

"不会。"边南捏了捏他的肩，"有你在，他不会变得跟你一样的，什么事儿你都扛了，你看他基本还是个小憨娃。"

"嗯，再跟你待一块儿的时间长点儿，基本就没救了。"邱奕点了点头。

"滚。"边南蹬了他一脚，正想站起来把邱奕拖到活动区的垫子上时，手机响了，他指了指邱奕，"一会儿收拾你。"

电话是罗轶洋打过来的，边南这边儿刚接起电话，就听到了罗轶洋愉快的声音："边助！"

"小罗同学。"边南说。

"这阵子怎么样，心情好点儿没？"罗轶洋在那边儿问。

"嗯，挺好的，那天还跟邱奕说要请你吃饭谢谢你呢。"边南看了邱奕一眼。

邱奕正偏着头看他。

"这有什么好谢的，也没帮上什么忙。"罗轶洋叹了口气，"不用这么客气，陪我打几场球就行了。"

边南一听打球就一阵头大："等你回来了再说吧。"

"别再说啊，先说好呗，省得到时又逮不着人。"罗轶洋说，"我过几天就回去了。"

"过几天？"边南愣了愣，"我这儿小学生才刚要放假，你们怎么跟小学一个时间啊？"

"我上的就是小学啊。"罗轶洋说，"别转移话题，说好了啊，打球，要不打球别请我吃饭了。"

"行，行，行。"边南有些无奈，"你回来了给我打电话吧。"

边南挂了电话，往邱奕身旁一坐，腿搭到另一张椅子上："哎，过几天罗轶洋就回来了，请他上哪儿吃啊？"

"成都小吃。"邱奕说。

"什么？"边南愣了愣，扭过头看着他，"成都小吃？"

"酸辣粉，或者来一份炒饼。"邱奕一脸正经地说，"家里二宝的酸奶还有几瓶，可以带上……"

边南瞪着他看了一会儿就乐了："多大的人了，怎么跟小孩儿似的？人家罗轶洋可是帮了忙的呢。"

"啊对，是得好好谢谢，那先请顿好的吧。"邱奕还是很严肃地道，"以后再碰上了就请成都小吃。"

边南笑得不行："你还真没完了啊，就这么看不上他？"

"谁让他成天没事儿就跟在你后头。"邱奕说完没绷住也乐了，"人家万飞都没见天儿地缠着你打球呢。"

"万飞那是没空。"边南嘿嘿乐着,"再说我俩天天训练,打都打烦了。"

"哎,对了,"邱奕想了想道,"有个很重要的事儿,你那信不能再宽限了,就我生日那天吧。"

"好……"边南咬了咬牙。

邱奕不说他都没注意自己的日记已经停了挺长时间了。

不过这段时间要真认真地理理自己的情绪,边南倒有挺多感悟的,就是不知道能不能写出来。

别说写出来了,就有时候想表达一下自己的想法他都觉得费劲儿,比如每次跟老爸说话,他都很难说出自己真正想说的东西。

虽说现在周末回家已经不再像从前似的那么别扭,反正现在跟他关系最别扭的边馨语他基本上见不着,但跟老爸面对面的时候,他还是感觉费劲儿,这大概不是一天两天、一个月两个月能转变过来的。

老爸估计也在寻找跟他相处的正确方式,有时候会问问他工作的事儿,也不跟以前似的一提展飞就表示不屑了。

这样挺好的。

边南坐在球场边,看着正在球场上挥着拍子的人,想着自己起码认真把这份工作干好了,让老爸心里能舒坦些,不用老觉着他没用。

"现在挺像个教练了。"顾玮走过来在他身边坐下,"坐这儿表情特别严肃,特别威严。"

"我沉思呢,谁还笑着沉思啊?"边南拿了自己的杯子喝了口水。

"快沉思吧,罗轶洋是不是回来了?他又该缠着你打球了,你沉思的日子即将结束。"顾玮笑着说。

"还能沉思几天吧,他不是一回来就被他妈关屋里了吗?他妈一学期没见想儿子想得不行不行的。"边南说。

边南的判断有些失误,中午的时候他接到了罗轶洋的电话:"是不是要请我吃饭啊?下午吧!"

"你不是刚回来吗,不用陪陪你妈?"边南挺惊讶的。

"陪了两天了，我妈终于看我看得有点儿烦了。"罗轶洋笑着说，"就今天吧，我下午直接去饭店就行。"

"行，定了地方我告诉你。"边南说。

饭店是邱奕挑的，就跟他租来补课的房子离着两条街，一家清真馆子，听说菜做得很地道。

不过这地方不太好找，罗轶洋开着车都到旁边儿那条街了，边南和邱奕还在饭店门口等了十来分钟才看到他的车开过来。

"边南！"罗轶洋从车上跳下来就和边南来了个拥抱，"好久不见。"

"多久啊？"邱奕在一边说。

"一学期呢！"罗轶洋又在边南的背上用力地拍了好几下才松开。

"还好，要再久点儿该让你拍出肺炎了。"邱奕笑了起来。

"咱俩算算更久没见呢。"罗轶洋转身就又抱住了邱奕，在他背上也拍了几下，"你爸爸的事……节哀。"

"谢谢。"邱奕被他拍得咳嗽了两声，"住院的时候真的谢谢你了，换的那个病房真的挺好的。"

"真不用客气，边南的朋友就是我的朋友，这点儿小忙真的不用谢。"罗轶洋一挥手，往饭店里走，"饿死了，我中午都没吃呢。"

边南笑了半天，跟邱奕一块儿往里走，小声问："感觉这人怎么样？"

"挺……活泼的。"邱奕笑着说。

"一会儿有机会跟他说说补习班的事儿吧，我觉得他能愿意一块儿做。"边南说。

邱奕犹豫了两秒钟点了点头："行。"

罗轶洋对不熟的人态度不怎么好，熟一些之后就不同了，话也多，还挺仗义，边南觉得这小子跟自己性格挺像的，不过比自己傻多了。

"你现在住展飞宿舍啊？"罗轶洋问边南。

"嗯，先……住一阵子。"边南点了点头。

"哎，挺好，出门就能打球。"罗轶洋很羡慕地看着他，"跟谁住的，还有空床没？"

"你干吗？"边南愣了愣。

"我也申请一间去，这样咱俩晚上可以打球嘛，还不耽误你工作。"罗轶洋有点儿兴奋，"哎，我早怎么没想到呢？"

"你赶紧醒醒吧，就这间宿舍还是开了后门的。"边南看了邱奕一眼，邱奕没什么表情，不过眼里带着笑，边南拿手在罗轶洋面前晃了晃，"我又不是你的私教，你还真拿我当陪练呢？再说你要来住宿舍，你妈不得上展飞砸场子啊？"

"哎！你这人真是……"罗轶洋用力叹了口气，想想又看着邱奕，"你真不会打网球？"

"真不会。"邱奕笑着说，"我要会打，你是打算住我家去吗？"

罗轶洋笑了半天，又叹了口气："想要找个投缘的球友太难了。"

今天邱奕的意思就是请罗轶洋吃个饭表示一下感谢，三个人边吃边聊，虽说边南想拉上罗轶洋，但他并不着急说这个，补习班目前的情况还不错。

不过聊到邱奕的工作时，罗轶洋一听他在弄补习班，顿时来了兴趣："我大一的时候还想跟同学弄一个补习班呢，就是手续太麻烦一直没做。"

"是吗？"邱奕笑了笑，"打个高考状元的招牌？"

"没错。"罗轶洋也笑着说，"我这简直就是免费的广告。"

"我现在就是小规模的班，十几二十个人。"邱奕说，"要真做个正规补习班要跑什么教育局、教育委员会，加上工商物价，这一堆怕办不下来手续。"

"暑假正好啊，咱俩可以一块儿跑。"罗轶洋说得很干脆，"我以前打听过流程，差不多该跑哪儿我都知道，不行的话还可以……让我爸帮帮忙。"

罗轶洋说得很愉快，说完了邱奕和边南都没说话，一块儿看着他。

他这才愣了愣道："我是说……一块儿做，你们有没有兴趣啊？我入伙。"

邱奕还没开口，边南问了一句："你有钱吗？"

"有啊。"罗轶洋想了想道，"又不是一开始就来个几百人的学校，有十来万就可以先弄着了,一人出一半不就得了吗?"

邱奕看了边南一眼,他的钱基本都给边南了,有多少他也没个数。

"你暑假过完了就闪人了啊?"边南说,他卡里算上邱奕这段时间给他的和之前剩下的钱出一半没有问题。

"我回来一趟又不难。"罗轶洋啧了一声,"主要是前期麻烦,所以才说暑假跑跑嘛。其实要换个人我未必愿意,一块儿做什么事儿,最重要的还是有眼缘。"

因为罗轶洋的眼缘,这顿饭基本就没再聊别的了,三个人都在说补习班的事儿。

罗轶洋很有热情,而且估计也是从小到大没碰过坎儿的人,要不是邱奕一直保持着冷静,感觉罗轶洋说一半就有撸袖子出门开干的意思。

吃完饭,罗轶洋跟邱奕交换了一下电话,开车把他俩都送到邱奕家,然后从车窗里探出脑袋冲着邱奕喊:"小邱,我想到什么就给你打电话啊!"

"行。"邱奕点了点头。

看着罗轶洋的车开走之后,边南舒了一口气,一晚上就听罗轶洋和邱奕一个激动一个冷静地讨论着,对很少费这些脑筋的边南来说,简直跟上刑差不多,吃菜的时候都觉得嚼的是各种手续。

"我感觉你要不拦着,他今儿晚上就能逼着咱都把钱拍出来先把场地给租了……"边南感叹着。

"挺好的,做事最怕只说不行动,开故事会似的来回说,最后没影儿了。"邱奕伸了个懒腰,拍了拍边南的肩,"要真开始弄了,他应该就没空天天找你打球了。"

边南打算先去邱奕家跟邱彦待一会儿,这两天邱彦放假了,每天都盼着能见他。

两人刚走到院子门口,邱奕的手机响了,他掏出来一看就愣了愣,罗轶洋的电话。邱奕接了起来:"你不是开着车呢吗?"

"停路边儿了。"罗轶洋说,"我是这么想的,要不明天我先去跑跑场地?"

邱奕没忍住乐了:"这事儿不是说你找个空房就能用,还要考虑很多别的条件……"

"大虎子!"邱彦正跟邻居老太太坐葡萄架下边儿聊天儿,看到边南就连喊带蹦地跑了过来,"还以为你今天不过来呢!"

"想我了没?"边南搂着他狠狠地亲了一口,"跟奶奶聊什么呢?"

"奶奶给我讲故事呢。"邱彦拉着他过去坐到了老太太旁边儿的椅子上,"一块儿听吧。"

"讲什么故事啊?"边南问。

"《西厢记》。"邱彦说。

"哎哟,"边南乐了,看着老太太,"奶奶您这教他谈恋爱啊?"

"非让我讲故事。"老太太笑了半天,"我这儿一下也想不出什么故事来,就给他讲这个,这小家伙什么都懂呢,都不用教。"

邱奕一直站在院子里打电话,基本都是罗轶洋那边儿说,他时不时说两句,边南听了一会儿也听不出什么来,于是拿了茶壶去泡了点儿茶,坐下跟老太太聊天儿。

聊了快二十分钟,老太太说回屋睡觉了,那边儿邱奕的电话还没打完。

边南靠在躺椅上百无聊赖地跟邱彦玩猜谜语,邱彦有本谜语书,估计他都已经把上面的谜语背下来了,挨个儿给边南猜。

边南本来这一晚上脑浆子都被搅乱了,连着好几个都猜不出,被邱彦一通嘲笑。

他有点儿恼火地瞪着邱奕,啧了一声:"这聊了都一个小时了。你哥烦死人了。"

"你跟我玩呗,我又不烦人。"邱彦说。

"你也别玩了。"边南看了看时间,"该睡觉了,今天的暑假作业写完了没?"

"早写完啦,放桌上了。"邱彦指了指屋里,"还写了日记呢。"

"那睡觉。"边南半抱半拎地把邱彦提起来放到了水池边,"洗脸刷牙。"

邱彦洗漱完进屋去睡觉了,邱奕才终于挂了电话,一屁股坐到边南旁边儿，喊了一声："哎！"

"聊爽了？"边南斜眼儿瞅着他。

"这罗轶洋话也忒多了。"邱奕揉了揉眉心。

"不知道。"边南晃了晃躺椅，"我没跟他这么聊过。"

邱奕没说话，偏头看了看边南，嘴角勾了勾："还说我呢？"

"早知道今儿该请他一碗酸辣粉就完事儿了！"边南喷了几声，"这一个暑假可真精彩了。"

"那跟他说算了呗，不要他了，反正也不是我想拉上他的。"邱奕笑着说。

"大局为重。"边南一脸严肃地道，"我这点儿牺牲没有关系。"

"行了。"邱奕打了个哈欠，"你今儿回宿舍吗？"

"回，明天展飞比赛呢，之前不是打了一轮吗？居然还有第二轮。"边南叹了口气，"还有什么请来的嘉宾，电视台还要来录像。"

"那我得守着电视等新闻了。"邱奕笑笑说。

"快得了吧，我之前比赛的录像你看过没？电视上一看，我就跟傻子似的。"边南皱了皱眉。

"你打球挺帅的，哪儿傻了？"邱奕看着他。

边南挥了挥手："不说打球，我上回看的时候正好是休息，我正擦汗呢，看着特像山大王下山抢粮来了……"

邱奕没说话，靠在椅子上乐了好半天。

"笑吧，笑吧。"边南叹了口气，站起来蹦了蹦，"我回宿舍了，你明天怎么安排的？"

"跟平时一样，过去补课，又来了俩学生，我明天要先聊聊看他们跟哪个进度的小班合适。"邱奕站起来活动了一下，"明天让二宝过去看你比赛行吗？放假了他老一个人待在家里也没意思。"

"行啊。"边南说，"我接他还是你送他过去？"

"他知道怎么坐车，自己过去。"邱奕说，"或者我明天跟李哥说说，让他出车的时候给捎过去就行。"

"那我明天等着他。"边南说。

"边南啊,"邱奕看着他,想了想才又说下去,"你在展飞的宿舍……是不是石江给你开的后门?"

"嗯。"边南抓了抓脑袋,"应该是,反正新员工都没有批得这么快的,这批还有俩老员工没轮上呢……我是不是挺有面子的?"

"是挺有面子的。"邱奕笑了笑,"下个月把宿舍退了吧。"

"啊,为什么啊?"边南愣了愣,"退了我住哪儿啊?"

"要这批没有老员工也就算了,有老员工都还没申请上呢,你一个刚入职的……"邱奕叹了口气,"你没想过这里头的问题吗?会不会不太合适?"

"我还真没想这么多,还挺得意呢。"边南往墙上一靠,"这要让人在背后说点儿什么……还真是不太好。"

"要不回家住呗?"邱奕拍了拍他的肩膀,"正好是个机会,跟你爸也缓和点儿关系了,回家住,你要觉得天天回家不舒服,有时……"

"我就上你家来,怎么样?"边南笑着说。

"行。"邱奕笑着点了点头。

"那我到时得先来占地儿,我估计会经常来,得在这儿画出我的地盘儿来。"边南挥了挥手。

"行。"邱奕继续点头。

展飞前几年都有比赛,今年弄得阵势特别大,借机会好好宣传,听顾玮说今年下半年还打算在市里弄个什么展飞杯网球赛。

边南早上起来还没出宿舍,就能听到楼下乱糟糟的声音。

他到走廊上往下看了看,宿舍楼下是仓库,工作人员都在准备布置看台了,横幅、桌椅、一箱箱的水都堆在了楼下。

第二轮比赛算是水平比较高的,有几个小学员的水平搁体校去也能横扫体校学生了,来看的学员和观众挺多的。

边南换了衣服到球场那边儿转悠了一圈儿,展飞请了专业的公司来布置和准备，没什么需要帮忙的。

他正想给邱彦打个电话问问出门了没，邱彦的电话打了过来："大虎子，我在这个展飞的门口了！"

"哎哟，这就已经过来了？"边南赶紧往门口跑，一过去就看到了正站在前台仰着头跟接待小姑娘聊天的邱彦。

"二宝！"边南喊了一声。

"我就是找他。"邱彦指了指边南，对接待小姑娘说。

"你弟弟啊？"小姑娘笑着问，"真可爱。"

"嗯，他可喜欢网球了，有比赛就让他过来看看。"边南摸了摸邱彦的脑袋，"我带你进去吧。"

"嗯。"邱彦点了点头，又扭头冲小姑娘说，"一会儿我过来找你聊天儿。"

"好啊。"小姑娘笑得不行，"你过来我要没在就给我打电话哦。"

"好！"邱彦说。

"邱彦，"边南拉着他的手边走边乐，"你又问人要电话了？"

"嗯。"邱彦把手机放到书包里，很仔细地把书包扣好，"我看人好多啊，怕一会儿你顾不上我，就要了那个姐姐的号码，有事儿可以找她嘛。"

"真厉害，你都能想到这些了。"边南这夸奖很由衷，"想吃什么？我先带你去买点儿吃的，你一会儿可以边看边吃。"

"牛肉干、麻辣鱼、酸奶、橄榄、豆腐干、巧克力……"邱彦一连串地报着，气都不带喘的。

"再说一遍。"边南停下，蹲到他面前。

"你学我哥。"邱彦笑了起来，靠到他身上，"酸奶和牛肉干，行吗？"

"行，走。"边南笑着说。

给邱彦买好吃的，边南带着他往球场那边儿走，邱彦很兴奋地转着脑袋东张西望："大虎子，今天你比赛吗？"

"我啊，我不是比赛，就是跟别的教练打表演赛，主要是那些学员比赛。"边南拿出手机给邱奕发了条短信告诉他邱彦到了，"我一会儿得去看看我和玮哥的学员,我给你找个姐姐先陪着你好吗?"

"嗯。"邱彦不认生,跟着谁都能聊上。

边南往四周看了看,冲跑道那边儿喊了一声:"二欢!"

李欢欢跑了过来:"小黑,什么事儿?"

"替我带着这个小家伙。"边南摸了摸邱彦的头。

"行。"李欢欢弯腰看着邱彦,"真漂亮啊,你弟弟?"

"他弟弟哪儿能有我这么白啊?"邱彦把手里的牛肉干递到李欢欢面前,"姐姐好,我叫邱彦,你吃牛肉干吗?"

"谢谢啊。"李欢欢拿了一块牛肉干边吃边冲边南乐道,"哪儿来的小孩儿啊?这么好玩。"

"朋友的弟弟。"边南说,"你拿着慢慢玩吧,玩不下去了给我打电话就行。"

李欢欢把邱彦领走之后,边南又给顾玮打了个电话,这会儿乱糟糟的,他一直没找着顾玮在哪儿,也不知道该干点儿什么,第一轮的时候还有不少人在旁边儿球场训练,今天一看电视台的人来了,都过去看比赛了。

"我在办公室这边儿呢。"顾玮接了电话,"现在没咱们什么事儿,你过来陪我跟嘉宾聊聊天儿吧。"

"嘉宾?嘉宾在办公室?不都安排到会议室休息了吗?"边南愣了愣,哪儿有把请来的嘉宾扔办公室里的?

"就一个嘉宾在这儿,你过来吧,你认识。"顾玮说完就挂掉了电话。

自己认识?

边南想了半天也想不出来什么嘉宾是自己认识的。体校的教练?打过比赛的选手?

无论是教练还是选手,他估计和对方都没什么话可说,感觉有点儿遭罪,早知道不给顾玮打电话了。

办公室这边儿没什么人,都去球场了,顾玮和几个年轻教练的办公室在走廊这头,边南一走过去,就看到了面对着门这边儿坐着的一个人。

他一下瞪圆了眼睛,又揉了两下才走过去:"杨叔?"

杨旭一听就喷了一声,也没搭话。

"杨哥,你怎么在这儿?"边南看着穿着一身运动服的杨旭,办公室里除了顾玮,就只有杨旭了,他有些不敢相信自己的眼睛,"你是嘉宾?"

"啊。"杨旭照旧懒洋洋地笑了笑,"嘉宾。"

"你是嘉宾?你来做老婆饼吗?"边南虽然已经知道杨旭也打过网球,但真没想到他会是嘉宾。他都多少年没打球了,技术肯定不如做老婆饼强。

"你这是什么话啊?"顾玮在一边乐了,"边南,你陪杨哥聊会儿吧,我去外面转转。"

"行。"边南点了点头,一屁股坐到了椅子上。

要说别人他真不愿意陪,还得找话题跟人聊,可要是杨旭,那就轻松多了,只是他好半天都缓不过来。

顾玮走了之后,边南往杨旭身边儿凑了凑:"你是不是倒贴钱来的,展飞是不是没钱请靠谱的嘉宾啊?"

"你真嘴欠。"杨旭看着他,"问你们石教练去。"

"他请你来的?"边南顿时想给罗轶洋打个电话,好好地讨论一下这两人到底是怎么回事儿。

"嗯。"杨旭笑了笑,"今儿我跟他打一场玩玩。"

边南愣了,过了一会儿才往椅背上一靠:"那你完了,你跟石江打,你不是找虐吗?他再受过伤打你一个做饼的西点师傅还是很轻松的。"

杨旭笑了半天才长长地叹了口气,换了个话题:"你在这儿干得怎么样?"

"还行吧。"边南抓了抓头,"工作都上手了,人也熟了。"

"现在住宿舍?"杨旭拿过杯子喝了口水。

"嗯。"边南点了点头,"三个人,房间还挺大的,上班不用起个大早跑来跑去了。"

"现在也不过去我那儿晒太阳了。"杨旭把腿伸长,懒洋洋地说了一句。

"大热天的。"边南乐了,"你想我们了吧?还是我们不去你就没生意了?"

"那是啊,就指着你俩每月那点儿钱缴水电房租呢。"杨旭说。

边南在办公室跟杨旭聊了一会儿,顾玮打了个电话过来,让他过去帮着裁判准备。

"你去吧,我一会儿自己转转。"杨旭说。

边南跑出去到会议室拿了瓶饮料给他:"无聊了就给我打电话,要不就上球场那边儿找我聊天儿。"

"每天都无聊着呢。"杨旭挥了挥手。

边南出了办公室往球场那边儿跑去,刚转出走廊,迎面碰上了石江,看样子是准备去办公室。

"石哥,"他打了个招呼,"我去那边儿帮忙。"

"嗯。"石江往办公室那边儿看了一眼,"你今天是不是跟小李有比赛啊?"

"是,顾玮说要下午了。"边南自打那天在杨旭家碰上石江之后就一直觉得有些尴尬,这会儿为了表示自己挺忙的,一直原地小蹦着。

"你俩的打法挺像的。"石江看了看他,"行了,你去忙吧。"

路过空着的球场时,边南看到了邱彦和李欢欢,两人居然像模像样地在打球。

边南过去喊了邱彦一声:"二宝!"

"看我!"邱彦看到他就兴奋地蹦着,"看我接球!"

李欢欢发球,把球打到了邱彦面前,邱彦双手拿着个大拍子把球接了过去。

"好厉害!太厉害啦!"李欢欢也喊着。

"二欢,你念的是不是幼师啊?"边南乐了。

"这都被你发现了?我的目标是生一窝小朋友!"李欢欢笑着喊了一句。

边南笑了笑,跟邱彦喊了一声好好玩,就往比赛场地那边儿跑去了。

生一窝小朋友?

就邱彦这样的小孩儿,来一个都吃不消了。

裁判席也没什么事儿可帮忙的,而且裁判边南还认识,没等边南给他拿了水站到一边儿去,他就问了一句:"边南啊,怎么没打球了?"

"没兴趣。"边南抢在他把后面那句可惜了之类的话说出来之前笑着说,"现在这样挺好的,我喜欢教别人。"

"也……挺好。"裁判笑了笑没再说别的。

边南松了口气,想想又有点儿得意,这么多人觉得自己不打球可惜了,多牛。

嘿嘿。

比赛开始之前,罗总还致了辞,边南这是第一次这么清楚地看清罗轶洋他爹长什么样。

两人还挺像的,特别是胡子,虽然罗轶洋的胡子过年的时候刮掉了就一直没再留起来,但还是一眼就能让人看出他们是父子。

说起来罗总才是真像鲁迅,边南在心里提醒自己,下回见了罗总千万别叫成鲁总……

三个场地同时开始比赛,边南来回转了转,看到李欢欢正带着邱彦在临时看台上坐着,两人旁边放着个塑料袋,一看就知道里边儿装着一堆吃的。

边南过去一屁股坐到了他俩身边。

"大虎子!"邱彦转头看到是他,很开心地小声叫了一声。

"吃得不少啊?"边南瞅着他道。

"欢欢姐姐买给我的。"邱彦有些不好意思地笑了笑。

"他说哥哥们不让吃这么多。"李欢欢喷了一声,"要带回家去慢慢吃,这孩子怎么养得这么乖?"

"等你生了一窝让他哥教你。"边南乐了。

随便看了一会儿,边南就站起来打算再转转。

"去哪儿啊?"邱彦拉住他。

"转转。"边南说,"我还在上班呢宝贝儿。"

"啊，"邱彦低头咬了口巧克力，"忘了。"

边南摸了摸他的头，继续在球场之间转悠。

他对比赛没什么兴趣，以前打比赛的时候也只看万飞的比赛，别的比赛都懒得关注，展飞自己的比赛他就更没兴趣了。

倒是总教头石江对阵西饼师傅杨旭的那场嘉宾表演赛他还挺想看看的。

再说一万遍杨旭以前打过球，他也没法想象看上去都快懒成蛇蛋的杨旭拿着球拍在场上跑是什么样子。

快中午的时候一个场地的比赛结束了，顾玮不知道从哪儿跑了出来，拍了拍边南的肩："一会儿这里是石江和杨旭。"

"哎哟！"边南立马来了兴致，"我得看看去。"

"我也得去看。"顾玮也挺有兴致，毕竟石江早就不带学员了，没几个人见过他打球，哪怕对手是个西饼师傅，这帮年轻教练也想看看。

顾玮还拿了设备准备拍下来。

"这要打得不怎么样，你这录了会不会被灭口啊？"边南看着他问。

"我被灭口之前会把它交给你。"顾玮深情地看着他，"你要把它传给后人。"

边南乐了，两人傻笑了好半天，直到石江拎着球包过来了两人才收了笑容。

"还录像啊？"石江看到了顾玮手里的录像设备。

"纪念一下，多难得啊。"顾玮举起录像机对着石江的脸，"石哥，有什么赛前宣言要说吗？"

石江看着录像机，半天才说了一句："我肩膀疼。"

边南没绷住乐出了声。

"你这是为一会儿输比赛先找借口吗？"顾玮跟采访似的挺投入。

"你下月的请假估计批不下来。"石江说。

"哎？"顾玮马上收了录像机，"石哥加油！"

学员和观众对嘉宾表演赛的兴趣不算太大，过来这边儿看的基本全是展飞的教练和员工。

边南和顾玮找了个视角好的座位坐下，边南给邱奕发了条信息："好激动，石江跟杨旭要开打了。"

"打得差不多了记得拉架。"邱奕给他回复过来。

边南对着手机笑了半天："他俩打网球，比赛呢，我正在看。"

"太意外了，杨老板还会去打球？是不是'好无聊'生意做不下去了要去打广告？你看看他的衣服上有没有印着'好无聊咖啡与饼欢迎您'。"

边南笑着揉了揉脸。

杨旭进场地的时候，边南还真盯着他的衣服看了一眼，外套上没印字。

不过杨旭把外套脱了之后边南愣了愣，没看出来杨旭还挺结实的，不说打球，起码是经常去健身房的样子。

他突然就觉得杨西饼也许不一定能让石教头轻松赢了比赛。

"录了吗？"他问顾玮。

"准备录了。"顾玮拿着录像机，"也不知道石江的肩膀是真疼还是假疼，他的伤倒是在肩上。"

"怎么会突然就疼了呢？"边南愣了愣，"平时也没见他的肩有什么问题啊。"

"紧张的呗，毕竟听说以前他俩实力差不多。"顾玮看到杨旭在准备发球了，把录像机对着那边儿，"我要开始解说了，你跟我配合一下。"

"说相声呢你，还得有人给你捧哏？"边南喷了一声。

杨旭拿着球拍轻轻拍了两下球，接着就没有停顿地把球抛起，拍子猛地挥下。

球拍和球接触时发出了有力的声响，边南看杨旭发球的姿势和力量就知道这人水平不差，再看到球速时，挑了挑眉毛。

看不出来啊，这个球直接而且粗暴，不过看上去石江接得并不费力，把球回到了杨旭的反手位置。

边南的反手不够强，所以每次看到反手球时他都会下意识地跟着用力，杨旭反手力量怎么样他看不出来，这个球杨旭没有用力，回到网前。

石江的移动速度很快，虽然这球回得质量挺高，角度也有点儿刁，但他还是把球打了个漂亮的对角线，擦着边线飞了出去。

边南跟着大家鼓了鼓掌。

除了教练要求他看的比赛视频，边南还没这么认真地看过比赛。

石江的技术在他的意料之中，再怎么说有伤，以前也是专业运动员，打了很多年的球，还是展飞的总教头，没点儿实力不可能到今天这位置。

但杨旭的确是让边南挺吃惊。

跟平时看到的蛇的形态不同，球场上的杨旭无论是移动还是力量都让他意外，跟发条被拧紧了似的。

两人的比赛局面没有像边南想象中那样一边倒。

第一盘石江赢了，但赢得不轻松，边南看着坐在球场边擦汗的石江和杨旭，有点儿说不上来的感觉。

第二盘差不多的情况，两人的体力都还挺充沛，石江力量足，杨旭技巧够，边南一直盯着他俩的动作和回球，想弄清这两人之间给人的那种奇怪的感觉是什么。

"都大叔了还能打成这样。"顾玮在旁边一边录一边小声说，"边南，你说你过十年再打是什么样？"

"潇洒、帅气、英俊、拉风……"边南想也没想就一连串地回答，最后犹豫了一下又补了一句，"的山大王。"

"大家听到的这个是我的搭档对自己的总结……"顾玮把录像机转过来对着边南，"展飞的后起之秀边南。"

"你录这些干吗？"边南推开他，"你要被我灭口了。"

顾玮笑着继续对着球场上录："过十年你还能找到这样的对手吗？真是感慨万千啊……"

顾玮这句话让边南顿了顿，再看着球场上互不相让的两个人时，他突然知道那种奇怪的感觉是什么了。

这两个人对对方都太熟悉了。

下一个球的方向，每一种球的处理，回球的力度、角度和速度，彼此似乎都知道。

这不是纯粹的对手之间较量的感觉。

这真的是在一起打了很久的两个人才会有的感觉。

他跟万飞一块儿练了三年球都打不出这种效果。

他在心里啧了一声,顿时比顾玮还要感慨。

三盘两胜的比赛打完之后,四周响起了掌声。

杨旭输了,不过输得挺漂亮,出人意料。

边南站了起来,想过去跟杨旭说两句话,刚走了两步,看到杨旭收拾了东西走到石江面前说了句什么。

石江看了杨旭一眼,没说话,只是笑了笑,然后拿着包把东西装上转身离开了球场。

边南跑过去在杨旭身后叫了一声:"杨哥。"

"嗯。"杨旭回过头,看到他就叹了口气,"烦死了,干吗啊?"

"去我的宿舍洗澡吗?一身汗,你不会这么就走吧?"边南笑着说。

"石江上哪儿洗?"杨旭看了一眼已经往宿舍那边儿拐过去的石江。

"他自己的宿……"边南说到一半反应过来了,赶紧说,"那你去他的宿舍洗!"

杨旭笑了笑道:"去你的宿舍。"

边南觉得自己背后打听石江的事儿不地道,但看完比赛之后实在有些压不住了。

他看着洗完澡已经换回了蛇蛋状态的杨旭:"杨哥。"

如果他问杨旭就不算背后打听石江,这算当面打听。

"嗯,"杨旭看着他,"有吹风机吗?"

"抽屉里。"边南指了指自己桌边的小柜子,"拿吧。"

"你这半寸长的头发还用吹风机呢?"杨旭拉开抽屉。

"这不是你问我有没有的吗?"边南啧了一声。

"是啊,但是你就有啊。"杨旭说。

"我头发软,不吹一下立不起来。"边南没好气地说。

杨旭伸手往他的脑袋上摸了一下："嗯，毛茸茸的。"

"哎！"边南拍开他的手，想想又换了个语气，"哥。"

"不知道，别问我。"杨旭说。

边南张了张嘴没说出话来。杨旭也没说话，拿了吹风机开始吹头发。

边南过了一会儿才在吹风机的嗡嗡声中问了一句："你俩是什么关系你都不知道啊？我又没问你别的。"

"朋友，以前是很好的朋友，现在是……还不错的朋友。"杨旭说。

"哦，你俩以前总一块儿打球吧？"边南说。

"我们一块儿练了很多年。"杨旭上下左右地晃着吹风机，风把边南桌上的资料都吹到了地上。

"看得出来，太有默契。"边南过去把资料捡起来塞进抽屉里，"你俩对打都快打出双打的效果了……"

杨旭吹完头发就懒洋洋地拎着球包出了宿舍。边南本来想跟出去送他到门口，但在走廊上看到了楼下站着的石江，停了脚步："杨哥慢走。"

"有空了跟邱奕过来喝咖啡。"杨旭背过手挥了挥，"我等你们的钱缴电费呢。"

"知道了。"边南笑了。

看着石江和杨旭一块儿往外走了，边南才蹦着下了楼梯，往球场那边跑去，打算带邱彦去吃午饭，然后回宿舍休息一会儿，下午还有比赛。

邱彦还在球场上，跟李欢欢那几个女学员聊得正热闹。

"走吧。"边南过去捏了捏邱彦的脸，"吃饭去。"

"正等你呢。"李欢欢说，"街口新开的石锅焖饭我们还没吃过。"

"还有谁都叫上吧。"边南笑了笑，"请你们一块儿吃了。"

"边助是不是有阴谋？"一个姑娘笑着说。

"有啊，你们这个班的三个月时间快结束了，进阶班都报名吧。"边南说，"我和顾教的奖金就靠你们了。"

"包在我们身上了！"李欢欢拍了拍胸口，"奖金发了记得给小彦彦买吃的！"

边南跟一帮小姑娘出了大门，往街口走去。他走最后边儿，前面小姑娘叽叽喳喳地不知道在聊什么，邱彦居然还总能插上话，这小子长大了绝对是个祸害！

边南拿出手机，给邱奕打了个电话："吃饭了吗？"

"刚吃了，订的快餐。"邱奕说，"一会儿睡一觉，下午……罗轶洋要过来，我跟他去看看房子。"

"他还真是行动派啊，是不是太闲了？"边南简直佩服罗轶洋的热情。

"他就觉得自己一定会心想事成，跟他一块儿跑跑，碰几回麻烦就知道了。"邱奕笑了笑，"杨老板的比赛打完了？"

"打完了。"边南啧了好几声，"真没想到杨旭还真是打过网球的，还打得挺不错，改天我得跟他来一场。"

"赢了输了？"邱奕问。

"输了，石江毕竟是总教头，不过赢得也不算轻松。"边南脑子里回放着他俩的比赛，"大宝，这两人真是神奇，打球时那架势一看就是老熟人。"

"你跟万飞也是啊。"邱奕说。

"不一样，我总觉得得是咱俩这样的才会有这感觉。"边南想了想，突然有点儿兴奋，"哎，大宝，我教你打网球吧？"

"什么？"邱奕让他突然这么一句话弄愣了。

"我教你打球，咱俩没事儿打打球什么的多好。"边南说，"今天顾玮说的一句话让我特别有感触，他说，十年之后你会打成什么样？我感觉我过十年肯定也是黑树临风潇洒风流啊……"

"哎。"邱奕被他给说乐了。

"别哎，听我说完，"边南笑着说，"后来我一想，我十年之后跟谁打啊？万飞义无反顾地投身健身事业，除了他也没谁能跟我在打球上有默契了，想了半天只有你！只有你！"

"演讲呢你？"邱奕有些无奈地笑道。

"我说真的，你看你每天就坐着，也不运动，现在生活压力也没以前那么大了，"边南一连串地说着，"不打架了，也不学习了，也不上船，这么下去肯定会长胖，你这么白，现在当然好看……哎，真是挺好看的，但以后变成个大白胖子你还好意思在我跟前儿晃吗？"

"边南，"邱奕说，"你旁边有药店吗？"

"我看看，"边南往四周看了看，"对面有一个，怎么了？"

"进去随便吃点儿吧。"邱奕说。

"你有病！"边南喊了一声，接着就乐了，"真的，你就当陪我玩吧，等补习班的事儿弄得差不多的时候。"

邱奕沉默了一会儿，笑了笑："行吧。"

边南以前对教人打球没有什么特别的兴趣，但在展飞干了这么些日子，也慢慢找到了乐趣，不过这次非要教邱奕打球其实就是想跟邱奕一块儿干点什么事儿。

他和邱奕之间能一块儿做的事儿就是做饭的时候他给打打下手，洗个菜端个盘子的，啊对，还有……跳广场舞。

无论是做饭还是跳广场舞，他跟邱奕的差距都有点儿大，不过瘾。

邱奕很聪明，身体素质也好，运动神经发达，如果他们能一块儿打网球，就有意思得多了。

边南光想想就觉得挺期待的，顺便还能教教邱彦，这小家伙一直对网球有兴趣。

这么一琢磨，边南顿时觉得自己还是一个有用的人，会打球呢，于是全身充满了力量，下午教练友谊赛直接两盘把对手拿下，一点儿面子都没留。

"友谊啊！表演啊！"李教练打完比赛指着边南悲痛地喊，"都哪儿去了？"

"化为我的力量了，用球带着飞向了你。"边南嘿嘿乐着，擦了擦汗。

"都飞场外去了！"李教练瞪了他一眼，"你这是给小顾出气呢吧？去年他输得特悲壮。"

"那是，他怎么也是我师父。"边南一挥胳膊道。

"说实话，你打得真的不错……"李教练拍了拍他的肩膀。

边南赶紧打断了他的话："谢谢！"

"你现在这么年轻，正是合适的年纪，"李教练没有停，"你应该去展飞的俱乐部打球才对，当什么教练助理。"

"我喜欢这个。"边南打了个响指，笑着说，"我就想当教练。"

边南带着邱彦回到家的时候，邱奕跟罗轶洋在外边儿跑着还没完事儿，边南本来想先把饭煮上，想想等邱奕回来再做饭太麻烦了，于是跟邱彦商量："二宝，一会儿晚上咱吃大餐吧，等你哥回来。"

"好啊！"邱彦反正只要是听到吃的就会眼睛一亮，"正好夏天来了以后我瘦了好多。"

边南看着他的脸乐了半天都停不下来，搂着他笑得不行："是吗？"

"是啊。"邱彦一脸严肃地点头。

边南捏了捏他腰上软软的肉："这是瘦了好多啊？"

"是啊！"邱彦喊了一声，"冬天的时候我胳膊都放不下来，走路都是架着的，现在都贴着了。"

"那是衣服穿太多了！"边南笑着也喊道。

"不，是瘦了。"邱彦说。

"我都说了带你吃大餐了，不用找借口了。"边南亲了他一口。

"为了以后的大餐。"邱彦有些不好意思地笑了。

邱奕六点多的时候打了电话过来，说是还有个地方顺路过去看看。

"你带二宝出去吃吧。"邱奕说，"我看完了跟罗……"

"不行。"边南马上说，"我跟二宝说了等你回来带他去吃大餐。"

"可是……"邱奕有些犹豫。

"不行！"边南打断了他的话，"混一下午了还想跟他吃饭？"

邱奕顿了顿笑了起来："那我估计得八点多才到家。"

"没事儿，我给二宝买个面包先垫一垫就行。"边南说。

"好吧，我快到了给你打电话。"邱奕说。

边南听到电话那边有罗轶洋的声音,透着不满,就乐了:"让小罗罗自己回家吃去。"

"成。"邱奕笑着说。

邱彦吃了面包就先去写暑假作业了,边南坐沙发上,把腿架到茶几上,从包里拿出了随身带着的那个写日记的本子翻开了,胡乱地往本子上写着:

"今天看了杨饼和石江的比赛,打得真是让人意外。于是受到启发,决定教邱大宝同学打网球,过十年我们再一起打球,看看会是什么样。"

这都写的什么小学生日记,边南叹了口气,估计邱彦的暑假日记都比他的写得有意思……

一百个字不到的日记,边南写了好几遍,修来改去的,越写越像小学生日记了。

一个小时之后邱彦今天的暑假作业写完了,边南要了他的日记过来看。

"今天天气很好,不太热,我跟边南哥哥去展飞看网球比赛了。比赛可精彩了,大家都打得很好,特别是两个叔叔打的那一场,大家都拼命鼓掌,我的手都拍红了。我觉得打网球真是帅气啊,以后我也要去打网球,让边南哥哥教我就行,不过不知道他有没有时间,他每天上班都很忙,我哥哥工作也很忙……"

邱彦的日记从网球比赛写到了哥哥的工作内容,随便就写了好几百字,边南看完之后有种强烈地想把邱彦的日记抄下来凑数的冲动。

邱奕的生日没两天了,边南的那信百忙之中抽空就写了不到一半。

愁人啊。

边南帮着邱彦把今天的作业检查完之后,院子门响了一声,邱彦立马从沙发上蹦起来往外跑,很开心地喊着:"哥哥回来啦!"

"回来就回来呗。"边南伸了个懒腰,慢吞吞地站了起来。

还没迈步往门口走,他就听到邱彦又在院子里喊了一声:"轶洋哥哥好。"

边南一听,在屋里就吼上了:"罗轶洋你烦不烦!"

"走啊,吃饭去!"罗轶洋在院里喊。

边南拉开门就看到罗轶洋正站在院子里东张西望,又走过来往屋里探了探脑袋:"这房子不错啊,环境真好,这片儿要规划了那钱可真不少。"

"他怎么跑来了?"边南瞪着蹲在院子里正跟邱彦说着话的邱奕。

"甩不掉。"邱奕说。

"一块儿吃个饭都不行了?"罗轶洋喷了一声,"我跟着他跑了一下午,肚子都快跑成透明的了……"

"你回家吃啊。"边南斜眼瞅着他。

"你怎么不回家吃?"罗轶洋说,"我跟你们一块儿!我受到了打击。"

"唉!"边南无奈地叹了口气。

"我请客!"罗轶洋又说。

"不用你请。"边南看了看邱奕,"走吧。"

罗轶洋受了打击,觉得找地方租房子很容易,结果跑了一下午,一个地儿都没挑出来。

"我真没想到邱奕这么啰唆。"他趴在桌上看着正拿着菜单研究的边南,"你是怎么能跟他玩一块儿去的啊?"

"因为我比他还啰唆。"边南说,"他怎么啰唆了?"

"我不想说了。"罗轶洋不爽地嘟囔了一句。

"这事儿不是不看价钱不看环境也不管条件就租下来,然后跑下手续就不管了的。"邱奕笑了笑,"我们是要这堆东西以后能赚钱,不是弄个架子就放着的,所有的东西都得考虑到后续……"

"知道了。"罗轶洋挥了挥手,"知道了,听你的。"

"今天作业和日记写了吗?"邱奕摸了摸邱彦的脑袋。

"写啦,大虎子帮我检查了。"邱彦抱着果汁喝着,"我的日记写了两页呢。"

"这么厉害,写什么了?"邱奕笑了笑。

"写今天看的网球比赛。"邱彦晃着腿,"可好看了……"

"哎?"罗轶洋一听就坐直了,"今天有比赛,什么比赛啊?"

"展飞的,之前不是跟你说过吗?内部的什么赛。"边南说,"石江和杨旭还打了一场呢。"

"啊，他俩打了？"罗轶洋愣了愣，接着就很悲痛地道，"错过了！早知道今天不去看房子了，反正也没看到合适的，还没看到他俩比赛！"

"打得挺精彩的，顾玮录了，你找他要来看吧。"边南一想到这场比赛也挺激动，过十年他跟邱奕要也能这么打一次就好了。

"还是郁闷，看现场才有意思啊……"罗轶洋叹了口气，"算了，明天我过去，你陪我打球吧。"

"不。"边南想也没想就说，"这阵子忙，马上这帮初级班的学员就完事儿了，我这几天得保媒拉纤地忽悠人家继续呢……"

"我跟你打吧。"邱彦突然抬头说。

"你？"罗轶洋愣了。

"嗯，我会打。"邱彦点了点头，"不过我没有拍子。"

"没事儿，我有啊。"罗轶洋立马来了兴致，"你要用儿童拍吗？展飞有，我给你拿！"

邱彦转头看着邱奕："哥哥，行吗？"

"嗯，行。"邱奕应了一声，看了边南一眼，边南没出声，两人都忍着笑。

"那说定了，明天我来接你好不好？"罗轶洋看着邱彦。

"好的。"邱彦一脸严肃地说。

第二天边南刚从宿舍出来到球场上准备等学员过来，就看到了正在旁边场地上拿着球一下下砸着玩的邱彦。

"二宝！"边南跑过去扒着护网叫了他一声。

"大虎子！"邱彦也扑了过来，扒着那边儿的护网，"你怎么这么早啊，我说给你打电话，罗轶洋说你还没有起床。"

"我刚起，你俩这也太早了吧。"边南笑着说，心想着一会儿罗轶洋跟邱彦对打时会不会再次遭受打击？

"他一大早就去我家啦。"邱彦跳了跳，"你过来好不好？这样说话跟坐牢了一样。"

边南笑着绕了过去，抱了抱邱彦："吃早点了没？"

"吃了。"邱彦点了点头，从口袋里掏了一小包薯条出来，"你吃薯条吗？"

"我不吃，罗轶洋呢？"边南往四周看了看，没看到罗轶洋。

"他去拿拍子了，你上班吧，不用陪我。"邱彦跟个小大人似的说。

"行吧。"边南看到顾玮过来了，便指了指那边儿球场，"我就在旁边儿那个球场，你有事儿就过去找我。"

边南帮着顾玮把发球机什么的拿到球场上的时候，那边儿罗轶洋已经帮邱彦拿来了拍子，两人正一边儿一个站着准备打球了。

"二公子已经没人打球到这个地步了？"顾玮正看着那边儿，"那小不点儿不是你朋友的弟弟吗？"

"嗯。"边南乐了，"不知道他想什么呢。"

那边邱彦很像那么回事儿地拿着球，用球拍拍了几下。

罗轶洋一看这架势，马上也很配合地摆了个马步。

邱彦镇定地一抛球，胳膊一扬，挥起小拍子，球还算漂亮地发了过去。

"可以啊。"顾玮啧了一声，"学了多久？"

"不知道，有一搭没一搭地瞎玩呢。"边南说。

罗轶洋接这个球相当轻松，大概是为了试探邱彦的实力，把球回到了邱彦跟前儿。

邱彦双手握拍，对着球一抡。

打空了。

罗轶洋愣了愣："没事儿，再来。"

"嗯！"邱彦点了点头，跑去捡了球准备再次发球。

边南在这边乐得停不下来，边乐边把东西都放好，学员陆续到了，他给安排了先跑跑步热身。

人刚出球场准备跟着一块儿跑几圈，他就听见罗轶洋冲他这边吼了一声："边南！"

"干吗？"边南笑着也吼。

"你给我过来！"罗轶洋指着他。

"没空,没看我这儿忙着呢吗?"边南从球场边儿跑着经过,"二宝好好打!"

"好嘞!"邱彦响亮地回答。

"你们昨天怎么没跟我说他就学了发球啊?我以为他……"罗轶洋喊了两声看到边南头也没回地跑走了,指着他,"你给我等着!"

邱彦最大的优点就是无论你是损他还是不爽,他都能不知道是真傻还是装傻地不明白。

虽然罗轶洋对邱彦的水平极度不满,但邱彦完全没感觉似的,很认真地拿着拍子一次次地发球、接球、捡球。

两人居然一直打到中午边南休息了才停下。

邱彦一身衣服都被汗湿透了,边南往他脑袋上一摸,摸了一手水。

"你俩游泳呢?"边南拿过自己的毛巾在邱彦头上、脸上、身上来回擦着,"累吗?一会儿我带你去宿舍洗个澡。"

"真过瘾!"邱彦很兴奋,不过估计是累得够呛,只是靠着边南的腿喊了一声,要搁平时得蹦着说。

"怎么样?"边南看了一眼走过来一屁股坐到椅子上的罗轶洋。

罗轶洋叹了口气:"欲哭无泪。"

"谢谢你陪我打球,我打得不好……"邱彦转过头对罗轶洋说,又拍了拍自己的口袋,"一会儿我请你喝水吧,哥哥给了我十块钱。"

"不用,不用,你打得挺好的!"罗轶洋一听赶紧摆手,"是你陪我玩呢,一会儿我请你和边南吃饭。"

边南笑着带着他俩去宿舍洗澡。邱彦就这样子,眨眨眼睛不知道真假的可怜可爱样子任谁冲他都发不出火来,还会觉得自己特不是人,伤了一个小朋友的心。

中午罗轶洋请他俩吃饭,一顿饭还没吃完就莫名其妙地被绕进去答应了教邱彦打球。

"我哥哥不会打球。"邱彦扒拉了两口饭,"大虎子要上班很忙……"

"我……不忙。"罗轶洋有些迷茫地看了边南一眼。

下午球场都满了，罗轶洋领着邱彦到一边儿去对着练习墙打球了。

边南安排好训练，正想给邱奕打个电话的时候，手机响了，邱奕的电话打了过来。

"这么巧啊。"他接起电话。

"我一会儿过去接二宝。"邱奕笑着说，"有个房子让下午去看看，我接了他回家正好去看看。"

"跟罗轶洋一块儿吗？他一早上都跟二宝打球呢。"边南一想起来就想乐。

"让二宝虐惨了吧？"邱奕说，"不叫他了，你过五分钟能出来吗？先陪我随便吃点儿东西，一个人吃没意思。"

"你还没吃饭？"边南一听就皱了皱眉，跟顾玮打了个手势说出去几分钟，便往门口一路小跑着，"就我们街口有个石锅拌饭，挺不错的，你直接上那儿，我先去给你点上。"

邱奕到的时候，边南点的饭正好上桌。邱奕刚坐下，边南就把饭推到了他面前："赶紧吃。"

"你不吃点儿？"邱奕笑了笑，"看着就跟咱俩穷得吃一锅饭还得相互让着。"

"多惨啊。"边南喷了两声，"想想，咱俩穷得就只能吃一锅饭了，这得多惨啊……"

"得了吧，咱俩要穷成这样早蹲家里吃面条了，一斤面条才多少钱，比这便宜得多。"邱奕扫了他一眼，"大少爷，你是真没吃过苦啊，你要喜欢这个，今儿晚上上我家我给你做酱油拌饭。"

"你烦不烦？"边南皱着眉。

"要分你一半吗？"邱奕舀了一勺饭，"要不我都给你，更……"

"行了，你快吃。"边南无奈地靠着椅背摸了摸肚子，"我刚吃了，罗轶洋请客，早知道你没吃，我就让他带二宝去吃了，我等你。"

"你最近饭量减了。"邱奕边吃边说，"以前吃完了也还能再吃一顿吧？"

"运动量减少了,以前我天天训练呢,从早吃到晚都不饱。"边南在自己腰上、肚子上捏了几下,"我都担心时间长了我的肌肉早晚得被肥肉遮住。"

"你不是每天都跟着学员跑步什么的吗?"邱奕说。

"那能一样吗?学员跑个一公里就不行了,还有人觉得不打球光跑步骗钱呢。"边南一脸不爽,"扔他们上体校待一星期他们就知道什么叫训练了。"

"那怎么办?要不你上万飞那儿办个卡吧。"邱奕笑着喝了口汤。

"他求着要送我卡呢,哭着喊着说'南哥你过来练吧'。"边南学着万飞的口气说,"我哪儿来的时间去健身房,就等你忙完这俩月教你打球,我给你加训练量,顺便就练了。"

"你还来真的?"邱奕有些无奈,"我保证我不会变成白胖子行吗?"

"不行,那我要变成黑胖子了呢?"边南说。

"那我再变成白胖子。"邱奕鼓了鼓腮,"应该不丑。"

"滚。"边南乐了,"想都别想,我一直觉得咱俩站一块儿还挺帅的,俩胖子还是反色,想想都吓人。"

邱奕吃完了饭,两人出了饭店,邱奕在路边水果摊买了一兜桃:"一会儿给顾玮和罗轶洋拿点儿过去,过阵子院子里的葡萄该熟了,也记得拿点儿给他们,吃不完。"

"嗯,真操心。"边南拿了桃把皮儿啃了咬了一大口,"甜。"

"对了,上回说跟二宝聊聊的事儿……"邱奕看了他一眼。

"定下日子了?"边南边吃边问。

"我想生日的时候跟二宝说。"邱奕小声说。

"生日啊,"边南愣了愣,"你生日的时候?"

"嗯,"邱奕点了点头,"我觉得这个日子不错。"

"不错什么啊不错,"边南拉住他,"好好过个生日你搞得这么严肃,随便找个时间聊聊得了呗。"

"我过生日的时候二宝肯定特别开心,他高兴了话就特别多。"邱奕放低声音,"这么着我才好跟他聊啊,我又没跟人展望过未来什么的,没经验。"

"邱大宝,你也有怯场的时候啊,"边南瞪着他笑了半天,"可算让我逮着一回了。"

"一边儿乐去吧。"邱奕笑了笑。

回到展飞,边南抱着邱彦往外走。

"我自己能走啊,不累。"邱彦搂着他的脖子,枕在他的肩上,"这样抱着人家以为我多娇气呢。"

"我想抱抱你。"边南笑了笑,"二宝,知道我有多喜欢你吗?"

"知道。"邱彦晃着腿,"特别特别喜欢我,因为你妹妹没有我可爱。"

边南让他逗乐了,笑了半天:"嗯,我就想有你这么个弟弟,妹妹也成,可惜没有,所以我特别特别喜欢你,当亲弟弟的。"

"嗯!"邱彦用力地点了点头,"我也喜欢你,我有两个亲哥哥。"

"真会说话。"边南亲了他一下,出了大门把他放下了。

邱奕生日这天不是周末,两人都得上班,申涛得三天之后才下船。那天正好周末,他们商量着先自己过一次,周末叫上朋友再出来聚一次。

边南提前买了礼物,一个网球拍,绿色的,邱奕应该会喜欢。

蛋糕是他当天中午去展飞旁边的店里订的,接待小姑娘推荐的款,做得还挺漂亮。

他让人在上边儿写上了"邱胖子生日快乐"。

下午他提前半小时下了班,取了蛋糕打车去了邱奕家。

邱彦已经回家了,这次他给邱奕的生日礼物是他在学校学着用可乐罐子做的一个小烟灰缸,把手指都划破了才做好的,边南到的时候他正捏着烟灰缸想往上再用彩条系个蝴蝶结。

"大虎子!"邱彦从椅子上跳下来蹦到他身边,"蛋糕来啦!"

"搁冰箱里去。"边南把蛋糕递给他,又走到桌子旁边,"你这系的是什么款式啊？"

"总是歪的，我歪着系它还是歪的，正不过来啦！"邱彦在屋里喊。

"手够笨的。"边南帮他把蝴蝶结重新系好了，"这个要先藏起来吗？"

"嗯。"邱彦把蛋糕放好，又跑出来拿着烟灰缸跑进了里屋，放在枕头下面。

边南跟进去看了看："每年都放这儿，你真够没创意的。"

"万一放别的地方我忘了怎么办？"邱彦说。

边南乐了："你是鱼吗？"

邱奕今天也稍微提前了点儿回来，进院子的时候手里拎着一兜菜，还有个袋子里装着一堆包装好的礼物。

"丰收啊，谁送的？"边南拿过袋子往里看，一堆大大小小的盒子。

"女性朋友送的呗。"邱彦一边踮着脚往袋子里看一边说，"好多女性朋友。"

"那是你。"边南把袋子递给他，"要帮你哥拆吗？"

邱彦跑到葡萄架下面把袋子里的礼物都倒了出来，拿起一个粉色的盒子："这个最大，难道这个是女朋友送的？"

"二宝，"邱奕把菜放到厨房里，出来的时候听到这话笑了笑，走到了邱彦身边，"哥哥没有女朋友。"

"没事儿，以后总会有的，"邱彦小心地把盒子的包装拆开，"以后我也会有的。"

"想过以后什么样子吗？"邱奕看了边南一眼，拿了凳子坐到了邱彦身边儿，"哥哥小时候就经常想。"

"想过。"邱彦扭头看着他。

"跟哥哥说说怎么样，以后的事儿你是怎么想的？"邱奕领着邱彦进了屋，"咱俩怎么过啊，你想上哪所学校啊……"

邱彦进了屋，又探出脑袋："大虎子，你不来聊天儿吗？"

"我……不聊了，"边南坐下，嘿嘿笑了两声，"我怕你俩层次太高显得我没文化。"

"哦。"邱彦点了点头。

边南看着邱彦进了屋,清了清嗓子,一边一下下打着响指,一边小声哼哼着歌,就上回邱奕跟大姐大妈们比赛的那首歌,听说还拿了个第三名呢。

我从草原来,温暖你心怀……

一首歌唱完了,邱奕和邱彦还没有出来,边南想再唱一首,但居然一下想不出来该唱什么了,脑子里全是邱彦跑调跑到天边拉不回来的不知道什么歌。

憋了一会儿他只得站起来进了厨房。

邱奕买了不少菜,边南看了看,也弄不清该怎么处理,于是拿了锅先把米给淘了。邱彦今天想喝粥,边南估计着先给煮上了。

他正琢磨着那只酱鸭子是不是要先砍出来的时候,那边儿房门响了一声。

他猛地回过头,兄弟俩可算是聊出来了。

"畅谈完人生了?"边南放下手里的鸭子看着邱奕。

"你要不要进屋跟他继续聊聊?"邱奕笑了笑,走进厨房看了看,"煮的饭还是粥?"

"粥,白粥,"边南说,"你跟他说什么了啊?"

"瞎聊呗,平时跟你怎么聊的,跟他就怎么聊的,"邱奕拿过熟食案板洗了洗,回过头看着边南,"反正你俩水平差不多。"

"二宝的思想有我这么高深?"边南斜眼儿瞅了瞅他,"他要真跟我水平差不多你就该乐了,怎么不得是个神童啊?"

"所以让你继续啊,"邱奕笑了半天,低头开始砍鸭子,"不敢啊?"

边南往外迈了一步又退了回来,回手指着邱奕:"你怎么这样,这也就是我能忍你……"

"去吧,"邱奕用力地在他的肩上拍了几下,"二宝现在正思考人生呢。"

边南出了厨房,走了好几步邱奕又在厨房里说了一句:"你要是有什么不明白的就让二宝给你讲解讲解。"

边南这会儿没工夫跟邱奕详细理论他又挤对自己的事儿，只是冲他挥了挥拳头，转身往屋里大步走去。

房门开着，屋里电视也开着，邱彦正跪在凳子上全神贯注地拆着邱奕的礼物。

"二宝？"边南站在门口叫了他一声。

邱彦抬眼看到他，没出声也没动，只是冲他愣着。

"在……干吗呢？"边南走到桌边，看这样子还真是在思考人生啊，思得还挺投入。

"拆礼物，"邱彦低下头把盒子打开，从里面拿出了一个手工做的羊毛娃娃，"我喜欢拆礼物。"

"我明天买一堆礼物让你拆个够，"边南笑着说，"怎么样？"

"好！"邱彦点了点头。

边南靠着椅子，看着专心拆礼物的邱彦。

把所有的礼物都拆开了放了一桌子之后，邱彦终于从凳子上跳了下来，走到边南身边，往他身上一靠，叹了一口气。

"怎么了？"边南把他抱到腿上，看着他。

"我觉得我的人生好复杂啊，"邱彦看上去有些忧伤，"你说我哥哥是怎么能想那么多的呢？"

"因为他神经。"边南晃了晃邱彦，"你甭想那么多，该吃吃该喝喝该玩玩……"

"你真是挺幼稚的。"邱彦看了他一眼。

"嘿，"边南喊了一声，"信不信我揍你啊！"

邱彦笑了起来："不信。"

"你就说你这人生琢磨完了没啊？"边南问。

"完啦，"邱彦笑了一会儿，"只要你和哥哥一直疼我就行了，别的我都不担心。"

"那必须啊，不疼谁也不会不疼你，你是我俩的心尖尖。"边南很认真地伸出小拇指跟他勾了勾手指，然后用胳膊把他一夹，站了起来，"走，去厨房给你哥帮……你好重啊。"

"我长个儿呢！"邱彦笑了起来，声音脆响。

"你是长秤呢，你长什么个儿了？"边南说。

边南靠在厨房门框上看着给哥哥打着下手的邱彦，有种说不上来的温暖感觉，被一个小家伙需要的感觉让他很满足。

他喜欢小孩儿，从小就想要个可爱的弟弟或者妹妹，这么多年总算有了一个小面包。

如果家里的情况不是那样，他跟边馨语或许也会这样吧，抛开别的不说，边馨语小时候也是个挺漂亮可爱的小姑娘……

回家这么久，他一次也没见过边馨语。

他周六下午要上班，一般是晚饭时间才回家，边馨语肯定会跟同学出去吃，晚上很晚才回来，周日他离开家回宿舍之前边馨语都避着他，出门逛街，或者闷在屋里不出来。

这种状况边南不知道怎么才能改善，也许也没必要刻意去改变什么了。

不能接受的人这样尽量避免碰面其实也挺好的。

能跟老爸维持目前这种平静的局面已经让边南很满足了。

邱奕做菜的水平似乎越来越高了，边南靠着门愣神这会儿工夫，邱奕已经把鱼煎了出来，香气四溢的，边南闻着就觉得饿得两眼放光。

"我拿去院子里吧。"邱彦飞快地过去端了盘子走出厨房。

"别偷吃鱼！"邱奕追了一句。

"哎呀，知道了！"邱彦很不满地喊了一声。

边南回头偷偷看着他，邱彦把鱼放到桌上以后，盯着盘子看了一会儿，伸手小心地从旁边捏了一根葱出来放到了嘴里。

"还真听话。"边南一看就乐了，小声跟邱奕说，"没吃鱼，吃的葱。"

"排骨糖醋行吗？"邱奕笑着问。

"二宝，糖醋排骨怎么样？"边南回头冲院子里喊。

"这是鱼啊，不是排骨！"邱彦看着他，"我也没吃到啊，我吃的是葱！"

"哎，我说还有个菜是糖醋排骨！"边南乐了半天，"你心虚什么？"

"糖醋排骨好！"邱彦点了点头。

没一会儿工夫，四菜一汤都上了桌，邱奕用汤罐装了一罐子排骨汤让邱彦给邻居老头儿、老太太拿过去了。

"开吃。"边南拍了拍手。

"喝酒吗？"邱奕问他。

"喝……不喝呢？"边南突然有些拿不定主意。

"喝点儿吧。"邱奕站起来往屋里走，"我爸屋里藏了瓶五粮液，不让他喝，他就藏起来了，谁也不让喝……"

边南笑了起来，等到邱奕进了屋才反应过来："喝白的啊？"

"我要喝橙汁，是不是买了橙汁？"邱彦也往屋里跑。

"啊，买了。"边南对要喝白酒有些拿不准，他喝白酒的经验不足，不能完全预估喝完了会是什么状态。

邱奕拿着酒走出来的时候，边南犹豫着道："要不……我跟二宝喝橙汁吧？"

"喝这个。"邱奕把杯子放到他面前，"我替你控制着。"

"你控制什么啊，你知道我喝多少能倒啊？我跟你说，我要来个暴击，一瓶啤酒我就能倒地不起，你信不信？"边南捂着杯口。

"我过生日呢，"邱奕在他手背上拧了一把，"别啰唆。"

边南把手拿开了，在手背上使劲儿搓着："你有没有点儿轻重了？"

"你要喝了，我明天去找你，你教我打球。"邱奕往他杯子里倒了小半杯白酒，"不用全喝，慢慢抿吧，喝不了了就给我。"

"你说什么？"边南眯了一下眼睛。

"我说你喝不了给我。"邱奕给自己倒了一杯酒。

"前面那句。"边南盯着他。

"你教我打球！"邱彦在一边拧着橙汁盖子，"那谁教我啊？我也想打球！"

"罗轶洋呗。"邱奕拿过橙汁帮他拧开了。

"邱大宝！"边南乐了，"你就这么把你弟卖给罗轶洋了……"

"你又不是刚认识我，我一直热衷于把弟弟卖掉。"邱奕举起杯子笑了笑，"我的生日愿望是……二宝永远这么开心，大虎子永远这么傻，我们永远开心。"

"永远开心！哥哥生日快乐！"邱彦拿着瓶子往邱奕的杯子上撞了一下。

"生日快乐，永远开心。"边南看着邱奕，轻轻跟他碰了碰，又跟邱彦磕了两下，"二宝，我最疼你了，永远都最疼你。"

邱彦笑得很响亮："真乖！"

"跟你哥一个德行，长大了不定多烦人呢。"边南啧了一声，在杯口抿了一下，一秒钟之后整个嘴都辣了。

"怎么样？"邱奕笑着问他。

"不知道，什么酒到我嘴里都一个味儿，难受。"边南夹了一块排骨放到嘴里，咔咔地咬着。

时间过得真快，上回他跑邱奕家来过生日的事儿，现在都还记得清清楚楚，这都一年了。

说起来这一年发生的事儿还真是不少。

相比起他之前平淡无味、波澜不惊的十来年，这一年酸甜苦辣让他尝了个遍，就像这口酒似的，一回味就半天回不过神来。

现在三个人坐在这里，边南抬起头，透过葡萄叶的缝隙往天空看了看。

他以为邱爸爸会跟他们一起坐在这里很多年呢。

那些说了很多遍的故事他都还没有全听完。

"我要一块汤里的排骨。"邱彦的声音让边南收回了思绪。

邱奕从汤里给邱彦舀了块排骨，又转过头看着边南："你要吗？"

"要。"边南把碗递过去。

"挺好的。"邱奕往他碗里舀了块排骨和半碗汤。

"什么？"边南问。

"我爸要在的话，会这么说。"邱奕看了他一眼，"挺好的，他喜欢看我们瞎开心。"

边南笑了笑，又被邱奕看出了他在想什么，这人真是太烦人了。

他拿起杯子抿了一口。

"哎呀！"他皱着眉，嘴里到嗓子眼儿再到胃里一路的辛辣让他觉得整个脑袋都热了起来，"真是……难以形容的感受。"

邱彦吃得很卖力，边吃边念叨着想去打网球的事儿。

"罗轶洋说，可以带我一起打。"邱彦啃着排骨，"我觉得挺好的，他给我找拍子，还可以不花钱用那么好的球场……"

"小钱串子，"边南拿着杯子在一边乐了，"还挺会打算的。"

"你喝多了。"邱彦看了边南一眼，又转头看着邱奕，"哥哥，我能去吗？"

"去呗，不过你要懂事儿，人家要用球场训练的话你要让出来。"邱奕把边南手边已经喝掉一半的酒倒进了自己的杯子里，"知道吗？"

"嗯，没有场地我们可以去训练墙那里打。"邱彦点了点头。

"我给你买拍子。"边南趴到桌上，"明天就买，不用罗轶洋给你找，我给你买好拍子……我的酒呢？"

"喝饮料吧，冰箱里还有。"邱奕进屋拿了瓶橙汁放到边南面前。

边南皱着眉喷了一声："我还能再喝点儿，现在还没什么感觉呢，今天状态好。"

"那是劲儿还没上来。"邱奕往他杯子里倒上橙汁，"一会儿劲儿上来了正好抽风。"

"我要抽风了你把我扔沙发上、扔床上都行，没事儿。"边南挥了挥手，这酒他喝不出什么好坏来，不过现在舌头大概已经麻了，酒没那么辛辣难忍了。

"你说的啊，"邱奕一脸平静地说，"一会儿把你扔街上去。"

边南乐了，指着邱奕，转过头冲邱彦说："听见没，你哥要把我弄上明天的早间新闻。"

"上个月就有呢，有个人喝多啦，边走边吐要酒疯，还有照片呢，可丢人啦！"邱彦啃完了排骨正站在凳子上看着头顶的一串小绿葡萄，听了这话立马就说上了，"大虎子你不要……"

边南喊了一嗓子："卖给罗轶洋吧，这小玩意儿我也不要了！"

"二宝说得对。"邱奕点了点头。

"对什么对！"边南弹了起来，屁股在椅子上砸了一下，"邱大宝，你就是这么教育你弟的？还成天觉得自己特教育有方呢！"

邱奕拿着酒杯笑了半天："就这样，怎么着吧？要打架赶紧的，再过半小时你连二宝都打不过了。"

"哈！"邱彦站在凳子上喊了一声，摆了个李小龙的姿势，"嚯！"

"下来。"邱奕看了他一眼，"一会儿摔锅里浪费我一锅汤。"

"吃蛋糕吗？"邱彦从凳子上跳了下来。他已经吃饱了，现在开始想着冰箱里的那个蛋糕。

"去拿吧。"邱奕站起来，把桌上的盘子都收拾到一边儿，又踢了边南一脚，"趁现在还能干活，去厨房拿刀来切蛋糕。"

边南站起来，往厨房走的时候感觉自己步伐还算轻盈，也基本保持了两点之间直线最短的路线。

不过在厨房里找刀的时候，他感觉还是高估了自己的实力，比如打开橱柜门的时候他居然没目测出距离，门直接在脸上砸了一下，眼泪都差点儿疼出来了。

"怎么了这是？"邱奕看着一手拿刀一手捂脸走过来的边南。

"撞门上了。"边南搓了搓脸，"没事儿。"

邱奕笑了笑，拿过刀："我切吧，你别一会儿切脸上了。"

"我那块儿要大。"边南坐下了。

"我要第二大的那块儿！"邱彦跑了过来。

"你要跟我那块儿一样大的，咱俩都要最大的。"边南揉了揉他的脑袋。

吃完蛋糕，邱奕把碗筷都收拾了，邱彦蹲在水池边儿洗碗，边洗边跟邱奕聊着天儿。

边南靠在椅背上仰着头看着葡萄架，没仔细听邱彦和邱奕在聊什么，觉得这种时候不需要听清，只要听到他俩的声音在身边儿，和着清凉的夜风，就够了。

他在这个院子里感受得最多的，就是安心和踏实，最普通、最不起眼的那种，所有平常人家都有的那种感受。

真好啊。

邱彦什么时候进屋的边南都不知道，邱奕过来把他从椅子上拉起来他才发现自己大概是酒劲儿上来了，站起来的时候脚直接踩在了邱奕的脚上。

邱奕半拖半架地把他弄进屋里扔在了床上。

边南听到自己心满意足地哼哼了一声，听着跟酒足饭饱的老先生似的。

酒劲儿是真上来了，这么一躺着他感觉酒都到脑袋里了似的。

边南觉得头晕，还挺困的，不想睁开眼睛。

邱奕挪动他的时候他都没太配合，就感觉邱奕跟摊饼似的，拽着他的胳膊来回翻了几下。

想到这场面边南突然就乐了，闭着眼嘿嘿笑着："注意火候，勤翻面儿别煳了……"

邱奕没说话，随手抓过旁边的外套扔到了他的脸上："今儿看你可怜，就不逼你洗澡了，你赶紧闭嘴睡觉。"

"不想动。"边南趴在床上，半张脸埋在枕头里，"嘴好像也闭不上，半夜流口水了怎么办？"

邱奕没理他，站在床头收拾了一下东西，然后外面传来了邱彦从那个屋走出来的声音，似乎是小跑着要去上厕所。

"我去看看。"邱奕说了一声，开门出去了。

边南听到邱彦在客厅里有些得意地跟邱奕说他刚才又写日记了，把明天的日记写完了。

"明天的日记怎么写啊？"邱奕笑着问。

"把今天的事儿放到明天写呗。"邱彦说，"我哥哥过生日啦，反正老师也不知道你哪天过生日。"

"赶紧睡觉去。"邱奕说。

"上完厕所就睡啦。"邱彦跑了出去,在院子里又问,"我能看半个小时的电视吗？"

"不能。"邱奕也跟着出去了。

早上边南醒的时候感觉脑袋有点儿发沉,估计还是酒喝多了。

邱奕已经起床了,正在客厅里跟人打电话,听说话内容对方应该是申涛。

"他回来了啊？"边南出去问了一句。

"还有两天。"邱奕说,"二宝去买早点了,半天没回来,你去看看,他今天要去学校打扫卫生的。"

"嗯。"边南应了一声,洗了脸出了院子。

邱二宝同学最近买早点不爱在胡同口买,特别愿意走到外面小街口那个早点摊,那家养的一条狗生了一窝小串串,每次他都借买早点之名过去逗小狗。

边南远远地就看到他拎着一兜包子蹲在树底下,脚边两只小胖狗正围着他摇尾巴。

"二宝！"边南喊了一声。

邱彦挺开心地跑了过来："你怎么来啦？"

"我再不来你今天打扫卫生就得迟到了,是不是把早点都喂狗了？"边南问他。

"没有。"邱彦晃了晃手里的袋子,"就给了狗妈妈一个包子,老板说小狗吃奶不吃包子。"

每次边南喝多了第二天都会觉得饿,于是过去又买了一屉小笼包,外加俩油饼,这才带着邱彦一块儿往回走。

"你昨天喝多啦。"邱彦甩着手里的袋子,边说边蹦。

"没有。"边南说。

"路都走不了啦,是我哥把你拖进去的。"邱彦笑着说,"大虎子,你的酒量真差。"

"你个喝汽水儿的也能这么得意……"边南抓了抓他的头发。

"大虎子,"邱彦转了个身退着蹦,"是不是以后你会经常到我家来住?"

"啊?"边南被他猛地这么一问突然有点儿不好意思,这蹭住也蹭得也太明显了,"这个……还不一定。"

"我看哥哥在收拾屋子,说是有时你会来住。"邱彦有些着急地又补了一句,"来我家挺好的,我喜欢家里人多些,我喜欢你过来。"

"嗯,我也喜欢过来。"边南笑了笑,弯腰摸了摸他的脑袋,"宝贝儿,有时候你还真是……"

"我就快要到叛逆期了,你得多跟我培养感情。"邱彦一脸严肃地说,"这样以后我叛逆了你才好劝我啊。"

"什么?"边南愣了愣,几秒钟之后乐得半天都说不出整话来,"哪儿看来的这什么乱七八糟的东西?"

"《情感三百六》。"邱彦说,"六频道。"

邱彦说的六频道是市里的什么信息频道,边南从来不看,没想到邱彦每天坐电视前面就看半小时还能找到这种节目。

"我得跟你哥谈谈,电视就给你留个动画片频道得了。"边南感慨道,"你成天看的都是什么玩意儿,看多了简直让人压力大得都直不起腰了。"

"越不让看越想看,越不让说越想说。"邱彦摇了摇头,"这道理你不知道吗?"

"闭嘴!"边南过去搂着邱彦的腰用胳膊一夹,大步往回走,"再过两年你能去电视里给人开讲座了。"

两人回到家的时候,邱奕正好打完电话,看到边南就招手道:"哎,跟你说个事儿。"

"什么事儿,申涛的?"边南把邱彦扔到沙发上。

"嗯,下午下班了咱俩去帮人家搬家。"邱奕说。

"什……什么?"边南愣了愣,"今天咱俩还打球呢,打完球还有什么力气帮人搬家啊?"

"帮个小姑娘搬家,没什么东西,就一点儿行李还有张电脑桌,叫个车帮她拉过去就行。"邱奕瞅了瞅放在桌上的网球拍,"你要不就跟着看看吧,东西我搬。"

"不是,这跟申涛有什么关系啊?"边南说完就反应过来了,"申涛的女朋友?"

"不算吧,他们公司办公室的小姑娘,他跟人家聊得挺好的,想追。"邱奕笑了起来,"咱俩正好去看看是什么样的姑娘。"

"哎,可以可以。"边南对申涛喜欢的姑娘还挺有兴趣的,申涛一直深沉稳重,边南还真想看看他喜欢的姑娘是哪款。

"小涛哥哥没你俩帅。"坐在桌子旁边啃着包子的邱彦突然说了一句,"万一那个姐姐看上你俩当中的哪个了怎么办?"

邱奕和边南对视了一眼,半天都没说出话来。

最后邱奕转头看了邱彦好半天:"你还挺操心。"

"我去学校啦!"邱彦笑着拿起门边放着的一个小桶,抓了个包子跑了出去。

"我发现小孩儿都是突然就长大了。"边南有些茫然,"前阵子他还玩狗尿来着……"

"他现在这成熟还有偶发性,我现在就想按着不让他长。"邱奕拿起一杯豆浆喝着,"小时候多好玩。"

"有你这样的吗?"边南笑了起来,"他长大了也好玩的,就跟你似的。"

"是啊,他早晚有一天得跟申涛似的支使着他朋友去给他喜欢的姑娘搬家……"邱奕喷了几声,"想想我就不爽。"

"你别横加干涉啊。"边南咬了口油饼,"我还想着二宝以后生一堆小二宝,然后匀一个两个的给我……"

邱奕笑得让一口豆浆给呛了,蹲地上咳了好一会儿才说了一句:"边南,你能不这样用词吗?"

"哪样?"边南睨了他一眼,"我就喜欢小孩儿。"

"喜欢你自己生去。"邱奕说,"还抢上侄子了。"

"邱奕,早晚咱俩得拉开架势干一仗。"边南指了指他,"等着吧。""赶紧上班去吧你,要迟到了。"邱奕笑着拿出手机看了看时间,又凑到边南身边,"今天中午我过去跟你打球,你最好提前做好准备。"

今天上班还不算太忙,边南一上午基本都站在球场边儿,琢磨着该怎么给邱奕上第一堂网球课,得让邱奕这一节课就深深爱上网球,以便一直练下去,十年后还能跟自己打一场。

快中午的时候,罗轶洋来了,到了球场就一屁股坐到凳子上喊了一声:"累死了!"

"干吗去了?"边南对他来了第一句话不是"边南来打球"有些意外。

"跑了一上午手续啊。"罗轶洋捏了捏腿,"邱奕给安排的任务。"

"跑着去的?"边南又问。

"开车去的啊。"罗轶洋一脸不爽,"我有病啊我跑。"

"全程开车你捏什么腿?我以为你马拉松跑手续呢。"边南乐了。

"跑人家的办公室里不得站着等着?"罗轶洋叹了口气,"办点事儿真不容易。"

"现在知道了啊?"边南过去从自己包里翻了块巧克力给他,"你是不是觉得一小时就能全搞定呢?"

"别跟邱奕学啊,一点儿都不可爱了。"罗轶洋捶了捶腿,"不过有十天半个月的也差不多了,我是挺佩服邱奕的精力的,天天上课什么的一堆事儿,这几天还能把计划给写出来……"

"是。"边南特别真心地点了点头,邱奕这精力旺盛劲儿真是无人能及。大概就永动机二宝能跟他哥拼一把了。

"二宝呢,怎么没来?"罗轶洋在身后问。

"今天学校大扫除,他去学校了。"边南活动了一下胳膊腿,打算一会儿上去给做几个示范。

"打球。"罗轶洋站了起来,"边助,来活动一小时。"

"不。"边南很干脆地拒绝了他,"我等邱奕呢,一会儿他过来我教他打球,人生中的第一节网球课。"

"你教他打球,他怎么不叫我教啊?"罗轶洋立刻喊了起来。

"昨天喝酒的时候说起来的……"边南捂了捂耳朵。

"你俩还一起喝酒了,没叫我?"罗轶洋又喊了一嗓子。

"过两天一块儿吃饭吧。"边南说,"邱奕生日,周六叫了朋友一块儿聚聚,你俩算朋友加搭档,必须得去。"

"周六?没问题。他生日啊,多大了?"罗轶洋一听很高兴,瞬间就忘了喝酒没叫他的事儿。

"二十。"边南说。

"多大,二十?"罗轶洋愣了愣,"我居然每天被个二十岁的小孩儿支使着满城跑……"

"你得了吧。"边南乐了,胳膊架到他肩上笑着说,"你也就比我俩大一两岁,装什么大叔?原来有胡子还凑合,现在没了胡子,你看着也就一个小孩儿。"

"是吧。"罗轶洋摸了摸自己的嘴,"我也觉得我的胡子不错……算了,不说胡子,一说胡子我又想起我失恋的事儿了。"

边南最后也没跟罗轶洋打球,还没到中午休息的时间,邱彦自己跑来了,罗轶洋算是找着点儿事儿干了。

小家伙对网球是真有兴趣,今天场地全满,罗轶洋带着他在训练墙那边儿练,枯燥的击球动作他愣是一两个小时都能坚持下来。

边南看了挺感慨的,这就是有兴趣和没兴趣的区别吧。

没准儿十年之后他还能跟邱彦打几场球呢。

不过一想到十年后邱彦已经跟他现在差不多大,边南又突然体会到了邱奕的那种感觉,舍不得,这么可爱的小面包就没了……

邱奕背着球拍到展飞门口的时候给边南打了个电话,邱彦跟着罗轶洋已经在训练墙那边儿玩了一个多小时,要不是罗轶洋下午还要出去跑腿儿,估计能打到下午下班。

邱奕等罗轶洋走了才跟边南一块儿进了球场:"要让他知道我上这儿

打球来了，肯定轮不到你上场。"

"哎，你一穿上运动服，拿上拍子，还挺像那么回事儿的。"边南打量着邱奕。

邱奕穿了一身运动服，脚上是那会儿骨折出院时边南给买的那双球鞋，还有……红袜子。

边南拍了拍邱彦："二宝，你哥是不是特像个打网球的？"

"像！"邱彦点了点头。

边南在最边儿上找了个空场地，中午时间不多，他其实就想着跟邱奕玩一会儿，然后去吃饭。

邱彦兴奋地坐在一边儿看着："哥哥，我会，我教你！"

"你不是每回练完了回家都得跟我连讲带比画至少说半小时吗？"邱奕拿着球拍站到场上，"我都快背下来了。"

"咱今天不讲基础，直接打。"边南把球打了过来，球弹到邱奕手边，邱奕伸手接住了，边南笑了笑，"其实我就是想试试跟你打球的感觉。"

"看出来了。"邱奕拍了拍球，"我觉得你打完这次基本就可以忘掉你那个什么十年后打球的约定了。"

"那不可能。"边南站好，弯腰转了转拍子，"你发球吧，会发吧？"

"我试试，平时打过羽毛球……"邱奕退到底线外，往边南这边看了一眼，突然喊了一声，"哎，好远啊，看不清你了。"

边南乐了："忘了你近视，要戴上眼……"

话还没说话，邱奕一扬手，把球抛了起来，接着就一挥拍子，球跟球拍接触时发出了有力的一声响，对着边南这边飞了过来。

边南愣了愣，邱奕这个发球，姿势只能算是凑合，但力量和准确度都很不错。边南完全没想到邱奕此生第一次握拍，发出的第一个球居然能有这样的水平。

他不知道该怎么表达自己内心的激动以及瞬间对十年后再打球的满满的信心，只能潇洒地一挥拍，感叹了一声："哎？"

因为这个球发过来的质量还不算太差，所以边南忘了喂球，习惯性地把球回到了邱奕的反手位置。

刚潇洒地发完球跑回网前的邱奕对这个反手球只能是蹭了下拍子边儿，球弹出了边线。

"哎个鬼啊……"邱奕看着他，"你跟你零基础的学员练习上来就打反手球啊？"

"哥哥打得好！"邱彦坐在旁边儿的椅子上用力地拍了拍手。

"忘了、忘了。"边南嘿嘿乐了两声，又冲邱奕竖了竖拇指，"大宝，你真是让我刮眼珠子相看。"

"还成。"邱奕笑了笑，"我就学个样子，平时好歹也看过你和二宝打。"

边南给邱奕喂了一会儿球，邱奕的模仿能力很强，运动细胞也发达，就这么喂球的过程中，邱奕已经慢慢能学着边南的步伐移动了。

当然，步伐姿势之类的基础，需要进行漫长而枯燥的训练才有可能真正扎实起来，反正边南也没指望邱奕能跟他似的系统地学成什么样，就按现在这样，打到十年之后，足够了。

"爽！"边南喊了一声。

"浪！"邱奕也喊了一声。

"什么素质。"边南一拍子把球又杀到了邱奕的反手位置。

邱奕把拍子往地上一扔："累了，就这么着吧，我下午还得上课。"

"出去吃点儿东西。"边南虽然不过瘾，但心情相当不错，一挥手道，"二宝，走，吃饭去。"

两人带着邱彦随便在旁边的小店吃了点儿东西，邱奕领着邱彦回家了。

边南下午没什么事儿，坐球场边儿上看人练球的时候还回味了一下中午跟邱奕对打的场面，老想象着十年之后他俩都成大叔了，再这么打的时候是什么感觉。

没准儿两人会被后起之秀邱二宝嘲笑呢。

边南下班之前邱奕给他打了个电话，提醒他下了班别耽误，还得给人搬家去。

其实不用邱奕提醒，边南下了班都没跟人多聊，换了衣服就去了邱奕家。邱奕今天到家也比平时早，准备随便煮个面，然后去给人搬家。

对申涛看上的姑娘，他俩都充满了好奇。

"申涛之前谈的姑娘什么样？"边南吃着面问了一句。

"高、瘦、白。"邱奕很快地总结着，"大眼睛，长头发，不温柔，脾气火暴。"

"他喜欢这样的？"边南有些不能理解。

"不知道，不过他能忍这样的，他的脾气挺好的。"邱奕笑了笑。

"赶紧吃。"边南说。

吃完饭，两人把邱彦扔在家里，到胡同口找了个等着给人拉货的面包车按申涛给的地址过去了。

姑娘现在住的地方离公司有点儿远，所以在公司附近重新租了房子，赶着这两天搬过去。

快到地方的时候，邱奕给姑娘打了个电话，姑娘说已经把东西搬了几件到楼下了。

"听声音挺成熟。"邱奕挂了电话之后说，"还不错，知道自己先把能拿的东西拿下来了。"

车开到楼下的时候，边南隔着车窗看到了一个短发姑娘站在两个箱子旁边，看到他们的车就抬手挥了挥，又往车窗里看了看："是邱奕和边南吗？"

"是！"邱奕赶紧让司机停车，然后猛地回过头看着边南，"看到没？"

"看到了！挺漂亮的……不过这得有二十四五岁了吧？"边南也瞪着他，"申涛喜欢姐姐？"

之前邱奕说过申涛的前女友是个高、白、瘦、暴脾气的妹子，边南在心里大致有个勾勒，跟苗源那款的应该差不多。要不是苗源跟顾玮一直若有若无地过着招，边南还想着要是把苗源介绍给申涛估计靠谱。

不过看到正在路边等他们的这个姑娘时，边南还真是有点儿吃惊。

申涛的口味也太飘忽不定了。

姑娘一看就大他们好几岁的样子，穿着牛仔裤、T恤，挺利索的短发，挺漂亮，但是不高不瘦也不算白。

"不好意思啊，这都累一天了还让你们过来帮我搬家。"姑娘站到车边笑着说。

"没事儿。"邱奕拉开车门跳下去，笑着打了个招呼，"梁悦？"

"嗯，你是邱奕吧？给我打电话那个，我听得出声音。"梁悦笑了笑，"叫我悦姐就行。"

"搬家还是找自己人，方便支使。"边南跟着下了车，"悦……"

一个悦姐还没叫出口，邱奕在他的胳膊上碰了一下打断了他的话："跟申涛聊天儿的时候提到你都叫小悦习惯了。"

"是吗？那……小悦就小悦吧。"梁悦笑了起来，指了指楼道，"你们这么熟我可就随便支使了啊，我屋里还有张电脑桌、一个简易衣柜、两箱子书……"

"嗯，先把东西搬到车上吧，你在这儿守着，我们上去拿下来。"邱奕说。

把梁悦已经拿下来的东西都放到车上之后，邱奕拿着梁悦的钥匙跟边南一块儿上了楼。

"干吗不让叫姐？一般这样的我都叫姐了。"边南进了电梯之后问了一句。

"你傻吗？"邱奕啧了一声，"那是申涛要追的人，咱俩是申涛的朋友，也不知道人家对这个年龄差有没有想法，就直接管人家叫姐？"

"啊！"边南抓了抓头发，"我没想那么多……申涛能追到吗？"

"谁知道呢？他愿意追谁追谁。"邱奕伸了个懒腰，"能帮的忙就忙，别的随他的便呗。"

"哎……"边南晃了晃脑袋，脖子发出了咔的一声响，"申涛还真把小老头儿风格贯彻到底了啊？"

"哎！"邱奕皱了皱眉，"别弄这动静。"

"怎么了？"边南换了一边又扭了下脖子，又是咔一声响，"我们体校差不多人人都会……"

"信不信我抽你？"邱奕斜眼儿瞅着他，"我受不了这动静，听着老觉得下一秒你的脑袋就得咔嚓掉我脚边。"

"滚！"边南愣了愣乐了，"你这是什么毛病啊，那你不是还捏手指吗？咔咔地响，你怎么不担心你的手指掉兜里……"

"反正你别再玩脖子就行。"邱奕抬手在他的脖子后面捏了捏。

梁悦屋里已经没什么东西了，都收拾到了箱子里。

本来邱奕打算自己一个人拿一个箱子，结果刚拎起来又扔回了地板上："大虎子。"

"重吧？"边南乐了，过去拎了拎，"一块儿吧……"

"是今天被我打残了吗？"邱奕问。

"你也太看得起自己了吧！"边南喷了一声。

"是吗？"邱奕笑了笑，把电脑桌反过来，两人把箱子放了上去，再一块儿拎着桌子。

两人跑了两趟，把屋里的东西都拿上了车，梁悦坐在副驾驶座上一个劲儿地给两人道谢："真谢谢了，我这一堆东西看着不算多，但都死沉死沉的，真谢谢你俩了。"

"完事儿了再谢吧。"边南笑了笑，"这会儿说得跟搬完了似的，听着觉得一会儿我俩回句不用客气就该下车走了，东西你自己搬上去啊。"

"那不谢了。"梁悦也笑了，"你俩还没吃饭吧？一会儿我请你们吃点儿东西。"

"吃过了来的。"邱奕说，"没吃饭过来怕没力气。"

"真的？别跟我客气啊。"梁悦看着他俩。

"真的，吃过了，要换了别人我们肯定留着肚子，但申涛的朋友就不一样了。"边南嘿嘿笑了两声，"不拿一针一线。"

"那申涛回来了让他请客吧。"梁悦挺爽快地一挥手道，"我也不跟你俩推来推去的了。"

"对嘛，申涛请我俩就行，反正我俩帮的是他的忙。"邱奕笑着说。

到了地方往屋里搬东西的时候边南发现梁悦的力气还挺大的，跟在他俩身后一个人居然把一个箱子拖进了屋里。

"你还挺……有劲儿。"边南忍不住夸了她一句。

"一直一个人住着，搬个东西什么的都得自己来啊。"梁悦拍了拍箱子，"搬家这种大事儿找人帮忙，平时搬张桌子、拎点儿东西什么的不都得自己吗？"

"我们帮你把东西都放好吧，你告诉我们搁哪儿就行。"邱奕说。

"没事儿，这样就行，我慢慢弄，还没想好要怎么放呢。"梁悦打开刚扛上来的迷你小冰箱，拿了两听可乐递给他俩，"这一身汗，辛苦了。"

两人灌完可乐，看着屋里也没什么事儿了，跟梁悦又聊了几句就出了门。

从这儿回邱奕家挺绕的，邱奕站在路边琢磨着该怎么坐车，边南等了一会儿有点儿不耐烦地招手拦了辆出租车："打车吧，二宝还一个人在家呢。"

"着急回去陪他去火柴厂吗？"邱奕上了车。

"滚！你要想去了自己去，别拉上我和二宝。"边南一提火柴厂就相当无语。

"二宝也爱去。"邱奕笑了，想了想又偏过头看着他，"你上我家占地儿的时候应该没这么多东西吧？"

"我……别说是占个地儿，就是搬家我也没什么东西啊。"边南哼了两声，宿舍他跟石江提了一嘴说还是让出来给别人，石江倒是没说什么。

"是吗？"邱奕笑着问。

"嗯，就几件衣服。"边南在心里清点了一下自己的东西，突然发现自己真没多少东西，就连待在家里，属于自己的似乎也就屋子里那点儿东西，电脑、手机……没了。

邱奕在他的腿上用力拍了两下，又搓了搓："来占地儿吧，我的东西也不多，凑一凑都算你的了。"

边南笑了笑，突然有点儿想哭，大概是感动的吧。

"还有我的信别忘了,这期限都已经过了一天了,你也没点儿动静,非得打一架才拿出来吗?"邱奕又小声说。

"周末你不是还过过一次生日吗?"边南倒是没忘了这事儿,信一直在包里放着呢,只是这种二宝写的日记都能甩他一条街的玩意儿真要拿出来也挺不好意思的,"到那天我没东西送了怎么办?"

"哪儿来这么多讲究,还非得送东西啊?"邱奕笑着说。

"我就这样,喜欢给人过生日,给人送礼物,不能没有这步骤。"边南说。

"行吧,那我再等等。"邱奕笑了笑。

两人回到邱奕家的时候,院子里的灯亮着,葡萄架下的桌子前趴着个小孩儿。

边南一看这瘦猴儿一样的小孩儿立马眼睛一瞪道:"方小军!"

"大虎子!"邱彦听到他的声音,从屋里跑了出来,手里拿着两小盒冰激凌,是邱奕买了放在冰箱里让他平时吃的。

"你俩在干吗呢?"边南一看到方小军就忍不住把警惕性调到最高等级。

"他抄我的作业。"邱彦把一盒冰激凌放到方小军面前,"赶紧抄,要不一会儿我哥要赶你走了。"

"还差一页,快了。"方小军拿起冰激凌舀了一大口放到嘴里,然后继续埋头抄作业。

"还吃点儿东西吗?"邱奕进了厨房,在厨房里看了看,"我怎么有点儿饿啊?"

"好啊,吃!"方小军趴在桌上喊了一嗓子。

"有你什么事儿?你走了我们才吃!"边南瞪着他说。

"抠门儿。"方小军撇了撇嘴。

"就是抠门儿!"边南过去一把拿走了桌上的那盒冰激凌,"这个你也别吃了!"

"这是邱彦给我的!"方小军跳下凳子跟边南抢,"给我!"

"不给。"边南也不知道为什么就这么看不上方小军,反正同样是小孩儿，他就不乐意惯着方小军。

"你拿回去抄吧。"邱彦坐在椅子上乐呵呵地看着他俩，"明儿早上给我拿过来就行了。"

"赶紧走！"边南把冰激凌还给了方小军。

"你以为我多想看见你啊？"方小军把邱彦的作业拿上，吼了一句转身跑了。

"你烦不烦，成天跟方小军没完没了的。"邱奕在厨房里叹了口气。

"不烦，一点儿也不烦！"边南进了厨房，"那小子的心眼儿忒多了，就二宝那层次老跟他待一块儿肯定要吃亏。"

"小亏吃点儿就吃了，大亏不会再吃就行。"邱奕不是很在意这事儿，转身冲院子里喊了一句："邱小彦，你怎么又让他抄你的作业？是不是又连日记一块儿抄了？"

"嗯，抄了。"邱彦在院子里吃着冰激凌点了点头，走到厨房门外，"抄就抄呗，反正老师一看就知道是他抄我的，又不骂我。"

"你让他抄的，老师不骂你？"边南看着他问。

"啊？"邱彦抬起头眨了眨眼睛，一脸茫然，"我不知道呀。"

"你真会装！"边南都看乐了，拎过他在他的脸上搓了搓。

"方小军家里可乱了，他妈他爸成天打架。"邱彦舀了一勺冰激凌举着递到边南嘴边，"他在家里写不成作业，寒假的时候他妈把他的作业本儿都撕了，他粘了一天才粘好的。"

"那他过来写作业不就行了，干吗要抄你的？"边南把冰激凌吃了。

"唉，你不明白吗？他哪儿会写啊，他都没心思写作业，他家一点儿都不好。"邱彦叹了口气，"哪像我家这么好呀。"

"这倒是。"边南搂了搂他，"那我好不好？"

"好。"邱彦点了点头，"你最好了。"

"大虎子搬过来住好不好？"邱奕在旁边问了一句。

"好啊！"邱彦眼睛一亮，仰着头看着邱奕，"真的吗，大虎子搬到咱家来住吗？"

"嗯。"邱奕笑了笑,"有剩饭,吃不吃炒饭?"

"吃,吃,吃。"边南马上一连串地说,"吃!"

边南要去邱奕家占地儿很容易,从展飞的宿舍到邱奕家,也就一个包的东西,下午下班的时候回宿舍一收拾,拎着包就过去了。

退宿舍的事儿他有点儿不好意思,石江应该是给他特批了名额的,现在他没住两个月就又要退了,看到石江的时候都不知道说什么好。

"要搬啊?"石江问他。

"嗯,那个……石哥,我给你添麻烦了。"边南抓了抓头发,"我就是……"

"回家住了吗?"石江又问了一句。

"是。"边南应了一声。

"挺好的,能回家还是回家住,省得家里人担心。"石江笑了笑,"也不用不好意思,宿舍再安排给别人就行了。"

邱奕已经把原来邱爸爸的那间屋子收拾了一下,让邱彦晚上在那个屋里睡。

邱彦在床上滚来滚去,挺兴奋的样子:"我可以一个人睡一张大床啦!以前爸爸老笑话我上学了还跟哥哥一块儿睡。"

"要给你再换张新床吗?"邱奕弹了弹他的脑门儿。

"不用。"邱彦抱着枕头,"我睡爸爸这张床就行,爸爸不是说这张床是他自己做的吗?可结实了。"

"嗯,别说这床了。"邱奕敲了敲旁边的衣柜,"这柜子也是爸爸做的,这屋里的家具都是他自己做的。"

"我要用柜子。"邱彦跳下床打开衣柜,"哥哥,你帮我收拾一半出来吧,我要把衣服放这里头。"

"行。"邱奕点了点头。

柜子里还有一些邱爸爸的衣服挂着,边南看着几件熟悉的外套,突然有点儿不好受,转身到院子里的葡萄架下坐着出神。

"我把衣柜给你腾了一半。"邱奕跟了出来,坐到他身边点了根烟叼着，把邱彦做的那个小烟灰缸放到桌上，"还想占哪儿你开口就行，要不再弄张桌子搁屋里，你来的时候要玩电脑什么的不用跟我抢地儿。"

"嗯。"边南想了想，突然转过头看着邱奕，"别买了，自己做张桌子吧？"

邱奕正要点烟，听了他这话愣了："自己做？你当这么容易呢？"

"那你爸还能做出一屋子家具呢，他也不是木工。"边南不知道为什么就觉得要是能有张自己做的桌子一块儿用着挺好的，"你不是手挺巧的吗？还会捏泥人儿，多少有点儿遗传吧，一块儿试试呗。"

"随便你。"邱奕点上烟，笑着说，"那就试试吧，不过得先找找我爸的工具，都在杂物房里放着呢。"

"咱先挑个款，看要什么样的合适。"边南立马拿出手机。

"还挑款呢，"邱奕乐了半天，"就一块儿板儿四条腿的款就行了，胡同口的小吃店搁门口的那款，能把那样的做出来就不错了。"

边南挥了挥手："你真没意思，你甭管了，我挑好款，买好材料，然后……"

"然后我做，是吧？"邱奕问。

"是啊。"边南说完自己也乐了，"我帮你，我帮你。"

"这周末先别弄吧，不是说叫上人到家里来玩吗？弄一院子乱七八糟的东西没地儿待了。"邱奕也没再反对，自己做桌子，想想也挺有意思的。

"嗯。"边南打了个响指，兴致勃勃地盘算着，"周六玩，周日我去买木头。"

"咱都叫了谁啊？我得算算买多少菜……"邱奕掏出手机，打开记事本，里面已经记了几个菜名。

"你怎么这么勤快。"边南嘿嘿乐了几声，"寿星还管做菜啊？我来吧，叫他们一块儿做呗。"

"你做菜的最终结局就是叫饭店给送菜，我还不知道你吗？"邱奕往身后看了一眼，笑着说，"都有谁啊？"

"万飞、申涛……"边南跟着往后看了一眼，发现邱彦正站在门口，于是冲邱彦张开胳膊:"二宝过来,站那儿干吗啊?"

"你们商量事儿我又插不上话。"邱彦跑到他身边站下了。

"你有什么想法只管说。"边南搂着他亲了一口,"亲一个。"

"再亲一下。"邱彦偏了偏脸。

"哎,好。"边南低头在邱彦的脑门儿上又用力亲了一下,"管你哥也要一个。"

"我哥不爱亲我。"邱彦叹了口气。

"是吗?"边南忍着笑,也跟着叹了口气,"你哥真没劲儿。"

邱奕笑着在邱彦的脑门儿上亲了亲:"行了吧。"

"哥哥,"邱彦摸了摸自己的脑门儿,"我想要台电脑。"

"要电脑干吗啊?"邱奕问。

"学习啊。"邱彦回答得很利索。

"哦。"邱奕应了一声,没再说别的,叼着烟玩手机。

边南本来想说"要不我给你买",但邱奕不开口,他不知道该不该说了。

邱彦等了一会儿,看邱奕没有再说话的意思,于是往邱奕身边蹭了蹭:"哥哥,有时候我用来玩游戏。"

"还有呢?"邱奕看了他一眼。

"跟同学聊 QQ 什么的。"邱彦小声说,"还可以看动漫。"

"一天一小时,看电视还是玩电脑都在这一小时里。"邱奕掐了烟,"你自己安排,超时我直接拔线。"

"嗯!"邱彦用力点了点头。

"下星期让大虎子带你去买吧。"邱奕说,"哥哥没钱,钱都在他那儿。"

邱彦立马回过头看着边南,边南笑着往自己的口袋上一拍:"星期天去买,不过先说好,不许方小军上家里来玩电脑。"

"唉!"邱奕无奈地叹了口气,"我真想看看过十年你跟方小军同学是不是还这样……"

"当然不这样了。"边南喷了一声,"过十年二宝肯定也不跟他玩了。"

"那要是我还跟他玩呢?"邱彦问。

"那我再揍他就不叫欺负小孩儿了！"边南一脸凶狠地说。

周六这天边南起了个大早，因为今天生日聚会（实际上就是找个借口聚一聚的聚会）在院子里举行，所以得提前把堆在院子里的什么破箱子、旧花盆之类的都清理到一边儿，留出活动的空间来。

算上申涛还有邱奕在航运中专上学的时候的几个朋友、万飞小两口、罗轶洋，怎么也有十个人了，还都是能闹腾的，边南都去跟隔壁老头儿、老太太打好招呼了，省得晚上吓着人。

邱奕把晚上在院子里烧烤要用的东西都搬出来放好了："葡萄架那边够坐了吧？反正烧烤也不用都坐着。"

"嗯。"边南坐到桌子边上，冲邱奕勾了勾手指，"过来，有礼物送你，我就不当着那么多人的面儿送了。"

邱奕笑着走到他跟前儿："什么礼物啊？"

边南从兜里掏出了一个红包，递到他手里："拿好，这辈子我也就写这一次了，真是为你。"

"我现在能看吗？"邱奕接过红包，一搓开就看到了里面的信纸。

"愿意看就看呗。"边南龇牙冲他笑了笑，"看完了记得拿去裱好供起来。"

邱奕没说话，抽出了信纸，刚看了没两眼，嘴角就勾了起来。

"哎，哎，哎！"边南顿时有些不好意思，用脚尖点了点他，"进屋慢慢看成吗？"

邱奕没动，嘴角带着一丝笑容看着他："我就想这么看。"

一封厚着脸皮憋了好几个月连凑数带灌水才刚刚一千字的信，给出去就已经够丢人的了，居然还被人当面打开来边看边乐，对方的笑容还意味深长，边南觉得相当受罪，叫了三回，邱奕都没动，拿着信纸勾着嘴角慢吞吞地看着。

"就这么两页纸你要背下来还是怎么着？"边南站了起来，想把信纸抢回来，邱奕很快地把手背到身后，边南瞪着邱奕看了几秒，最后一咬牙道,"得,你慢慢看,我进屋躲着还不行吗?"

邱彦正在邱爸爸那屋里铺床,一边哼着歌一边床上床下地跳来跳去。

"哎,二宝,"边南走过去看了看,"我帮你……"

"别添乱,你给我拿杯水就行。"邱彦忙得一脑门儿汗。

"嘿!"边南愣了愣道,"小东西,你再拿这口气跟我说一次,你看我会不会把你拎院子里好好晾一晾。"

"大虎子帮我倒杯水吧!"邱彦仰着脸冲他笑了笑,"我好渴啊。"

"等着。"边南转身走到饮水机旁边给他倒了杯水,看到属于邱爸爸的那个白色的杯子已经被邱奕用袋子套好了,但并没有拿走,还放在一起。

把水拿给邱彦的时候,边南问了一句:"你家这个杯子,在哪儿买的?"

"胡同口超市里买的。"邱彦抱着杯子一口气把水喝光了,"好多颜色呢,还有黄的、蓝的、绿的……"

"有绿的?"边南打断他道。

邱彦点了点头:"嗯,绿的,还有黄的、蓝的……"

"我出去一趟。"边南把他的杯子放回饮水机边儿上,往外走的时候看到邱奕还站在院子里对着自己的信乐呢,忍不住指着邱奕说了一句,"早晚得打一架!"

"哪儿去?"邱奕笑着问了一句。

"不告诉你。"边南大步走出院子,"你慢慢乐吧。"

小超市里挺热闹,边南转了两圈也没找着杯子在哪儿,正想找人问呢,一个穿着超市制服的大姐走过来了:"哟,这不是小边吗?"

"姐。"边南愣了愣,没认出来大姐是谁,不过听这话肯定是火柴厂的熟人,于是笑了笑,"我想买个杯子,正找着呢。"

"这边儿,来。"大姐招了招手,领着他走到了最里边儿的货架前,"靠那边儿都是杯子,玻璃的、塑料的、陶瓷的、保温的都有,要我给你介绍一下吗?"

"不,不,不,不用,我就随便拿一个。"边南赶紧走过去,一眼就看到了跟邱奕家同款的绿色杯子,没忍住乐了,这绿色太夺目了,就它了!

边南拿了个绿杯子回到院子里,邱奕没站着了,靠在躺椅上轻轻晃着,手里还拿着信纸。

"看完了没啊?"边南往屋里走。

"今天天气不错,万里无云,站在球场上我就想起了邱奕。"邱奕闭着眼睛,嘴角带着笑,"也不知道……"

边南一听脸都快红了,过去一把捂住他的嘴:"你没完了是吧,还真背啊。"

"背这个太容易了。"邱奕拉开他的手,"我看完一遍差不多就背下来了……你买了个杯子?"

"嗯,给你买的。"边南展示了一下手里的杯子,又到水池那儿把杯子洗了洗,然后进了屋,"以后你用这个绿的,我用这个黑的。"

"凭什么?"邱奕跟了进来,"那个黑的我用了两年了,都有感情了。"

"你自己说的,"边南把绿杯子并排放了过去,"你的东西虽然不多,不过都是我的了。"

邱奕笑了起来:"你这人怎么这样?"

"就这样,你刚认识我吗?"边南往绿杯子里倒了点儿水递给邱奕,"说实话,我第一次看见你,就记住你那荧光绿的车子了,在我心里,你就是这色儿的。"

"你知道我第一次看见你是什么感觉吗?"邱奕拿着杯子,靠着墙喝了一口水。

"威武的天神!"边南说,想想他跟邱奕第一次打架那天……还挺威风的吧,虽然他和万飞都挨了揍。

"你第一次看到我就是打架那天吗?"邱奕笑了笑。

"嗯。"边南点了点头,"我平时不管闲事儿,只要别打到我头上来就成。"

"我第一次看到你的感觉……"邱奕想了想道,"哎哟,'体校第一单挑王'就这德行啊。"

边南挑了挑眉:"你什么意思啊?"

"那天你跟万飞蹲在路边儿喝豆腐脑呢。"邱奕喷了两声,"看着跟刚被放出来、还没找到人生方向的刑满释放人员似的。"

"神经病!"边南瞪着他,"你不要把我跟万飞混到一块儿说……"

"你比万飞还像呢。"邱奕笑着说,"他挺白的。"

"这日子过不下去了。"边南在屋里转了两圈儿,进里屋冲邱彦挥了挥手,"二宝,我走了,再见。"

"去哪儿啊?"邱彦坐在床上看着他,"你的宿舍都退了。"

邱奕倒在沙发上笑得不行。

"早晚被你们兄弟俩气死,我决定去流浪!"边南也乐了,拉开门一条腿跨了出去,"没人挽留一下我吗?"

"大虎子,你不要走啊!"邱彦站在床上扒着门框,"你不要走!你走了我哥肯定会打我出气的。"

"打得好!"边南说。

"别走,你走了我没人欺负了多寂寞。"邱奕笑着站了起来,走到边南身边,上上下下地打量了一遍,一脸严肃地说,"第一眼看见你,就觉得,啊,蹲地上喝豆腐脑的那个黑皮,挺有意思的。"

"太假了。"边南喷了一声,斜眼儿瞅着他,"刚才还刑满释放人员呢。"

"其实是像讨薪失败……"邱奕笑了半天,又收了笑容拍着边南的肩,"真的,那会儿就看你挺有意思了。"

"算了。"边南叹了口气,"我已经分不清你这是夸我还是骂我了。"

"夸你呢,这么帅,这么有型,这么拉风。"邱奕一边说一边往院子里走,"帅哥,赶紧的,帮我把肉腌一下。"

超市卖的烤串邱奕吃着老说味道不正,所以这回直接买了一大堆肉,拿回来自己切了腌好。

工作量挺大的,今儿来的基本是男生,吃烤串儿不按串计,得论盆,没个三五盆不够他们吃的。

邱奕在厨房里一通切,边南在旁边儿把切好的肉按邱奕的要求用各种调料腌上。

"我们晚上收费吧,这一看就是烧烤摊准备出摊儿的架势了。"边南拿了双筷子在盆里搅拌着,"收成本价。"

"抽屉里有一次性手套,戴上用手抓几下就行。"邱奕看了他一眼,"你拿筷子得搅到什么时候去?"

"我不抓,多恶心啊。"边南啧了一声。

"那你吃的时候恶心不恶心啊?"邱奕叹了口气。

"你管我呢,我乐意用筷子,切你的肉吧!废话真多!"边南继续拿筷子来回搅。

大家说好都是下午过来,中午的时候院子门就被推开了,边南一扭脸就看到了万飞。

"南哥!"万飞拎着一兜子东西进了院子,身后跟着许蕊。

"哎,你是快饿死了吧?"边南跑出厨房,"赶着饭点过来蹭吃的。"

"我俩逛街正好逛到这边儿了,"许蕊笑着拢了拢头发,"就说过来帮帮忙呢,主要是万飞好久没见着你了,想得厉害啊。"

"万飞哥哥好,嫂子好!"邱彦从屋里跑出来,很响亮地叫了一声。

"二宝越来越讨人喜欢了,怎么就这么讨人喜欢呢?"万飞乐得半天都没停下来。

"二宝,姐姐给你买了个遥控飞机,你看喜欢吗?"许蕊拿了个盒子给邱彦。

"喜欢!"邱彦的眼睛亮了,"谢谢嫂子。"

"唉……"许蕊很无奈地往厨房那边儿看,"邱奕,你弟弟怎么回事儿啊?"

"是不是越来越懂事儿了?"邱奕靠着厨房门笑着,手里还拿着一块儿牛肉。

"这是在做饭还是准备晚上的东西?"万飞勾着边南的肩膀往厨房走过去,"正好,我来打下手呗。"

"听说你想你南哥了啊?"邱奕看着他。

"我现在不敢多想,就偷偷捂被子里想一想,哭一鼻子什么的……"

万飞说一半乐了，松开了搂着边南的胳膊，拍了拍邱奕，"生日快乐啊奕哥。"

"嘴真甜。"邱奕笑了，"帮忙腌肉吧，边南动作太慢，弄完这点儿给你们煮面条。"

三个人进了厨房，挤成一团。

"有什么要我帮忙的吗？"许蕊在院子里喊。

"不用，你陪二宝吧。"万飞马上喊。

万飞在干活这事儿上比边南利索，手套一套，两手往盆里来回边翻边抓，没几下就弄好了一盆肉。

把肉都切好弄好以后，邱奕煮了一锅面，搁了点儿刚腌上的肉，味道很不错，许蕊吃了没几口就缠着邱奕让写腌肉用的材料和比例。

"要给我做吗？"万飞嘿嘿笑着凑过去。

"你什么时候给我烙饼我什么时候给你煮面。"许蕊说。

"哎哟！"边南在一边儿喷了好几声，"不带这么秀恩爱的啊，真肉麻，我们这儿还有小学生呢，注意点儿影响。"

"我开学才四年级呢。"邱彦在一边儿点了点头。

"这小孩儿早晚让你俩给带坏的。"万飞叹了口气。

原计划下午五点才开始的生日烧烤，刚过三点，众人就已经把持不住了。

申涛吃过午饭就开着小电瓶带着几箱啤酒进了院子，居然还都是冰的，据说是头天就把酒放他家楼下冰棍批发部的大冰柜里了。

没等几人说几句话呢，又到了三个人，院子里顿时开始热闹了。

"直接上胡同口买冰好的不行吗？"邱奕把冰箱里的东西都拿了出来，想把啤酒都给塞进去。

"你以为这些够喝啊？"申涛一脑门儿汗，"照样得上胡同口买，这些是留着等胡同口店里的啤酒让咱买光了以后喝的……"

边南一听这话就愣了，把邱奕拉到里屋："我能跟许蕊、二宝一块儿喝可乐吗？这架势我要喝了今儿晚上得吐八百个来回。"

"那不正好吗？"邱奕乐了。

"正好什么？正好你个脑袋啊正好！"边南瞪着他，"邱大宝，你笑得眼睛都找不见了你知道吗？"

邱奕靠着墙一个劲儿地乐。

"邱奕，"边南的手指在他的下巴上戳了戳，"今儿我不跟你计较，小爷也不是总喝成那样的，你等着，我过两天好好收拾你。"

"再过两天该你过生日了，也得喝点儿酒庆祝吧。"

边南吼了一声："啊！"

客厅里传来了一声咳嗽，申涛关上冰箱门："我……在呢。"

"那你赶紧不在啊。"边南乐了，走出去拉住正要去院子里的申涛，"小涛哥哥，我俩还有正事儿问你呢。"

"什么事儿？你还有正事儿呢？"申涛看着他。

"小悦。"边南说。

申涛转身想走，边南拉着他没松手："哎，跑什么？这是正事儿吧？"

"想说什么啊？"申涛笑了笑，看着有点儿不好意思。

"靠谱吗？"邱奕点了根烟在沙发上坐下了，"看着比你大不少吧？"

"大四岁。"申涛往院子里看了一眼，"现在你问我我也不知道，什么都没有呢……"

"你要真想……过几天请个客呗。"邱奕笑了笑，"谢谢我们给梁悦搬家，叫上她一块儿，我俩替你使点儿劲儿。"

"邱奕，"申涛笑了，"你现在怎么对这些事儿这么有兴趣？以前我让你帮着参谋一下你都懒得听呢。"

"不知道。"邱奕喷了一声，往边南那边儿看了一眼，"我也觉得我现在有点儿不对劲儿，让人传染了？"

"让谁……我啊？"边南愣了愣，"我原来也没兴趣好吗？我看万飞追许蕊看得都烦死了……其实我觉得大概就是小涛哥哥要谈恋爱这事儿实在是太神奇了，所以大家都特有兴趣。"

"有道理。"邱奕点了点头。

"你俩真够了。"申涛转身往外走，"饶了我吧。"

"咱俩是不是挺烦人的啊？"边南乐了半天，在邱奕身边坐下。

"一般烦人吧。"邱奕笑了笑，"要不是申涛这回感觉挺认真的，我也不会多问。"

"其实梁悦也还行吧，不矫情，就是不知道人家看申涛是看男人还是看弟弟。"边南拍了拍邱奕的腿，"八婆。"

邱奕也拍了拍他的腿："黑八婆。"

边南笑得呛了一口："我真的很黑吗？"

"那我真的那么喜欢荧光绿吗？"邱奕往他脸上喷了口烟，"其实你也不算多黑。"

四点没到，叫来的人基本就全齐了，算上几个人的女朋友，不大的院子里挤了十来个人，要不是之前邱奕收拾过，这就得站到胡同里去了。

邱彦很少有机会在家里看到这么多人，兴奋得一直在院子里转来转去，仰着头一个个哥哥姐姐地叫着，最后万飞看他仰着脑袋太辛苦，把他抱起来在院子里来回"检阅"着。

边南看着这一院子的人，基本都是见过面的，这帮人他差不多都见过，干过架的人也不少。

这会儿大家都毕业了，挤一个院子里都找不着以前那种碰上就想撸袖子抡几回合的感觉了，大家凑一块儿居然还聊得挺愉快。

许蕊她们几个女生在一边儿穿肉串，平时都娇滴滴的，跟着男朋友出来，突然都挺贤惠了，虽然肉串都穿得挺抽象的，有的一团肉，有的只有两片儿，不过速度还挺快，一个小时下来，一大包扦子都用完了，没用完的肉还用保鲜袋分装好放进了冰箱。

"看看，姑娘们多贤惠。"边南已经没地儿坐了，只能坐在门槛上，一边说着一边碰了碰邱奕的胳膊，"你要是找个姑娘……"

"别跟我说这个。"邱奕笑了笑。

"也是，其实你都不用找姑娘。"边南嘿嘿乐了两声，"你比姑娘还能干。"

"边南，你知道吗？"邱奕低下头，手指在地上轻轻划拉了几下，"我跟你说过没？我妈……特别想看着我结婚，给她生个孙子。"

边南愣了愣，过了一会儿才轻声说："是吗？你没跟我说过。"

"不想说这些，"邱奕的声音很低，"就总觉得无论我以后过得怎么样，过得有多好，我妈都不知道了，想想就难受。"

"话不能这么说……"边南皱了皱眉，"人有时候就得有个希望在那儿，你就得告诉自己，你妈会知道的，会开心的，别老给自己压力。"

"说实话，你要不老跟我后头瞎使劲儿，我还真可能不会像现在这样。"邱奕看着他笑了笑，"这就是缘分哪。"

"那是！"边南补充了一句，沉默了一会儿，突然往邱奕的肩上拍了一巴掌，"大宝！"

"哎！"邱奕被他冷不丁一巴掌拍得差点儿跳起来，"干吗？"

"生日快乐！"边南说，"我觉得吧，只要你活得自由自在，没压力没烦恼，没病没灾的，就够了，父母要的不就是平安踏实吗？你看二宝和我，就活得挺正确的。"

邱奕笑了半天，站起来踢了踢边南低声说："谢谢。"

边南愣了愣："别客气。"

"干杯。"邱奕把手指圈成握杯的手势伸到他面前。

边南也圈起手指，跟他碰了碰："干杯。"

院子里很热闹，邱彦对许蕊给他买的遥控飞机很有兴趣，等不到没人的时候，直接就在院子里拆开玩上了。

院子门被人推开的时候，飞机正对着门俯冲，一脑袋就扎在了进来的人头上。

"哎，这是什么？"那人捂着头喊了一声。

"罗轶洋！"邱彦很开心地也喊了一声，"我的飞机！"

"你是不是故意的？"罗轶洋往院子里扫了一圈儿，"这么多人你还玩这个？"

"来啦！"不知道谁说了一句。

"来了，来了。"罗轶洋应着。

院子里响起一片招呼声，好像谁都认识谁似的。

"生日快乐。"罗轶洋走到邱奕面前，把手里一个用袋子装着的盒子递到他面前，"送你的，这东西……你总补课坐的时间长应该用得上。"

"什么？"边南凑过来看了看，"按……按摩器？"

"腰部按摩器。"罗轶洋说，"怎么样，用得上吧？"

邱奕看着盒子上一个老头儿靠着按摩器一脸惬意的图片笑了半天："我已经看到我五十年后的样子了……"

"总坐着容易腰累嘛。"罗轶洋拍了拍他的肩，转头看了看院子里的人，"能吃了吧？我是不是来得正好？"

"去干活！"边南推了他一把，"正好！"

边南心情很好。他想要的生日就是这样，一帮朋友没心没肺地聚在一块儿，管你认识不认识，喝酒、吃东西、吹牛，热闹就成。

罗轶洋考虑得还挺周全，因为是开车来的，还带了一套烧烤架过来。

三个烧烤架在院子里一字排开，女生负责撒作料，男生负责烤，没一会儿工夫就都吃上了，也不知道烤没烤熟。

邱奕这个寿星也没人管了，边南拿了几串过来，本来还想给邱彦拿点儿，一扭脸发现小家伙手上已经拿了好几串，也不知道都是谁帮他烤的。

"咱俩被遗忘了。"边南把肉串递给邱奕。

"开心吗？"邱奕啃了一口肉问他。

"不错。"边南往葡萄架上一靠，抬头看了看，"这葡萄能吃了吧？哎，结了不少呢！"

"小点儿声。"邱奕竖了竖食指，"他们还没发现，一会儿咱俩给摘下来就行，要让他们听见了，这架子都得被一块儿拆掉。"

"今年的葡萄好像比去年结得多啊。"边南仰着头，大片大片的叶子中大大小小的葡萄一眼看过去就有十来串，"是不是施肥了？"

"嗯。"邱奕点了点头，"施肥了，伤心、希望、鼓励……"

边南咬着竹扦，手往胳膊上搓："你闭嘴。"

大家一轮吃下来，一盆烤串见了底，邱奕把申涛叫了过来："我看这架势穿好的串肯定不够吃，还有些腌了没弄的，到时直接拿出来烤肉吧，上手抓得了。"

"我去看看。"申涛笑着说，转身叫了两个女生去了厨房。

"咱把葡萄摘了吧。"邱奕拿过来一张凳子。

"行。"边南跑到一边儿拿了个筐过来。

邱奕刚拿了剪刀站到凳子上，立马就有人看到了，喊了一声："哟，有葡萄啊！"

"哎，我以为假的呢！来几串！"又有人跟着喊。

"都站着。"邱奕晃了晃手里的剪刀，"感觉怎么跟要抢似的？"

"不能，哪儿敢抢老大的。"有人笑着说。

"那没准儿，体校的人在呢。"有人接了一句。

"来，来，来！"万飞乐了，撸了撸袖子，"正好很久没活动了。"

"边南和万飞就算了，不好惹。"那人也笑了，又很感慨地说，"唉，当初打成那样，现在居然还能凑一块儿烧烤……"

还好当初他们打了。

边南举着筐接着邱奕扔过来的葡萄，还好打了。

还好那天张晓蓉让他不爽了。

还好方小军骗了二宝的钱。

还好他跟万飞去偷袭了邱奕。

还好他知道大宝是邱奕之后没有一走了之。

还好……

太多的巧合才让他跟邱奕现在能这样站在一起，经历那么多的成长。少了任何一个环节，他跟邱奕现在就是两条不相干的线，各自往前。

申涛很有先见之明，带了啤酒过来，这帮人从下午吃吃喝喝地玩到晚上。

胡同口几个小卖部的冰啤酒都被他们买光了，最后把申涛带来的酒也都喝光了，众人这才算消停了。

边南喝了一瓶，再往空瓶里倒了两瓶邱彦的雪碧，拿着来回转悠也没有人发现。

闹到十一点，邱奕把人都给赶走了，一堆人在小街上打了半小时的车。

罗轶洋上车之前把车钥匙往边南兜里一放："我明天过来拿车，你帮我收好。"

"你直接来拿不就行了？给我干吗？"边南莫名其妙地道。

"哎！你不帮我拿着钥匙，车让人开走了怎么办？"罗轶洋瞪着他。

"大哥，"边南无奈地拍了拍他的脸，"车钥匙放你身上，不是放车上的啊，你拿着车钥匙回去，明天拿着过来……"

"哦对，是，没错。"罗轶洋愣了愣，点点头转身上了出租车，"走了！生日快乐啊！"

除了万飞小两口和申涛，人总算是都走了。

"唉！"万飞伸了个懒腰，"赶紧的，我们去帮着收拾完了也走了。"

"不用了。"邱奕看了看时间，"你们也走吧，我明天收拾就行。"

"那多不好，寿星啊。"许蕊笑着说。

"走吧。"申涛说，"明天收拾就行，明天他就不是寿星了，咱现在过去一通收拾，邻居该疯了。"

"我打算做个黑白条的边大虎送你。"邱奕笑着说。

"今年生日难道不是该送个绿色的邱大宝吗？"边南想了想道。

"今年我有感触，还是想做个边小黑。"邱奕说。

"行吧，都一样。"边南嘿嘿一乐。

邱奕答应过他，每个生日都会送他一个小泥人儿。

边南突然很感动，虽然觉得已经预知了自己今后几十年的生日礼物挺没神秘感的……

而且离着他生日没几天了，这人做个礼物送人居然还特别没情调地要让被送礼物的人一起参考。

"这回不拿球拍了，穿条泳裤吧。"邱奕坐在床边，手里拿着个速描本低头唰唰地画着，"一是好做，二是比较能体现身上的条纹……"

"我能不要了吗?"边南趴在床上,"我不想要了。"

"不能。"邱奕看了他一眼,"要不给你穿成睡衣吧?"

"我能穿得正常点儿吗?"边南说。

邱奕想了半天:"行吧,你喜欢站着、蹲着还是坐着?"

"就你捏的那种三头身小短腿儿还分得出站着、蹲着、坐着?"边南乐了。

"能啊,我知道了。"邱奕翻了一页继续飞快地唰唰画了一会儿,"真可爱。"

以前生日感觉更明显一些,暑假很无聊,一个暑假边南都盼着快结束的时候自己的生日可以跟同学出去聚一聚。

现在不同了,每天上班下班事儿挺多的,生日一天天临近他就没有那么明显的感觉了。

边南工作挺认真的,以前训练的时候就算没兴趣,累死人的体能和枯燥的技术训练他也不会偷懒,现在觉得上班还挺有意思的,也就做得格外认真,有种自己总算是有方向了的踏实感觉。

不过他想教邱奕打网球的计划一直没时间落实,邱奕比他忙,每天除了带学生,还要跟罗轶洋一块儿跑手续。

不过场地的事儿总算是搞定了,罗轶洋找的,在市二中旁边儿的市场后门,旧的办公楼二楼,四间屋子,收拾收拾重新装修一下就可以用了。

边南把银行卡拍出来给邱奕的时候突然有些紧张:"邱校长,我以前从来没有过这种感觉。"

"什么感觉?"邱奕拿过卡放到钱包里。

"又兴奋又紧张的。"边南抓了抓头发,"这事儿总算是差不多上正轨了,但我又怕……赔本儿,我以前从来没对钱这么上心过。"

"因为这钱是咱俩一点儿一点儿攒起来的,我也紧张,"邱奕笑了笑,"所以我才这么谨慎,但也是因为考虑了很多,才敢去做啊。"

"是吧?"边南点了点头,"是。"

"其实就算真赔了也没什么,最惨也不过就是回到租个小班收几个学生补课的状态,有什么呢?"邱奕点了根烟,"你还有工作,可以接济我呢。"

"也是!我要撑不住了就让万飞接济我,还有申涛,让他们都来接济我。"边南乐了,"对了,石江前两天找我谈过,年底我要能通过考核,明年可以自己带学员了,就跟顾玮那样,不是助理了。"

"牛,再有一年就该是总教头了。"邱奕竖了竖拇指。

"展飞明年有个新分部,就在西郊那边儿,规模挺大的,你说我要申请去那儿会不会更好?不过前期钱肯定没总部这边多。"边南一碰上这种事儿就习惯性地想听邱奕的意见。

"想去就去,钱少点儿就少点儿,以后怎么说都是分部的元老,就算你要弄个总教头,也是去分部好发展,总部你跟石江去争吗?"邱奕笑了笑。

"那到时考核通过了我就申请。"边南打了个响指,"突然觉得自己前途无量了。"

"你就这点特别好,"邱奕给他鼓了鼓掌,"洒水车过一趟就能蹿出一片草地来了。"

"没办法,"边南说,"这就是我的天赋。"

边南的生日也不是周末,因为邱奕的生日已经闹过了,他的生日就打算三个人过。

他都想好了,天气热,找个靠水边儿的农家乐,租条船在船上吃饭。

邱彦对这个提议无比兴奋,一直问能不能下水游泳、能不能钓鱼,甚至想象了一下能不能开个快艇拿根绳子拖着他滑水……

"盯紧点儿二宝,这小子再长大点儿指不定还能玩出什么花样来。"边南很无奈,"天天练着球呢还能这么精力旺盛,是不是你妈妈战斗民族的基因都遗传到他那儿去了……"

邱奕笑了半天,正要说话的时候,边南扔在桌上的手机响了,他拿过来看了看递给了边南:"你爸,如果跟你说生日的事儿,你别直接说不回家过。"

"知道，我上班走不开。"边南笑了笑，接了电话，"爸？"

"小南啊，"老爸那边儿听声音挺乱的，还有机器轰隆的声音，"吃饭了没？"

"吃了。"边南对这声音挺熟，"你怎么跑矿上去了？"

"过来看看，明天你生日我能赶回去。"老爸说。

"别，我生日……改到周末吧，明天我上班呢，晚上得到九点才下班。"边南赶紧说，"你周末回来就行。"

"对，你现在上班呢，我还总觉得你在上学。"老爸笑了笑，"那你周末一定回来啊，我和阿姨都给你准备了礼物，你别不回来啊。"

"回，一定回。"边南说，"你是不是又给我买手机了？"

"不是手机，给你买了辆车……"

"什么？"边南愣了，"车？你给我买车干吗啊？"

"边皓我也是在他二十岁的时候给买的车，你阿姨说给你也买一辆，你找时间去试试，"老爸安排着，"有辆车你去哪儿也方便。"

"谢谢爸。"边南心里说不上来是什么滋味儿，鼻子有点儿发酸。

"那你明天就不过生日了吗？"老爸顿了一下又试着问了一句，"还是跟朋友过？"

"我跟……朋友随便吃个饭，周末再回家正式过。"边南说。

"邱奕吗？"老爸问。

边南看了邱奕一眼，犹豫了半天才小声说："是。"

"哦，没事儿，没事儿。"老爸说，"那你周末记得回家。"

"嗯。"边南应了一声，挂掉电话之后感觉手心有些冒汗。

"给你买车了？"邱奕笑着问。

"是，边皓的车也是二十岁生日的时候他们给买的，"边南抓了抓头，"所以也给我买了一辆。"

"挺好的啊。"邱奕过来也在他头上抓了抓，"你找个假期，然后开车带上你爸和阿姨出去转转。"

"嗯。"边南想想又乐了，"邱校长，你们补习班要用车吗？不用买了。"

"你管接送吗？"邱奕笑了。

"管啊。"边南来了兴致，"哎，你去把驾照考了，车谁要用就谁开好了。"

"我还想着明年买辆车呢。"邱奕说。

"不用买了，能省点儿就省点儿，是不是？"边南看着他道，"你不会不愿意开这车吧？"

"干吗不愿意？我没那么矫情，省下来的钱可以干别的嘛。"邱奕打了个响指，"补习班这边儿再有一个月杂事儿差不多就忙完了，到时候我去报个名学车吧。"

"好！"边南嘿嘿笑着。

一提到车，最兴奋的是邱彦，第二天打车去农家乐吃饭的时候，邱彦一直在后座上折腾："可以开车送我去学校吗？"

"可以。"边南说。

"可以开车去买菜吗？"

"可以。"

"可以开车去打网球吗？"

"可以。"

"可以……"

"你出油钱。"邱奕在一边儿打断了邱彦的话。

邱彦不说话了，过了一会儿才问："可以赊账吗？"

边南和邱奕都乐了，边南摸了摸他的头："可以。"

到农家乐，上了船，邱彦暂时忘了车的事儿，坐在船头把脚泡在水里打着水："我能下水吗？"

"不能。"邱奕拿着菜单看着："吃鱼？"

"好。"边南点了点头，"不喝酒。"

邱奕没看他，冲着菜单乐了半天："不喝就不喝。"

点好菜之后，邱奕把椅子转了转，对着船边儿，边南也拿了椅子挨着他一块儿坐下了。

这里是河湾，水很缓，周围还有几条船漂着，都点着黄色的灯，看上去很宁静。

"景色不错吧？"边南靠着椅背，把脚搭到船沿上。

"嗯，舒服。"邱奕拿过自己的包，从里面拿出个小盒子，"生日快乐，二宝送你的礼物。"

"你的礼物呢？"边南笑着打开盒子，一堆垫着的彩色纸片里有一团黑色的东西。

"拆完他的再拆我的呗。"邱奕说，"这是二宝亲手做的。"

"这是……什么？"边南把这东西拿出来，一个圆圆的泥团子，看得出材料是邱奕做泥人儿用的陶土，但黑乎乎的也不知道是什么，让他想起了邱彦第一次给他捏的那串丸子……这么久了邱彦的手艺一点儿长进也没有。

"二宝，"邱奕回过头叫了邱彦一声，"大虎子问你捏的是什么？"

邱彦马上从水里收回了腿，跑到边南身边："大虎子生日快乐。"

"谢谢。"边南搂过他，"这是你做的？"

"嗯！"邱彦点了点头，"我捏的，搓了好久才圆的。"

"这是个什么东西？"边南对没有看出这是个什么有些歉意。

"这是……这是……"估计邱彦自己也没个定义，想了半天，最后一咬牙道，"这是一个蛋！"

邱奕在一边儿乐出了声。

"蛋？"边南看了看，"好吧，黑色的蛋？"

"松花……蛋。"邱彦犹豫了一下说。

边南实在绷不住了，拿着这个松花蛋笑得停不下来："谢谢你二宝，我太喜欢了。"

"真的吗？"邱彦的眼睛亮了。

"真的，太喜欢了，我要放在桌子上。"边南边乐边点头。

"那以后我再给你做！"邱彦很开心地说。

"现在是我的。"邱奕又拿出个大一些的盒子放到了边南的腿上。

"都没有新鲜感了,你看人家二宝的松花蛋多惊喜,你……"边南边说边拆开了盒子,看到里面的小泥人儿时愣了愣就仰头冲着天乐开了。

"新鲜吗?这是我第一次见到你的时候你的样子,多新鲜啊。"邱奕笑着说。

边南没说话,一直笑得停不下来。

邱奕做了个蹲着的小人儿,捧着一碗豆腐脑,身上穿着黑白杠条纹的背心……

"喜欢吗?"邱奕偏过头看着他。

"喜欢。"边南揉了揉脸,看着手里的小人儿,"怎么没在里头放封信啊?"

"信?"邱奕指了指自己的脑袋,"在这儿,听吗?"

"听!"边南立马坐正了。

"现在是你上船的第一天,我又趴在床上给你写信了……"邱奕往椅背上一靠,闭着眼开始说,"今天天气很好……"

边南一听就愣了:"这……念我的干吗?"

"不是念,是背。"邱奕笑了笑,"不过咱俩在沙发上睡了一下午……"

"闭嘴!"

"实在有点儿浪费时间……"

"你没完了是吧?"

"起码应该多聊会儿天儿……"

"行,行,行,你背吧。"

"我跟谁聊天儿都觉得挺没意思的,就跟你聊天儿不会有这感觉,内容多无聊我都觉得有意思。

这是你上船的第二天。

以前觉得你不在眼前也没什么,上船了感觉真是不一样了,我都觉得无聊了,做什么都挺无聊的,不知道去"好无聊"待一会儿能不能有趣一些。

大宝啊,三天了。

好多天没写了,你爸爸的事儿,我很难受,写不下去了。你也很难受吧？抱歉那天我对你吼了。

他就像我爸爸一样，人没了我实在接受不了。

又好多天没写，最近心里真是很乱，我大概不应该想这么多，越想越担心，你不要一直这么绷着，发泄一下行吗？你打我一顿也可以，我不还手。

不跟你待在一块儿的时候觉得没意思，待在一块儿了我又觉得很担心，真矛盾。

而且不知道为什么，我总觉得不踏实。

我大概是没有写日记的技能，又好久没写了，不知道什么时候才写得完，你的要求也太霸道了。

今天天气不错，我的心情也好了很多，这种小学生作文你看着不知道会不会笑。

之前写的内容真影响心情，要不你从这里开始看吧。

大宝，今天在路上看到一条狗，毛是卷的，像二宝。

这内容算信吗？不过真的挺像二宝的，要不以后养条狗吧，卷毛的那种，叫三宝。

告诉你一件特好笑的事儿，昨天我梦到你了，咱俩抓小偷呢，我跑得比你快！追上去一通打，想想真是过瘾啊，哈哈。

上面这行是昨天写的，今天看到真想画掉，太傻了。算了，留着给你看吧，反正你肯定也梦见过我，说不定比我更傻。

今天真不想写，太累了，学员都很烦人。

今天还是不想写，感觉任务要完不成了，数了一下写了这么久居然还没到七百个字，我以前语文考试都是怎么考的？想不通。

今天写一点儿吧，今天吃饭的时候听你说补习班以后的计划，突然觉得你很帅，不过当着二宝的面儿我没太好意思夸你。

太阳当空照，花儿对我笑。今天感觉有点儿热，什么时候去游泳啊？找找红宝石……

今天是个好日子，要纪念一下，纪念一下，是纪念吧？

不过写出来真是不好意思啊，哈哈哈。太傻了，我都不好意思写出来，我们打水仗了。但不写出来又怕几年后回头看的时候看不出来今天发生了什么事儿。

这是快乐纪念日，或者重返童年纪念日什么的。

这么写应该能记住了。邱大宝，你能变成跟我一样大的少年，不，青年，真是不错。

回味了好几天，我都不知道该写点儿什么好了。

今天看了杨饼和石江的比赛，打得真是让人意外，于是我受到启发，决定教你打网球，过十年我们再一起打球，看看会是什么样。

十年之后我们还是好朋友吧？突然有点儿担心。

不过你不跟我做好朋友还能跟谁做好朋友呢？我这么好，对吧？

生日快乐，大宝。

二十岁了，真牛！

一早起来写几句，晚上还要跟你一块儿过生日，挺开心。

不过今天你要跟二宝说事儿，我心里突然又有点儿"坠坠不安"。这个词应该错了，我拿手机查一下。

惴惴不安。

希望二宝不介意这个事儿吧。

哈哈，二宝真是太可爱了，这么淡定真是没想到。

好久不写字了，怎么什么字我都不会写了？

大宝，明天就要把这信给你了，我回头看了一下，写的什么玩意儿我自己都说不上来。

你凑合着看吧，毕竟我写的时候一直是认真地回忆着写的。

不知道你看到这东西会不会笑，算了，你想笑就笑吧。

够一千字了吧？我没数，我再补几句吧。

邱奕，碰到你我很幸运，跟你认识后我改变了很多。我喜欢这种改变，也喜欢你带给我的那些不一样的感受。

跟你做朋友之后我慢慢变得成熟起来，也懂得了很多道理，享受到了踏实温暖的家的感觉，有了一个可爱的弟弟和一个永远住在我的回忆里的爸爸。

　　希望我们可以一直这么开心下去。

　　十年以后我们一起打网球。

　　二十年以后我们应该可以看到二宝的小二宝了,让他媳妇儿多生几个,匀一个小姑娘和一个小小子给你。

　　三十年以后我们估计挺有钱了,拿一个月什么也不干去旅行,不,两个月。

　　四十年以后,我算一下,那时我们快六十了,唉,半老头儿了,真伤感,不要变成胖子,千万不要变成胖子。

　　五十年以后,我们还是好哥们。

　　六十年以后,还是好哥们。

　　七十年以后,哎呀,是老哥们了。

　　最后都死了,碑上就写:

　　旁边这个白皮是我最好的朋友。

　　旁边这个黑皮是我最好的朋友。"

番外一
家长会

今天天气不错。

学员们都挺烦人。

边南在小记事本上写下两行字,这是顾玮弄的新玩意儿——工作日记。

靠在球场边的护网上伸了个懒腰,边南把本子收好,冲球场上还在挥拍的两个姑娘喊了一声:"差不多了,休息一会儿!"

俩姑娘就跟没听见他说话似的继续嘿嘿哈哈地挥拍对打着。

边南没再喊,活动了一下胳膊,转身走出了球场。

打球特上瘾的阶段基本都是会一点儿,但打得不怎么样,刚刚好能把球打到对方场地的这一阵子。

边南也就随便喊一嗓子,估计一会儿他吃完午饭回来她俩还在场上嘿哈着。

边南去办公室的路上碰到了顾玮,顾玮满面春风的,一见他就一指:"别走,一块儿吃饭去,我请你。"

"我不吃盖饭。"边南马上说，顾玮请他吃饭，十次里有八次半是吃盖饭，说是有菜有饭味道好还便宜快捷。

"不吃，不吃，你想吃什么就说。"顾玮一拍他的肩膀搂着他往外走。

"木桶饭吧。"边南犹豫了一下说，中午就这点儿时间，也吃不了什么高级玩意儿。

"那不是一回事吗？木桶饭跟盖饭有什么本质上的区别吗？"顾玮表示不解。

"它……有个桶，"边南想了想道，"里面还垫了荷叶……"

"行！木桶饭！"顾玮乐呵呵地点了点头，"指不定什么时候你就去分部混了，咱一块儿吃饭的机会就少了。"

"我会回来蹭饭的，你怎么这么……愉快？"边南看着顾玮，上周此人莫名其妙地被投诉了，虽说最后解释清楚了，但他连着几天都挺郁闷的，今天突然就这么欢快了。

"你猜？"顾玮笑着说。

"苗苗？"边南很快地问。

"聪明！"顾玮咧嘴一笑道，"我请她周末去看电影，她答应了。"

"好纯情的少男啊，"边南乐了，啧了两声，"看个电影都能乐成这样。"

"这是进展啊！进展！"顾玮睨了他一眼。

"行吧，进展，进展，我要个最贵的木桶饭庆祝。"边南笑了。

两人去了对街卖木桶饭的后，边南都没看菜单内容，直接扫了扫价格表，要了个最贵的。

两个人正在聊着天儿等饭的时候，手机响了，边南拿出来看了一眼，是小卷毛。

"二宝，放学了？"边南接起电话。

"大虎子，跟你商量个事儿。"邱彦那边听声音是在厨房里，自从五年级开了家政课，邱彦家传的做饭因子似乎苏醒了，每天中午回家他都要自己做饭弄吃的。

"做饭砸锅了？是不是要我救场啊？"边南问。

"你下午去一趟我们学校吧。"邱彦小声说,"老师让叫家长呢。"

"嗯?"边南愣了愣。邱彦一直很乖,基本没被叫过家长,就开家长会的时候才需要去学校,而且家长会一直是邱奕去。

"行吗?"邱彦的声音又低了一些。

"你是不是干什么坏事儿了?"边南也小声问。

"没有。"邱彦说得不是太有底气,吭哧了一会儿才又说了一句,"我打人了。"

"打人?"边南吃惊地喊了一声,从桌沿包的金属条上都能看到自己一下大了两圈儿的眼睛。又软又乖的二宝还能打人?

他控制了一下音量:"你打谁了?"

"我前桌的人。"邱彦说话的声音里带着一点儿委屈,"我们见面了我跟你细说好不好?"

邱彦不肯细说,边南只得等着那个最贵的木桶饭上来了,风卷残云般地吃完,然后跟顾玮请了下午的假去学校见老师。

"你去学校,"顾玮看着他,"要不要换套衣服?"

"我的衣服怎么了?"边南低头看了看自己。

"老师一看就知道你是临时客串的。"顾玮笑了笑。

"我怎么就成客串的了?"边南指了指自己的衣服,"运动服就是客串的啊?邱奕去学校的时候也没穿得多精英啊,他还穿过大裤衩去开家长会呢。"

"人家那一看就是亲哥啊……"顾玮摇摇头叹了口气。

"我也不是'后哥'啊。"边南喷了一声,"行了,不跟你废话,我去了啊,下午我就不回来了,晚上那班我过来替你。"

边南没开车过去,胡同口那条小破街找个车位比取经还难。

他打车到胡同口的时候,邱彦正靠在一棵树旁边看人家下象棋,看得挺投入,边南走到他身边儿了他都没发现,还盯着棋盘。

"哎,"边南拍了拍他,"心情不错啊?"

"大虎子!"邱彦一扭头看到是他,立马转身往他身上一扑,再抬起头来的时候已经满面愁云了,"怎么办啊?"

"什么怎么办?我不是说了我去吗?"边南揉了揉他的头发,"你先给我说说是怎么回事儿?"

"万一你去了不管用怎么办?"邱彦低着头往回走,"万一老师给我哥哥打电话了怎么办?"

"有我呢,怕什么?你哥要是知道了想打你,先跟我打。"边南咔咔地捏了两下手指,"我正好很久没跟他打架了。"

回到家里,邱彦趴在沙发上,有些委屈地把事情给边南说了。

周末学校组织同学们去福利院做好事儿,邱彦他们四人小组负责擦玻璃,说到怎么擦玻璃能更干净的时候吵了起来。

边南喷了一声,这种事儿都能吵起来,也就小学生能办到了。

"我说擦完以后用报纸蹭一蹭就会很亮了。"邱彦抱着靠垫小声说,"他说不懂,说我……没有……没有爸爸妈妈,就不懂……"

"什么?"边南立马挑起了眉毛,声音也跟着挑了上去。邱彦好不容易能不老想着邱爸爸的事儿了,在学校居然被人这么说?

"然后我就打他了。"邱彦继续小声说。

"打得好!"边南吼了一句,站起来在屋里转了两圈儿,指着邱彦,"打得好!那人就欠揍呢!该打!下午我跟你过去再抽他一顿!"

"你怎么这么冲动?"邱彦看着他道。

"我……"边南被他一句话说得半天不知道该怎么回应了,"那你什么意思啊?"

"打人是不对的,不应该打人。"邱彦坐了起来,抱着垫子皱着眉道,"你去跟老师说一下就好,我就是不想让哥哥知道我惹事儿了,他会不高兴的。"

边南瞪了他半天:"我知道该怎么说,你别教我。"

中午邱彦趴在沙发上看着电视睡着了,边南一直在琢磨这事儿,越想越来气,但再想想,怒火又慢慢平息下去了,再想想该怎么跟老师说的时候又一点点地堵了上来。

最后邱彦按时起床的时候,边南总算把心情调节好了,带着他一块儿去了学校。

"那我去教室了。"邱彦背着书包在教学楼前面看着他。

"去吧。"边南拍了拍他,"我去办公室,下午放学我来接你回去。"

"嗯。"邱彦点了点头,跑进了楼里。

边南找到了老师的办公室,好些老师都去上课了,就俩没课的老师正在批作业。

"你找谁?"一个老师问了声。

边南认出了这是邱彦的班主任,赶紧笑了笑走进办公室:"老师好,我是邱彦的……哥哥。"

"邱彦的哥哥?"班主任愣了愣,"邱彦有几个哥哥啊?"

"俩哥哥,我是二……"边南被班主任上下打量得有些没底。他本来就挺怕老师的,这会儿莫名其妙地就做贼心虚了,"二哥。"

"哦,坐。"班主任站起来给他拿了把椅子,又倒了杯水递给他,"那他大哥怎么没来?"

"上班呢,忙。"边南接过水坐下,"老师,邱彦跟我说了,您有什么事儿跟我说,我回家跟他哥……大哥……我大哥,我哥说就行。"

"我好像见过你。"班主任盯着边南又想了半天,"邱彦的爸爸去世那会儿是你送邱彦……"

"对,就是我送他来学校的。"边南赶紧点头,"您可算想起来了。"

"其实这事儿应该跟他哥哥聊的。"老师有些犹豫地看着边南,"他哥这么忙?"

"忙是挺忙的。"边南决定还是说实话,这么编下去自己都吃不消了,"但主要还是邱彦不敢跟他哥说,毕竟这小孩儿平时都乖,突然说打了人让叫家长,他不敢。"

"我看也是。"老师笑了笑,"所以叫了个二哥来?"

"我跟他亲二哥没什么区别,我保证不包庇。"边南笑了笑,"我就起个缓冲作用,晚上我会跟他哥说的。"

"那行吧。"老师拿过杯子喝了口茶,"这件事儿想跟家长聊聊的原因不是想说邱彦有什么错……"

"哎,老师您这话我爱听。"边南一拍腿道,"这事儿邱彦就没错,那小子就是欠……老师您继续说。"

"那个同学我已经批评教育过,但邱彦打人也是不对的,同学都被打出鼻血了。"老师看着边南道,"我是希望家长能配合老师,让他知道解决事情的方法不是只有打人这一种,同学不对,用不对的方法来处理事情就是错上加错了啊。"

"是。"边南点了点头,"老师您说得对。"

"邱彦很聪明,又有些敏感,家里又是这样的情况,对他的心理肯定是有影响的。"老师说得很慢,不知道是不是在估计边南的理解能力随时进行调整,"这个阶段的孩子得有耐心地好好引导……"

边南没再说话,一直点头。老师的话挺有道理的,他得认真听明白了给邱奕转述,邱彦平时看不出有多大的变化,但家里出现这样的变故,连边南现在想起来都还有些不舒服,何况是邱彦这样一个小朋友。

差不多一节课的时间,老师跟他聊完了,又有些不放心地看着他:"我的意思表达得清楚吗?"

"清楚。"边南一个劲儿地点头,"特别清楚,老师您费心了,我会跟他哥哥说明白的,一定配合老师。"

"如果有什么问题,给我打电话就行。"老师笑着说,"邱彦这孩子特别招人喜欢,我希望他能快乐地长大。"

"一定会的,"边南拍了拍胸口,"一定。"

边南从老师的办公室出来,又跑到邱彦的教室,从窗户往里瞅了瞅,还没下课,教室里的小孩儿都还挺认真地在上课。

这节课不是主科,老师在说什么星球、星云的,邱彦瞪着眼睛一直看着老师放在讲台上的模型。

边南又看了看他的前桌,是个小胖子,也听得挺认真,脸上已经看不出被揍出鼻血的痕迹了。

边南悄悄离开了教学楼,看看时间还早,直接去了书城。

在书城里迷路了三回,边南才终于拎着一兜书出来了,去邱奕家把东西放了,时间正好到该去接邱彦放学。

他啧了一声,感觉这一下午真奔波。

在学校门口等邱彦的时候,他给邱奕打了电话,那边邱奕刚跟罗轶洋打完电话,不知道说了多长时间,反正边南听着邱奕的嗓子都有点儿哑了。

"以后你俩谈事儿,你让他说。"边南叹了口气,"你跟个话痨拼说话真拼不过他……"

"他又激动了,我给他平息一下。"邱奕笑着说,"怎么这个时间给我打电话,有事儿吗?"

"我现在等着接二宝放学呢,晚上我上你家。"边南吸了吸鼻子,"你给做点儿好吃的,我有事儿跟你谈。"

"这么严肃,你……不会又被家里赶出来了吧?"邱奕问。

"你这话怎么说的,我还能天天被赶出来啊?"边南啧了一声,"关于二宝的事儿,今天……你回来我再跟你说吧,不过你要快点儿,我怕时间长了我背不下来了。"

邱彦对边南去见老师明显很不放心,从学校里一跑出来就拉着边南问了半天,边南再三保证老师没有不高兴邱彦才放心了。

"我以后不打人了。"邱彦说,"老师说他不对,我也有错。"

"嗯,以后碰上这种事儿,就知道打人是不能解决问题的。"边南捏了捏他的手,肉乎乎的,"想喝酸奶吗?我买给你。"

"喝!"邱彦马上一仰脸,响亮地回答。

边南没敢跟邱彦多聊,觉得自己在讲道理这方面功力太弱,万一说不明白没准儿能把邱彦说迷糊了,这事儿还是留着让道理专家邱奕来干吧。

他给邱彦买了一大桶酸奶拎着回了家。

邱奕还挺配合,回来得比平时早了四十分钟,还带了一堆菜。

邱彦已经在屋里趴着写作业了,邱奕进去看了看,又出来把边南拉到了厨房:"说吧,怎么回事儿?"

"是这样的,"边南抓了抓头,"今天上午二宝前桌的小胖子说他没爸妈什么的,二宝把人给揍了……"

"严重吗?"邱奕正拿了排骨要砍,回过头问了一句。

"流……流鼻血了,我去看了一下,已经没事儿了。"边南说,"然后老师就让叫家长,他不敢叫你,我就……去了。"

邱奕看了他一眼:"然后呢?"

"然后……你等等,我捋捋。"边南靠着墙仰着脑袋想了半天老师的话,还好,都记着,"老师就说,二宝吧……"

等边南磕磕巴巴地把老师的大致意思复述完之后,邱奕很长时间没说话,最后叹了口气,低头开始砍排骨。

"你别骂二宝。"边南站在一边把砍好的排骨放到盘子里。

"嗯,我知道。"邱奕应了一声,"你跟他聊了没?"

"我没,我不敢。"边南笑了笑,"我中午听说这事儿的时候噌一下还蹿火了呢,差点儿想带着二宝再把那小孩儿给揍一顿,这种事儿我教育不来,还得你,再说你是亲哥呢是不是?"

"哟,"邱奕乐了,"这种时候你就不是亲哥了啊?"

边南嘿嘿笑了两声,用肩膀撞了他一下:"我这不是实事求是吗?对了,我买了点儿书,你晚上看看。"

"什么书?"邱奕有些惊讶地放下了刀,"你居然还能买书?我都快忘了你认字了。"

边南指了指他:"你是不是就挤对我的时候特别有成就感啊?"

"我一会儿看看是什么书。"邱奕笑着继续砍排骨。

把排骨炖上之后,邱奕进了屋,把边南买回来的书都码在了桌上。

《儿童异常心理学》《儿童发展心理学》《儿童行为的塑造与矫正》《小学生心理健康》《成长的阶梯》……

"你……"邱奕看着这些书,"是要去考个证吗?"

"我也不知道哪些合适,你都看看呗,反正你过目不忘,也不费事儿。"边南拿过书翻了翻,"过两年再买点儿有关青少年的书。"

"谢谢。"邱奕突然说了一句。

边南愣了愣,拿着书好一会儿才说了一句:"你这话说得我都不知道该怎么接了,咱俩说什么谢不谢的啊。"

"有时候看你大大咧咧的都想不起来你其实心挺细的。"邱奕笑着说。

"我对别人未必有这么细,这也就是二宝啊。"边南往床上一倒,"我就觉得吧,你以前要求二宝跟你似的坚强点儿什么的,现在情况有变,你要改改你粗放型的管理方式,稍微精细点儿。"

"知道了。"邱奕翻着书,"你不是挺懂的吗,怎么不跟二宝聊聊?"

"这种事儿他还是比较服你。"边南一下下地打着响指,"我吧,还是陪玩、陪吃的贴心哥哥这种定位合适,万一他不服气也怪不到我头上。"

"看看,真话说出来了。"邱奕乐了半天,"太阴险了。"

"哎,说真的,"边南想了想又坐起来,"你说要是哪天二宝长大点儿了,初中、高中了,出现叛逆期了怎么办?"

"有什么怎么办的?谁没叛逆过?"邱奕说到一半停下了,捏着下巴喷了一声,"咱俩是不是都没叛逆过?"

"是啊!"边南皱着眉道,"咱俩没经验啊,到时对付不了他怎么办?"

两人陷入了沉思。

沉思了一会儿之后,邱彦在外面喊了一句:"汤都潽啦!"

"哎,排骨汤!"邱奕赶紧冲了出去,看到邱彦的时候还补了一句,"你不是写作业呢吗,怎么跑出来了?"

"我上厕所。"邱彦皱着眉道,"我要不出来那汤就全潽光啦!你做个饭都不认真,还要跑屋里玩,昨天也是差点儿煮煳了!"

"就是!"边南跟着跑了出来,往邱彦的背上拍了一巴掌,"继续写去吧。"

"看到没,"邱奕一边把炖排骨的砂锅拿下来,一边回头看了看,"现在已经时不时就要教训我了。"

"我已经能想象到他再大点儿是什么感觉了。"边南在旁边乐得停不下来,"其实我还挺想看看的,风水轮流转啊。"

"你觉得咱俩谁更容易被他教训?"邱奕斜眼儿瞅了瞅他。

边南愣了愣,最后叹气道:"我吧……"

两人又乐了半天,最后邱奕一挥手道:"想那么远呢?没准儿他也不叛逆，悄悄地就过了青春期呢？就算他叛逆了，咱见招拆招就行。"

"就是！"边南拍了拍他的肩膀，"俩哥哥什么风浪没见过啊，特别是你，那是经历丰富的人。"

"那是。"邱奕把潽出来的汤都收拾了之后，突然举着胳膊扭了两下，"跳着广场舞过来的……"

"二宝！"边南转身就往院子里走，"有药没？你哥犯病了！"

"收拾一下桌子。"邱奕在厨房里笑着说，"一会儿汤煮好，炒俩菜就开饭了。"

"好嘞！"邱彦在屋里喊。

番外二
泥人儿套餐

邱奕今天起了个大早，本来今天他休息，想多睡一会儿，但邱彦一早就起来了，在院子里哼着歌。

一开始还挺小声，等邻居老太太也起床出来活动之后，邱彦就没再控制声音，嘹亮的歌声纷纷跑着调传进了屋里，硬生生地把邱奕惊醒了。

邱彦心情好就愿意唱歌，今天估计是心情特别好，所以直接开了演唱会。

邱奕把枕头拉过来捂在耳朵上，闭着眼坚持了一会儿，想再睡个回笼觉，十分钟之后失败了。

"边南，"他摸过手机拨通了边南的电话号码，"你现在立刻过来，把你亲弟弟领走。"

"我刚起呢，还没吃早点……"那头边南的声音还带着鼻音，他今天也休息，昨天回了家，被他爸拉着谈人生谈到夜里两点。

"你出的馊主意，二宝现在兴奋得就差上树了，院子里那葡萄架要不是经不住他早上去了。"邱奕皱着眉道,"你过来弄走他,我这阵子做教学计划累死了,想多睡会儿都睡不了。"

"行,行,行。"边南一听马上一连串地应着,"我马上过去,我开车嗖嗖地就过去了,你再坚持一会儿。"

"别飙车。"邱奕说。

"哎,知道了,我什么时候飙过车啊?"边南挂掉了电话。

邱奕扯过一条毛巾被在脑袋上又裹了一层,闭上眼睛继续睡觉。

前段时间申涛为了追姐姐向邱奕求助,要玩个浪漫,让邱奕给做一对小泥人儿,邱奕给做了。

本来做泥人儿这事儿也不稀奇,他从小做到大,但不知道怎么这回就激发了边南的兴趣了,边南非要学着做。边南一说要学,邱彦凑热闹的劲儿瞬间就被带了起来。

邱奕说这个周末教邱彦捏个小人儿,他从周一就兴奋上了,今天可算是到周末了,一早就兴奋得不能自持。

歌声一直持续到边南进院子才算停了,邱奕捂着毛巾被和枕头长长地叹了口气,到最后也没睡着。

"哎哟,这可算是唱完了。"隔壁老太太笑着指了指自己的头发,"我的头发都被他唱黑了⋯⋯"

"多好啊!"边南乐了,"奶奶,您瞬间就返老还童了。"

"这孩子应该去参加什么唱歌比赛。"老太太笑着出了院子去早锻炼。

"那肯定在海选的时候就被截出来搁网上了,跑调巅峰之作,谁与争锋!"边南拍了拍邱彦的头,"吃早点去?"

"嗯!"邱彦点了点头,"吃完就做泥人儿吗?"

"吃完了去把你哥伺候舒服了才能做泥人儿。"边南往屋里看了看,"你一大早把你哥都唱疯了,他起来得把你当泥人儿捏了。"

"那⋯⋯"邱彦低头从兜里掏出自己的小钱包,里面有邱奕给他的早点钱和零花钱,他翻了翻,"要不大虎子你借点儿钱给我吧。"

"干吗?"边南往他的钱包里瞅了瞅,"你不是有挺多钱的吗?"

"早点钱是定量的啊,零花钱还要攒一点儿还你钱呢。"邱彦看了他一眼,"你借我点儿钱,我买份儿豪华早点给我哥。"

边南一听就乐了:"还记着还我钱的事儿呢?"

"嗯。"邱彦点了点头。

"行吧,你说你给你哥买什么?我带你买去。"边南带着他出了院门。

"我想想。"邱彦低垂着脑袋。

想了半天,到最后邱彦决定给他哥买一份K记的早点。

"真豪华。"边南笑得不行,"我以为你要上旁边儿的酒店给他订一桌呢。"

豪华早点一份,外带包子、油饼、豆腐脑什么的,边南把早点都拎回屋里搁在桌上。

"你去拿碗筷。"边南往邱彦的脑门儿上弹了一下,"我去看看你哥醒没醒。"

"肯定醒啦!"邱彦转身往厨房跑去,"被我吵醒的。"

"你还知道是被你吵醒的啊?"边南啧了一声,推门进了里屋,看到邱奕趴在床上,脸冲墙侧着,他过去轻轻叫了一声,"大宝?"

"没醒。"邱奕闷着声音回答。

边南乐了:"认命吧,你亲弟弟拍马屁给你买了早点,起来吃吧。"

"你说我想睡个懒觉容易吗?我这么多年睡的懒觉加一块儿都不够你一个假期的……"邱奕翻了个身,拉长声音叹了口气。

"也是。"边南给他拉好毛巾被,想想邱奕还真是个基本没有睡懒觉时间的人,以前是忙着打工学习,现在忙着补习学校的事儿,"要不你再睡会儿?"

"得了吧,睡不着了。"邱奕伸了个懒腰,又狠狠地打了个哈欠,"买什么早点了?"

"K记的。"边南笑着说。

"什么品位?哪儿有胡同口的油饼好吃啊……"邱奕叹了口气。

"哎,你可别当他的面儿说。"边南指了指邱奕,"二宝特地去买的,想讨你高兴呢。"

"知道。"邱奕笑了笑，"他就是给我买个儿童套餐我也会高兴地吃下去的。"

"儿童套餐挺好吃的呢。"边南喷了两声，往床头一靠，"有一阵子我特别爱吃儿童套餐，天天拉着万飞去吃。"

"行。"邱奕坐起来，推开他下了床，"中午请你俩吃儿童套餐吧。"

边南笑了笑，盯着邱奕看了一会儿，指着他身上的衣服："你身上穿的是我的衣服吧？又穿我的？"

"嗯？"邱奕低头看了看，"是。"

"你拿我的衣服当睡衣？"边南喷了一声，过去扯了扯衣服，"这件我上班还穿着呢，到你这儿就成睡衣了？"

"昨天随手抓的。"邱奕从柜子里随便扯了条裤子出来穿上，又低头看了看，"这裤子不是你的吧？"

"不是，我没有这么正经的裤子。"边南躺在床上，自打那会儿拿着东西到邱奕家来占地儿之后，邱奕给他腾了半个柜子放衣服，然后就经常随手扯一件他的T恤睡觉穿了，"你说你这人，那时说得多感人啊，你的都是我的，现在你的我没捞着，我的你都拿走了……"

"这话怎么说的，你把我弟都拿走了。"邱奕笑着说，伸着懒腰出了屋子。

"二宝可不好拿。"边南跳下床跟着他走了出去，"什么都想着他哥哥，你看要哪天他惹我不高兴了，别说K记的早点，就胡同口的包子他都舍不得买来哄我。"

邱彦已经把碗筷摆好了，正坐在客厅的桌子边儿等着，听到边南这话，立马从椅子上下来，跑到边南身边儿抱住了他的腰，脸在他的身上用力蹭了几下："大虎子最好了，我不会惹你不高兴的。"

"听听。"邱奕笑了，拿了牙刷到院子里去洗漱。

"哎，宝贝儿，"边南弯腰搂了搂邱彦，"你就是会说好话。"

"一会儿我捏的小人儿送给你。"邱彦笑着说。

"好，我捏的送你吧。"边南从桌上拿了个油饼咬了一口，想起以前邱彦捏的烤串和松花蛋，心里一点儿底都没有，"也不知道咱俩能做出个什么玩意儿来。"

仨人往桌子边儿上一坐，看着早间新闻吃早点。

边南拿了个油饼就着豆腐脑吃得很欢，抽空瞅了一眼邱奕，看样子K记早点并不是很合他的口味，明显是自己手上的油饼更吸引邱奕的注意力。

"哎，好吃。"边南乐了，边说边咬了一大口。

"挺美？"邱奕斜眼儿看着他。

"美得全身都是泡泡。"边南靠到椅背上笑着说。

"K记的早点多好吃啊。"邱彦在一边吃着油饼，眼睛一直看着邱奕手里的猪柳汉堡，这份早点是按他自己的口味买的，现在估计馋得够呛。

"咱俩换？"邱奕把手里的汉堡递到了他面前。

"好……"邱彦眼睛一亮，刚要伸手接又停下了，垂下眼皮道，"算了，那是买给你的。"

"心意到了就行。"邱奕摸了摸他的脑袋，"哥知道你专门给买了早点就已经很开心了，咱俩换吧。"

邱彦犹豫了一下，把手里的油饼递给了邱奕，拿过汉堡："哥哥，你生我的气了吗？"

"没啊。"邱奕笑了笑，咬了口油饼，"你每天热热闹闹的，我听着踏实。"

"哎哟哟哟哟！"边南喷了几声，喝了口豆腐脑，"亲弟就是不一样，咱俩一块儿混这么久了，一块儿打过架、对着哭、对着笑的，也没这待遇……"

"还吃上你弟的醋了？"邱奕也喷了一声，把油饼放在了他手里，又把自己那份豆腐脑推到他面前，"都给你，咱俩这感情，以后就算我快饿死了，也会保你一口吃的。"

"凭什么要饿死啊？"边南迅速在油饼上咬了一口，又拿过邱奕那碗豆腐脑喝了一口，抹了抹嘴，"有我在你饿不死。"

"有我在你也饿不死。"邱奕笑了笑。

吃完早点，邱彦就嚷嚷着要做泥人儿。

"把桌子收拾出来吧。"邱奕看了看时间，站起来往里屋走去，"我拿材料和工具。"

边南看着邱彦这兴奋劲儿老想笑，帮着他把碗筷收拾了，擦了桌子，然后两人一块儿坐在桌子边儿等着邱老师传授技艺。

邱奕把一套做泥人儿的工具拿出来放在桌上，又转身进了屋里，拎出来两块儿用袋子包着的东西。

"这是什么？"边南凑过去看了看。

"是不是泥啊？"邱彦跪在凳子上，都快爬到桌上了，伸长了脖子瞅着。

"是……泥。"邱奕清了清嗓子，笑着说，"软陶泥。"

"我看你用的也不是这……"边南一把拿过东西拆开了外面的袋子，是两块儿软陶泥，但颜色只有两种，就一块儿白色一块儿棕色，愣了愣道，"我怎么感觉你平时用的不是这种？"

"嗯，我用的不是这种。"邱奕从工具盒里拿了把小刀出来，"这是我用来练手剩下的，就是小朋友学做东西的时候用的那种……"

"你这算不算敷衍我们？"边南瞪着他，邱奕平时用的都是那种灰扑扑一坨的泥，感觉很高级。

"不算，没让你俩用橡皮泥就不错了。"邱奕转了转手里的刀，从白色那块儿软陶泥上切了一条下来放到邱彦面前，"你用白的。"

"好！"邱彦对用什么材料并不介意，兴奋地喊了一声，拿过那块儿白色的泥来回看着。

"这个给你用。"邱奕从棕色那块儿软陶泥上也切了一条下来递给边南。

边南接过软陶泥看了看，抬头盯着邱奕的脸："你还有完没完了？"

"怎么了？"邱奕忍着笑道。

"你是不是这辈子都抓着不放了啊？"边南把棕色的陶泥放到自己的脸旁边儿，"是一个色儿吗？"

"不是。"邱奕乐了,"你比它白多了。"

"幼稚!"边南指了指他,"邱奕,以前我没看出你这么幼稚,太能伪装了。"

"你非得用这个捏自己吗?"邱奕笑了半天,"你捏别的也没人拦着啊。"

"我就捏自己!"边南喷了一声,也乐了。

"我也捏自己!"邱彦在旁边儿喊。

邱奕给他俩分配好工具,切了块儿白色的陶泥拿在自己手上做示范。

"做个简单的吧。"邱奕捏了捏手里的陶泥,"先捏成这样。"

边南看着邱奕的手,只几下,陶泥在他指间就被捏成了一个很漂亮的长圆形。

"这……"边南学着又捏又搓了几下,凑合着弄出了个橄榄形。

邱彦搓出了个……不知道什么形,看着跟他之前做的松花蛋有些异曲同工之处。

"把中间收一收,脖子。"邱奕拿起一个像竹刀似的东西转圈儿按了按,把中间收了进去,"大致有个轮廓就行。"

边南平时没觉得邱奕的手有多巧,或者说他平时没觉得自己的手有多笨,但是看着邱奕修长的手指间那一团泥听话地按照要求变换着样子,但自己手里的东西就跟中了邪似的怎么都是歪的,才意识到两人之间的差别。

他再看邱彦,那基本就是自由发挥,跟邱彦唱歌跑调一样,已经大步走在了属于自己的那条路上。

"你这个再搓一搓可以做个哑铃了。"邱奕看了一眼边南手里的泥。

"别废话。"边南喷了一声,"然后呢?"

"你……选一头当脑袋吧。"邱奕说。

"那就这边儿当头吧。"边南盯着自己手里的泥看了一会儿,选了比较小一些的那边儿,"就这边儿。"

"随便戳几个洞当眼睛、嘴。"邱奕边说边低头在自己的那个泥人儿上用个尖头的东西弄着。

"你平时就这么给学生讲课的？"边南凑过去看了看，没看明白，只好随便拿了个袖珍铲子似的玩意儿在"脸"上戳了仨窟窿。

邱彦也学着他的样子在自己的那团泥上戳了三下，边南看了一下，觉得邱彦捏出个东西的可能性似乎比他要大，已经能看出外星人的雏形了。

邱奕手里那个泥人儿已经有鼻子了，边南觉得自己弄出个鼻子来的成功率太低，于是在中间又戳了两个洞，代表鼻子。

制作小泥人儿的过程不长，没一会儿三个小泥人儿都完工了。

邱奕做得快是因为本来就很熟，又只是弄个小球人儿，只大致弄一弄，不过小泥人儿还是挺可爱的，圆头圆脑的。

边南和邱彦速度也挺快是因为……捏的都是看不清本体的东西。

总之从邱奕做的那个泥人儿依次排过去，一个比一个不像人。

边南看着放在邱奕做的小泥人儿旁边自己做的那团棕色不明物体，想了想道："我这个是花生人。"

"是。"邱奕拿过他做的那个，低头开始慢慢修。

"二宝那个是……"边南看了一眼，一时都想不出合适的词来。

"是个青蛙！"邱彦很响亮地回答。

"什么？"边南不得不佩服邱彦的想象力了。

"嗯，是青蛙，一会儿你给上色吧。"邱奕点了点头。

"荧光绿吗？"边南立马问。

邱奕乐了，笑着看他："找着反击机会了啊？"

"必须啊。"边南打了个响指，"现在怎么弄？"

"烤一下就行了。"邱奕伸了个懒腰，继续补救边南做的那个东西，"哎……"

"哎什么哎，是不是挺有前途的？"边南站了起来，转圈儿看着。

"是。"邱奕点了点头，很诚恳地道。

"哎，我问你，"边南在他身边儿坐下，说，"你第一次做小泥人儿是什么样的？有我俩这水平吗？"

"我啊，第一次做的时候做了个乒乓球，还写了字。"邱奕笑着说。

"为什么做个乒乓球?"边南愣了愣。

"因为简单啊。"邱奕继续乐。

"那为什么让我俩做小泥人儿啊?"边南很不满,"这难度也太大了吧!"

"我没让你们做小泥人儿,你自己的第一反应就是要做个小泥人儿。"邱奕把改好的小泥人儿放到他面前。

"哎?"边南有些吃惊地看了看,"这么一改我感觉我还是很有天赋的啊。"

"无耻。"邱奕笑了好半天。

小泥人儿最后全部完成,放在桌上看着挺……有成就感的。

邱彦兴致勃勃地又拿了一块泥准备继续做。

邱奕进屋拿了个小盒子出来,在盒底标上了今天的日期,把做好的三个小泥人儿放了进去。

"干吗?"边南看着他。

"留个纪念。"邱奕把盒子盖上,"以后可以拿出来乐一乐。"

"是拿出来挤对人吧?"边南笑着说,拍了拍盒盖,"你说,没事儿就留点儿这些东西,以后咱俩清点的时候是不是会很感慨啊,岁月如梭什么的。"

"是啊,看看你写的那信,看看这些泥人儿,然后感慨……"邱奕拿起盒子,笑着说,"啊,这辈子闹着闹着就过来了。"

番外三
养鱼是件严肃的事儿

"养鱼？"邱奕看着在院子里来回转悠的边南，"养什么鱼？"

"热带鱼呗。"边南继续转悠。

"养在院子里啊？"邱奕不知道他又是哪里来的突发奇想，"冬天都得变成冰雕。"

"谁养院子里啊？养在屋里。"边南走到门口，靠在门框上，"你不觉得这屋子里该弄些点缀吗？"

"你不是已经弄了一溜仙人球吗？"邱奕走到他身边儿站住，指了指窗台上的几盆小仙人球，这些都是边南前几个月弄来的，死了一半，还剩几盆邱奕好歹给救活了。

连仙人球都能种死的人，还想养鱼，还是热带鱼。

"你就想想得了，"邱奕说，"这话你别跟二宝说，你要说了，他立马就疯。"

"鱼好养的。"边南偏过头看着他，"养吧，就放电视旁边儿，多灵动。"

"哎哟！"邱奕笑了起来，"为了养鱼，灵动这么高端的词都憋出来了。"

"就这么决定了。"边南反手在邱奕的脑袋上抓了一把，"就这么决定了啊。"

"你养不活。"邱奕叹了口气，"我反对，你要想养，养你家里去，你家有保姆能照顾。"

"我家保姆只做饭、收拾屋子，不管养鱼，再说了，"边南走进屋，站在客厅中间，"这个房子有我一半，我占过地儿的。"

"三分之一。"邱奕冲他伸出三根手指，"你别把二宝忘了。"

"没忘了二宝。"边南龇牙一乐，"我是没算你的。"

邱奕阻拦了半天，也没能阻挡住边南要养鱼的雄心壮志，最后只能退而求其次地跟他商量着不养热带鱼。

"如果冬天停电，你那一锅鱼就都得死翘翘。"邱奕坐在沙发上，拿着遥控器一下下抛着，"然后晚饭就可以吃鱼了，要不你养点儿能吃的热带鱼吧……"

"闭嘴！"边南瞪了他一眼，"你吃仙人球去呗。"

"也行啊，蒸个鱼，炒个仙人球。"邱奕笑道。

"那不养热带鱼我养什么鱼啊？"边南坐到他旁边儿，拿了一袋邱彦没吃完的薯片吃了几片儿。

"鲤……不，金鱼吧。"邱奕拍了拍他的腿。

边南张了张嘴没说话，琢磨了半天，最后推了他一把："金鱼就金鱼，中午吃完饭去买，你别变卦了啊。"

今天周末，邱彦跟隔壁小孩儿一家去游乐场了，估计下午才回来，边南想赶着中午这会儿去买了，要不邱彦一回来肯定得跟着去，带着邱彦去花鸟市场绝对是累死人的活。

邱奕估计也是这么想的，中午饭没弄得太复杂，就一人煮了一碗面。

不过这面条也吃得边南相当享受，邱奕做饭的手艺在边南这儿已经是无人能匹敌的高度了，要哪天邱奕在身边儿但没做吃的，边南估计吃什么都没胃口。

吃完面条他把两人的碗洗了，一挥手道："走，买鱼去！"

邱奕抹了抹被他甩了一脸的水珠，叹了口气："走吧。"

边南兴致挺高，开着车直奔花鸟市场。

"坐公交车不行吗？"邱奕坐在副驾驶座上闭目养神。

"那多费劲儿啊，还得倒车。"边南喷了一声，"有个私人司机你还不满足吗？"

"怕你找不着地儿停车又急。"邱奕闭着眼道，"上回去买仙人球的时候不就发火了吗？骂了半小时。"

"那半小时都找不着地儿停车能不骂吗？"边南一想到上回开着车在花鸟市场跟前儿那条路上来回转的事儿就发怵，人多，车多，加上摆摊儿的，半小时他简直把起步停车掉头练到了人生的最高境界。

"今儿要又是半小时怎么办？"邱奕睁开一只眼睛。

"挺白一个人，别乌鸦嘴。"边南睨了他一眼。

"关键是你黑啊。"邱奕说完就乐了，"完了，我真不是故意的，你先开的头。"

"我已经习惯了。"边南叹了口气。

其实不用邱奕乌鸦嘴，就周末这个日子，花鸟市场这条老旧的街基本就不可能清闲了。

边南看到路上黑压压的人和车还有摊位的时候，用力喊着叹了口气："哎！"

"别发火啊，发火不给买鱼了。"邱奕把副驾驶座的车座往后调了调，很舒服地半躺着闭上眼睛，"我睡会儿。"

"你这是招我的火呢！"边南斜眼儿瞅着他。

"加油！大虎子加油！"邱奕笑着喊了两声，还挥了挥胳膊。

边南乐了："神经病。"

"看路吧。"邱奕说。

今天运气还成，边南顺着路边儿的停车位慢慢往前出溜着开的时候，一辆车正好开走，他赶紧过去先把车头塞进去半个，等人开走了，慢慢把车挪了进去。

"怎么样?"边南下车的时候看了看两边儿,"就这么大点儿的地方愣让我挤进去了。"

"一会儿开不出去你慢慢哭。"邱奕下了车。

"没事儿,我的技术实在是好得我都不好意思夸自己了。"边南呵呵地一笑,然后拉着邱奕往对街的市场走了过去。

花鸟市场其实是个挺有意思的地方,除去花鸟鱼虫和猫猫狗狗,还有很多小玩意儿,各种工具、真真假假的石头,还有一排排的小吃。

"哎,这地方不能带二宝来。"边南边看边乐,"这要让他来一次,估计天天都喊着要来,一来就得待一天。"

"我看看……"邱奕走到一个摊子边儿上停了下来,蹲地上跟大叔大哥们挤一块儿挑上了。

边南站在他身后弯着腰看了半天:"你要买什么啊?"

这摊子卖的都是工具,什么螺丝刀、钳子的,还有一根根捋直了的铜丝,旁边儿还放着一堆看不出新旧的小剪刀、指甲刀。

邱奕很有兴趣地在里面翻着,最后挑了一套钳子和锤子,还买了点儿螺丝和门合页。

"要这个干吗?"边南看着他。

"院子里那个葡萄架要弄一弄了,时间久了不结实,都松了。"邱奕付了钱,"买点儿工具修一修,顺便把隔壁老太太那屋的门弄一弄。"

"啊,那是得弄一弄,院子门也得修,上回二宝挂门上晃了半天,现在门关上的时候是斜的。"边南说。

"你别老带着他抽风,要玩门上旁边儿的火柴厂玩去,反正那儿的门没人用。"邱奕把东西塞进了边南的包里。

"哎!"边南喊了一嗓子,"说什么都能绕到我身上来再教育一通!"

"那有什么办法?谁让你俩一样大呢?"邱奕说。

"买鱼去!"边南瞪了他一眼,拽着他往观赏鱼区大步走了过去。

观赏鱼这边儿一地水,每个店门口都摆着几个大盆,看上去跟菜市场卖鱼的那块儿没什么区别，只不过盆里都是小金鱼。

边南弯着腰瞅了半天，每个店门口他都停留了好几分钟。

"怎么都这么小，就没大点儿的吗？"边南回过头看着邱奕。

"进店看啊，你什么脑结构啊！"邱奕推了他一把，走进了一家店。

"我从小的印象里，金鱼都是搁盆里卖的，路边骑个三轮儿，放几个盆啊小破缸的……"边南跟在他身后进了店里，看了看四面的鱼缸，啧了好几声，"我还以为大缸里的都是热带鱼呢。"

"你太小瞧金鱼了。"邱奕拉过他，指了指一个鱼缸，凑到他耳边小声说，"看看价钱。"

边南顺着他手指的方向看了一眼，愣了愣，又瞪了瞪眼睛，然后转身就往外走："我还是挑盆里的吧，一块钱一条那种。"

"没有一块的，都两块一条。"店老板在旁边说，又指了指旁边大一些的鱼，"那些五块一条，还有十块一条的，二十的也有。"

邱奕在后面笑得停不下来。

"五十的有吗？"边南回过头问。

"有。"老板点了点头，"你是买回去养还是玩？"

"养。"边南回答。

"玩。"邱奕说。

"养！"边南瞪着邱奕。

"是，是，是，养！必须是养！"邱奕笑着说，"你就指着我给你养呢。"

"想好好养成的话，就这些吧。"老板在几个鱼缸跟前儿指了指，"要是随便玩玩就还是门口那些，便宜，也好伺候。"

"我就要不好伺候的。"边南很执着，"断腿的人我都伺候得了，鱼有什么伺候不了的？"

鱼的种类挺多的，边南一种也不认识，就看个热闹。

他贴在鱼缸上盯着，然后指挥老板给他捞鱼："就这条，大眼睛的……对，还有那条，里面边儿黑的那条，带胡须的……"

"有个三四条差不多了。"邱奕在一边坐着道。

"那条，花的，对，就红嘴的那条。"边南根本没理会邱奕，一口气来回指着，"再来一条全黑的、俩全白的。"

老板看了看他，又扭头看了一眼邱奕，乐了。

"快捞，别笑。"边南喷了一声，"没错，就是按肤色来的，黑的是我，白的那条是他，另一条白的您给我挑条小点儿的，是他弟弟。"

"有黑白花的吗？"邱奕笑着问了一句。

"有。"老板笑着指了指旁边的缸，"黑白狮子头，贵不少哦。"

"没事儿。"邱奕还是笑着，"给拿一条吧，我喜欢这个。"

边南瞅了他一眼，冲他龇了龇牙没说话，邱奕靠着椅背乐了好一会儿。

最后挑完了鱼，边南看着老板给装鱼的袋子打氧，数了数有十来条，问了一句："这些得多大的缸养啊？"

"得大缸了。"老板冲旁边儿的一个大方缸抬了抬下巴，"就那样的，小了不行，鱼容易死。"

"这么大？"边南愣了愣，回过头看着邱奕，"这要放电视柜上，得把电视拿走吧？"

"我不管。"邱奕笑了笑，"你折腾吧。"

边南琢磨着去掉几条鱼，但蹲着看了半天，哪条都挺喜欢的，去掉哪条他都舍不得，最后站起来一挥手道："得，大缸就大缸吧，没事儿！老板给送点儿草呗。"

"行。"老板又拿个袋子给他装了一兜水草，还送了点儿鱼食儿。

边南跟老板打听了半天养鱼的注意事项，这才和邱奕把几个袋子放到缸里，抬着鱼缸走了出去。

"是不是特满足啊？"邱奕问了一句。

"是。"边南喷了一声，"特别满足，我就觉得屋里得有点儿活物才有生气。"

"二宝就是个大活物，还是个活宝，有他在，咱俩想生气天天都能生一屋子气。"邱奕笑着说。

"反正买都买了。"边南心情挺好，"随便你说吧。"

"你路上想想放哪儿合适。"邱奕说,"二宝回来之前咱得弄好,要不我怕他回来一闹腾把缸给摔了。"

"我想过了,"边南说,"不放电视柜上了,放沙发中间那个茶几上,茶几小点儿,得在缸下边儿再垫块儿木板。上回你做桌子不是还剩了几块儿板子吗?"

"行吧。"邱奕点头。

两人回到家一通折腾,挪开沙发,垫板子,垫纸,洗缸,放水,再把草放进去,最后把装着鱼的袋子整个搁进去,老板说这是让鱼适应一下水温。

邱奕躺在沙发上看着趴在缸前盯着鱼的边南:"真折腾。"

"一会儿差不多就可以放进去了。"边南看了看时间,"记着别让二宝喂食儿,刚拿回来不能喂。"

"那可不能保证。"邱奕皱了皱眉,"你不觉得小孩儿最大的乐趣就是给小动物喂食儿吗?二宝站院子里喂麻雀能喂一上午。"

"那我今儿不回家了。"边南想了想,"我得守着。"

等时间够了,边南把鱼都慢慢地倒进了缸里,看着在水里来回游着的一群鱼,伸了个懒腰:"哎!好了!累死我了!"

不一会儿,就听到从胡同里传来的笑声和叫喊声。

"哎——"邱奕拉长了声音,"二宝回来了。"

"挺早啊。"边南看了看手机,从沙发上站起来,走了出去,"我以为要快晚饭的时候才回呢。"

"大虎子!"邱彦从门外蹦了进来,一看到边南就喊着扑了过来,"我们今天坐了林中飞鼠,还有碰碰车!"

"哎,这么好玩啊?"边南抱住他,在他背上摸了两把,"这一身汗,不知道的以为你游泳去了呢。"

"我洗个澡去。"邱彦跑进屋里,刚进去又听见他提高了的声音,"啊!鱼!金鱼!你们去买金鱼了啊?"

"漂亮吗?"边南进屋,邱彦已经跳上沙发趴在了鱼缸旁边。边南过去,没地儿坐了,直接往邱奕腿上坐了过去,"十二条,我跟你哥刚买回来的。"

"哎。"邱奕抽了抽腿没抽动,仰着脖子又叹了口气。

"漂亮!真漂亮!"邱彦瞪着眼睛盯着鱼缸里的鱼,冲边南伸手,"鱼食儿呢?我要喂鱼。"

"还真让你哥说对了。"边南乐了,"二宝,我跟你说,这鱼这两天都不能喂,过两三天才能给吃的,要不鱼会生病、会死。"

"那不就饿死了吗?"邱彦有些迷茫,"一点儿都不喂吗?一粒食儿都不能喂吗?"

"不能。"边南看着邱彦一脸担忧的表情,觉得自己要不守着,邱彦估计真能偷偷给鱼喂食儿,他只能继续耐心地解释,"它们一路回来吓着了,吃了东西会消化不良,懂吗?"

"哦。"邱彦看着他点了点头,"那明天能喂吗?"

"不是说了得两三天吗?"邱奕有些无奈。

"那是两天还是三天呢?"邱彦很认真地问。

"两……天吧。"边南也挺无奈。

"那今天一天,明天一天,就两天了啊。"邱彦对不能喂食儿大概不太能忍受。

"今天中午买回来的,到明天中午算一天,到后天中午算两天!"边南指了指邱彦,"你别偷着喂,喂死了我会生气。"

"不会,我不喂,我又不是小孩儿不懂事。"邱彦揉了揉鼻子,鼻尖顶到鱼缸玻璃上,"那它们这两天就只能喝水啊?"

边南往邱奕身上一倒,笑着说:"大宝,你弟弟太可爱了。"

"是你弟弟。"邱奕推了他一把。

"它们有名字了没?"邱彦问。

"我给它们起名字吧?"邱彦趴回了鱼缸前。

"好,起吧,我听听。"边南坐到他旁边儿。

"小花、小红、小黄、小金……"邱彦点着玻璃一连串地说着,"小……"

"等等。"边南捏着他的下巴把他的脸扳了过来,"你这是起名字?"

"是啊，花的、红的、黄的啊。"邱彦一脸认真地说，"是不是啊，哥哥？"

"是……"邱奕笑了起来，"有没有高级一点儿的啊？"

"就是，起点儿高级的啊，这点儿鱼好几百块钱了呢。"边南说。

"一块、十块、五十……"邱彦又点着鱼缸，"哎，这条黑的漂亮，叫小黑，还有一条白的！小白！两条白的！那小的这条叫小白白吧！"

"我上院子里哭会儿去。"边南跳下了沙发。

"有了，有了！"邱彦有些着急了，"这条黑白花的我想好了！高级的！"

"说来听听？"边南看着他。

"奶牛！"邱彦很响亮地回答。

邱奕本来一直半眯着眼养神，一听这句实在憋不住了，一通乐，冲邱彦竖了竖拇指："好！"

半个小时后，邱彦给一缸鱼起好了名字。

红的叫阳阳，黄的叫金金，花的叫碎碎，鼓眼睛的叫泡泡，带胡须的叫条条，然后还有财财、眯眯、嘴嘴、蹦蹦，最后是一开始就定好的三个名字——黑黑、白白和奶牛。

番外四
练车也是件严肃的事儿

边南早上醒过来的时候睁着眼睛对着天花板瞪了能有一分钟才反应过来自己这是在哪里。

"万飞！"他躺在床上喊了一声。

"哎哟，醒了啊？"房间门马上被推开了，万飞拿着手机走了进来，估计是在给许蕊打电话："哎，先不跟你说了，南哥醒了，我跟他聊会儿。"

"你跟我聊什么啊。"边南伸了个懒腰，顺手抓过一个枕头抱着，"耽误了你俩谈恋爱，我多内疚啊。"

"没事儿了吧？"万飞挂了电话，趴到床上看了看他，"昨天拖你回来的时候你那状态感觉你将会看不到明天早上的太阳。"

"胡扯，今儿早上的太阳我都看到了。"边南搓了搓脸，昨天晚上跟万飞喝酒喝到十一点，虽然只喝了四五瓶啤酒，他也喝断片儿了，不过早上醒过来倒是不像以前那么难受了，"我现在喝酒好像比以前好点儿了。"

"你跟邱奕待一块儿练出来的吗？"万飞拉开窗帘，"哎呀，这美好的周末。"

边南盘腿坐着，打了个哈欠："一会儿我走了，你跟你家许蕊玩去吧。"

"吃了午饭再走呗。"万飞转过头瞅着他，"你今天又不上班。"

"今天邱奕也休息，我跟他说了今天教他开车。"边南下了床，慢吞吞地套上裤子，又冲门外喊了一声，"大姨，今儿早上是吃烙饼吗？"

"是，是，是。"万飞的爸爸在客厅里回答，"你大姨给你烙着呢。"

除了邱奕做的饭，边南最爱的就是万飞他妈妈做的烙饼了，吃多少年都不带吃腻的，回回上万飞家来都得吃。

"邱奕要考驾照啊？"万飞问。

"没，我就是闲了想教他，要哪天去考驾照了练车的时候也省事儿。"边南一搂万飞的肩膀道，"你学吗？要不今儿你也过去，我顺带连你一块儿教了？"

"我开我的电瓶车挺美的，带许蕊出去还能搂个腰什么的。"万飞摇头，"再说我学了也没车开。"

"目标真远大。"边南喷了一声。

在万飞家吃完烙饼，边南开着车到了邱奕家胡同口外面的小街，小街上的临时停车位照例是全满，周末大家都不上班，车挤得跟要跳兔子舞似的。

边南把车开到了火柴厂门口，平时这门都只开一半，车进不去，不过跟跳广场舞的大姐大妈们熟了之后还有一个好处，就是他从大妈那儿弄了把火柴厂大门的钥匙，可以开了门把车停进去。

停好车走出来的时候，边南看着路边找不着车位的一辆车，有些愉快地吹了声口哨，虽然不知道这有什么可得意的。

刚走到胡同口，就听到了邱彦的喊声，还有另一个小孩儿的声音，边南一听就特别不爽。

方小军这个烦人的小家伙又来了!

邱彦站在一辆滑板车上朝着边南冲了过来:"大虎子!"

"哎!"边南赶紧闪到一边儿,让邱彦撞一下没什么,让他连人带板儿地撞一下可吃不消,"哪儿来的这玩意儿?"

"小涛哥哥给我买的!"邱彦喊着冲出了胡同口,然后跳了下来。

"到我了,到我了。"方小军跟在后头跑了过去。

邱彦把滑板车让给了方小军,跑过来往边南腿上一撞:"是不是要去学车啦?"

"嗯。"边南抓了抓他的头发,看着方小军兴奋地蹬着车一路往胡同里冲,啧了一声,"怎么一有好玩意儿就能看到方小军?"

"他正好来找我玩啊。"邱彦拉着他的手,半拽着往前蹦,"你的车停在哪儿?"

"火柴厂,你哥起了没?"边南被他拽得路都走得费劲儿了,"你能不能好好走路?你现在比以前重很多了知道吗?胖宝!"

"我才不胖。"邱彦松开他的手绕到他身后蹦着,"你背我看看,我一点儿也不重,不信你试试。"

"你直接说背一下就行,不用找借口。"边南弯下腰,邱彦蹦到他背上之后他用手托住邱彦的屁股颠了颠,"还说不胖。"

"等我蹿个儿的时候就会瘦了。"邱彦趴在他肩上,"我哥说的,他就是蹿个儿的时候瘦的。"

"你哥就没胖过。"边南说。他看过邱奕小时候的照片,不多,就几张,邱奕小时候很漂亮,跟个娃娃似的,但挺瘦的。

一进院子边南就闻到了邱奕独家打卤面的香味儿,申涛正坐在葡萄架下边儿挑着面。

边南把邱彦往地上一扔,吼了一句:"有我的没?邱奕,你居然背着我给小涛哥哥做这么牛的早点!我现在看到他都不想打招呼了!"

"有,有,有,邱奕就知道你来了肯定还得吃,煮着呢。"申涛叹了口气,指了指厨房,"去拿。"

边南立马笑着过去往申涛背上一拍道:"小涛哥哥早!"

"早。"申涛被他拍得咳嗽了几声。

"我要大碗的。"边南跑进厨房,往邱奕身上撞了一下,"赶紧给盛上!"

"你在万飞家没吃?你上他家不是每回都要他妈妈给你烙饼吗?"邱奕被他这么一撞差点儿把手甩进面锅里,"你是不是酒还没醒呢?"

"醒了。"边南走到一边儿嘿嘿乐了两声,"申涛怎么跑来了?他这周没上船啊?"

"没,休息三天。"邱奕把面挑到碗里递给他,"给二宝买了个滑板车,你看到没?简直闹得我烦死了。"

"看到了。"边南乐了,"把车送方小军得了,就不用烦了。"

"真的?"邱奕马上偏过头瞅着他,"那我一会儿就跟方小军说让他拿走啊?"

"他敢拿!"边南龇牙,恶狠狠地说,"看我不抽他!"

吃完面,申涛一抹嘴,说要走。

"哎,你不一块儿练练车吗?"边南拉住他,"我难得肯教人。"

"我骑我那电瓶车挺好的,你折腾邱奕吧。"申涛赶紧往院子门外跑,"我今天有事儿,忙着呢。"

"这怎么叫折……哎,你这话说得跟万飞一样一样的,你俩是不是拜把子了?"边南啧了几声,申涛已经跑没影儿了,边南转过头看着正收拾桌子的邱奕,"他好不容易休息几天,还忙什么事儿呢?"

"傻吗你?就因为好不容易休息几天才忙呢,约人都是预约的。"邱奕把碗收拾成一摞,喊了一声,"二宝洗碗!"

"来了!"邱彦从院门外跑进来,一挽袖子捧着碗蹲到了水池边儿。

"跟梁悦姐姐约会呢?"边南乐了,"哎哟,那可真是不容易。"

"走吧,咱俩练车,"邱奕进屋换了件衣服出来,"早约好了。"

"我教你开车弄得跟我求着你似的。"边南站了起来。

"你就说你教我开车是不是因为闲的吧?"邱奕笑着问。

"那我闲着也没教别人啊。"边南喷了两声,"你不感动一下吗?"

"感动死了。"邱奕说,"走吧。"

"我也去、我也去。"邱彦很着急地捧着洗好的碗往厨房跑,"你们等我!"

"慢点儿!急什么?等着你呢。"边南走到胡同里,冲正在玩车的方小军喊了一声,"下午再来玩,要出门了!"

方小军把车蹬到他跟前儿,往墙边一放,哼了一声,扒着院门:"邱彦!我下午来啊!"

"知道啦。"邱彦应了一声。

边南刚想说下午别来太早,还没开口,方小军瞪了他一眼,转身边跑边喊:"我就来,我就来,气死你!"

"嘿!小玩意儿!"边南指着他,方小军已经飞快地跑出了胡同,边南往门上踢了一脚。

邱奕并没有马上学车的需求,补习学校跟家里这边儿坐地铁能直达,偶尔要用车,边南可以免费接送。

所以边南教邱奕开车的确是因为闲的,心血来潮,跟他要种花养鱼似的,就觉得好玩儿。

"上哪儿?"邱奕上了车问他。

"高新区那边,不是弄了个新区吗?现在路还没全通,没人没车。"边南拍了拍方向盘,"可以尽情地开。"

"我也想开。"邱彦在后座上躺着。

"你上高中了这车给你。"边南说。

"我是说我要学车,不是要一辆车。"邱彦说。

"我就是告诉你,高中了就把这车给你去学。"边南从后视镜里看了他一眼,又看了看邱奕,加了一句,"满十八岁的时候。"

"十八岁都上大学了,不是高中了。"邱彦皱了皱眉。

"问你哥。"边南感觉这事儿自己说出来从来没有权威感。

"哥哥——"邱彦拖长声音喊着,带着撒娇的鼻音。

"十八岁。"邱奕很简单地回答。

"哦。"邱彦马上应了一声，又叹了口气，"好吧。"

边南把车开到了高新区还没通车的路上，这片儿都是棋盘路，路宽，没有行人和车，但他们到的时候，路上有几辆车正龟速行驶着。

"他们也是练车的吧？"邱彦跪在后座上扒着车窗看，"开得真慢啊。"

"是。"边南看着那几辆车，琢磨了一下，"咱再找条没人的路，这一帮零基础的人在一块儿容易出现不可估计的后果。"

"你就说容易撞一块儿呗。"邱彦笑得很响亮。

边南乐了半天，又开着车往里走了一段，找到两条没人的路，还带上下坡和拐弯。他停了车，开门跳了下去："就这儿，挺合适，换人！"

邱奕笑着换到了驾驶座上坐下："教练好。"

"安全带系上。"边南上了副驾驶座，一脸严肃地道。

"好的，"邱奕很配合地把安全带系上了，"然后呢？"

"第一课，起步停车。"边南打了个响指，"这位同学，你先看一下你脚下，是不是有三个棍儿……不，踏板？"

"报告教练，看到了，三个踏板。"邱奕点了点头，又很入戏地问，"为什么有些车是两个呢？"

"哎，你烦不烦？"边南一听他这语气就乐了。

"因为那是自动挡的车呀！"邱彦在后座上很积极地回答。

"二宝真厉害！这都知道。"边南表扬了一下邱彦，"你看人家二宝都懂。"

"我这不是为了配合着让你过瘾吗？边教练。"邱奕笑着说，"为什么你的车有三个……"

"因为这是手动挡，行了吧！"边南指着他道，"你别烦我啊。"

邱奕乐得停不下来，点了点头，停了一会儿又问："那为什么你不开自动挡呢？"

"因为手动挡好玩儿。"边南叹了口气。

"啊，边教练还是个注重驾驶乐趣的人啊。"邱奕说。

"行了没？"边南斜眼儿瞅着他。

"好了。"邱奕换了个语气，"看到了，三个棍儿，离合、刹车、油门，然后呢？"

"打火，一般停车都拉了手刹挂一挡，所以你打火之前先踩着离合。"边南说。

"嗯。"邱奕看了看，边南之前停车的时候就是挂了一挡，于是他踩下离合把车打着了。

"现在要起步，打上转向灯。"边南两手在自己面前比画着，"右脚轻轻踩油门，左脚慢慢松开离合……"

邱奕没动，看着他的手笑着。边南瞪了他一眼，举着手又比画了一下："笑什么啊？看见没，左脚慢慢松……"

"左脚！"邱彦从后面伸过胳膊在他的左手上拍了一巴掌，又在他的右手上拍了拍，"右脚！"

"管管你弟行不行？"边南喊了一嗓子。

"坐好。"邱奕笑着说。

邱彦蹦回了后座上。

"照做！"边南又喊。

邱奕按他的指示做了，车子慢慢往前开了起来。

"好，还挺稳。"边南竖了竖拇指，"协调能力不错，现在松油门，踩离合，挂二挡。"

"这俩挨得着吗？"邱奕照做，挂了二挡，"边教练，就你这么一连串地说，换个人还真听不明白。"

"知道你教人厉害，我现在又不是教零基础的人。"边南喷了一声，"现在可以挂三挡了。"

"我就是零基础的人……"邱奕叹了口气，"我第一次摸车啊。"

"你聪明。"边南笑着打了个响指，"好了，先到三挡，现在靠边停车。"

"本来就在边儿上。"邱彦在后面说了一句。

"小玩意儿你别打岔！"边南回手在邱彦的脑门儿上弹了一下，"吃你的零食。"

邱奕很平稳地把车停在了路边儿，边南看了看前面，指着前面的路口："再来一次，开到前面拐个弯。"

"嗯。"邱奕点了点头，这次没熄火，挂了一挡就往前开。

边南正想再夸一句，没等开口，车突然蹦了一下，他差点儿咬着舌头："离……"

"离合松快了"这句话他刚说出一个字，车又蹦着往前蹿了蹿，接下来就连蹦带跳，怎么也停不下来了。

"我……"边南感觉自己跟骑马似的颠着，还是匹没被驯服的神经病马。

颠了十来秒之后邱奕实在没招了，喊了一声："教练！"

边南只得伸手直接把车钥匙给拔了出来，车最后蹦了一下终于安静下来。

这一通又蹦又跳的把邱彦吓得都没声音了，边南和邱奕沉默了一会儿，然后边南开始笑。

这一笑把邱奕也逗乐了，两人对着前面的路一通狂笑。

"这什么乱七八糟……"邱奕边乐边叹了口气，"吓得我以为要赔车了。"

"你离合松快了。"边南拽着安全带还在笑，"你笨啊，松快了就快了呗，大不了死火，你松完了又踩下去，又松那么快，然后又踩……"

"所以我说了我是零基础啊。"邱奕笑着揉了揉脸，"不要被我第一把的假象蒙蔽了。"

"记着，"边南指了指他的脚，"离合松快了就这样，听声音，而且车也会抖，你这时重新把离合踩下去就行了，别踩一脚松一松的，我去电玩城玩个骑马也没颠成这样的。"

"知道了，我错了。"邱奕说。

"继续。"边南挥手道。

"继续骑马！"邱彦回过神来在后面跟着喊，"驾！"

绕着方块儿路转了差不多一个小时，邱奕已经开得挺熟练了，没死火也没再骑马，靠边儿停车的时候停得还相当标准，边南靠在椅背上挺有成就感："不错、不错，你的运动细胞还挺发达的，教你打球的时候也轻松。"

"歇会儿吧。"邱奕熄了火，"我这儿都出汗了，找个地儿喝点儿水去。"

"别停啊，开出去。"边南回头指了指过来时的那条路，"路口有个西瓜摊，过来的时候我看到了，开过去吃西瓜。"

"好吧。"邱奕重新打着火，慢慢把车掉了个头，"你也不怕我开过去停不住直接把人家的摊子给撞了。"

"你只要没犯病，就不可能撞上。"边南喷了一声。

离着西瓜摊还有五米时，邱奕把车停下了："为安全起见。"

邱彦在车上闷了一个多小时，这会儿下了车撒欢儿似的来回跑了几圈儿，又拉着边南想往路对面去："大虎子，我发现那边儿有草地，我们去野餐吧。"

"野什么餐啊，草什么地啊。"边南拦腰把他一把搂起来放到了西瓜摊旁边儿，"那是人家的工地，荒着长草了，吃西瓜！"

西瓜是老乡家自己种的，个儿还挺大，邱奕挑了一个，切开一尝，还挺甜的，于是又挑了俩放到车上。

"去考个驾照吧，以后我也体会一下有司机的感觉。"边南蹲在邱奕身边儿一边啃西瓜一边说，"我觉得我刚才坐在副驾驶座上还挺享受的。"

"有空吧，现在这么忙。"邱奕渴了，三两口啃掉一片儿西瓜，又拿过一片儿，"再说现在学车太热了，受不了。"

"你现在娇气了。"边南看着他道，"以前你打工从来不嫌天热天冷的，下砖头你都还出门呢。"

"废话。"邱奕笑了笑，"以前那是没办法，下砧板我也得出去啊。"

"唉，想想挺感慨的，你觉得呢？"边南用胳膊碰了碰他，"这才多久啊，咱俩都走上正轨了。"

　　"我一直在正轨上。"邱奕看了他一眼，"你以前倒是挺脱轨的。"

　　"滚。"边南拿着西瓜皮晃了晃，"我的意思就是……"

　　"我知道你的意思，"邱奕拿过西瓜皮扔到旁边的垃圾桶里，又笑了笑，"挺好的，再努力努力，明年咱俩可以带二宝出去旅游了。"

　　"自驾吧，你把驾照考了，咱俩路上可以换着开，走哪儿玩到哪儿。"边南马上就开始想象，"哎，那儿风景不错，好，下高速；哎，那儿不错，好，过去待一天……"

　　"行。"邱奕笑着拍了拍他的肩，"就这么定了。"

　　边南伸出手，邱奕往他手上拍了一下。

后记

每次写完一个故事，敲下句号时——当然，有时候也会是别的标点，省略号什么的——每当敲下最后一个标点的时候，我都会有一种说不出是愉快还是怅然的感觉。

从这一刻开始，无论甜蜜还是悲伤，他们的故事跟我就没有关系了，不再由我写出来。这个故事也许在另一个时空里继续着，也许就在我们身边继续着，只是没人知道他们在哪里。

这种感觉挺奇妙。

以前有人问过我：你为什么总写这种平淡的故事，为什么不多些波折、多些跌宕起伏？

我都不知道该怎么回答，也许是那些离我太远，我只喜欢写这种普通人的生活，每个人可能都会经历过的场景，每个人可能都会有过的情绪，我一直希望能在这种平常和平淡的文字里给人激情和感动。

爱与温暖是我执着地想要表达的东西，看着有读者因为细小的一个情节、一句话而有所感悟，得到回应是我最大的享受。

这还挺有……成就感的。

这不是什么能让人回味无穷的作品，但只要能在听故事的这个过程里，有人曾经有过哪怕一点儿想法，就能让我满足了。

我不知道该再说点儿什么，一个话痨作者居然还有不知道说什么的时候，真不容易。

大概是因为没想到有一天还会写后记这种高级的东西，有种本来是在看热闹却突然被通知得了大奖立马就得到现场来发表一段获奖感言的错觉。

总之，在你看到这段"后记"的时候，他们的故事已经在另一个我们看不到的地方继续着了，而我又要开始下一个故事和下一份期待了。

2015 年 4 月

巫哲

新版番外

今天天气不错，昨天刚下过雪，一早太阳出来了，窗台上的积雪闪着光。

边南拿着杯咖啡站在窗边往外看着，身后办公室的门关着，但还是能清楚地听到外面学员晨跑的声音。

每天听到这个声音已经成为一种习惯，甚至休息日的早晨他醒过来听到外面有人说笑着走过，第一反应都会是"这什么态度想再跑五公里吗"，妥妥的职业病。

今天听完晨跑他就不待在办公室了，约了邱奕出去。

除了一块儿去商场买东西之类的日常，他俩很久没有专门请假一块儿出去过了，上一次还是去邱二宝的毕业典礼，去完还被嫌弃了，说没必要。

他们的生活里似乎已经没有了需要这种行程的环节。

不过他俩倒并没有什么感觉，都这么多年了，早就习惯了。

一直到边南发现他俩今年都没有过生日，这才猛地觉得这事儿不简单。

二宝的生日他们忘了倒也正常，反正弟大不由哥，生日二宝也不跟他们过，礼物也说别破费。

他俩忘了自己的生日也勉强说得过去，又不是小孩儿了，谁还天天记着自己的生日？

但他们忘了对方的生日，这就很严重了！

非常严重。

邱奕的车停在楼下，从时间上看，应该是出差回来没回家，直接从机场过来的。

边南穿上外套出了办公室。

他上车的时候邱奕一直盯着他看。

"怎么？"边南摸了摸脸，"我刮胡子了啊。"

"出什么事儿了吗？"邱奕问，"昨天在办公室过的？"

"嗯，"边南伸了个懒腰，把椅背往后调了调，"跟几个学员吃完烧烤太晚了，就没回去，家里也没人，回去了形单影只的，还不如在办公室呢。"

"二宝不是说你孤单的时候可以找他吗？"邱奕说。

"得了吧，"边南摆了摆手，"你俩越来越像了，我一见着他更孤苦了。"

"要不我请你吃饭吧？"邱奕想了想道。

"哎哟，太有创意了，"边南笑了起来，"头一回听说请人吃早饭的。"

"那你安排吧，"邱奕笑着说，"今天不是你要求出门嘛，是不是有什么事儿？"

"你终于感觉到有事儿了。"边南严肃地看着他。

"感觉到了，"邱奕点了点头，"你都嫌弃邱二宝了，肯定有大事儿了。"

边南嘿嘿乐了两声："你别挑拨我俩啊。"

"说吧，"邱奕打开了车里的音乐，把声音调小，"给你点儿背景音乐配合一下。"

"先开着吧，这儿不让停太久。"边南说。

邱奕把车开了出去，顺着路一直往前。

"这条街这两年变化挺大，"边南看着车窗外面的街景，"临建都拆了，以前那些小店都没了。"

"嗯，"邱奕看了看，"我刚才过来的时候还拐错路口，原来路口那个文具店也没了。"

"是啊，什么都会变的。"边南说。

"总教头，"邱奕偏过头看了他一眼，"有话直说啊，这不是你的风格。"

"你是不是把我的生日忘了？"边南说。

"啊，"邱奕拍了拍方向盘，"你也没记住我的生日吧？"

"是的，"边南说完绷了一会儿又乐了，"哎！你说这怎么回事儿？是不是很不妙？！"

"是啊，这是怎么回事儿？"邱奕笑着跟了一句。

"你是不是觉得那个架子放不下你捏的小泥人儿了，所以干脆就不过生日了？"边南瞪着他。

"胡说，我去年就没捏小泥人儿了。"邱奕说。

"明白了，是你先出的问题。"边南马上接了一句。

"行吧，我先出的问题，"邱奕扫了他一眼，"怎么着？"

"哎？"边南看着他，"这个态度是不是过于嚣张了？"

"就说你想干吗吧，"邱奕说，"是要我补几个小泥人儿给你，还是让我现在带你去买礼物再吃生日大餐？"

"都不是，"边南有些不好意思地小声说，"咱那什么，找回一下当年的兄弟情。"

"嗯？"邱奕愣了愣。

"重走少年路，"边南一挥胳膊道，"看看当年咱们打过架的地方、挨过揍的地方、谈过心的地方……"

"咱们还谈过心吗？"邱奕问。

"聊天儿就算。"边南说。

"行，"邱奕点头，"说吧，第一站。"

"体校。"边南拍了拍巴掌。

城乡交界处的建设是最快的,加上体校这片儿他们还真的很久没来了,车还没开到地方的时候,邱奕就已经找不着路了。

边南给他指了半天也没指明白,干脆拍了拍车窗:"你停边儿上,我开。"

"行。"邱奕把车停到路边儿,两人一块儿下了车。

"我告诉你,你刚才开过了,"边南掉了个头,"再往前到卫校了。"

"卫校也行啊,"邱奕用手指撑着额角,看着他笑了笑,"你没点儿关于卫校的事需要回忆吗?"

"邱大宝,我警告你,说话注意尺度,"边南睨了他一眼,"要这么说,你是不是也得有点儿关于,卫校的事要回忆?"

邱奕笑了半天,偏开头看着窗外:"变化真的挺大的,我要自己过来,估计找不着路了,如果前面是卫校,这片儿过去就是网吧,都没了啊?"

"嗯,好像是,都拆了,"边南往外看了看,"青春啊,我那会儿一个星期有五六个晚上在网吧里,万飞一年能在网吧混三百天。"

"不至于,"邱奕伸手捏了捏他的肩膀,"你的专业成绩还是很好的,这一点不能否定。"

体校还在,没拆,但是不知道为什么地盘小了不少,边南围着学校转了两圈儿才反应过来,有栋教学楼和训练馆没了。

"落寞,"他说,"以前的体能都在那个馆练的。"

"宿舍还在吧?"邱奕说。

"在,"边南指了指,"那边儿,我第一次听万飞说你,就在宿舍澡房里。"

"这么神奇的地方。"邱奕笑了。

"不错了,那会儿你还是我的情敌,"边南说,"我俩没在厕所聊你就算很给面子了。"

"围墙重修了吧,"邱奕转移了话题,"以前你总翻的那堵墙呢?"

"没了，"边南说，"刚毕业没多久就换了，你虐潘毅峰的那道铁门也换自动门了。"

邱奕笑着没说话。

"是不是想起那一幕还觉得很爽？"边南问，"笑成这样。"

"也不是，想起来好多事儿。"邱奕看了他一眼。

"这趟还是来对了吧，"边南说，"走，去你们的小破航运中专看看，是不是更破了。"

"那儿也没什么记忆。"邱奕伸了个懒腰。

"怎么没有？"边南说，"我第一次揍你就在那边儿，冬青网吧。"

"你这回忆太靠前了吧，"邱奕喷了一声，胳膊搭到了他的肩上，一块儿往前走着，"那会儿水火不容啊。"

"所以那会儿的记忆特别深刻，"边南说，"太讨厌了就成天惦记着，你说是不是因为这个……"

"你可能是吧，"邱奕说，"我没有这么幼稚。"

"对，对，对，你最成熟了，"边南说，"转圈儿舔杯子给人添恶心这种事儿你都干得出来，太成熟了。"

"我什么时候舔杯子恶心你了？"邱奕很震惊。

"选择性遗忘是不是？"边南指着他，"你的腿断的时候我去照顾你……"

"你都把我的腿打断了我还不能恶心你一下？"邱奕说。

"我……"边南张了张嘴，过了一会儿才说了一句，"唉，我突然想吃炒饭了。"

"回去给你炒，"邱奕说，"这还不容易。"

"好多事儿都挺容易的，"边南说，"最后不都也没做了吗？"

"你最近是不是碰上什么事儿了？"邱奕看着他。

"真没有，是不是天气冷了想得多？"边南皱着眉想了想，"我就是突然觉得，咱俩居然不记得对方的生日了……我居然忘了你的生日？"

"就为这个？"邱奕问。

"不然呢?"边南说,"我就觉得,是不是再过几年就……"

"有些事儿,你就不能这么去想,"邱奕叹了口气,手在他的脖子后头一下一下地捏着,"日子不可能总那么有仪式感,越是过得久,很多东西就越不在意。"

"那最后就什么都不在意了呗。"边南说。

"我就在意一件事儿。"邱奕说。

"说来我听听。"边南扯了扯耳朵。

"你这个好兄弟还在就行,"邱奕说,"我们不可能永远做同样的事儿、过同样的生活,改变总会有的,只要我炒饭的时候还有你来吃,就行了。"

"好感动啊。"边南看着他真诚地说。

"听着像讽刺。"邱奕也真诚地说。

"还有什么让我感动的话吗?"边南问。

"希望生活维持不变,对小变化总是措手不及的,"邱奕说,"是老年人。"

"滚!"边南骂了一句。

回到家的时候,边南感觉好受了不少,倒不是觉得邱奕的话有多大的开导作用,就算有也不服。

但是哪怕就是一两个小时,他们旧地重游一小圈儿,本身就很让人身心愉悦。

就是回来的时候他看到邱彦坐在沙发上,有点儿不悦。

"你是不是跟你哥心灵感应知道他要炒饭,所以跑回来了?"边南看了一眼时间,"下午准备旷课?"

"我,"邱彦指了指自己,"放寒假了。"

"是吗?"边南吃惊地拿出手机看了一眼,"这么早?"

"明天开家长会,"邱彦站起来,往他身上一挂,"你俩谁帮我去开?"

"你亲哥呗。"边南说。

"你二哥呗。"邱奕跟边南同时开口。

"我被抛弃了吧?"邱彦叹气。

"我去。"边南捏了捏他的手,"这种时候你就只能指望我,你亲哥靠不住。"

"吃炒饭呢,"邱彦笑着说,"是不是吃完了再挤对比较合适?"

的确是挺久没吃炒饭了,边南给邱奕打下手的时候居然有种新鲜的感觉。

"打蛋。"邱奕递了个碗过来。

边南打开冰箱:"几个?"

"随便,看你想吃几个了,"邱奕说,"四五个差不多。"

"那五个吧。"边南拿出鸡蛋,磕到碗里,开始哐哐哐地打。

邱彦进了厨房,从柜子里拿出个打蛋器:"用这个?"

"不,"边南说,"我还在忆童年,以前你哥炒饭哪有打蛋器?"

"不是,"邱彦又把打蛋器放了回去,"你那会儿是青少年吧,我才是童年。"

"出去!"边南瞪了他一眼。

邱奕笑得手里的锅差点儿没拿稳。

边南飞快地把鸡蛋打好,然后退到一边,看着邱奕炒饭。

剩饭不算多,前几天叫外卖的时候多送了两盒,三个人的话也就吃个意思,饱是不可能饱的。

当然,他们也没想着能吃饱,要的只是这个过程而已。

邱奕出个差回来,一秒钟没休息,先忆了两个小时童年……青少年往事,又马不停蹄地回来炒饭,非常感人。

而且看动作,邱奕还没回功,饭一出锅,边南就突然想起了那年的小院子和葡萄架,鸡蛋的香味儿飘过来的时候,他又想起了邱叔叔,还有像个糯米团子一样可爱的二宝。

边南转过头,看了一眼在客厅里看电视的邱彦。

"二宝。"他叫了邱彦一声。

"哎。"邱彦看着他。

"过来。"边南招了招手。

"这么记仇啊?"邱彦站着没动,"你可从来没打过我,而且我还是个小孩儿。"

边南让他说乐了:"过来!"

邱彦跑了过来,往他肩上撞了一下:"来了!"

边南拍了拍他的脸:"是不是瘦了?"

"就轻了五斤,"邱彦摸了摸脸,"这也能看出来吗?"

"我毕竟是亲哥。"边南说。

"亲哥,"邱彦笑了起来,靠到他旁边,"你俩今天去哪儿了啊?你居然没上班?"

"故地重游了一下,"边南说,"在城乡接合部走了走,我们体校和你哥他们那个破学校都看了看。"

"变化大吗?"邱彦问。

"挺大的,好多地方被拆没了,"边南一边说一边夸张地啧了几声,"物是人非啊。"

"人没非啊,"邱彦说,"你还是大虎子,我还是二宝,邱大宝还是会炒饭。"

边南转头看着他:"你跟你哥的基因还真是一样的。"

"所以你才这么疼我啊。"邱彦说。

"马屁精,"边南在他的脸上弹了一下,"去拍个黄瓜。"

"好嘞大虎子!"邱彦进了厨房。

行吧。

边南活动了一下胳膊,也回了厨房。

其实一切都还是原来的样子,只是所有人的存在都已经成为习惯。